物語やストーリーを作るための

異世界〝開拓サバイバル〟計画書

悪辣非道な
計画のたてかたで、
物語はもっと
ドラマチックになる

榎本海月・榎本事務所［著］
榎本秋［編著］

秀和システム

はじめに

本書は先行する一巻『侵略』に続くシリーズの二巻目に当たる。

このシリーズでは、異世界あるいは並行世界など比較的現実離れした世界を舞台にした物語を書きたい！という人をターゲットにし、「そういった世界ではどのような仕組み・社会構造・あり方が存在し、主人公たちにどんなアクシデント・トラブルが起こり、どんなピンチが降りかかるか？」を紹介している。

というのも、物語をドラマチックに盛り上げるためには各種のアクシデント・トラブル・ピンチが重要だが、ある程度知識がなければそのような演出・状況を作り上げることはできないからだ。そのために本シリーズを活用いただければ幸いである。


本書のテーマは「開拓」だ。それも、単に開発されていない土地を開拓をするのではない。物語の主人公は異世界や異地域など、とにかく未知の土地へ突然（あるいは覚悟の上で）移動するものだ。そうして技術や知識、道具などの準備が不足する中で、「どうやって生き延びるか？」「どうやって生活拠点を築くか？」「どうやって発展させ、維持していくか？」に重点を置いている。

そのため、本書には「サバイバル」的要素がかなり大きく含まれている。これは現代のアウトドアや災害を受けてのサバイバルに関係する知識を流用している部分もあれば、そうではない部分もある。つまり、中世的ファンタジー世界には現代科学に基づいた高性能なサバイバル道具はないし、環境も少なからず違ったり（現代のアウトドアではペットボトルに代表されるようなゴミが結構入手できて、これがサバイバルで活用できる）する。また、魔法やモンスターのようなファンタジー要素も当然関わってくる。

そこで、本書では私たちの歴史において実際どのような形でサバイバルが行われていたかをもとに、「ファンタジー世界ではこんな感じで生き延びることができるのでは？」という提案を行わせていただいた。

とりあえず当座の生活基盤を築いたり、一時的に危機を切り抜けても、生存・生活のためにやるべきことが終わったとは限らない。家を建て、畑を開き、作物を育てる。あるいは料理や歌、踊りを楽しむ。怪我や病気に対処する。周りに人が集まってきたならそれなりにやり方を変えていく。そのようにして開拓は進んでいくのであり、時々の機会に「やるべきこと」があって、また「起きるかもしれないトラブルやアクシデント、ピンチ」がある。一見するとエンタメ的にはあまり魅力的でない要素に思えるかもしれないが、そうではない。

近年のファンタジー作品群では、冒険の物語だけでなく、日常や職人・商人仕事にフォーカスした物語も非常に人気がある。あるいは、冒険物語であっても、合間合間の日常をしっかり描けると、「ああ、異世界で冒険をしているんだなあ」という雰囲気が強まる。押さえておいて損はないのだ。

本シリーズは基本的にいわゆる「中世ヨーロッパ風ファンタジー」的世界観で活用していただくことを前提にしている。しかし、そもそもこの世界観自体が中世ヨーロッパの名を冠しつつも、実際にはローマなどの古代要素や、大航海時代・ルネサンスなどの近世的要素を多分に取り込んでいるのが普通だ。それどころか、ターゲット読者である私たちが楽しめるよう、自由や平等、民主主義といった近現代価値観もしばしば入り込んでいる。そのような非中世的要素も適宜採用したので、活用してほしい。

榎本秋

この本の使い方

異邦人たちの物語

本書は異邦人たちの物語を描くための設定・知識・情報の提供を想定している。しかし、このシチュエーションは非常に幅が広く、「そもそもどういう物語をイメージしているのか？」がわかりにくい。そこで、各章の最初にサンプルになるストーリーを用意した。

①モノ・人の情報がわかる能力を与えられた、現代日本の高校生・遠藤達也《えんどうたつや》

②人を探して異世界へやってきた、サバイバル技術を身につけている篠山一真《しのやまかずま》

③パーティーを追放され、一人で隠遁生活を送る元冒険者のエレナ

三人を通して、内容の理解を深めていただきたい。

計画してみるチートシート＆開拓計画書

本書の各章最後には「計画してみるチートシート」が挿入されている。各章の内容をベースに、「あなたの物語で開拓・サバイバル・生活を行うなら、どのような設定を用意するか」を書くものだ。

練習や思考実験のためにチャレンジしてくれても構わないし、もちろん本番の創作のための設定を整理する目的で使ってもらってもOKである。

計画してみるチートシートは各章の内容にフォーカスしており、全体的に「物語の主人公はどんな立場におかれていて、どんな目的を持っているのか」というところがちょっと分かりにくくなってしまう。

そこで、全体及び相互関係が俯瞰して把握できるように、本書の最後に「開拓計画書」を掲載した。

どちらのシートもコピーして書き込んでもらうことを想定しているが、いきなり「さあ、書こう」と言われても手を付けられない人も多いはず。そこで、開拓計画書については、架空の作品における開拓を想定したサンプルを用意した。

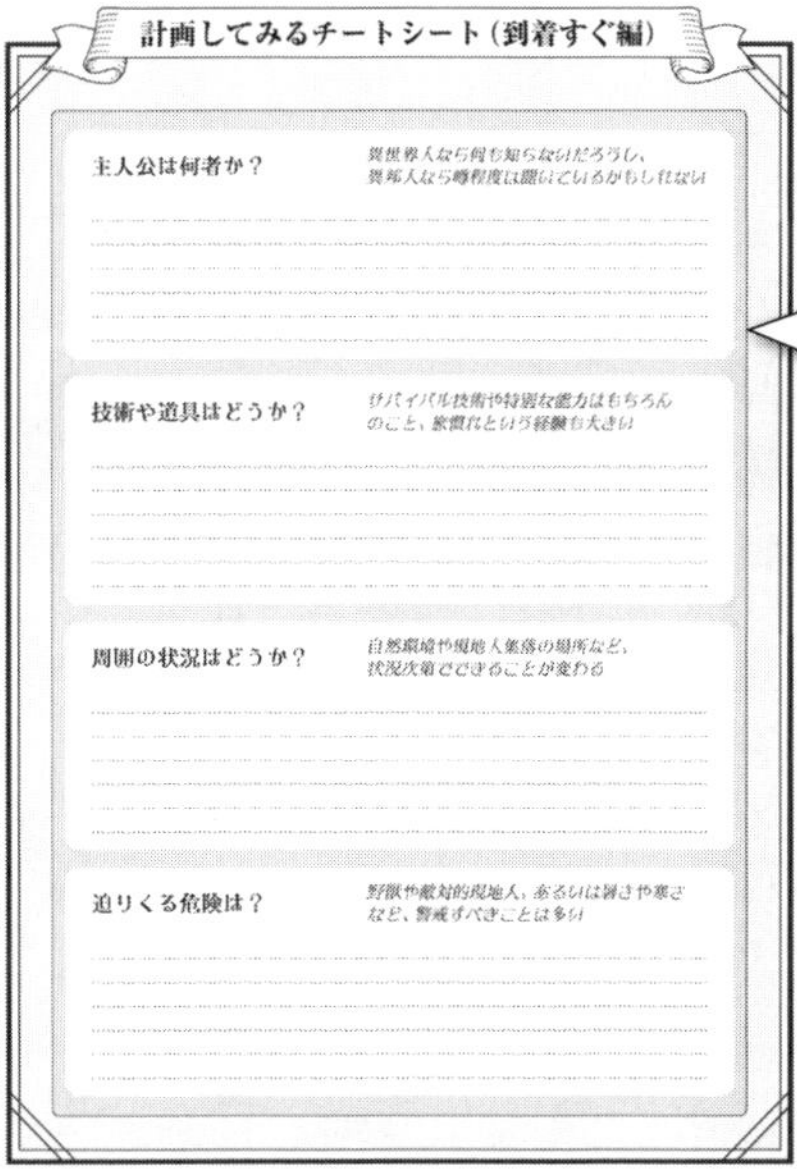
計画してみるチートシート（到着すぐ編）

主人公は何者か？　異世界人なら何も知らないだろうし、異邦人なら噂程度は聞いているかもしれない

技術や道具はどうか？　サバイバル技術や特別な能力はもちろんのこと、旅慣れという経験も大きい

周囲の状況はどうか？　自然環境や現地人集落の場所など、状況次第でできることが変わる

迫りくる危険は？　野獣や敵対的現地人、あるいは暑さや寒さなど、警戒すべきことは多い

各章末尾のチートシート

↓

開拓者の事情や、開拓中に起きるトラブル・アクシデントの背景を考えよう

開拓計画書

↓

開拓計画と起きそうなトラブルを1枚のシートで俯瞰から確認できるようになっている

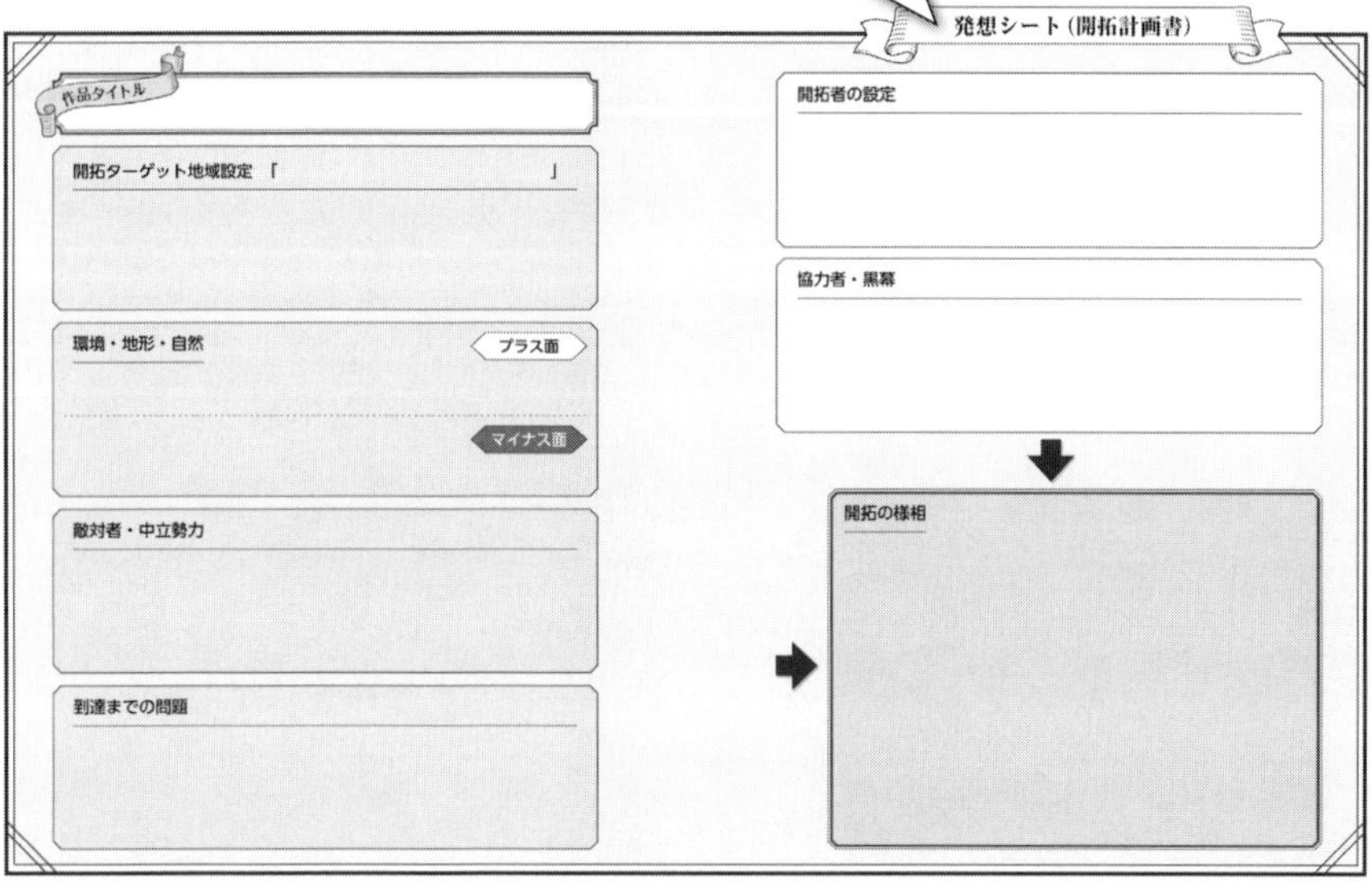
発想シート（開拓計画書）

作品タイトル

開拓ターゲット地域設定　「　　　　」

環境・地形・自然　プラス面　マイナス面

敵対者・中立勢力

到達までの問題

開拓者の設定

協力者・黒幕

開拓の様相

もくじ

はじめに……2
この本の使い方……4

◆1章 危機から避難し、未知に立ち向かう

◆「開拓者たちの旅路①」……10
わからないことの恐ろしさ……12
火と水、食料と住居の当座確保……20
危険を回避する……31
計画してみるチートシート（到着すぐ編）……40

◆2章 安住の地を求めて

◆「開拓者たちの旅路②」……42
移住先・定住先を探す……44
旅をする……55
計画してみるチートシート（移動編）……68

◆3章 集落の施設

◆「開拓者たちの旅路③」……70
各種の建物・設備を造る……72
畑と水田……83
家畜小屋と家畜……93
農業を工夫せよ！……98
計画してみるチートシート（村作り編）……114

◆4章 保存

◆「開拓者たちの旅路④」……116
食品を保存する……118
食品以外の保存について……130
計画してみるチートシート（保存編）……142

◆5章 傷と病に向き合う

◆「開拓者たちの旅路⑤」……144
真に恐ろしいのは怪我と病気……146
いろいろな怪我とその対策……150
いろいろな病気とその対策……156
魔法は傷と病から人を救うのか……161
死者と向き合う……165
計画してみるチートシート（怪我・病気対策編）……170

◆6章 娯楽・文化は暮らしを豊かにする

◆「開拓者たちの旅路⑥」……172
遊び……174
美食……181
祭り……193
計画してみるチートシート（楽しさ・趣味編）……202

◈7章　集落の拡大・人との関わり

◆「開拓者たちの旅路⑦」……204
隣人や周辺集落との付き合い……206
支配者と冒険者、そして物語の主人公たち……214
旅人・来訪者・隣人がもたらすもの……220
集落・都市の拡大……231
拡大に対応するために：リーダーシップ……241
拡大に対応するために：権威……245
計画してみるチートシート（集落の問題編）……249

発想シート（開拓計画書）……250
発想シートサンプル（開拓計画書）……252
おわりに……254
主要参考文献……255

・1章・

危機から避難し、未知に立ち向かう

そよぐ風を頬に感じ、遠藤達也《えんどうたつや》は目を覚ました。背の低い草の生えた地面に手をつき、身体を起こして、周囲を見渡す。

「……なんだ、ここ。なんか、変な夢見た気がするけど」

そこは見たこともない場所だった。かなり先まで遮るものなど何もなく広がる草原。日本の首都近郊、ベッドタウンに暮らす高校生には、テレビやエンタメ作品でしか見たことのない風景だ。

立ち上がりつつ改めて周囲を観察する。落ち着いてみると、足元に生えている草にも、周囲に何種類か生えている植物にも、見覚えはない。花や葉の形も初めて見るものだ。

「まさかとは思うけど、これ、アレなんじゃないのか？」

一つの疑惑を抱きながら、手近な白い花に手を伸ばす。触れた瞬間、達也の脳内に火花が散った。言葉にならない感覚と共に、脳裏にスイッチのイメージが浮かんだ。押していいものかやめた方がいいのか、彼が悩んだのはそう長い時間ではなかった。ある種の確信と共に脳内のスイッチを架空の指で強く押し込む。

変化はまたしても瞬間だった。白い花の前に、タブレットパソコンの画面のような「窓」が開いたのだ。半透明で向こう側も透けて見えるその「窓」には文字が浮かんでいる――「シルロドの花：セーラナ大陸で広く見られる植物。花には毒性があるが、根茎は加熱すれば食用に適している」。

「マジか。ステータスウィンドウじゃないか。地名も聞いたことないし、じゃあここ、マジで異世界？　さっきの夢が本物で、俺、異世界転生したの⁉」

呆然としながら、達也は夢の内容を思い出していた。ふわふわした空間で自分を女神と名乗る女性に出会ったことを。曰く、「これから異世界に送る、せいぜい楽しめ、戻る方法はなくはない、とりあえず言葉はわかるようにしてやるし人でもモノでも情報がわかるステータスウィンドウの能力も与えてやる」とか――。

衝撃で目の前が真っ白になっていたのは、しかしごく短い時間だった。

「――よし、とにかく人家のあるところまで出よう。食えそうなものも、危険そうなものも、この能力があればわかるし、なんとかなるだろう」

決意を込めて達也が歩き出した時、ふっと影が差す。なんだ、と頭上を見上げれば太陽の光を隠す巨大な身体が空を飛んでいる。再び脳内に火花が散って、スイッチのイメージ。まもなく、ウィンドウが開いた。「ドラゴン」という名に続いて書かれている説明を要約すれば、「人間は敵わないから逃げましょう」。

「うわあ」とげんなりしながら達也が異世界冒険の第一歩を記したのと、ちょうど同じ頃。セーラナ大陸の別の場所で、同じようにドラゴンを見上げる人物が二人いた。

「あんなのと正面からやり合いたくはないものだな」

大きな岩が転がる荒野で、岩陰に隠れながらドラゴンを観察する、二十代半ばと見えるミリタリー・ルックの若者がいた。背中のリュックサックも、念の為と手にしたナイフも、どちらも明らかにファンタジー世界の産物ではない。篠山一真《しのやまかずま》。ある目的があって、女神による転生とは別の手段で異世界へ渡ってきた男だった。

「持ち込んだ携帯食がなくなるより早く、安心して食えるものを探さなければな……」

ため息をつく。神の支援を受けていない身の泣きどころである。

もう一人は森の中で、枝の影から飛びゆくドラゴンを見つめていた。年齢は二十歳を越えたくらいの女性だ。

「あんな風に飛べたら追っ手も簡単に撒けるのにね」

ないものねだり、と自分でもわかっている愚痴が勝手に飛び出して、苦笑する。彼女は灼剣のエレナと呼ばれる冒険者だった。つい先日までは大陸でも指折りの冒険者パーティーの一員だったが、なんの因果か今は追っ手から隠れて逃亡中だ。森の中で暮らすための装備も技術もそれなりに持っているが、保存食が足りない。

「まずは狩りと、寝床探しかなあ」

ドラゴンの脅威が去ったと判断し、エレナは背伸びをしながら生きるための活動を始めた。

わからないことの恐ろしさ

フォローのない異世界来訪は苦難の始まり

ある日突然、異世界にやって来てしまった！　という時、最も安全なスタートは「意図的に召喚され、歓迎される」ケースであろう。なにしろ現地側からすれば、あらかじめ異世界人が来ることはわかっているのだから、どんな世界なのかを説明するにしても、必要な道具や技術を与えるにしても、もろもろ用意することができるはずだ。その後、「勇者として魔王を倒しに行け」「召喚された者同士で殺し合え」系の無茶振りをされるかもしれないが、少なくとも初動は一番安全である。

これに続く形で「現地人として異世界転生し、成長する過程で必要な知識や技術を身につけていった」「やってきてすぐ親切な現地人に遭遇し、必要な知識や技術を与えられた」がある。説明・伝授の限界や、こちら側の事情が伝わりきらない問題などがあるにせよ、スタート時の危険や手間をかなり減らすことができるはずだ。

対して、この章で想定するのは、そのような歓迎や援助が全くない、あるいはほとんどない！ケースだ。「気がついたらまったく知らない場所に放り出されていて、見える範囲に人里もなければ人がいる気配もない」や「召喚された時に人はいたがすぐに放り出されたり、アクシデントがあって逃げざるを得なかったりした」、「追手から逃げてきて気づいたら見知らぬ場所にいた」などが主な例である。時には「目的があって異世界へやってきた。現地人に見つからないように行動したい」というキャラクターもいるかもしれない。彼らがいかにして生き延び、次の行動に繋げるか……というのが本章のテーマである。

「知らない」ことは怖いこと

異世界での冒険をリアリティに寄せて描写するので

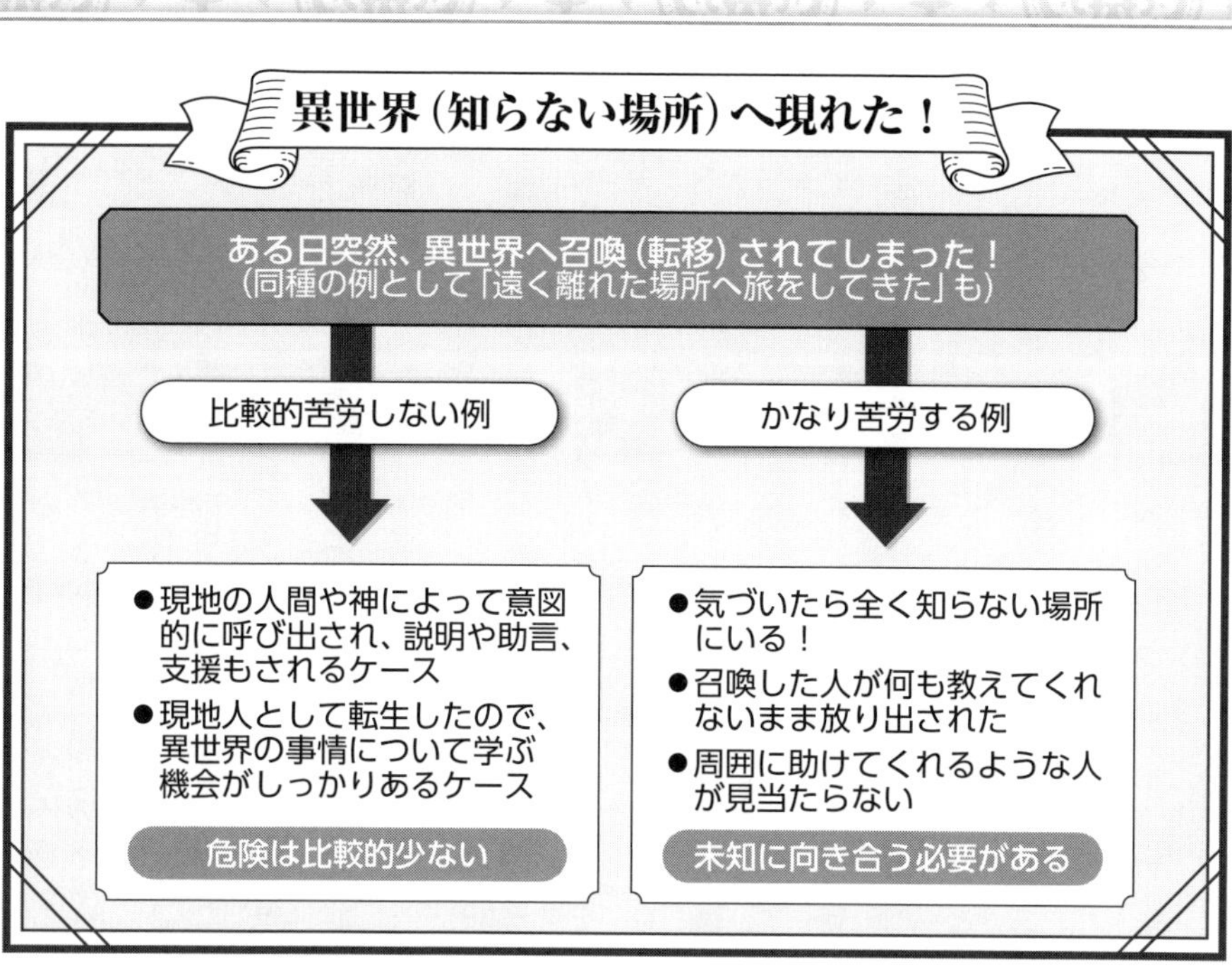
異世界（知らない場所）へ現れた！
ある日突然、異世界へ召喚（転移）されてしまった！
（同種の例として「遠く離れた場所へ旅をしてきた」も）
比較的苦労しない例
●現地の人間や神によって意図的に呼び出され、説明や助言、支援もされるケース
●現地人として転生したので、異世界の事情について学ぶ機会がしっかりあるケース
危険は比較的少ない
かなり苦労する例
●気づいたら全く知らない場所にいる！
●召喚した人が何も教えてくれないまま放り出された
●周囲に助けてくれるような人が見当たらない
未知に向き合う必要がある

あれば、重視して欲しいことがある。それは「未知がもたらす恐怖」だ。

都市や集落の外は危険に満ちている。しかし、「何が危険なのか」「どうすれば危険なのか」を知っていれば必ずしも恐ろしくはない。崩れそうな崖や毒蛇のいそうな茂みにはそもそも近づかねばよいのだ。もし、やむにやまれぬ事情があって危険に接する必要があっても、危険の種類と対処法を知っていれば恐怖はグッと小さくなる。それだけ「知っている」ことは人の心を安定させる効果があるのだ。

逆にいえば「知らない」ことは恐怖を倍化させ、心身に重荷としてズッシリのしかかる。何が潜んでいるのかわからない森の中を歩くのはそれだけで恐ろしく、心も体も疲れてしまうものだ。無知の状態では、風が木の葉を揺らす音や、鳥や獣の声さえも恐怖を誘う。それが何を意味するのか、そして自分に危害を与えるものなのかがわからないからだ。

もちろん、一真のようなプロフェッショナルであれば、気を張り続けることで未知に警戒し、進んでいくことはできる。しかしそのことは大きな負担になる。

長く続けば彼の強靭な精神さえ蝕まれてしまうだろうから、早めに休む必要がある。むしろ、達也のような素人こそ未知による負担が比較的少ないかもしれない。そもそも何が危険かどうか知らないからだ。一番楽なのがエレナなのは言うまでもない。彼女にとってこの世界は既知であるためだ。とはいえ、ファンタジー世界に暮らす彼女はこの世界全体について知識を持っているわけではない。出身地から遠く離れた場所のことはまるで異界のように何も知らない可能性が高い。

「未知の恐ろしさ」は人が身の回りのものに名前をつけ、神話を作り、また科学を研究してきた理由でもある。つまり、「何が何だかわからない」状態の恐怖を、「これはこれこれこういうものだ」という理解・説明・物語で安心・受け入れへと変換するのだ。なぜ昼と夜は繰り返すのか、なぜ大地はそこにあるのか、なぜ火は燃えるのか……これらを神々や精霊の物語として語ることで、未知から既知へ変えてしまうのである。

もちろん、現代科学の視点で言えばその多くは迷信であり、間違っている。「地震は神の怒りである」という理解が、「神の怒りを鎮めるために生贄を捧げよう」という無駄な行いにつながることもあるかもしれない。

それでも、「何が何だかよくわからない揺れがくる」という未知よりは「これは神の怒りだ」という既知の方が、精神的負担は少ないのである。

自分の現在位置を把握する

「未知」を「既知」へ塗り替えるために最も有効な手段の一つが、「自分が今どこにいるのか」「どちらの方向に向いて歩いているのか」を把握することだ。

ちょっと意外かもしれないが、私たちは自然の中では時に一点を目指して真っ直ぐ歩くことさえ困難になる。一般に、自然は直線を嫌うものだからだ。直線は人間が手を加えたもの以外にはほとんど見られない。曲線でできた自然の地形を歩けば、当然のように方向感覚を狂わせ、方角を見失う。

では、無理に真っ直ぐ歩けばいいのか。これはこれで危険だ。坂や崖のように移動困難な地形もあるし、無理に藪の中に突っ込めば葉っぱや枝で身体を傷つけ

未知の恐ろしさ

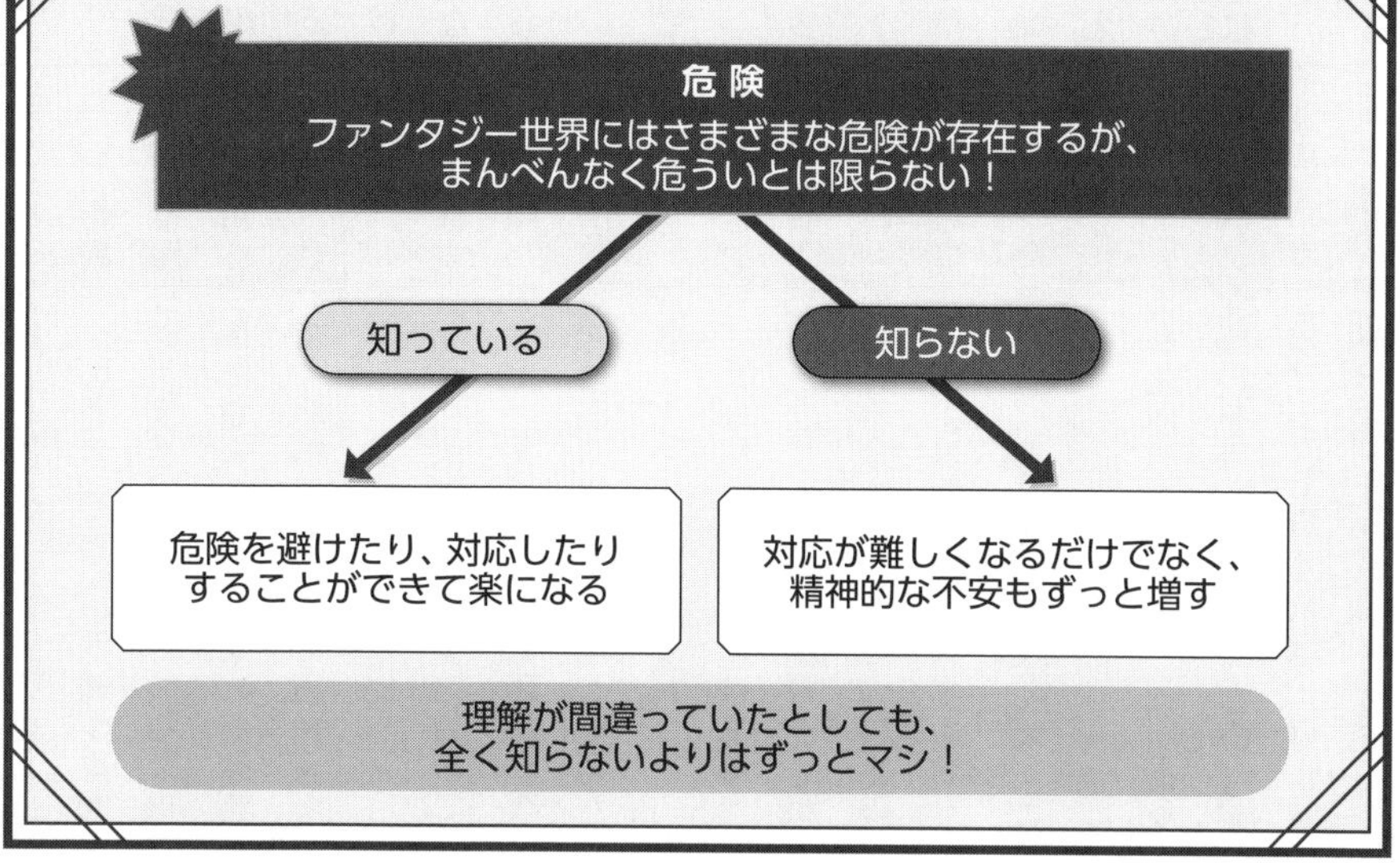
危険
ファンタジー世界にはさまざまな危険が存在するが、
まんべんなく危ういとは限らない！
知っている
知らない
危険を避けたり、対応したり
することができて楽になる
対応が難しくなるだけでなく、
精神的な不安もずっと増す
理解が間違っていたとしても、
全く知らないよりはずっとマシ！

たり、毒虫や蛇、猪のような危険な存在を刺激して攻撃を受けるようなこともある。となると、川沿いや獣道のような自然とひらけた場所を歩いた方がよく、それらは当然の如く自然な曲線を描いているので、やはり方角がわからなくなる。

では、どうしたら方角がわかるようになるのか。

植物の様子から方角を判断するのは非常にポピュラーな手段だ。中でも「木の切り株を見て、年輪から判断する（幅が大きい方が光が当たってよく成長している＝南）」手法が有名だが、これについては「土地の傾きや風などに左右されるので、必ずしもそうではない」とされている。

ほかにも「木の北側は日陰になりやすく苔が多く生えている」「南側は太陽が当たりやすいので枝がよく伸びる」とも言う。これらについても他の条件に左右されることが多いので、一概には言いにくい。あくまで手掛かりの一つと捉えるべきだ。

太陽はもう少し信用できる手掛かりになる。午前中は東から昇っているので、影の方向が西だ。午後ならその逆である。また、簡易的な日時計を作る手もある。

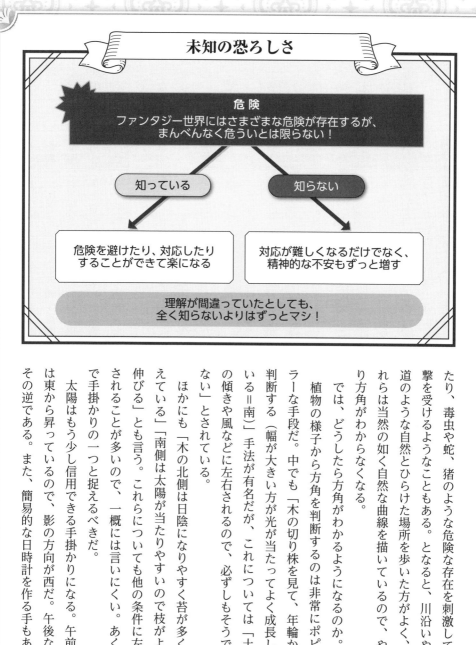

棒を立てて影の落ちる先に石を置き、十五分後にもう一度同じように石を置く。両者の間に引いた線が東西のラインであり、棒から東西ラインへ垂直に引いた線が南北のラインである。棒に対して内側が南へ、外側が北へ向いている。これで今いる場所からの方角がわかるわけだ。

夜になると太陽は空にない。私たちの歴史において、旅人たちは星を利用してきた。北半球では北極星が夜空に輝いており、南半球では南十字星を利用して「だいたいこの辺りが南」を読み取る方法がある。

しかし、異世界において北極星や南十字星はあるだろうか？　太陽についてはさほど私たちの世界と変わらないケースが多いと思われる（それでも二つの太陽がある世界、西から日が昇る世界などはあってもおかしくない）が、星となると全く違う形をしているのがほとんどではないか。

とはいえ、その世界にも北極星と同種の存在がある可能性は小さくない。北極星そのものでなくとも、南十字星のように「ここからこう計算すれば正確に北がわかる」という算出法が編み出されていてもおかしくないからだ――現地人たちも方角は知りたいだろう。他にも、「常に空の一点に月が浮かんでいる世界」などは、そこから方向を読み取る技術が編み出されたりしているだろう。だが、それも現地の人間から学ばない限り、異世界人には難しいことだ。

コンパスの威力

これらの方位の問題はコンパス（羅針盤）を持ち込んだり、現地で作ったりすることができれば、かなりの部分で解決する。磁石の「地球の磁場に引かれ、南北を示す」性質を利用し、どちらの方角が北であるかがわかる道具だ。

私たちの歴史において、磁石自体はかなり古い時点でわかっていたが、それが方位を示すこともできるのだとわかるまでにはかなり時間がかかった。だいたい十一世紀頃までには中国でこの原理が発明され、まずは紐で吊るしたり、水に磁石を浮かべたりして方位を指し示す方法が発明された。これがアラブ商人たちの手でヨーロッパへ持ち込まれ、ピボットと呼ばれる軸で磁石を支える、私たちのよく知るコンパスの形にな

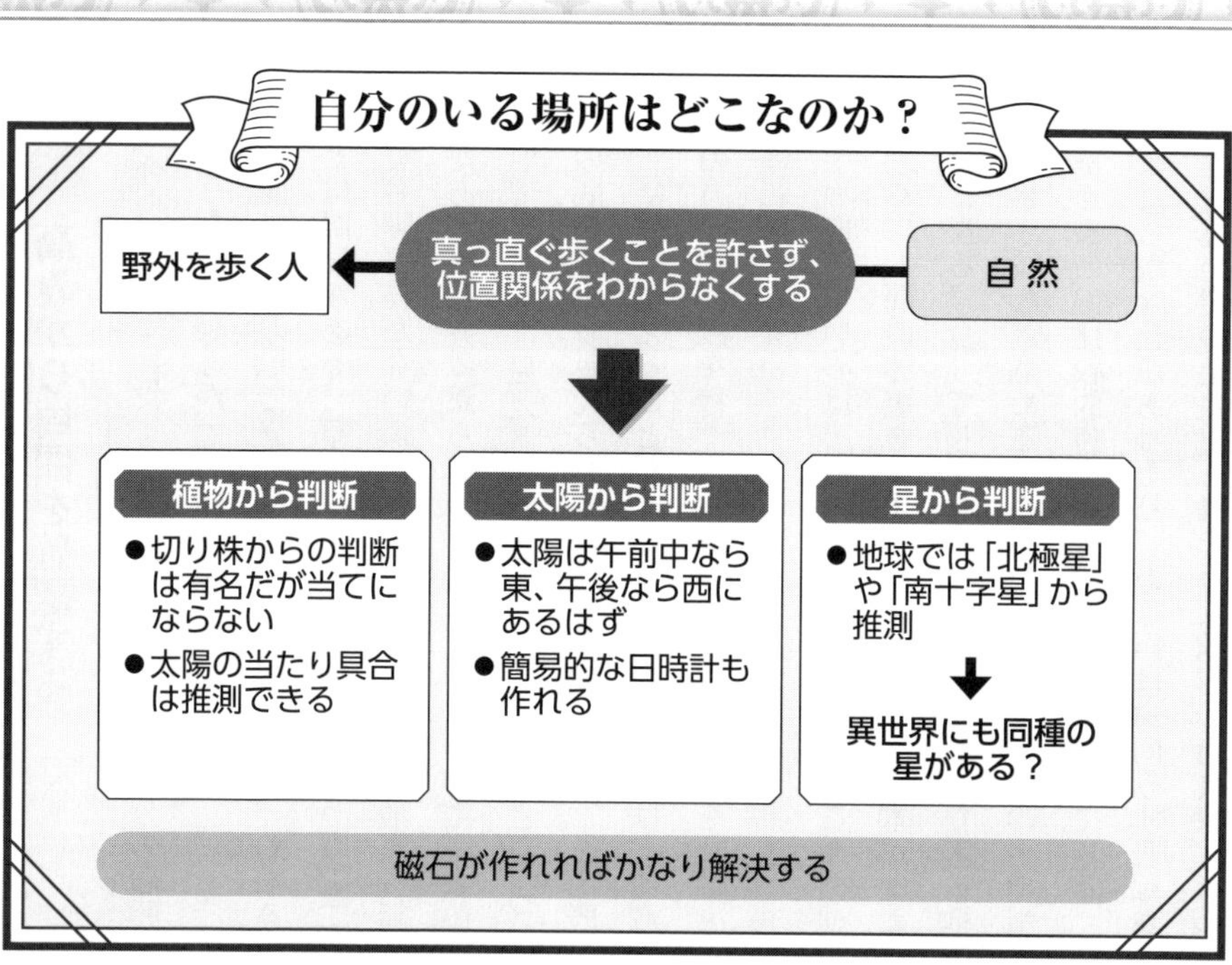

自分のいる場所はどこなのか？
野外を歩く人
真っ直ぐ歩くことを許さず、
位置関係をわからなくする
自 然
植物から判断
●切り株からの判断は有名だが当てにならない
●太陽の当たり具合は推測できる
太陽から判断
●太陽は午前中なら東、午後なら西にあるはず
●簡易的な日時計も作れる
星から判断
●地球では「北極星」や「南十字星」から推測
異世界にも同種の星がある？
磁石が作れればかなり解決する

る。だから、中世ヨーロッパ風ファンタジーの世界にコンパスがあっても特におかしくはない。

　磁石を持ち込んだり、あるいは現地調達しなくとも、その場で作ることも不可能ではない。針のような金属片に金属線を巻いて、電気を通してやればいいのだ。通す電気は電池程度のそれで構わない。このやり方だと製作時にどちらが北になってどちらが南になるかまではわからないが、作った後に判断すればいいだろう。

　ただ、問題が二つある。まず一つは、少なくとも地球の場合、磁石は完全に北を示しているわけではなく、微妙なずれがあることだ。このことは少なくとも十一世紀の中国では知られていて、史料にも残っている。こちらは「大まかな方角がわかるだけ」と割り切れば、さほど大きな問題にならないかもしれない。

　より大きな問題は、磁石が方位を指し示す性質が異世界でも使えるとは限らないことだ。私たちの世界でも、太陽系の他の星では地球ほど磁場が強くなく、方位を指し示すことはないとされている。では、異世界ではどうだろうか？　これは「使える」としてもいいし「使えない」としてもいい。

高みから周囲を確認する

「今自分がどこにいるか」は大事だが、「自分の周囲がどうなっているか」も同じくらい大事だ。

地面に二本の足で立って周囲を見回しても、わかることは限度がある。草原地帯や砂漠地帯のようなどこまでも障害物がないような場所であっても、地形に起伏があれば視界は遮られる。ましてや、森林地帯や山岳地帯であれば見える先など大いに限られてしまう。この問題を乗り越えられれば、多くの「未知」を「既知」に塗り替えることができる。そのためには、何らかの方法で高度を稼ぐ——高い位置から周囲を見渡さなければならない。

手っ取り早いのは、近くの高いものに昇ることだ。近くに人間の体重を支えられるくらい高い木が生えているなら、登ってしまおう。両足でしっかり木に抱きつき、枝など掴めるところを掴んで上半身の力で引き寄せると、比較的疲労が少なく登ることができる。

なだらかな丘があったり、あるいは遠回りすればある程度高い崖の上に出られそうな地形であれば、登ってしまえばやはり高い位置から周囲を見ることができる。どうにも回り込むルートが見つからなそうな場合は、よほど登山やボルダリングの心得がある人でなければ、天然自然の崖を登るのは危険が過ぎる。ただ、崖に隙間がある場合は、その中に身体を押し込み、手足を突っ張って、尺取り虫のように登っていける。

科学のアイテムはよりスマートに、そして高レベルにこの問題を解決する。ドローン（カメラ搭載の小型飛行機）があれば、非常に高い位置から周囲を観察することができるだろう。また、木に登ったり山に登ったりして高い視点を確保したとしても、当然ながらそこから移動することはできない。しかしドローンなら燃料・エネルギーの許す限り飛んでいくことができる。このアドバンテージは大きい。ただ、その世界の住人はドローンなど見たことがないはずだ。鳥と誤認されるか、あるいは奇怪な怪物と見做されて撃ち落とされる可能性には注意したい。

さて、高い位置へ移動したあなた（あるいはあなたの目）は何を見つけるだろうか。人家や集落、都市などが目に入って来るかもしれない。直接見えなかった

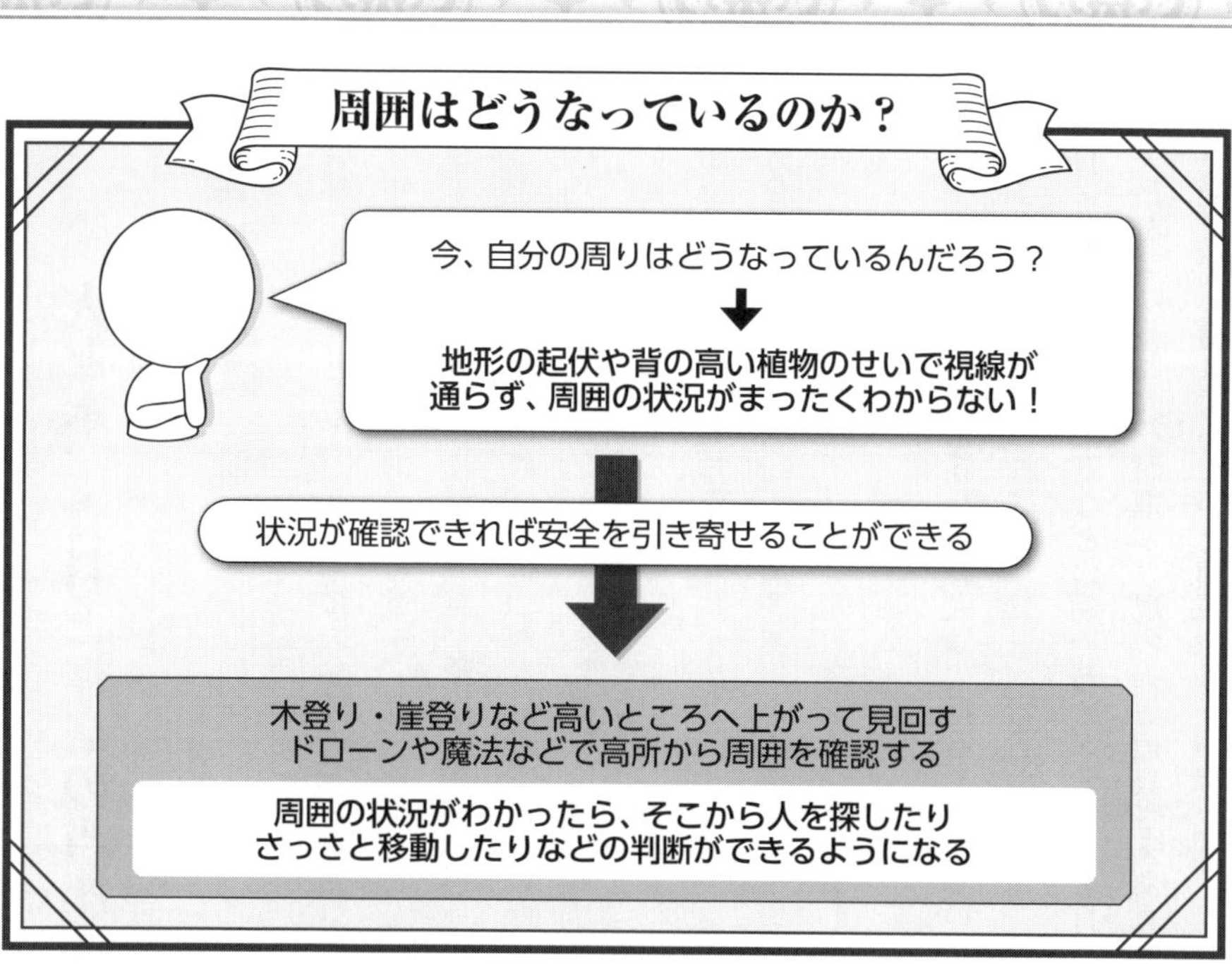

としても煙が立っていた場合、それは炊事や焚き火の煙で、人がそこにいる可能性は高い。また、明らかに人の手が切り拓いた道を見つければ、その進む方向で人間と出会えるかもしれない。

こうして周囲の未知をある程度既知へ塗り替えることができれば、次の方針も決まることだろう。

今自分のいる場所の近くに人間がいそうであれば、さっさと移動して接触するのは一つの手だ。あるいは、「今自分がいるあたりは不毛の地だったり危険な場所であったりするので、急ぎここから移動して安全を確保しよう」となるかもしれない。

また、どうも近くに（あるいは相当遠くまで！）人家・集落がなさそうであったら、「遠くまで探しに行くために、しばらくこの周辺に留まって、そのために必要なものを確保しよう」となるだろう。あるいは、「どうも今自分がいるあたりに人間はいないが、開拓のための資源は豊富だから、生活基盤を築くぞ！」と決意する可能性もある。

このように決断できるのも、未知を塗り替えたからこそだ。

火と水、食料と住居の当座確保

火の価値

突然始まったサバイバル生活において、火の価値は計り知れない。身体を温めるにせよ、動物を遠ざけるにせよ、お湯を沸かすにせよ、狩りや漁の獲物を焼くにせよ、まず火がなければおぼつかない。では、いかにして火をつけ、十分な大きさの炎に育て、安定させるのか。

まずは火種を作らねばならない。火花のような小さな火を生み、それを火口（木屑や紙屑など燃えやすいもの）で燃え上がらせ、だんだん大きな火に育てるわけだ。

中世ヨーロッパ風世界なら旅人は火打石を持ち歩いているのが普通だ。これはフリント（岩石の一種。一般的な火打石）や黒曜石などの硬い石で、金属（火打金）とぶつけると火花が飛ぶ。現代人も道具さえあれば可能だが、慣れていないと簡単ではない。

この時、現代科学の産物を持ち込めているなら話は早い。携帯用のガスバーナーがあれば手軽さでは最高だが、いわゆる百円ライター、あるいはマッチでもあれば、簡単に火をつけることができるからだ。ただ、これらのアイテムは消耗品であり、異世界を長く冒険するのには向かない。そこでファイヤースターター（マグネシウムや鉄とセリウムの合金であるフェロセリウムなどの金属棒と火打石のセット）が便利だ。消耗品ではあるが相当長持ちする。荷物を減らすという観点では火打石のついたナイフが良い。

火打石も現代の火付道具もないなら、ネアンデルタール人もやった方法にチャレンジすることになるかもしれない。木と木を擦り合わせ、摩擦により熱を生み出すのだ。木の板に木の棒を押し当て、棒を弓のような仕組みで回転させる方式が有名だが、とにかく擦ればいいので他にもやり方はある。なるべく乾燥した木を選ぼう。

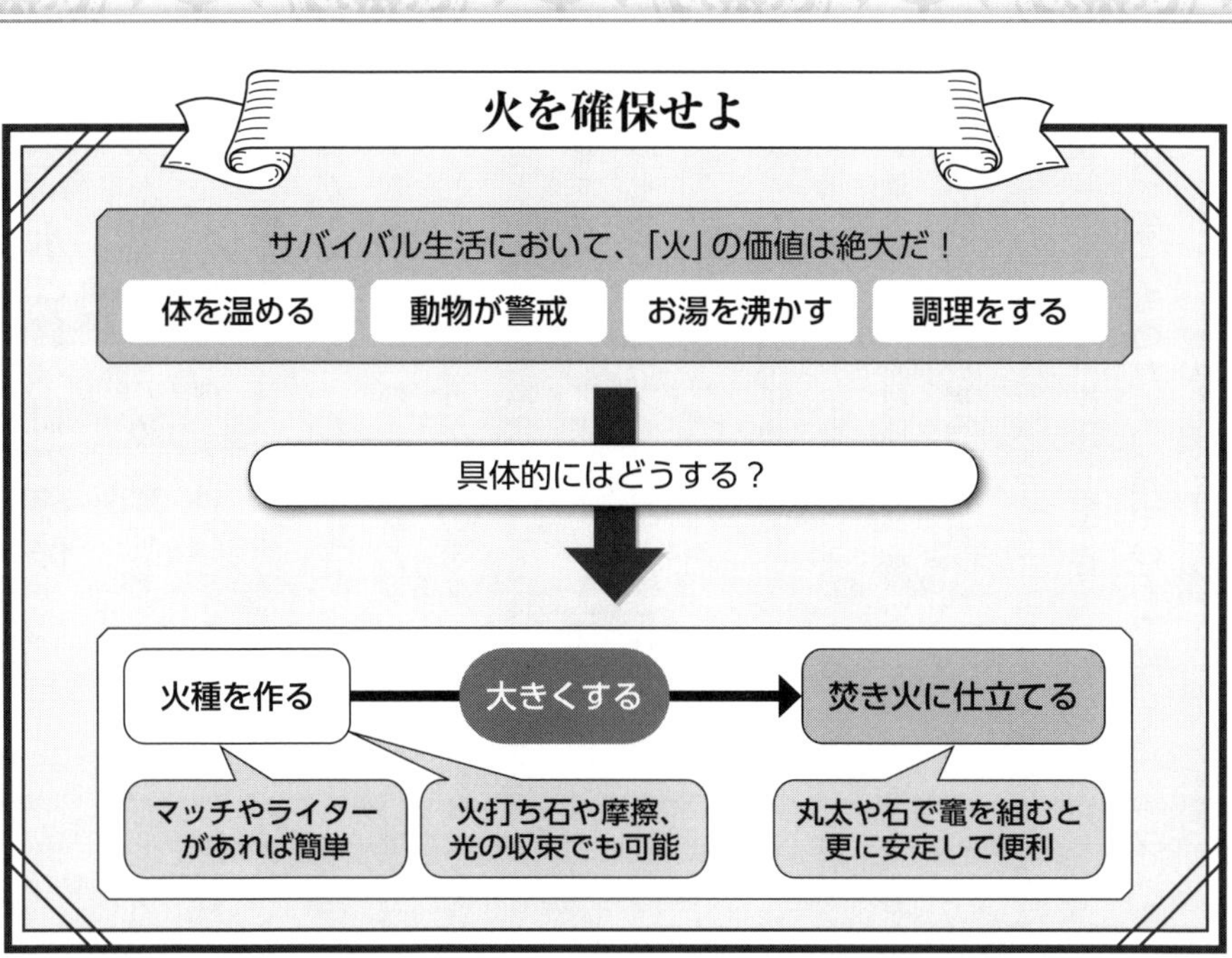

石でも木でも上手くいかないなら光を使う手がある。凸レンズか凹面鏡があれば、光を集めて熱を生み、火をつけることができる。

古来から水晶レンズがこの用途にしばしば使われたが、そう簡単に用意できるものではないだろう。しかし、現代人なら抜け道がある。荷物にペットボトルや透明なビニールがあれば水を入れるとレンズ代わりになるし、実は眼鏡（凹レンズ）に水を溜めると凸レンズ代わりになる。なんにせよ太陽が出ていないと使えないが。

手段はともあれ、火口に火が灯ったら次はこの火を大きくする必要がある。枯れ葉や枯れ枝、枯れ木などを燃えやすい順に、また空気がちゃんと通るように気をつけたり、息を吹きかけたり（何かしらの筒があれば息を吹き込めて、より効率が高まる）しながら、火の勢いを増していくわけだ。

最終的にはちゃんとした薪に火が移れば立派な焚き火の完成である。焚き火の周りに丸太や石を一方向空けた形で組む（風の通り道）と竈になって、さらに火が使いやすくなる。

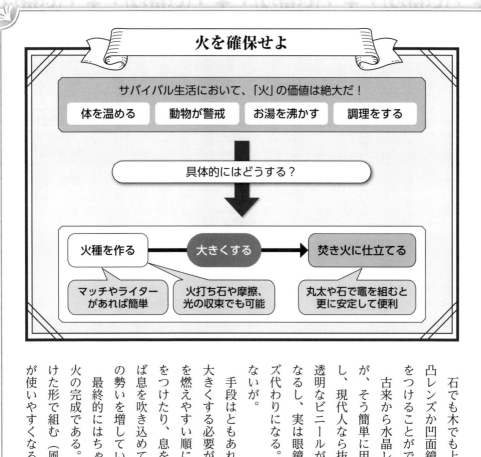

水と食べ物の確保

人が生きていくためには水と食べ物が必須だ。この二つをどうにか確保しなければ生存できない。人間は飢えと渇きにはそれなりに強いものの、死ぬより前に衰弱がやってくる。行動不能になればそこからの逆転ができない。かといって、焦って飲み、あるいは食べようとすれば、何らかの被害を被って結局動けなくなることも多い。知識に基づいた行動が必要だ。

まずは水について考えよう。人間は一日に二リットルの水が必要（成人の場合）とされている。それをどのように確保するか。

どんな場所に飛ばされたかにもよるが、雨が十分に降るような気象の土地なら、水たまりや川などの形で水と遭遇すること自体はそう珍しくない。しかし、それらの水は多くの場合、汚れている。

可能なら川から一～二メートル離れた場所を掘ると良い。そこで滲み出てくる水は川のものが地面を通って出てきたものだが、途中の石や砂が天然のフィルターになって濾過されているので、比較的綺麗だ。

天然のフィルターが使えない場合は人工のフィルターで濾過しよう。簡単な器具で行うことができる。筒状のもの（底を抜いたペットボトルや壺、あるいは竹）の一番下に布を敷き、その上に焚き火の時に出た炭、砂利、小石、砂利、小石という順に層を作って積み重ねていく。この上から汚れた水を注ぐと、かなりきれいになって出てくる……しかし、この時点でもできればまだ飲まないほうがいい。菌や微生物などによって汚染されていることが多いからだ。しっかり煮沸して初めて口にするべきである。

例えば現代日本でも、（地域によるが）川の水をそのまま飲むことは奨励されない。北海道におけるエキノコックス（狐や犬などの寄生虫が糞から川の水などに広まり、そのまま口にすると感染）が有名だが、ほかにもさまざま寄生虫・菌などがいる可能性があり、煮沸処理を施さなければいけない。

理想を言えば蒸留するのが良い。一例として、こんなやり方がある。大きな鍋に汚れた水を入れ、さらに鍋の空中に器を吊るす。最後に冷たい水を入れたボウルのようなものを鍋に被せ、蓋をする。その上で鍋を火にかけると、汚れた水が沸騰して蒸気になり、蓋のボウルの底に当たって冷えて雫になり、器に集まる。この水は蒸気になる段階で汚れを持ってきていないから綺麗になる、というわけだ。

大変な手間がかかるこれらの問題への対処も、科学技術の助けがあればかなり楽になる。軍人用のサバイバルキットなどには、汚れた水に入れれば簡単に浄水してくれる浄水タブレットや、高性能な浄水器が入っていることが多い。しかしこれらはガスバーナーやマッチなどと同じく消耗品であり、使用回数に限度がある。サバイバル知識のある人間ならなるべく早い段階で再使用可能な濾過・浄水手段を探すだろう。

食事を邪魔する「未知」

一方、食べ物の問題はかなり難しい。ここに、前項の「未知」の問題が関わってくる。

通常のサバイバルシーンなら以下のような知識の提示が見せ場になる。

「これは食べられるがこっちは食べられない」

「これは毒を除かなければいけない」

「これは可食部分が限定されている」

しかし、異世界から来た人間にとって、その世界は異界であり、つまり未知だ。このような知識を持っているわけがない。むしろ、自分たちの世界では当たり前に食用になる獣や魚、植物にそっくりだから油断して食べてしまったら、実は見た目が似ているだけの別物で食べられない——などというアクシデントも十分あり得る。

そのため、十分にサバイバルスキルを持っている人間が異世界へ飛び込んだ場合。むしろ未知を警戒してなるべくこの世界のものを口にしない方が、振る舞いとしてリアリティがある。一真が携帯食料だけを口にしながら、どうにか現地人と接触しようとしていたのはそのためだ。食べられるものについての知識を欲していたのである。

ただ、未知の食べ物を恐れるのは「リアル」な話ではあっても、エンタメとして面白くなるかというと難しい。達也の能力はこの問題に対する一つの解法で、情報が全てわかるなら食べられる食べられないを気にする必要がなくなる。もちろん、この世界の人間であるエレナも基本的には何が食べられるか知っている。

他に、サンプルで紹介しなかった方法としては「そこまで気にしない」がある。「読者によっては引っ掛かるかもしれないが、あえてエンタメ性を重視して気にせず現地のものを口にする」であったり、あるいは「このキャラクターは度胸があったり、お腹が空き過ぎていたりして、気にせず食べてしまう」などだ。

では、何らかの方法によって未知を克服し、食べ物の確保に挑むことにした、としよう。実際にはどんなものが手に入るだろうか。また、そのためにはどんな手段が可能だろうか。具体的な種類は平原なのか森林なのか川沿いなのか海沿いなのかでも違うし、気象でも違うため、ここではざっくりと種類で紹介する。

一番簡単に手に入るのは、どんぐりのような木の実や、リンゴをはじめとする果実だろう。熟して地面に落ちたものはただ拾えばいいが、野の獣にとってもご馳走なので、競争になる。そこで、長い棒でまだ枝についている実を落とすと良い。ただ、しばしば虫が巣食っているし、木の実類はそのまま食べるのに向かない。一例として、どんぐりはアク抜きをしなければ苦くて渋い。無理に食べるとひどい便秘になる。しかし、砕いたどんぐりを水（できれば木灰水）でじっくり煮て、アクをしっかりとれば、食べられる。

川や湖、海が近いなら、魚もターゲットになる。よくしなる木の枝と糸があれば、釣りができるだろう――実はいわゆる釣り針でなくとも、裁縫に使う直針があれば釣りができる。餌の中にしっかり針を埋めて獲物に食いつかせれば、口の中で針が引っかかって釣れる。ただ、普通の人には難易度が高そうだ。

魚がたくさんいて人間を警戒していないような場所なら、手づかみでも何とかなる。日本古来の魚取りの罠として「ウケ」などと呼ばれるものがあり、これを作ってもいいだろう。竹ひごや葦などを束ねて筒状にするのだが、出口側だけ返しを作るのだ。すると水は通るが魚は通れない。

もっと盛大に獲得する方法もなくはない。例えば、川の中の石を強く叩く。すると振動が伝わって、川の中の魚がみんな気絶してしまう。あるいは、毒を使う手もある。例えば、洗剤にも使われる界面活性剤成分サポニンを含む木の実（ムクロジの実など）をすりつ

食料の確保

異世界サバイバルの難しさ

本来なら食べられるものと食べられないものの確認ができる

異世界では知識が活用できない！

能力や現地協力者で解決

あまり気にしないも一つの手

ポイント①：木の実・果実
入手は比較的簡単だが、
ライバルは多いし、アクの問題も

ポイント②：魚
釣りや罠、岩を叩く、
サポニンを使うなど手段は多様

ポイント③：動物の肉
旅慣れた人以外、
狩るのも処理も簡単ではない

ポイント④：塩の問題
塩（ナトリウム）なしに野外
活動は困難。海があれば……

ぶしたものを川の中に撒くと、魚は息ができなくなって浮かんでくる。どちらにせよ、あとは掴むだけだ。

鳥や獣を狙うのはかなりハードルが高い。弓矢や槍を自作すること自体が簡単ではなく、素人が使いこなすのはもっと大変だ。罠の類も、獣がどこを通っているのかを足跡や糞の具合から判断し、また罠を仕掛ける時にも人間の匂いがしないようにする必要がある。

エレナのように野外活動に慣れた冒険者なら、道中の食料確保のために狩りをするのはそう珍しいことではないはずだ。彼らはちょっと森の中に入ってウサギのような小動物や、鳥類を弓矢で狩り、野外の味気ない食卓に花を添えてくれることだろう。それでも猪や熊のような危険な獣は手に余るはずだ。そのような恐ろしい動物でも気にせず狩れるのは、余程の達人冒険者であろう。

ここまで紹介したのはおおむね普通の食べ物の延長線上だが、危機的状況におけるサバイバルを表現したいならより特別な食べ物を登場させてもいい。蛇は脅威だが、頭を押さえてしまえば比較的簡単に取り押さえられるし、頭と（毒がある種類でも）毒腺を取り除けば食べられる。トカゲもこれに準じて、頭を落として焼けばいい。また、朽ちた木の中にいる芋虫類はオーストラリアの原住民アボリジニなども食用にしており、火を通せば非常に美味しいとされる。

　魚にせよ、鳥にせよ、獣にせよ、ちゃんと処理をしなければ碌に食べられたものではない。魚は鱗を取り、鰓を取り、腹を切って内臓を出す。鳥や獣はまず血抜きをしてから皮を剥ぎ、内臓を取り出す。特に血抜きは味のために大事だが、これも素人の手には余るだろう。また、どれもしっかり火を通して食べるべきだ。

　もう一つ、食べ物に関係して盲点になりがちなポイントとして「塩」を挙げておきたい。喉の渇きや空腹のようにはっきりわかる形ではないが、塩（ナトリウム）の不足は怠さ、めまい、胃のむかつき、食欲不振などの症状として確実に現れてくる。

　余程に汗をかいて塩分が体外へ出てくる場合などを除き、普通に食事をしていれば摂取できる程度の塩分でいいのだが、本章で想定している状況では、塩の入手が難しくなる恐れがある。

　肉や魚（の特に血液）をメインに食べられたり、近くに海があってその海水を煮詰めることで塩が入手できたなら問題ない。そうでなければ後は余程の幸運に恵まれて岩塩を発見できるか、あるいは現地人と交渉して塩を分けてもらうくらいしかなくなってしまう。植物の中にも塩味を感じさせるものはある（漆の仲間であるヌルデの実など）が、その多くはカリウム塩であって、ナトリウムの補給にはならない。

寝床・拠点を探す

　休み、寝るための場所の確保は重要だ。きちんとした休憩を取れないと体力が回復できず、目的地への移動はもちろん、その後のトラブルへの対応も難しくなってしまう。

　第一に気をつけるべきは「自然がもたらすアクシデントの起きそうな場所は避ける」だ。例えば、次のような場所である。

- **崖の直下など、落石や土砂崩れのありそうな場所。**
- **川原や中州など、簡単に水に沈みそうな場所。**
- **川の近くで、草に泥がかかっていたり、草が倒れているなど、雨が降ると水が上がってきそうな場所。**

安心して眠れる場所を作る

雨風を防げ、ゆっくり休める場所がなければ、
体力が回復できず衰弱してしまう

ポイント①：自然のアクシデントを避ける！

以下のような場所はよく観察すれば見抜くことができるはず

- 落石・土砂崩れのある場所
- 水に沈みそうな場所
- 雨水が通りそうな場所
- 強い風が吹き抜ける場所

ポイント②：構造物を利用

木や岩を背にしたり、窪みに隠れたりすると、快適になる

⇒さらに火や枝も活用したい

ポイント③：簡易式住居

マント１枚を寝袋代わりにするのから、大きなテントまで

⇒布１枚でも簡易テントに

・窪んでいる、谷状になっているなど、雨水の通り道になる場所（小石や落ち葉などが帯状に散らばっているのは水が通った証）。

・丘の上や尾根筋など、風が強く吹き抜ける場所（木の枝が一方向へ伸びているなら、それは伸びている方向に向かって強い風が吹いている証）。

第二に、「なるべく自然物・地形を活用する」も意識したい。

大きな木や岩を背後に背負って火を焚くと、熱が反射されて普通よりも暖かくなる。理想は反対側にも木や岩がある場所を選び、両方から熱が反射される構造を作ると非常に快適に過ごせる。

地面の窪みは雨が降ると水没の恐れがあるが、そうでなければ風除けができて過ごしやすい。穴の上に木の枝を切って渡し、葉っぱも載せて屋根にすることで、簡単にシェルター状の空間も作れる。

落石や土砂崩れには気をつける必要があるが、やはり崖のくぼみや岩陰は風除けの意味でも便利だ。葉っぱ付きの木の枝を立てかけるとさらに快適になる。人が入れるような大きさの洞窟はさらに快適だが、それ

は獣や虫などが住み着く可能性にもつながるので、危険な獣の痕跡があったら入らない、洞窟の奥で火を焚いて虫を燻し出す、入り口に木の枝を立てかける、などの工夫が必要だ。

葉っぱがよく茂っている木の枝は、それだけで簡易的な寝床になる。枝を折って固定したり、あるいは枝の先端に紐を結んで石をくくりつけたりすることで、下向きに垂れるようにして、雨除け・風除け空間を作るわけだ。

以上のような活用できる大きな構造物がなくとも、せめて枯れ枝や枯れ葉があれば、寝床に敷くことで簡易的なベッドになる。できれば枝を切って敷くと地面から伝わってくる冷たさをより遮断できるし、湿った場所でも眠れる。

とはいえ、これらは結局のところ緊急避難的な部分が大きい。そこで第三に「テントのような簡易・移動式の住居を活用する」を心がけたい。

具体的にどのようなタイプの簡易住居が使える（持ってきている）かは作中の文化・文明の具合による。マントが毛布がわりで、これで身を包んで野宿する、というケースも多いだろう。現代からキャンプ道具を一式持ち込んでいるなら、大きくて立派な、一瞬で広がるようなテントも持ち込める。ただ、きちんとしたテントは徒歩の旅には無理がありそうだ。馬や車などの荷物運搬手段が欲しい。

そこまできちんとした装備がなくとも、布やブルーシートがあるだけでそれなりに立派な簡易住居が作れる。木の枝を柱がわりに建てたり、周囲の木にロープを結んだりした上で、布が屋根・壁になるように広げるのだ。もう一枚布があれば、地面にも敷く。これでかなり雨風が防げ、快適にもなる。

最低限の道具を確保する

ここまで紹介してきた活動のためにはどうしても各種の道具が要る。しかし、アウトドアやサバイバルのために必要な装備・道具を並べ始めたらキリがない。最低限だとどのくらいだろうか。

主にファンタジー世界で冒険するTRPG『ダンジョンズ&ドラゴンズ第5版』の『プレイヤーズ・ハンドブック』には、荒野を行く冒険者たちが持つべき基本的なセット（探検家パック）が紹介されている。金貨十枚で買えるそのセットには、全体を入れるためであろう背負い袋をはじめ、携帯用寝具や炊事用具・水袋はもちろんのこと、火と明かりを確保するためのほくち箱や松明、十分な保存食、いろいろ便利な麻のロープなども含まれている。炊事用具にはフォークとナイフ、皿と鍋が含まれているので、食事はもちろん水を煮沸するのにも向いている。よく整った装備だ。

付け加えるなら、ナイフが欲しいところだ。狩りや釣りの獲物をさばくにしても、燃料や寝床づくりとして木を切るにしても、移動に際して邪魔な枝を払うにしても、しっかりとしたナイフは欠かせない。もちろん、『ダンジョンズ&ドラゴンズ』の冒険者たちは武器としてナイフあるいはそれに類するものを持っているので、セットの中には入らなかったのだろう。

エレナは当然これらの道具を一式携えている。一真も同種の道具を持っている上、現代技術で作られているので品質がさらに高い。しかし、達也は難しいだろう。ナイフはおろか、他の道具類もまず身につけていないに違いない。

そこで、せめてナイフを作りたい——金属を鍛えて作ろうというのではない。材料は石だ。最低限、石に石をぶつけて砕き、その中から比較的鋭い面を持った石を拾うだけでも、手だけではできない加工ができるようになる。他に、石を石柱状に加工してから周囲を剥がすように打撃を加えることで鋭い石刃をたくさん作り出す手法（ここまでは打製石器）や、石を砥石や硬い石の粉末で研ぎ、磨く手法（磨製石器）もある。

最悪のケースでは、もっと基本的な道具・装備を持っていないこともあるだろう。服だ。素っ裸で異世界に放り出された時、一体どうしたらいいのか。服は植物の葉っぱや枝や棘、鋭い石など、さらに暑さ寒さ、風の冷たさからも人間の身体を守ってくれる、人類の友人だ。これなしに生き抜くのは難しい。また、人間は裸体では羞恥心を感じるのが（少なくとも現代では）常識である。その点の精神的ストレスもバカにならない——複数人で行動しているなら尚更だ。

急場は適当な植物の葉っぱや蔦で身体を覆うことになるだろう。その上で、身体を大きくカバーする布状の物体を手に入れる手も、なくはない。獣皮を革へ変

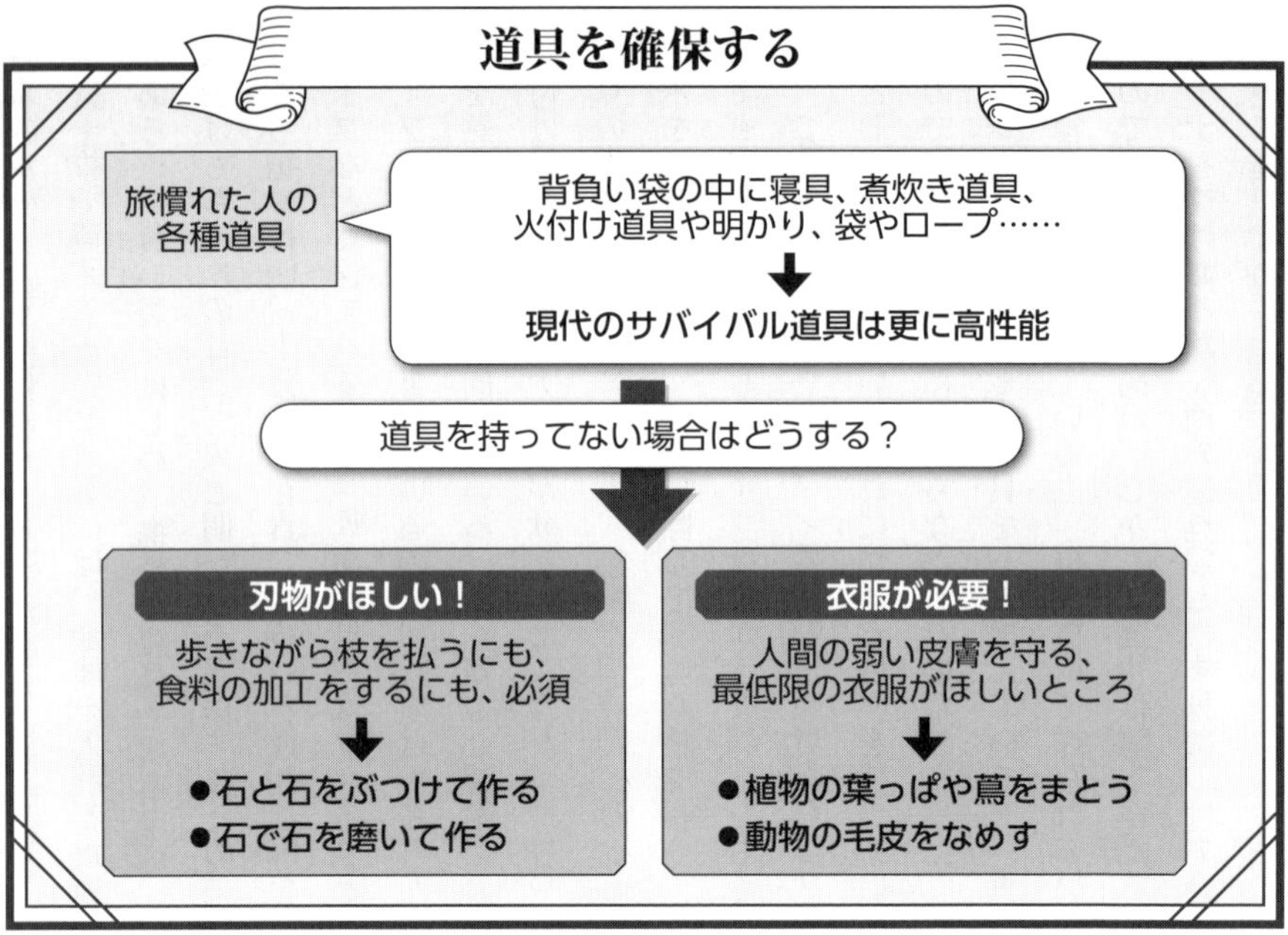

える「なめし加工」を行うのだ。

一般的な手法としては、「地面に埋めた（水に浸けた）のち、ナイフなどで表皮・皮下脂肪を取り除いて真皮のみにする。その上で薬品（タンニンほか）を使って皮が腐らず長持ちするように加工する」というものになる。薬品を手に入れることは困難だろうが、実はここに裏技がある。人間が皮を何度も何度も噛むことで唾液が薬品代わりになり、皮も柔らかくなって、革へ加工することができるのだ。

現実的にはこの加工を行うのは難しい。時間も手間もかかるし、イヌイットなど寒冷地の人々のやり方だからそれ以外の土地では結局革が腐ってしまう可能性が高い。何よりも動物を狩るという危険で普通人には手に余る作業が必要になってしまうからだ。

しかし、実際に行われている（いた）方法であることを思えば、エンタメで「意外な革加工の方法」としてはリアリティが十分にあると考える。サバイバビリティの高いキャラクターのヒロイックな活躍として描くのは十分にアリだろう。臆病なキャラクター、慎重なキャラクターには向かない。

危険を回避する

野獣の脅威を退ける

周囲の状況を把握し、飢えや渇きを凌ぎ、寝床を用意して体力の無駄な消耗も防ぐ。これらができたとしても、異世界サバイバルを生き残れるとは限らない。なぜなら、野外にはさまざまな危険が潜んでいるからだ。火を焚き、道具を用意し、体力を温存したのは、それらの危険に対応するためといっても過言ではない。

想定される危険をピックアップしてみよう。

まずは危険な動物の類だ。現実に存在する獣では、どのような危険があるだろうか。ファンタジー世界なら似たような性質のモンスターがその位置に座っている可能性が高い。

真っ先に思いつくのは肉食獣の類だろう。種類は気象や地形にもよるが、例えば虎や獅子、狼や熊、あるいは水棲なら鰐など、多様な肉食獣が存在する。彼らは人間をはるかに超える瞬発力を備え、また鋭い爪や牙も持っている。さらに雑食獣の中にも肉食獣と同じくらい危険な動物はいる――猪がそうだ。その突進力は肉食獣の爪や牙以上の脅威になる。

人間側が槍や弓を持っていて、肉食獣が飛び掛かってくる前に攻撃できればいいが、その好機を逃したらもうおしまいだ。組み付かれ、押し倒されたら生き延びる機会はない。

また、鷹や鷲のような猛禽類は小型の動物なら高空から強襲してきて掴み、攫ってしまうため、大型の飛行モンスターがいたら人間さえも同じように攫われてしまうかもしれない。

草食獣も安心できない。馬や牛、鹿やカバなどは一見すると肉食獣より安全な存在に見えるかもしれない。実際、彼らは食べるために人間を襲うことはない。しかし、人間が襲ってくれば反撃をすることはあるし、何かに追われて逃げている時にたまたま人間が近くにいればそのまま跳ね飛ばして進んでいくだろう。

何よりも、草食獣はしばしば肉食獣より大きい。大きいことは力だ。角を向けて突進したり、あるいは蹄の足で蹴り飛ばせば、人間くらいは簡単に重傷を負わせ、殺せてしまうのである。

また、毒を持っているものも、持っていないものも、蛇は危険だ。音もなく近づいて噛み付いてくる可能性がある。前項で紹介したようにわかっていれば——動きが見えていれば頭を押さえてしまうことができるが、奇襲されたら気付かないうちに噛まれてしまう可能性がある。まして、毒があればそこでおしまいだ。

これらの危険な生き物(あるいはモンスター)に対して、どのように対処・対応すればいいのか。

事前に知識があれば、近づかない、という選択が取れるだろう。動物はしばしば爪痕や糞尿などでマーキングをして、自分の縄張りを示す。そのような痕跡を見つけたら可能な範囲で避けることで、遭遇する可能性を減らすことができる。ちなみに、現代のキャンプ道具には「狼の尿」があり、これなどはそのマーキングを擬似的に再現することで他の動物を近づかせない効果があるとされる。

また、動物はしばしば人間と火を恐れる。キャンプで火を焚き、移動の時に松明を手にし、あるいは熊鈴のように音が鳴るものを持って移動すると、そのような動物を遠ざける効果が期待できる。

しかし、そもそも知識がない、あるいは獣道を通って進んでいる場合、どうしようもなく出会ってしまうこともあるだろう。相手にもよるが、例えば猪なら木に登るなどして高度差を作ると攻撃されずに済む。また、突進してくる動物相手にはギリギリのところで——闘牛士のように——回避することもできるとされる。相当の度胸がなければできない回避法ではあるが。

以上、ここまでは戦う術のない(達也のような)キャラクターを想定して危険な野獣への対処を考えてきた。では、一真やエレナのような戦うための技術・能力を持っているキャラクター、さらには本書ではサンプルとして扱っていないが「戦闘に使えるチート能力を持っている」キャラクターはどのように野獣に対処するのがリアリティある振る舞いであろうか。

おそらく、戦いや旅に慣れ、サバイバルの心得があ

野獣・モンスターの危険

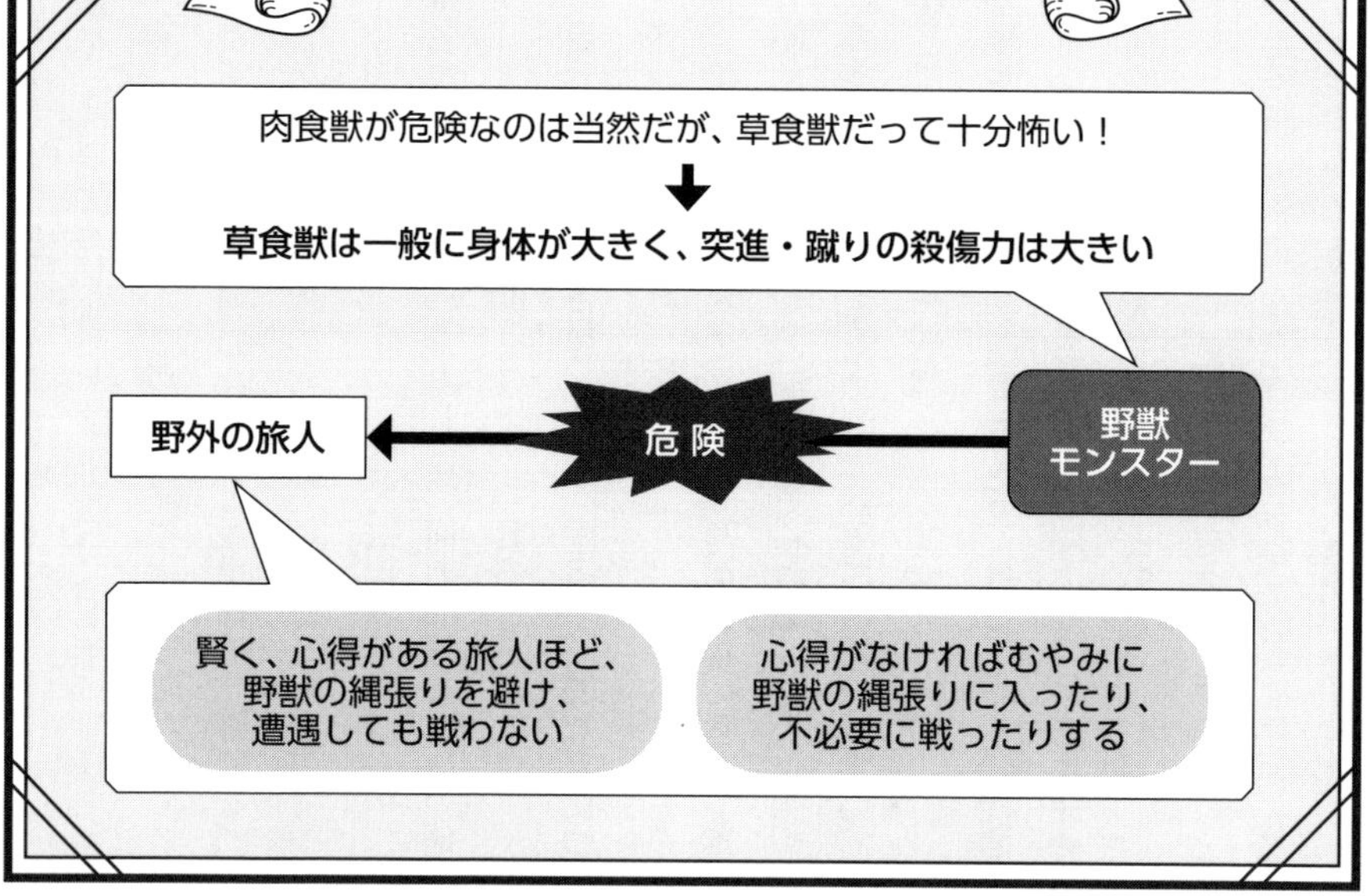

るキャラクターほど、無駄な戦いは避け、野獣の縄張りを離れて移動しようとするはずだ。もちろん、そもそも狩りを目的にしていたり、危険な野獣を村の近くから排除する依頼を受けていたりすれば話は変わる。そうでないなら、移動中に野獣と戦うのは無駄でしかない――そのように考えるだろう。

むしろ、チート能力を与えられた戦闘の素人ほど、その力を試そうと考えたり、あるいは力の強さ・万能さに酔って不必要に野獣に接触し、戦闘を挑もうとするのではないか。このような素人は無駄な殺しもするだろうし、殺した野獣の血を抜いて解体して牙や毛皮、肉を収穫するような細かい仕事をするとも思えない。その意味で、愚かさの演出ができるだろう。

真に恐ろしいのは人間か

危険な野獣（及び相当するモンスターたち）をあるいは避け、あるいは撃ち倒して、移動を続けられたとしよう。そのうち、何かしらの形――旅人か、集落の外で仕事をする人、あるいは集落や都市そのもの――で人（異種族含む）と出会うことになるだろう。その接触は時に友好的で、時に危険なものになる。

　なお、言葉が通じないと話が非常に複雑になりすぎるので、ここではなんらかの手段により言葉は通じるものとする（言葉が通じないことが最初の試練になったり、あるいは異世界の言葉を理解することがメインストーリーになる物語も存在しうる）。

　接触が友好的なものであれば、何の問題もない。例えば、次のような恩恵を与えてくれることだろう。

・今自分たちがいる世界、地域、国家、時間などについて教えてくれる。

・近くの集落や都市への行き方、その道中の危険、途中で使える宿泊施設などを教えてくれる。

・この地域で生活するための最低限の情報（危険の回避など）を教えてくれる。

・食事や宿泊などの歓待を与えてくれる。多くは代償を持たないもてなしであり、場合によってはここに売春など性的サービスが入ってくることも。

　もちろん、どのくらいの恩恵を与えてくれるかは出会った相手次第だ。相手にその気があったとしても、知らないことを教え、持っていないものを与えることはできない。「備蓄が足りないので裏山に狩りへ出る」「とっておきの家畜を潰してもてなす」ということはあるにしても、基本的には知識や財産の範囲での恩恵ということになる。

　近代以前、人々の暮らしは多くの地域で「食うや食わず」であった。それをモデルに世界を作るなら、豊かでない（時にははっきりと貧しい）村人たちが怪しげな異邦人たちを自分の蓄えを切り崩してでももてなすことに、違和感を持つ人もいるかもしれない。

　しかし、実際に多くの社会にもてなしの文化があり（特定の職業や目的を持つ旅人、あるいは曜日などの条件があったりもしたようだが）、時には先を争って「自分の家に泊まるように」と声をかけることさえあったようだ。これはどういうことか。

　一つには、社会的な価値観として「旅人をもてなす」ことが義務感として共有されていたこと。いわば「ちゃんとした家ならもてなすのが当たり前」で、それができないことは不名誉だったから、無理をしてでももてなしたわけだ。

　また、もてなしによっていわば「同じ釜の飯を食

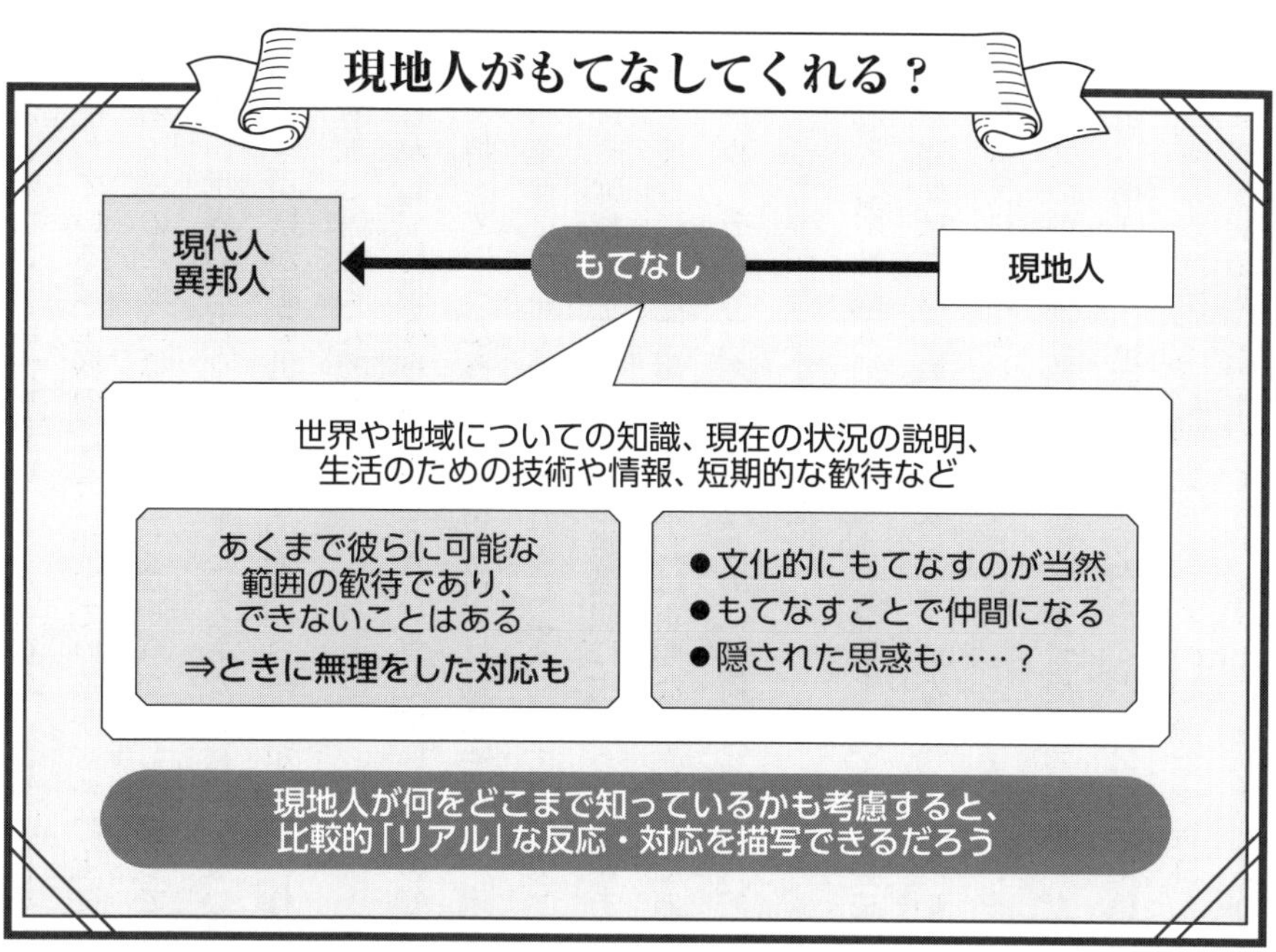
現地人がもてなしてくれる？
現代人
異邦人
もてなし
現地人
世界や地域についての知識、現在の状況の説明、
生活のための技術や情報、短期的な歓待など
あくまで彼らに可能な
範囲の歓待であり、
できないことはある
⇒ときに無理をした対応も
●文化的にもてなすのが当然
●もてなすことで仲間になる
●隠された思惑も……？
現地人が何をどこまで知っているかも考慮すると、
比較的「リアル」な反応・対応を描写できるだろう

う」ことは、正体不明の異邦人と自分たちの間にある種の絆を結ぶことにつながった。もてなされて嫌な気持ちになり、乱暴を働く人が比較的少ない（いないわけではないだろうが！）ことを思えば、ある種の防衛策でもあったのだろう。

さらに、異邦人は新しい情報や知識、技術、もしかしたら娯楽をもたらす可能性がある。十年一日で同じ日々を過ごす村人たちにとって、その来訪はある種の祭りのようなものでもあったろう。

以上のように実利も十分にあった上で、集落の人々は異邦人をもてなしたわけだ。

現地人は何をどこまで知っているか

出会う現地人の知識面は重要なので、もう少し掘り下げておきたい。彼らが何を知っていて教えてくれるかについては、その個人的な教養のレベル及び、彼が属する社会の文明レベル、そして過去にどのような出来事があったかにかなり左右される。

ただ日々村の周囲の畑を耕しているだけの農夫は、生涯を村と畑の往復に費やし、近隣の都市にさえ行ったことがない可能性も高い。そんな彼は、自分の村を支配している領主様のことは知っているが、その上にいる王様のことはぼんやりとしか知らないし、ましてや広い世界のことなど想像したこともないに違いない。神官や司祭が語る世界の成り立ちについて知っていれば立派と言えるだろう。

しかし、村長ならもう少し多く、また広い領域の知識を持っているだろう。集落の古老は神話や伝説、過去の事件について教えてくれる。それ以上となると、貴族や神官、学者といった知識階級に出会う必要がある。彼らにとって知識はしばしば重要な商売道具であるため、それを教えてもらうためには何かしらの代償を払う必要があるかもしれない。

しかし、知識人であってもまだ発見されていないこと、発見はされているが普及はしていないことについては教えようがない。どのくらいのことを知っていそうかについては、私たちの歴史を参考にすると良いだろう。例えば、「地球が球体であること」については古代ギリシャですでに発見され、その知識は中世ヨーロッパでも知識人の間には受け継がれていた。火薬の発見は中国で、ヨーロッパにも中世後期には入っていた、という具合である。

過去に起きた出来事次第ではまた事情が変わる可能性もある。つまり、異世界からの転移者や転生者、あるいは同世界の別時間や別地域（異界に迷い込んだ結果として時間や空間を移動してしまうタイプの話は神話や伝説にもしばしば登場する）からの移動者が過去に訪れているケースだ。その場合は村の村長や古老、あるいは噂好きの旅人程度でも異邦人のことを知っていることだろう。

あるいは、現地人たちも慣れてしまうくらいしょっちゅうやって来ているケースもあり得る――その場合、彼らが歓迎してくれるのか、嫌々だが丁寧に対応するのか、それとも敵意剥き出しの目で見るのかは、「先輩」たちの振る舞い、また国家やそれに類する集団が現地人たちにどのような指示を下しているかによる。

敵対的現地人への対応

では、出会った現地人が敵対的であったなら、どうだろうか？

別に珍しい話ではない。私たちの歴史においても、しばしば都市の外には山賊、野盗、追い剥ぎ、野武士などと呼ばれるような、「賊」が出没した。その活躍場所が水上なら海賊・川賊（河賊）だ。

彼らは旅人や集落を襲って身ぐるみを剥ぎ、食料を奪う。あるいは人間そのものを攫って奴隷としてこき使い、あるいは専門の市場へ売る。それ一本で生活をしているケースも多いだろうが、どちらかと言えば「普段は別の暮らしをしているが、ターゲットが見つかったら（あるいは普通の暮らしに限界が来たら）襲う」ケースが多そうだ。

また、周辺に存在する異民族も同種の振る舞いをするだろう。中国やヨーロッパはたびたび侵入してくる異民族による攻撃に苦しんでいたし、遊牧民族による略奪も諸地域で問題になった。

例えば北欧のバイキングは商人としての顔も持っていたし、日本の海賊は縄張りを通る船から通行料を徴収し、その支払いがないときだけ襲う。荒野や山道などを縄張りにする人々が、自分達の領域を通る旅人・商人から通行料を取るというのは、いかにもありそうな形ではないか。

また、時には立派な立場の人さえもが「賊」的な振る舞いをした。中世ヨーロッパではしばしば騎士がフェーデ（私闘権）を乱用し、道ゆく人を襲って利益を得たとされる。

そのような形ではなかったとしても、異世界へやってきた現代人はその特異な容貌や格好から、巡回する兵士たちに「怪しい奴め」と捕まえられる可能性はある——街中はともかく、野外ならそのような巡回はそうそうないだろうし、森林などに逃げ込めば簡単に見つかりはしないだろうが。それでも、複数の国や勢力の境では監視の目が厳しいので、注意する必要がある。村と村の境では「こちらの資源を奪いに来ているのでは」「施設を壊しに来ているのでは」、国境では「密入国では」「スパイでは」と警戒されてしまうからだ。

普通の人が「賊」に変身する危険を警戒するなら、前述したようなもてなしが罠である可能性も考慮しなければいけない。荒野の一軒家や集落に泊めてもらったら、家族ぐるみ、村ぐるみで騙されていて、身ぐるみ剥がされたり、殺されたり、という具合である。

『水滸伝』では旅人が峠の茶屋風の飲食店でしびれ薬入りの食事を食べさせられる話が出てくる。私たちの歴史で同種のことはたびたびあったのだろう。

危機感の薄い現代人が不用意に自慢をしたり、財産を持っていることを隠さず喋ったりしたら、本来「賊」的な働きをしていない善良な村人たちでさえも魔が差し、目の色を変える恐れがある。お互いのためにも目立つような振る舞いはしない方が良い。

ファンタジー世界では更なる脅威が人の形をして都市や集落の外に存在している可能性がある。つまり、人間やエルフ・ドワーフといった友好的異種族たちに対して、敵対的な異種族がいることが多いのだ。

ゴブリンやオーク、オーガなどと呼ばれる彼らは、多くの世界で攻撃的であり、侵略的であり、そして邪悪とされる。旅人や集落を襲い掠奪するという点では「賊」とよく似ているが、そこに人喰いまで加わることが珍しくない。友好的な接触は難しく、縄張りを回避するか、逃げるか、あるいは戦うことを考えなければいけない相手だ。

——とはいえ、メタ的にはこれらの敵対的異種族は、私たちの歴史における「敵対的な異民族」や「賊」たちをモチーフにしていることが明らかだ。幸運にも接触でき、掘り下げてみれば、実は（前述した賊たちもそうであるように）何かしら彼らなりの理屈によって攻撃をしてきているだけで、わかり合ったり、互いに共存したりできるかもしれないし、できないかもしれない……とするのが現代的エンタメにおける傾向である。

価値観の違いを把握しよう

最後に。価値観の問題を押さえておきたい。これは、遭遇する相手が友好的であろうが敵対的であろうが、旅人であろうが定着している村人であろうが、賊であろうが異民族であろうが、そして人であろうが友好的異種族であろうが敵対的異種族であろうが、同じように問題になる。

主人公キャラクターと、彼あるいは彼女が出会う相手はしばしば価値観に決定的な違いを持つ。それは冒険を好むか安定を好むかのような個人的信条の話かもしれないし、食べ物の好き嫌いなどのたわいもない話

敵対的現地人……と一口に言っても

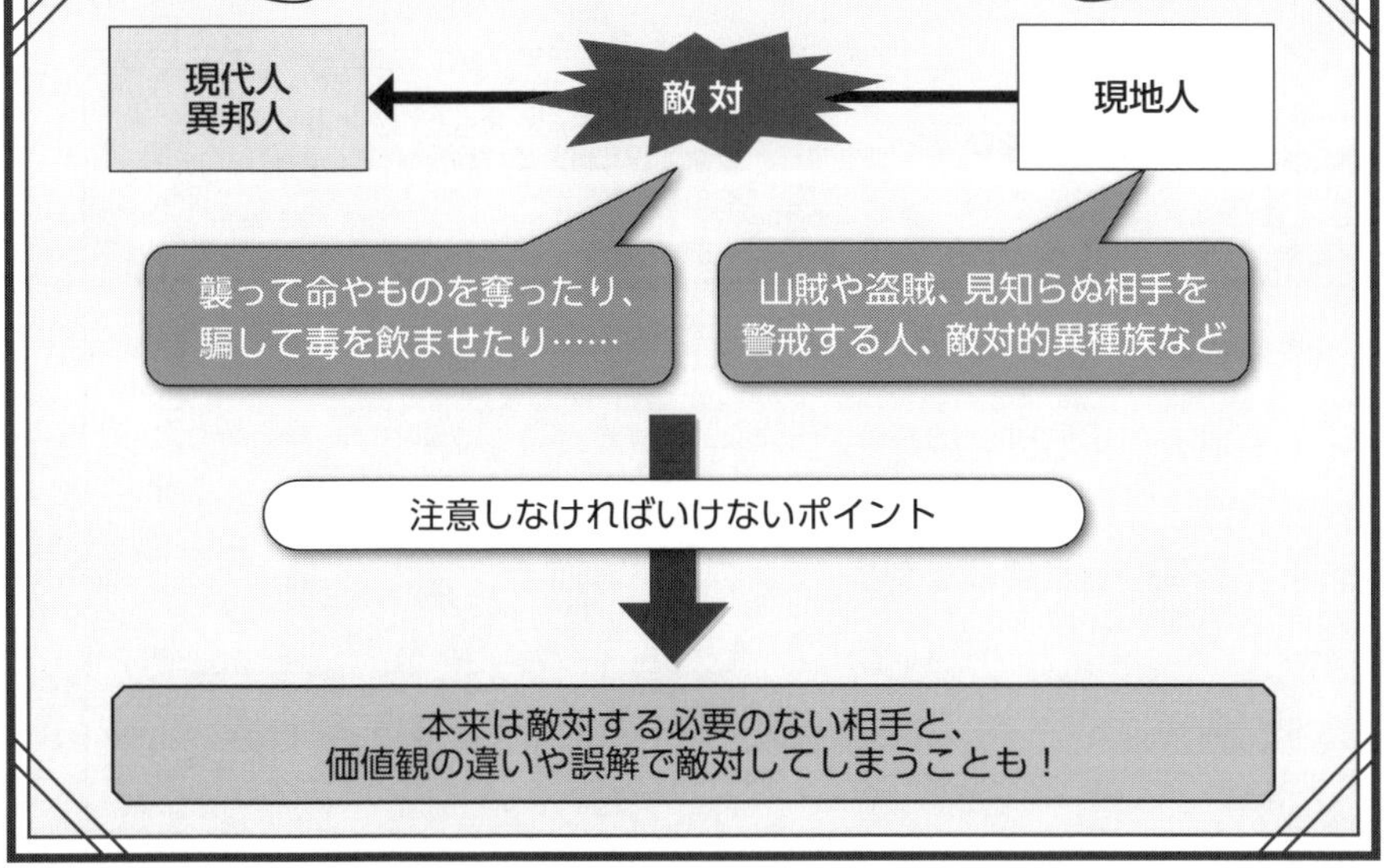

かもしれないし、理想や忠義、憎悪などのもっとシリアスな問題かもしれない。

あるいは、風習やしきたり、礼儀作法の点で食い違いがあることも多い。例えば、「腕を前に出して、手首から先を上下に振る」仕草を、ある文化では「手招き（相手を呼ぶ）」と解釈するのに対して、別の文化では「立ち去れ」の意味になる。他にもさまざまな点で「ある文化ではこうだが別の文化ではこう」ということがある。

手招きくらいならなんということもないが、ある文化では親しみを示すマークが、別の文化では「徹底交戦・滅ぼすまで戦う」を示していたら、どうなるだろうか？　友好的な接触など望むべくもない。直前まで穏やかに話していたのに、いきなり決闘を挑まれるなどということもあり得る。

そこから誤解を解くべく奮闘するのか、それとも最初から緊迫感のある関係だったのでなすすべくもなく戦う・あるいは逃げることになるのか。物語に緊迫感やドライブ感を持たせるために良いギミックになる着眼点なので、覚えておいてほしい。

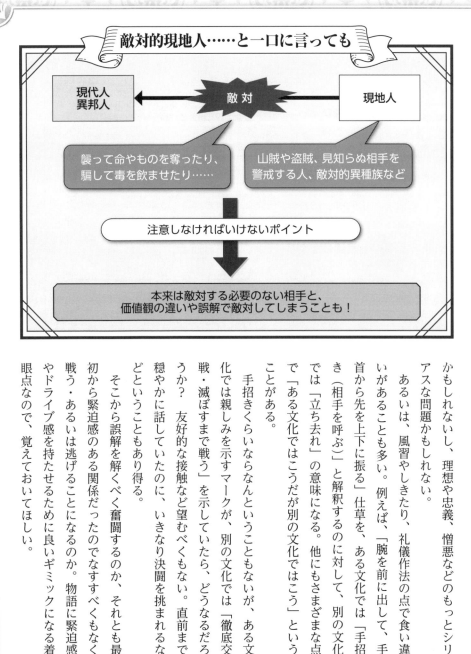

計画してみるチートシート（到着すぐ編）

主人公は何者か？

異世界人なら何も知らないだろうし、
異邦人なら噂程度は聞いているかもしれない

技術や道具はどうか？

サバイバル技術や特別な能力はもちろん
のこと、旅慣れという経験も大きい

周囲の状況はどうか？

自然環境や現地人集落の場所など、
状況次第でできることが変わる

迫りくる危険は？

野獣や敵対的現地人、あるいは暑さや寒さ
など、警戒すべきことは多い

◆ 2章 ◆
安住の地を求めて

「ありがとうございます、お世話になりました」

「うん、気をつけてな。植民団が出発するのは東門だから――」

わかってますよ、と返事をして、達也は二週間ほど世話になった酒場の親父と別れた。ここはとある小都市の一角である。

達也が異世界、セーラナ大陸へやってきてから一ヶ月が経っていた。最初は転移地点から程近い位置の集落に迎え入れられ、しばらく過ごさせてもらったが、やがてそこにはいられなくなってしまった。ステータス・ウィンドウの能力を使って食べられる植物をより分けたりして、それなりに働いたつもりだったが、

「そんなんじゃ追っつかないくらい食べ物がなかったもんなあ、あそこ……」

ため息を一つ。農業にせよ、狩猟・採集にせよ、食糧生産の重労働でただの高校生に大した貢献はできない。しばらくでも生活をさせてくれた恩に報いるには、口べらしで別の場所へ出かけるしかなかった。ただ運の良いことに、同じ理由で奉公に出るという村の若者がいたので、便乗してやってきたのがこの小都市だ。

ここでは酒場の親父が助けてくれて、その二階で鑑定屋を開いた。ステータス・ウィンドウの能力は、「この道具はどうやって使うのか」「この手紙を書いた人間に悪意があるのかないのか」までわかったから、すぐに評判になって引っ張りだこになったのまでは良かったのだが、

「ニセモノの失敗までおっ被されても困るよ……」

ため息をもう一つ。鑑定屋商売が軌道に乗りかけるやすぐにニセモノが現れ、チートも何も持たないそっちがしくじってトンズラ。怒った客が酒場の二階に押しかけ、役人も出てきて、達也はこの都市にいられなくなってしまったのである。黒髪の人間がこの辺りにはまずいないため馴染めず、浮いていたのも原因らしい。

ところがそこに朗報が舞い込んだ。今、この地域では東へずっと行った先の森林地帯を開発・植民する活動が盛んで、たびたび植民団が組織されては出発している。そこには雑多な人々が集まるし、前歴は誰も気にし

ない、というのだ。一箇所に居座れないとなれば冒険者にでもなるか、旅暮らしをするか、しかし普通の高校生の身体能力じゃどうにもならん……と悩んでいた達也にとって、渡りに船の話だったわけだ。

「植民生活は大変だとか、詐欺の話もあるとか、親父は脅してきたけど、大丈夫だよな、うん」

自分を励ましながら石畳の道を歩くことしばし。東門の前、広場にはすでに何人ものも植民団への参加希望者が集まっていた。誰もが旅の支度をしていて、中には馬車や荷車に家財道具を積んでいるものもいた。皆、表情は一様に厳しく、それでいてどこか希望を見ている風だった。

「……ん？」

キョロキョロしていた達也の目が止まる。参加希望者の中に二人ほど、特に変わった雰囲気の人物がいたのだ。どちらも壁にもたれながら出発を待っていたが、見られていることに、二人も気づいたらしい。

「ワタシ、カズマ、イイマス。オネガイ、シマス」

ボロをまとった男は、この世界の言葉をカタコトで操っている。一ヶ月の間に習得したのだが、達也はそんなことは知らない。

「——私はエレナ」

ぼそっと名乗った女性の目は鋭い。あえて本名を名乗り、達也が動揺するかどうか、そして追っ手かどうかを見極めようとしているのだが、達也はもちろん気づいていない。

ちなみに、二人がわざわざ達也に話しかけたのは、このあたりでは珍しい容貌の達也を警戒し、その正体を探ろうとしているのだが、達也は当然そんなことも知らない。

それからまもなく植民団の団長が出発を宣言したので、三人がじっくり話し合うタイミングはなかった。達也と一真が同じ世界の出身であること、また三人がそれぞれ事情を背負っており、目的のために植民へ参加したことを知るのは、もう少し後のことだ。

移住先・定住先を探す

どこへ行けばいいのか？

集落へ迎え入れられるなどして当座の危機を乗り越えた主人公たちは、その後どのように行動するのだろうか。彼らの進む道は、そのパーソナリティーによって大きく変わるはずだ。

栄えた都市部でこそ輝けるような能力や性質を持っている主人公なら、そのまま都市へ向かうだろう。他に目的を持っている主人公も、そのための情報を集めるために都市を目指す方が自然である。

しかし、あえて集落に残ったり、その村はずれに住みついたり、自分で住居や集落を作る道を選ぶ主人公もいるはずだ。彼や彼女は集落に恩義や愛情を抱いたのかもしれないし、静かな暮らしを求めているのかもしれないし、新しい住居・集落作りにワクワクしているのかもしれない。本章ではそのような安住の地を得るまでの移動・探索を扱う。

既存の集落に残る道

集落にそのまま共同体の一員として残るというのはどんな道だろうか。それは、他所者でなくなるための努力を要求される道だ。

前章で紹介した通り、別の世界や別の地域からやってきたキャラクターは当初、異邦人・来客であり、そのためもてなしを受け、代わりに貴重な物資や情報、概念を与える立場にあった。しかし長居をすれば集落の一員にならざるを得ないものである。

来客のままで居続けるのは、義務を果たさず恩恵だけ受け取るフリーライダー行為であるため、やがて居心地は確実に悪くなる。もしそのキャラクターが何かしらの特技を持っていて、集落に大きく貢献したり、欠かせない存在になったとしても、その他の点（畑作業や狩猟など、他の構成員が当然やっていること）を回避したり成果を出せていなかったりすれば、結局の

既存の集落の一員になる

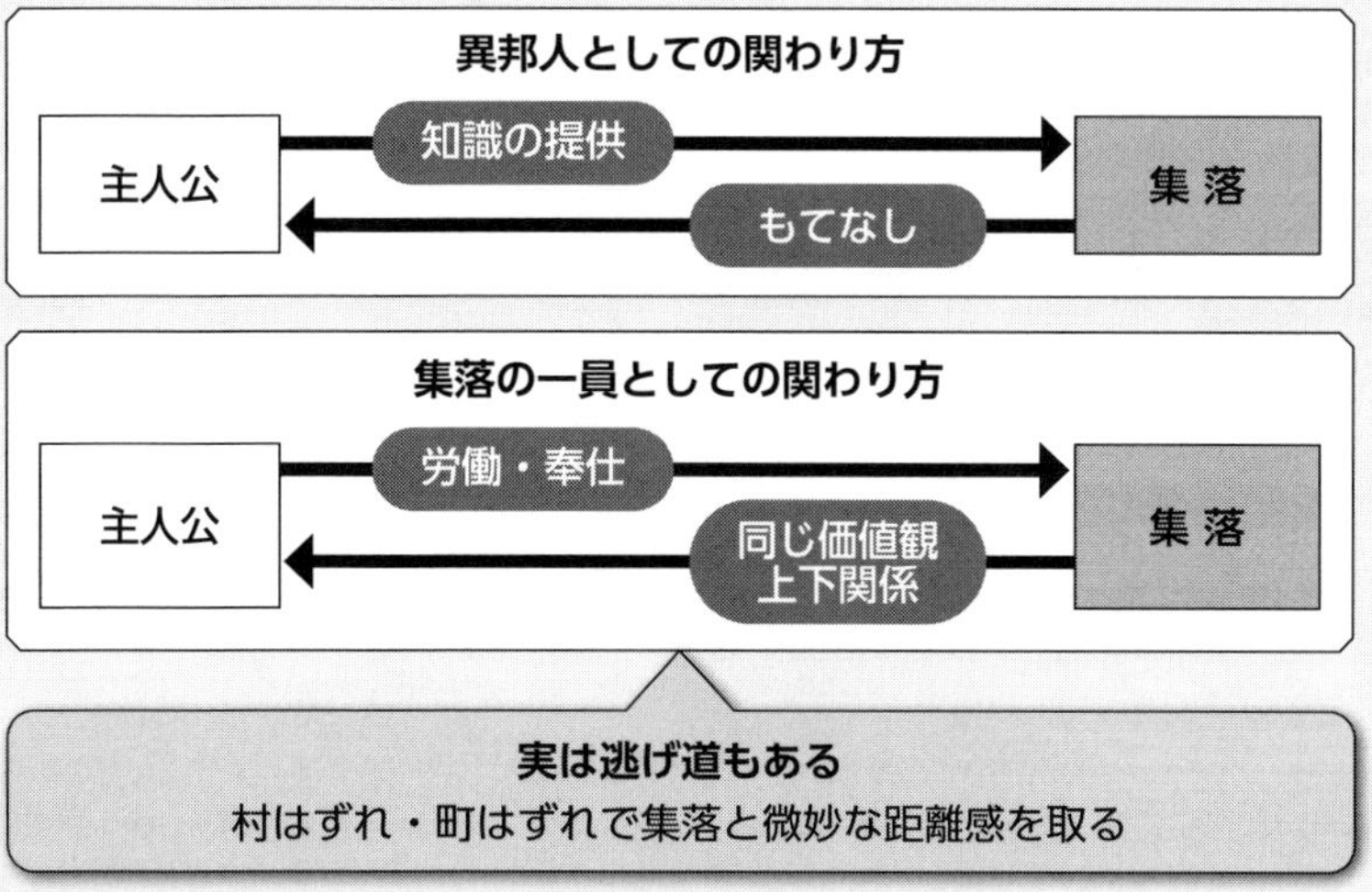
異邦人としての関わり方
主人公
知識の提供
もてなし
集 落
集落の一員としての関わり方
主人公
労働・奉仕
同じ価値観
上下関係
集 落
実は逃げ道もある
村はずれ・町はずれで集落と微妙な距離感を取る

ところ「ズルい」という評価を受けることになるだろう。むしろ、目立つ人物であればあるほど義務の履行も要求されてしまうのが人情というものだ。

そうなると「嫁（婿）を取れ」「義務を果たせ」ということになり、そのキャラクターにとってやりたくもない行為（例えば他集落への「賊」行為であるとか！）をやることにもなるかもしれない。これはこれで魅力的な物語になる。

集落に関わり続けつつも距離をとって程よく付き合っていきたい……というのであれば、物理的にも距離を取るのが良い。つまり、集落の中心から離れた周縁部、村はずれ（町はずれ）あるいは集落外に住むのだ。

現代の発展した都市に住んでいると、村はずれ、町はずれという概念はかなり薄くなる。自分の住んでいる町の中心から離れて遠くへ出かけても、すぐに別の町に入ってしまうからだ。しかしこれは都市部における特異例で、多くの時代と地域において村（町）の「外」には田畑や森、荒野などの空間が広がっていた。そして集落の周縁部や集落外には、集落と付かず離れずの暮らしをする人々が住んでいたのである。

集落からの恩恵を受けにくいため危険な生活ではある。山賊や野獣などの直接的な危険がダイレクトに襲ってくることもあるだろうし、寒暖や体調不良などの婉曲的な危険にもひとりで立ち向かわなければならない。しかし、何かしらのチートの助けがあるならなんとでもなるだろうし、むしろエンタメ的には事件を作りやすいのでちょうどいいかもしれない。

開拓・植民に参加する

既存の集落に参加するのが難しくとも、新しい集落づくりに参加する形なら、かなりハードルが低くなるかもしれない。人間関係もある程度リセットされるし、何よりも「最初期段階から苦労を共にした」ことは連帯感を強化するからだ。

では、どんな時に新しい集落が作られるのか。基本的には「人が増え過ぎた時」だ。人が増えれば集落が手狭になるし、一方で新しい土地を開拓するという新規事業に割ける人手も確保できる。集落の全体的な計画として新しい集落づくり（及びその周辺の耕地開発）が行われることもあるだろうし、若者たちが「より良い暮らしのために独立して新しい集落を作ろう！」と一念発起して計画に着手することもあるだろう。

異世界から主人公たちがやってきたのがちょうどそのような計画が実施される直前であったり、あるいは実行黎明期であったりすると、話としてはわかりやすくなる。

「東方植民」

私たちの歴史を探ってみても、さまざまな形・規模で植民が行われていた。

代表的例としては、十二世紀初頭～十四世紀の「東方植民」がある。ここでいう「東方」というのはドイツから見ての話で、地理としてはエルベ川（現在のチェコ北部・ドイツ東部を流れる川）の向こう、当時はスラブ人が住んでいる地域になっていた。

植民活動自体はキリスト教教会らの手により十世紀から行われていたが、スラブ人による反乱にあってうまくいっていなかった。しかし十二世紀になるとドイ

新しい集落を作る

新しい開拓村・集落

古い人間関係は薄くなるし、
苦労をともにすれば連帯感も生まれる

↓

どんな時に新しい開拓や植民が行われる？

↓

人口が増えすぎて、元の土地に収めきれない時

↓

**植民可能な新しい土地があったとしても、
それだけではうまくいかないことが多い。
増えすぎた人口があってこそ開拓・植民が本格化する**

**農法や農具が改良されたり、気象の変化によって、
食料生産が増えて、人口も増えるというのがバックボーン**

ツでは都市の発達・農村での新規開拓が活発に進むようになり、結果として人口が増えすぎてしまった。こうなると都市にせよ農村にせよ人口を抱えきれなくなる一方で、「これだけ人がいるんだから新しい土地を開拓すればいいんじゃないか」と、開拓・植民の要望も高まる。こうして東方植民が始まったのだ。猛烈な勢いでの植民・開拓により、十四世紀には人間の手が付いていない土地はごく僅かしか残っていなかった、という。

　東方植民の主導者は、前半においては東部国境ぞいに所領を持つ大貴族、辺境伯たちだった。自分たちの領地に接する地域を開拓しようというのだからわかりやすい。後期になると、その主役がドイツ騎士団（ドイツ人の聖母マリア騎士修道会、チュートン騎士団）に代わる。もともとは十字軍のために結成した彼らが、ポーランド貴族の要請により植民先の異民族征伐に参加したことをきっかけに、植民・布教運動に力を入れていったのだ。結果、実質的な国家であるドイツ騎士団領が誕生する。

　ただ、辺境伯たちにせよ、ドイツ騎士団にせよ、自

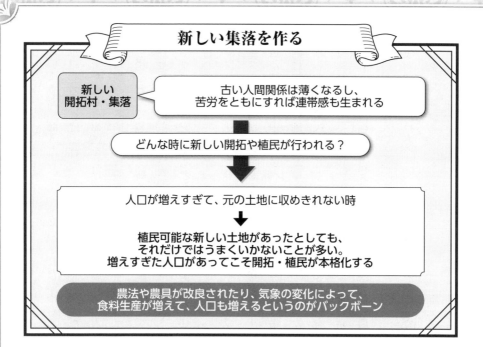

分たちが細々と人を集め、指揮して植民をしたわけではないようだ。商人たちによって建設された都市もあるが、その多くは「ロカトール」、すなわち請負人が権力者たちから植民を請け負って人を集め、現地に入り、村長として集落の建設を指導するとともに、人々から税をとって然るべく納めるところまで担当した。

ただ、東方植民は代表的なケースというだけで、ヨーロッパの歴史を探るとさまざまな形で植民・移住が行われていた。大陸からイギリスやイタリア半島への移住があり、リベリア半島へのレコンキスタに基づくイスラム勢力から奪還した土地への入植があり、十字軍が征服した中東地域への十字軍国家への建設（最終的にこれらの国々は滅ぼされるわけだが）があった。これらも東方植民と同じく、基本的に「増えた人口を送り込む先としての植民」という性質を持ち、その背景にあったのは別項で紹介するような中世半ばの農法・農具の改良という点でも同じだ。

また、近世にはもう一つ、代表的なケースがあった。新大陸――アメリカへの植民である。こちらは後述する。

安住に相応しい土地

それでは、主人公たちが近距離なのか遠距離なのかはともかく、開拓・定住・植民することを選んだ、としよう。そのために望ましいのはどのような場所だろうか。

これは、どのような暮らしをするのか、何を重視するかで変わってくる。そもそも国家や組織などによって場所を割り当てられていて選びようがないケースもあるだろう。しかしとりあえず、望ましい場所を想定してみる。

- 農業を主にするなら、平らで豊かな土の地面の広がっている場所が望ましい。岩や石、砂だらけの荒野や砂漠は適さないし、斜面が多すぎると段々畑のような特殊な土地の使い方をする必要が出てくる。
- 狩猟や漁労、採集を主にするなら、それらの食糧収集に適した地形と隣接していなければ不便だ。多数のグループで食糧収集を続けると資源を枯渇させてしまう恐れもあるので、複数の供給源を確保し、ローテーションなどできると望ましい。

・商品や技術の提供など、都市や村落との関係性の中で暮らしていくなら、その近郊に住むべきだ。いわゆる町外れや村外れの森の中などが第一候補になるだろう。

・どんな暮らしをするにしても、水の確保は絶対に必要だ。川や湖が近ければ水汲みの手間が大きく省ける。井戸を掘って地下水を確保するにしても、そもそも地下水がない、少ない、塩分が多いなど飲み水に適していない場所である可能性もあって、見極めが必要だ。

・開けた土地は農地を広げたり建物を増やしたりするのに向いているが、野獣や山賊など外敵に目をつけられる可能性が高いということでもある。隠れ潜みたいのであればあえて狭隘な土地に住む手もあるだろう。

以上のような条件をもとに開拓予定地を探すのが理想である。

しかし実際には「開拓・定住できる場所がここしかないので、場所に合わせた暮らしをしていこう」と現実的判断を迫られることになるのではないか。

かつて誰かが住んでいた場所

有望な開拓・定住候補地を探すにあたって、しばしば効果的な手段がある。それは、かつて人間が暮らしていた場所を見つけることだ。打ち捨てられた廃墟・廃村は、少なくとも元の住人が好条件であると判断したからそこに建てられたのである。地形や環境の点で、他の全く人間の手が及んでいない場所よりは有利な可能性が高い。

建物や村というものは人が関わらなくなるとあっという間に崩壊を始め、また自然に飲み込まれるものだ。建物の材料だった木は腐り、石は崩れ、金属は錆びつく。畑には草が蔓延り、木が生え、瞬くうちに森や林の一部になる。それでも、「かつて人家や集落、畑があった場所」とそれ以外では、開拓するための条件が大きく違うものだ。井戸が掘ってあった場合などは特に便利である。

とはいえ、かつて人が住むのに条件が良かったその場所が、廃墟・廃村になった後も好条件のままでいられるとは限らない。

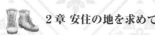

「元の住人たちは不意の事故や病気で死んだり、戦争に追われて立ち去っただけで、環境的には問題がない」ケースや、「資源を消費し尽くして放棄せざるをえなかった。数十年経った今では何の問題もない」ケースならいい。「長期間継続する毒や病気、呪い、気象や地形の急激な変化、周辺に危険な動物が棲みつくなどで住むのに適さなくなったケース」は非常に危険だ。あるいは「開拓はしてみたが土地の性質や水場からの距離などで結局住むのに苦労する土地だったので放棄した」ケースなども十分あり得る。

定住を阻害するトラブル

開拓・定住に相応しい土地を見つけたとする。しかし、あなたが何事もなく新生活を始められるとは限らない。前述したようなトラブルが後から判明するケースもあるが、それ以上に注意しなければいけないのが、「すでに先住者がいる」ケースだ。あなたが目をつけるくらい条件のいい場所は、先に他の何者かによって目をつけられている可能性が高いからである。

野獣や怪物、敵対的な知的生物、野盗や山賊のような無法者などにその地域が占領されている場合は、実力行使によって排除してもいいだろう。それどころか、ごく普通の居住者や村落同士が激しく敵対し、土地を奪い合う関係だってあり得る。そんなバカなと思うかもしれないが、生活に便の良い土地や水や食料のような必須資源が取れる場所がその地域では希少であったり、あるいは石油だったり魔力だったりといった貴重な資源・エネルギーが採掘できる場所だったりすれば、ありえないことではない。例えば、日本でも古くは、水資源や山の樹木を巡って、隣接する村同士が争うこともあったという。

居住可能な土地や資源が豊かで奪い合う必要がない地域、あるいは国家やそれに類する統治が行き届いて治安の良い地域なら、先住者が後発のあなたを穏やかに迎え入れてくれることもあるかもしれない。環境が過酷であるため一人（一家族）では生きていくことが難しく、共同で生活運営をしてくれる相手を求めていた、という可能性もある。

そうして家が一つ、また一つと増えていけば、やがてその場所は「村」と呼ばれることになるだろう。未

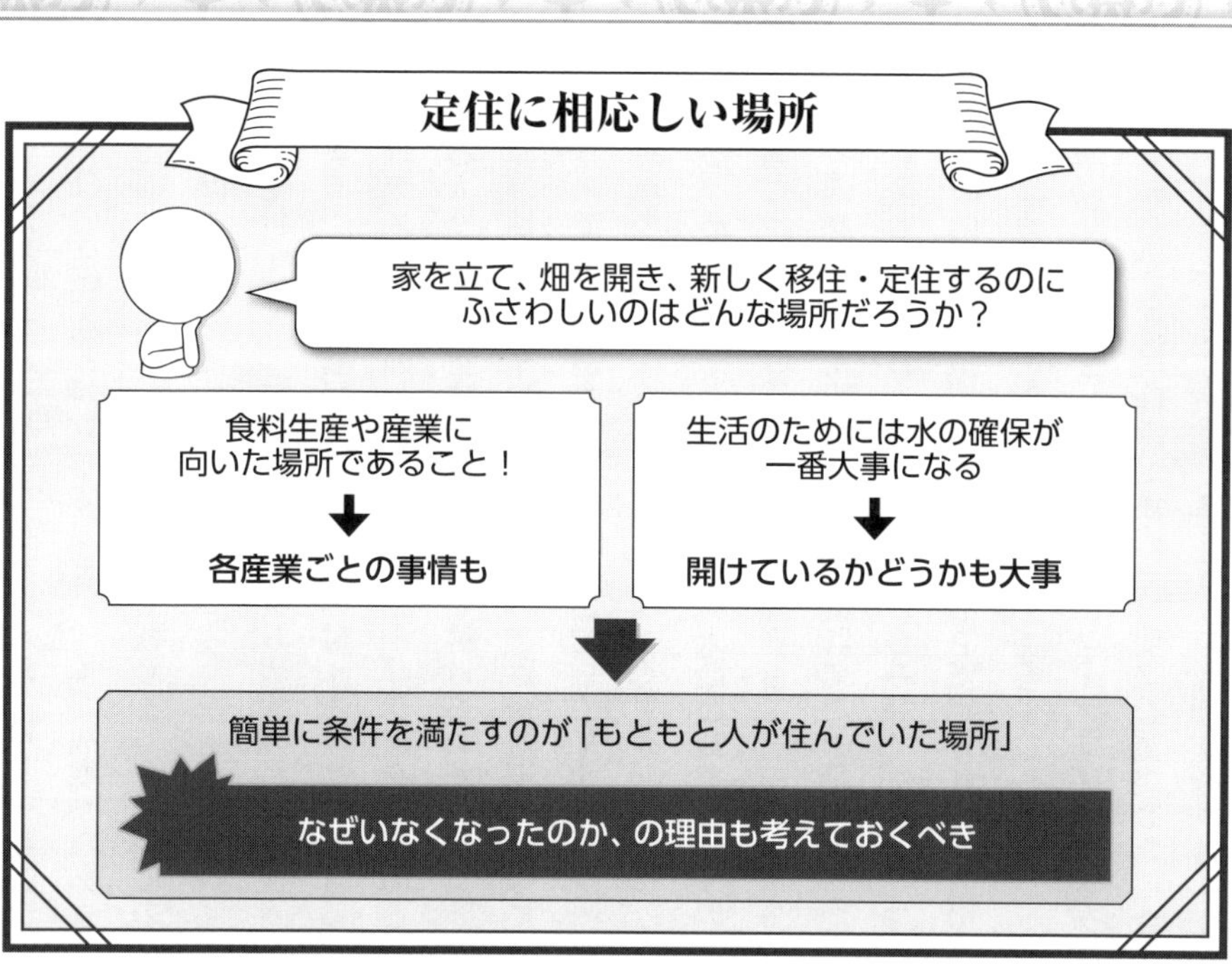
定住に相応しい場所
家を立て、畑を開き、新しく移住・定住するのに
ふさわしいのはどんな場所だろうか？
食料生産や産業に
向いた場所であること！
各産業ごとの事情も
生活のためには水の確保が
一番大事になる
開けているかどうかも大事
簡単に条件を満たすのが「もともと人が住んでいた場所」
なぜいなくなったのか、の理由も考えておくべき

来には「都市」と呼ばれるかもしれない。一方、土地が豊かな地域での開拓なら、「隣人から十分な距離をとって家を建てる」というケースも考えられる。しかし、気象が厳しかったり、先住民族との対立が激しくなったり、農業をはじめ食糧生産がうまくいかなかったり、病気が蔓延したりすれば、最終的には撤退に追い込まれたり、最悪全滅することもあるだろう。

アメリカ大陸植民史

植民の苦難について知るためには、アメリカ大陸への植民の歴史を紐解くのが良い。

ヨーロッパ人がこの土地にたどり着いたのは、実はコロンブスの新大陸発見が最初ではない。そこから遡ること約五百年前の十世紀末頃から翌世紀初頭にかけて、ヴァイキングの一団が北米大陸へ到達し、そこをヴィンランド（葡萄の地、あるいは草原の地）と名付けて植民を開始した。なお、彼らが辿り着いたのは現在のカナダ東端、ニューファンドランド島のあたりと考えられている。

このまま植民が広がればその後の歴史も少なからず

変わったろうが、そうはならなかった。ヴァイキングたちは先住民族と対立してしまい、また故郷からあまりにも遠くへ来てしまって連絡も難しく、十年程度の短期間で植民を諦めたという。

十七世紀になって、改めてアメリカ大陸への植民が始まる。最初に植民地を開いたのはイギリスにおけるプロテスタントの一派であるピューリタンをはじめとする人々で、後世に巡礼父祖《ピルグリム・ファーザーズ》と名付けられた。

このピューリタンの中心メンバーは絶対王政下のイギリスで宗教的迫害を受け、自由を求めてオランダへ亡命したものの、そこも楽園ではなく生活上の苦しみが多々あった。そうして更なる新天地としてアメリカへ向かった、というわけだ。入植者百二名のうち半分が冬の寒さに耐え切れず、病に倒れてこの世を去った。その後も数年にわたって飢えに苦しみ続けたが、先住民族の助けによってどうにか生活を安定させ、のちのアメリカ合衆国の礎を築いたのである。

「清教徒」とも訳されるピューリタンはプロテスタントの中でも特に理想主義的で、聖書を重視したとされる。そんな彼らが理想を目指して大陸を飛び出した先に作り出されたのがアメリカ合衆国だった——というのは非常に興味深く、物語に植民者たちを登場させるにあたって参考にしてほしい。

これら、植民の事情と問題は本シリーズ第一巻『侵略』で詳しく紹介させていただいている。

土地所有者との関係

ここまでは、主に「力によって土地の所有者が簡単に変わりうる」世界を想定して各種ケースを紹介してきた。しかし、国家あるいはそれに類する組織がある程度の力を持ち、秩序を保っている世界では、そうもいかない。土地はしばしば国家や領主の持ち物であり、その持ち主の許可なくして勝手に開拓・定住して良いはずがないのだ。

逆に言えば、彼らから許可を貰えさえすれば（そしてちゃんと税も納めれば）いいとも言える。国家・領主の方で開拓計画を立て、人々に命じて新しい集落を作らせることもあるだろう。

ここからもう少し具体的に考えてみよう。

例えば、「私が住んでいる場所はどの王や貴族の支配地域でもない、ただの荒地だった。そこを開拓したのだから、ぐだぐだ言われる筋合いはない」と主張すると、理屈としては通っているように思える。

しかし、理屈が通っていればそれで済むのは近現代以降の、法律による統治がしっかり成立している時代・文明の話だ。前近代的世界では「理屈が通っている方」よりも「効果的に暴力を用いて相手を黙らせたり、命や財産を奪えたりする方」の方が有利なため、どうしても力が強い方が美味しいところを持って行きがちなのである。

例えば誰のものでもない（ように見える）荒地を開拓したケースであれば、その荒地が放置されていたのは荒地だったからで、開拓して豊かになったのであれば近隣の王や貴族、集落が「そこは実は私のものだ」などと主張し、軍事力によって奪いにかかるのは当然のことだ。このような場合は近隣国の支配下に入るなどして土地所有（あるいは借用、実質的支配）を認めてもらうのが王道である。もちろん、あなたに絶大な力があるなら、それによって侵略者を追い払い、独立を宣言しても良い。

もっと穏便な選択肢として、「許可がないことがまずいなら許可を取れば良い」というものもある。現代日本のように国土の隅々まで可能なところは開発されきってしまった世界ならともかく、多くのファンタジー世界は人手不足や野獣の脅威などいろいろな事情で開発できていない場所があるはずだ。そのような場所について開拓させて欲しいと願いを出せば、嫌がる王や領主は多くないだろう。もちろん、税を納める必要は出てくるだろうが。

法律的に許された開拓！

この時、支配者たちが愚かであったり強欲であったり傲慢であったりすれば、「開拓するしないに関係なく税は納めろ、生きていられるだけありがたく思え」などという主張をするかもしれない。しかし、賢い支配者はそんなことはなしない。開拓者たちにも利益がなければ積極的な開拓は行われないからだ。

そこで時に、開拓者たちの欲を刺激するような政策が行われる。古代日本の「墾田永年私財法」や、開拓時代アメリカの「ホームステッド法」のように、開拓

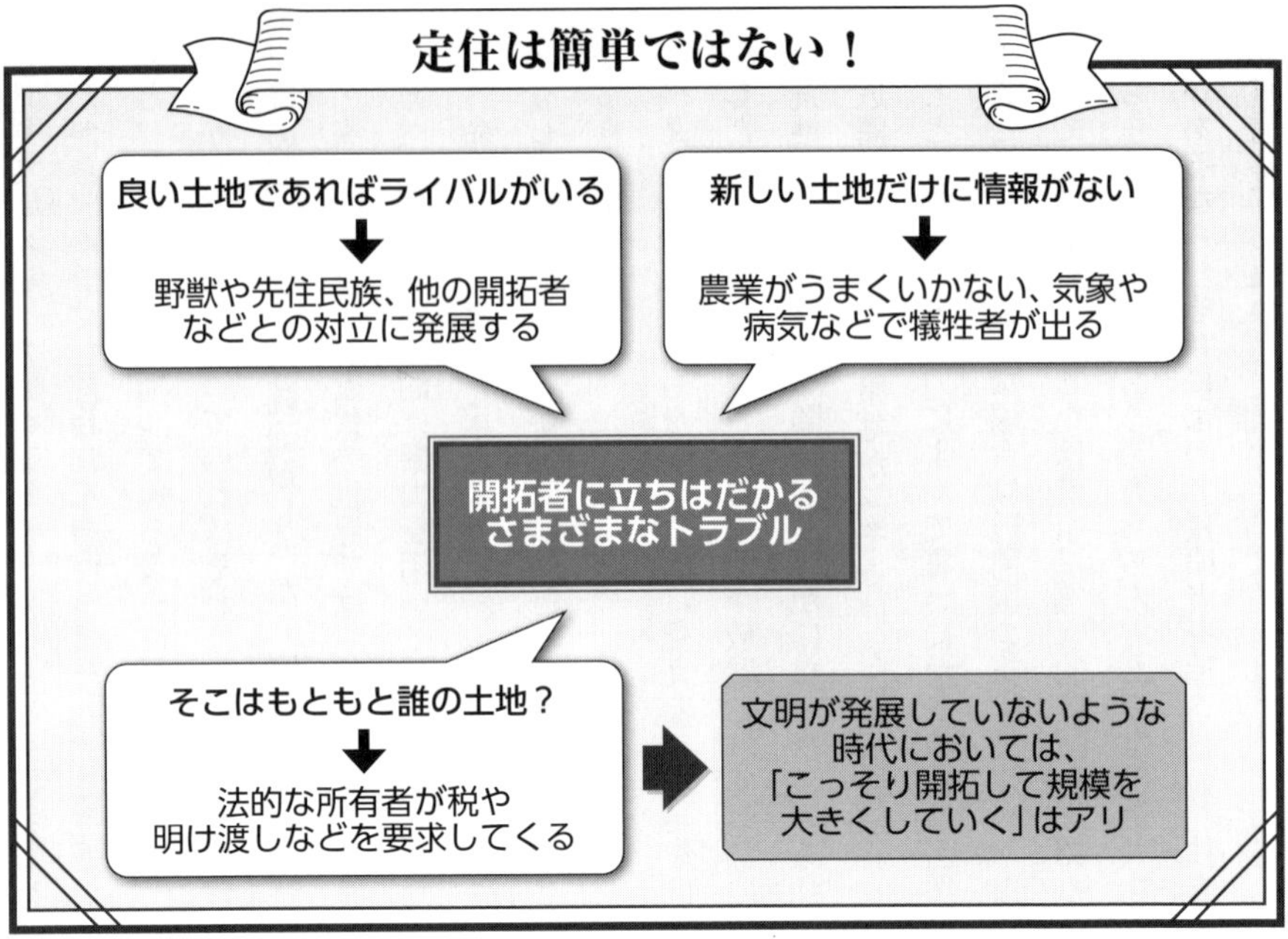

した土地、切り開いた畑を自分のものにして良いという法律が歴史上しばしば見られるものだ。ただ無制限に開拓者のものにされるとまずいことは支配者たちもわかっているので、前者では身分によって得られる土地に制限があり、後者では開拓の意思と実績があるものに一定の土地が与えられるという形が取られた。

あるいは、別の選択肢を選ぶ者もいるかもしれない。例えば、「ここはもしかしたら誰かの土地かもしれないが、見つからなければ問題はない。気にせず住んでしまおう」という考え方を選択するのだ。

現代人の感覚だと無理がある、と思うかもしれない。しかし、多くのファンタジー世界において、「どこに行っても人間が必ずいる」とはいえない状況だろう。いくら王や貴族が「この地域はすべて私のものだ」と宣言したとしても、森林や山谷、荒野にひっそりと暮らすだけの人をいちいち見咎めるような暇はないはずだ。ただ、大規模な開拓を始めてしまうとそうもいかないだろうから、権力者たちがケチをつけてきたら改めて交渉するか、あるいは武力にものを言わせることになるだろう。

旅をする

中世的世界の旅は危険な旅

居住すべき場所が定まったなら、そこへ向かわなければならない。集落に定住することを選んだなら旅の必要はない。町外れや近隣の森の中などの住める場合も、遠出をする必要はないだろう。しかし、遠い地への移住・植民を選んだのならば、旅が必要になる。

あるいは、旅をこそ己の棲家と選ぶ主人公たちもいるかもしれない。何かしらの目的（探している人がいる、など）を達成するためには移動し続けることが効率的であったり、あるいは誰かに追われているので一箇所に住み続けるわけにはいかない主人公たちもいるだろう。

しかし、旅は容易いものではない。中世的世界の旅を史実に寄せれば寄せるほど、それは危険なものになる。向かう先には陸を行けば野盗や山賊、海路なら海賊がうろついている。支配者が何かしらの税を要求してきたり、あるいは合法的な略奪を企んでいることも珍しくない。荒野や森は危険な野獣のテリトリーだ。いや、集落や都市にいるときでさえ、粗雑な食事や不衛生な環境が病の形をとって牙を剥くかもしれない。

このような状況下でも、旅をしなければいけない人々は少なからずいた。定住を許されず旅の中で暮らさざるを得ない人、移動しながらの方が仕事の当てを見つけられる人、何か強い目的を持って旅をする人などだ。

集団の一員として旅をする

本書で想定する主人公たちは、現代世界出身で異世界に慣れていなかったり、外見的特徴から目立ちやすかったり、誰かに追われていたりしてそもそも危険な立場にいる人々だ。

そんな彼らがなるべく安全に、そして目立たずに旅をしようとしたら、最適解は「すでに旅をしている人々と同行し、集団を作ること」になる。

旅の仲間に加わることに関連して、一番わかりやすいケースは「キャラバン」の一員になることだ。言葉の意味としては「隊商」であり、文字通り隊をなした商人たちのことを指している。本来はアラブ世界を縦横無尽に移動したイスラム商人たちのことなのだが、ヨーロッパにも同種の集団が存在したため、まとめて「キャラバン」と呼ぶ。

キャラバンを構成する人々が必ずしも全員商人だったわけではない。キャラバンを護衛する傭兵や、下働き、さらには案内役の現地人などのサブメンバー的な人々に商人以外が多いのは当然だが、それだけではない。キャラバンのメインメンバーになりうるタイプの人間として、巡礼者がおり、彼らが主体となるキャラバン（巡礼キャラバン）もあったようだ。

「生涯に一度は宗教的聖地へ巡礼に出たい（出るべきだ）」というのは、多くの広域宗教で共通する価値観であり、教義だ。キリスト教徒はエルサレムへ、イスラム教徒はメッカへ、そして江戸時代の日本人は伊勢神宮へ。もちろん、各宗教ごとに他の巡礼ターゲットになる聖地はあった。

これは宗教的行為であることが第一だが、同時に観光・物見遊山としての性質も小さくない。生涯のほとんどを己の生まれた集落や都市で暮らし、出かけるにしても近隣の都市くらいという人々にとって、巡礼は違う世界を目にするほとんど唯一のチャンスであったのだ。

キリスト教のケースでは、巡礼者は崇高な信仰行為をしているとみなされ、名目上は旅先では教会に宿泊することもできたし、人々からの支援を受けることができた。なお、実際には支援を受けられないケースもしばしばあったようだ。その名目と実態はそれぞれの宗教と文化、地域によって違ったろう。

旅の同行者——職人と冒険者

商人でも巡礼者でもないのに、時には個人で、時にはキャラバンに参加して旅をする人々もさまざまにいることだろう。史実とフィクションから代表的なケースを一つずつ紹介する。

職人も旅をする。中世末期のドイツでは、さまざま

集団で旅をする

旅慣れない人が旅をするなら、集団に参加したり、同行者を募るのが一番安全だ！

中世的世界で旅慣れているのはどんな人？

「商人」や**「巡礼者」**は遠い目的地への安全を確保するため、**「キャラバン」**を作る

仕事を求めて各地を放浪する**「職人」**や**「冒険者」**は、必然的に旅に慣れている

「遊牧民」は家畜の餌になる草を求めて各地を放浪する。漁民に同種の存在がいてもいい

「ロマ族」のような、神秘的な雰囲気や芸能で生きる放浪の民もいる

な技術を身につけた若き職人たちが遍歴の職人として旅をしていた。物語の中では彼らは自発的に、そして自分の腕を磨くために旅をしていたと語られる。ただ、実態は少し違うようだ。

この時期、ドイツの諸都市において人口の増加は頭打ちになっており、結果としてそれぞれの都市で各ギルドが会員として認められる親方の数を増やすこともできなくなっていた。そのせいで、職人たちは親方のもとで働いて一人前になっても、その都市で親方になれる可能性が非常に低くなっていたのだ。となると、旅をして自分がいつくことのできる都市を探すしかない、というわけである。

あなたの世界に冒険者と呼ばれる類の人々がいるなら、彼らもまた旅をする機会が非常に多い職業であるはずだ。その主な仕事が迷宮の探索であるにせよ、強力な怪物の退治であるにせよ、都市や集落でのトラブル解決であるにせよ、一つの場所で安定して存在するとはちょっと思えない。ある種の特殊な職人仕事として、需要のある場所へあちこち移動しなければいけないケースも多いだろう。

また、移動そのものが主要な仕事になっている冒険者もいる。隊商や旅人の護衛、手紙や荷物の配送などをこなしてあちこちをさすらっているわけだ。あるいは、賞金首を求めて常に移動している冒険者なども考えられる。

遊牧民は旅に生きる

民族・部族・家族の単位で放浪することが伝統・習慣・風俗となった人々もいるだろう。わかりやすいところだと「遊牧民」がそうで、彼らは家畜に食べさせるための草が十分に生えている場所を求めて、あるいは暑さ寒さなど過酷な気象を避けるために各地を移動する生活をずっと続けている。これにちょっと変化をつけて、漁場を求めて季節ごとに集落一つ丸ごとが移動する「海の民」というのも面白いかもしれない。遊牧民がテント状の家を解体し、馬に載せて移動するのに対して、海の民は同じように解体して船で運ぶのかもしれないし、船と家がイコールな可能性もある。

このような人々は、基本的には季節ごとに拠点を変え、一定のルートに基づいて移動することだろう。そうでなければ食糧生産が安定しないからだ。毎日移動するというのもちょっと負担が大きすぎる。とはいえ、事情次第で負担の厳しい暮らしをせざるを得なくなるのも仕方のないことだ。狩猟・漁労を主とし、また獲物がどこにいるかわからないような状況では、部族や家族単位で「あちらへ行けば獲物がいるのではないか」と少ない根拠をもとにあちこちを放浪することになってしまうだろう。

神秘的なロマ族

あるいは、独特の背景、不可思議な事情を背負った人々と出会い、拾われて、旅に出るというのも一つのパターンである。彼らは異世界からやってきた主人公たちの事情を知っていたり、理解してくれたり、手助けしてくれたりするかもしれない。

このような人々のサンプル・モデルになるのが、私たちの歴史における「ロマ族」だ。バンドと呼ばれるグループごとに行動していた彼らは、主に徒歩でヨーロッパ各地を放浪し、テントで暮らしていた。彼らの日々の生活を支えていたのは、なんと言ってもまずは

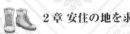

芸能である。歌唱、演奏、軽業、占術、工芸の成果を行く先々で披露し、対価として金銭を獲得していたのだ。

ロマ族の提供する芸能は、行く先々の人々を楽しませたはずだ。にもかかわらず、史実のヨーロッパにおいて、ロマ族は長く迫害の対象になっていた。どこからやってきたかも曖昧で（以前はエジプト出身という噂からロマ族などと呼ばれたこともあるが、実際にはインド北部がルーツとも）、そもそも「定住するのが当たり前なのに定住しないというのはどういうことだ？」という不信の目で見られたらしい。このことを考えると、旅商人や遍歴の職人、冒険者などもある程度は不信の目で見られるのは避けられないのだろうか。

中世的世界の旅

誰かの旅について行くことが難しいなら、自分が主導的立場になって旅をするしかない。いや、同行者として旅をするにしても、その手段や過程、装備などについて能動的に考えなければいけない状況も訪れる。そのような旅の問題について考えてみよう。

まずは手段と速度だ。以下では移動速度と一日の移動距離を記しているが、旅人の身体能力や体調、道の状態、気温や気象、季節による日の長短などによって大きく変わることに注意してほしい。

鉄道や自動車が発明される前の前近代世界なら、普通、旅人は二本の足で自分の目的地へ向かって歩くことになる。そのスピードについて平均化するのは難しいが、おおむね時速四～六キロ、一日に歩ける距離は二十五～四十キロくらいとされる。これが走って行う急ぎの旅――重要な使命を預かった役人が走るなど――になると時速十～十二キロ、稼げる距離が五十～六十五キロになる。

スピードの面でも、運べる荷物の量を考えても、馬が調達できれば速度はかなり上がる。馬を走らせれば時速二十キロは出る。一日の距離にしても、荷物を運んだ状態で三十～四十五キロと徒歩の（おそらく荷物はたいしたことがない）旅人とそこまで変わらない距離を移動できるし、馬を景気良く走らせている旅人なら一日で五十～六十キロは走る。

人間も馬も（あるいはそれ以外のファンタジックな

手段でも）普通、酷使すれば疲労し、同じようには移動できなくなる。そこで、ある程度文明が発展した地域では、「駅」と呼ばれる施設が道ごとに一定距離で配置されているものだ。ここで馬を取り替えたり、あるいは人そのものが入れ替わる（新しい使者が手紙や荷物を預かって走る）ことで、トップスピードを保ったままで目的地へ向けて進むことができる。

快適な旅

人を乗せる馬も疲れるが、乗っている方もなかなか疲れるものだ。馬は揺れるし、制御するために腕や足は疲れるし、体幹を意識する必要もある。生まれてからすぐ馬の訓練を施されるような遊牧民や騎士の子ならともかく、普通の庶民や現代人はそうそう馬に乗った経験などまずないわけで、慣れないうちは相当疲労することだろう。

そのため、高貴な身分の人は自分で馬に乗ることもあるが、より快適な乗り物を選ぶことも多い。複数人が台を担ぎ、その上に人を乗せる「輿」は伝統的な上流階級用の乗り物で、他の前近代的な乗り物に比べると圧倒的に揺れず、気持ちよく旅をすることができた（担ぐ人間の体力や技量にもよるだろうが）。古代ローマ帝国の体制を確立したアウグストゥスはカーテンを引いた輿の中で横たわったり、読書をしたりしながら出かけたそうだ。

もう少しスピードが欲しければ馬車の出番になる。古代や中世の馬車は鉄の車輪を備えた車を馬で引っ張るものだ。戦場では古くから用いられたものだが、古代ローマ帝国でも移動や運搬目的に盛んに使われた。しかし、中世ヨーロッパではその姿があまり見えなくなる。

というのも、馬車は舗装されていない道では非常に使い勝手が悪いからだ。現代社会のようなアスファルトの真っ平な道などどこの世のどこにもない時代の話である。古代ローマ時代、主要な街道は石畳で見事に舗装され、その中心には車道が、左右には歩道が作られた。そのような時代でさえ、馬車は大いに揺れ、また騒音を立てた（揺れたのはスプリングがなかったせいで、音は車輪が鉄製だったせい。鉄の板を束ねた板ばねは発想さえあれば中世的世界でも作れるかもしれな

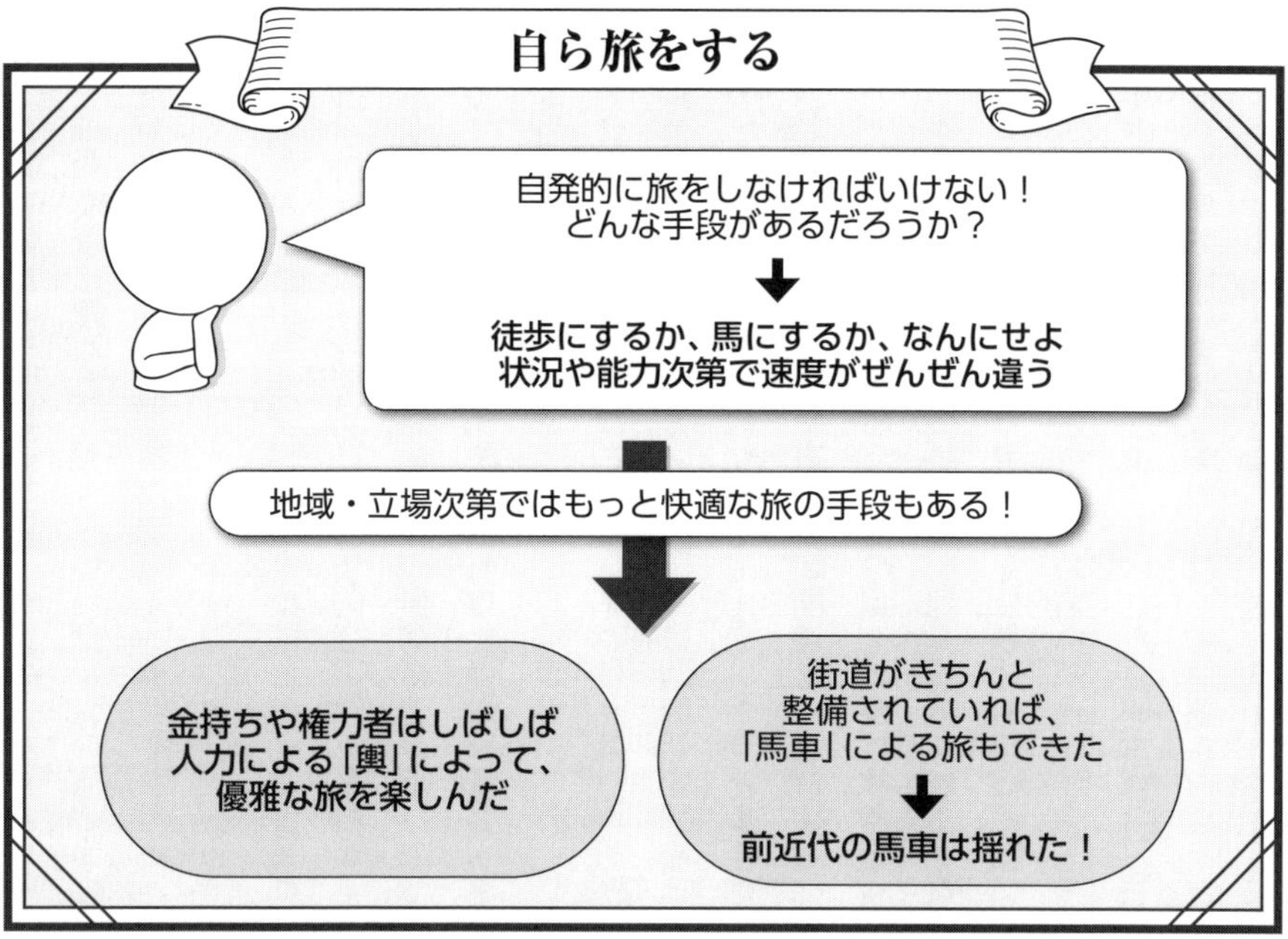
自ら旅をする
自発的に旅をしなければいけない！
どんな手段があるだろうか？
徒歩にするか、馬にするか、なんにせよ
状況や能力次第で速度がぜんぜん違う
地域・立場次第ではもっと快適な旅の手段もある！
金持ちや権力者はしばしば
人力による「輿」によって、
優雅な旅を楽しんだ
街道がきちんと
整備されていれば、
「馬車」による旅もできた
前近代の馬車は揺れた！

いし、ゴムも熱帯地帯から発見される可能性はあるため、改良も不可能ではない）。

まして、ローマ帝国が滅びて街道の整備を誰もしなくなり、人々が街道の石材を持ち去って自分の家を作るような時代になれば、馬車が用いられなくなったのも当然の話だ。

とはいえ、中世末期になると馬車も再びヨーロッパ史に姿を見せるようになってくる。あなたの世界では比較的に街道が状態よく整備されていることにして、主人公たちに古代ローマ帝国にあった都市と都市をつなぐ乗合馬車（現代のバスを想像すれば良い）や、レンタルの馬車を使って目的地へ向かわせるのも、面白いだろう。

森を旅する

街道や平地だけを辿って旅ができるなら、悩み事は比較的に少ない。とはいえなかなかそうもいかないので、ここからはいくつか、特異な地形や気候の旅での手法やあり方を見ていきたい。

中世ヨーロッパを旅する人なら、森の歩き方には慣れていたことだろう。なぜなら、中世ヨーロッパはその大部分を森に覆われており、いわば「森の海の中に都市や集落という島が浮かんでいる」地域であったからだ。

　もちろん、都市と都市、集落と集落との間には最低限道が切り開かれているわけだが、今の私たちがイメージするよりずっと森は人々の生活に近かったのである。結果、森の中を進まなければいけない機会も多かったはずなのだ。

　では、具体的にどんなことに気をつければいいのか。

　森の中は枝葉が茂っており、足元は凸凹して季節によっては葉が落ちていたり苔が生えていたりと歩きにくい。猟師が使う道や獣道などが開けていれば少しはマシだが、そうであっても気をつけなければ枝や葉が引っかかって皮膚が傷ついたり、足元を取られて転倒したりする。そもそも、棘の生えた植物も珍しくない。気象・気候にもよるが、虫の類も怖い。

　小さな傷がついたり、虫に刺されたり、ちょっと転んだり程度では旅を続けるのになんの問題もない、と思うかもしれない。しかし、足を捻るだけでも旅の速度は格段に落ちる。それどころか、ごく僅かな傷が致命傷になることも珍しくない。汚れた傷口から細菌が入り、破傷風にでもなれば、命が危ういだろう。また、毒を持った虫、病気を伝播する虫も数多く存在する。

　そこで、衣服は全身をしっかり覆ったものが望ましい。皮膚はなるべく露出せず、枝や虫で傷つくのを避ける。加えて、ナタ類を手にして、枝葉を切り払いながら進むことになるだろう。

寒冷地を旅する

　寒冷地を移動する場合、最も恐ろしいのは身体を冷やしすぎたせいで死ぬ——医学的に言えば、深部体温（中心体温）を下げすぎたせいで低体温症になる——ことだ。

　これはもちろん寒すぎるから起きるのだが、どのくらい風が吹いているのか、どのくらい防寒をしているか、身体にどのくらい脂肪を蓄えられているのか、服が濡れたまま放置していないか、などの条件でも成りやすさが変わる。

　人工皮革などが存在しない中世的世界では、なんと

森・寒冷地・砂漠

森の旅

中世ヨーロッパをリアルに考えると、「森の海の中に浮かぶ集落と道」になるので、森を避けては旅がしにくい

⇒枝葉を切り払うための刃物と、細かい傷を避ける衣服は必須

寒冷地の旅

寒い土地を旅する時に一番恐ろしいのは、低体温症だ！

⇒動物の毛皮など、寒さを避ける衣服は絶対に必要。
そのうえで、衣服だけでは防げない寒さをかまくらなどで防ぐ

砂漠の旅

砂漠の問題は、昼と夜の急激な温度変化と、水の不足

⇒温度変化に耐えられる衣服や水の持ち込みを考えると、ラクダを用意するのが必須と言える

いっても動物の毛皮から作った衣服が最大の防寒具になるだろう。ただ、むれてしまうと汗が出て、濡れて、熱が伝わって低体温症の原因になるので注意が必要だ。

最初は寒気や震え程度のものであったのが、更に体温が下がっていくと意識が薄れ、脈拍も小さくなり、呼吸が少なくなったり不整脈の症状が出てきたりもする。最後には心臓の動きがおかしくなり（心室細動）、昏睡状態にもなる。そうして低体温症になるような状態で動けなくなれば、あとは凍死しか待っていない。

低体温症が特に恐ろしいのは夜だ。昼の間は移動さえしていれば、身体が動いて熱が出る。装備が十分なら、気温がマイナス状態になっていたとしても、そうそう低体温症に陥るものではない。しかし、夜はただでさえ気温が下がり、身体を動かさないからいよいよ冷える。可能な範囲で火を焚き、地面からの冷気を遮断するよう敷物を用意するなど、工夫が必要になる。

火を燃やすにあたっては、焚き付けに使える植物が見つかるかどうかが鍵になるだろう。雪の下で冬眠している植物、雪に埋まって枯れた植物、凍った木の皮を一枚剥がした下の乾いたところなどは、実は焚き付

けとして十分役に立つ。

　理想は寒さを遮断できる場所を確保することだ。雨風をしのげる場所として一章でも紹介した、洞窟や岩陰、枝葉の茂った木の陰などは、寒冷地では特に高い価値がある。それだけに野生の獣が自分の縄張りにしている可能性が高いため、足跡や糞尿などの痕跡はしっかり確認するべきだ。空き家であったなら中へ入り、入口に遮蔽物を置いて熱がその中で溜まるようにする。

　この時、葉っぱ付きの木の枝が役に立つのは同じだが、寒冷地では雪や氷を切り出してきても同じように役に立つ。しっかりと固まった雪や氷には断熱効果があるからだ。洞窟などがなくとも、しっかり固まった雪の中をほったり、氷のブロックを積み上げて、ある種のかまくらを作ることもできる。しかし、ただの雪溜まりの雪では簡単に崩れるので注意。

　ちなみに、寒冷地において、酒で身体を暖めるのは逆効果だ。酒のアルコール、コーヒーのカフェイン、タバコのニコチンはどれも血管拡張の作用があり、すべて体内の熱を放出して低体温症を近づけてしまう。

　飲み物は雪や氷を溶かして手に入れるのが良い。特に氷のほうが含まれた空気が少なく、効率的に水に変えることができる。移動中、革袋の類に入れて服の下に入れておくと、歩く時に否応なく発生する熱で効率的に溶かすことができる。

砂漠を旅する

　寒冷地移動の最大の障害がその寒さであったのに対して、砂漠における障害はその気温差だ。

　昼は灼熱の暑さなのに、夜になると熱が空に抜けてしまい、十五度以上も気温が下がってしまう。この気温差は旅人の体力を大きく奪う。昼用の衣服に加えて、夜用の防寒着を用意しなければならないのも、旅人の荷物を膨れ上がらせる。どの地域でも適切な乗り物を用意するに越したことはないが、砂漠ではいよいよ暑さに強く人も荷物も乗せて砂の上を歩ける家畜――ラクダが欲しい。

　砂砂漠であるにせよ、岩石砂漠であるにせよ、砂漠と名のつく場所は基本的に水に乏しく、移動中に水を調達するのはかなり難しい。点々と存在するオアシスにたどり着くまでは水を節約する必要がある。

そのため、砂漠の旅人はしばしば夜間に移動する。昼に移動すればどうしても汗をかく。夜なら最低限に抑えられる、というわけだ。「月の砂漠」などというのは別に情緒的な美しさではなく、本当に月が出て明るい夜が最も移動しやすい、ということなのである。

ただ、砂漠は基本的に変化の少ない地形が続いているし、風によって砂丘の位置が変わることも多いので、ただでさえ迷いやすい。さらに夜となると、いよいよ自分がどこにいるのかわからなくなりかねない。星を確認したり、羅針盤を用いるなどして、自分の位置を把握する工夫が必要だ。

砂漠だからといって雨が降らないわけではない。降るときは降る。水を溜め込むチャンスだが、危険な瞬間でもある。砂漠の雨は簡単に鉄砲水になるため、なるべく高い場所へ逃げなければならないからだ。

川を越える

たっぷりと水を湛え、流れ、あるいは波立つ川や湖・海は、徒歩や馬しか移動手段を持たない人々にとっては移動を邪魔する巨大な障害物である。

川の場合、橋がかかっていれば渡れるものの、「先日の増水で橋は流されてしまった」「軍隊が橋を壊してしまった」「そもそも防衛上の理由でこの橋に川をかけることは許されていない」というのもままある話。また、人が通る道と交差する川であれば橋をかけようという人も現れるが、道なき荒野・山林を旅していれば誰も橋をかけてくれない。結果、川を無理矢理渡らなければいけない時も来る。

一つの川の流れは最初から最後までどこも同じ勢いというわけではない。源流に近い方が速いというのが定番だが、曲がる時に遅くなったりもする。そのため、二回曲がっているところの中間を探すと、少しは勢いも緩くなる。また、対岸を向いて真っ直ぐ川を渡るよりは、身体を上流の方へ向け、横向きに、そして慎重に渡った方が、結局のところ危うい目に遭わないで済むものだ。木の枝を探してきて長い棒に仕立て、杖代わりにするとさらに安定する。

そもそも急流を渡らないで済むならそれに越したことはない。浅瀬や中洲など、水が少ないかそもそも乾いている場所を跳んで渡った方が、苦労もしないし、濡れるのも最小限で済む。どうしても濡れざるを得なかった時は、渡り終えた後に濡れた服なり靴なりを早めに脱ぎ、火に当てて乾かした方が良い。濡れた服は体温を奪うし、足を痛めることもあるからだ。

船で旅をする

川や湖、海は旅の障害になる――ただし、それは船がない時の話だ。適切な船さえあれば、川でも、湖でも、海でも、越えることができる。それも、徒歩よりもずっと速く、そしてたくさんの荷物を運ぶことができるところに、船による水路のメリットがある。どのくらいスピードが出るのかというと、ライン川の川船は一日に百から百五十キロ、また帆船は同じく一日に百二十から二百キロを稼いだとされる。

橋がない大きな川にはたいてい渡し船がある。また、それこそライン川のような大きな川には川船が浮かんでいて、上流から下流へ、下流から上流へと行き来して人や物を運ぶ。流れに沿う場合は動力も要らないが、そうでなければ帆を張り、櫂を使い、あるいは人や馬が船にロープを結んで上流へ向けて引っ張っていく。

また、湖や海を渡るような大きめの船になると櫂を人力で動かして進むガレー船と、帆で風を受けて進む帆船に分かれる。

どうしても風に左右される帆船に対して、ガレー船は帆を張ることもできれば人力で風を無視して進むこともできて機動力は高い。しかし、トップスピード（時速八キロ）で進めるのは最初の一時間だけで、その後は半分から三分の一程度になってしまう。なぜかといえば、櫂を動かす乗組員（しばしば奴隷が務めた）が疲れてしまうからだ。彼らを無理させれば疲労で倒れ、あるいは死に、結局船のスピードはさらに落ちることにもなるだろう。

陸の旅と同じように、水上の旅にも困難は付き物だ。揺れる船の上でずっと過ごしていれば船酔いするし、雨風を受けての転覆や、浅い川底・鋭い岩礁に乗り上げての座礁も恐ろしい。そうして船がダメになった時、放り出されて泳げなければあっという間に溺れてしまうのが人間というもの。その点で、船を用いての旅はより死に近い、危険な旅ということができよう。

川を越える、船で行く

川越え

橋があれば簡単に渡れるが、橋がない＆壊れている場所も

↓

川の形を見極めて、流れがゆるかったり、濡れないで済む場所を選んで渡るのが一番良い

船の旅

陸の旅と比べ、スピードと運べる荷物が全く違うのが船旅

船の種類、使う状況は多様

↓

風や川の流れ、海流など、旅の速度にも大きな影響が

前近代世界で、船旅の危険性はどうしようもない

快適度を上げるくらいなら可能

暴風雨に耐える頑丈な船、速度を出すための複数のマスト、現在位置を確認するための天文観測の技術と羅針盤は必須であったろう。また、長期の航海では食料の腐敗・飲料水の枯渇・栄養の偏りも大きな問題になる。これらは基本的には船全体を預かる船長、あるいは資金を集め船長を送り出す船主が考える問題であって、主人公たちがただの乗客や一介の船乗りであるならできることは多くなさそうだが、船旅の質向上を可能な範囲で考えてみよう。

船酔い対策として、ベッドをハンモックに変えるくらいならできるかもしれない。史実ではメキシコの先住民が使っていたものが船乗りによって紹介され、新大陸発見直後からヨーロッパに船でも使用されていた。

普通、船では火は非常に使いにくい。ちょっとした不始末で船体に燃え移りでもしたら、基本的に木でできている船はあっという間に燃え上がってしまうからだ。しかし、調理をするにしても、濡れた身体を温めるにしても、火は重要だ。そこで、魔法やマジックアイテムなどで安全に使える火があったなら、生活の質が間違いなく向上することだろう。

計画してみるチートシート（移動編）

主人公たちの目的は？

主人公たちが何をしようとしているかで、
どんな場所に住むかも変わってくる

移動の手段は？

主人公たちが旅慣れていないなら、
長距離移動のために助けが必要になる

定住の場所はどこ？

どんな場所なのか、なぜそこを選んだのかは
しっかり考えておこう

解決するべき障害は？

短期的なものから長期的なものまで、
障害を乗り越えてこそ盛り上がる

・3章・

集落の施設

粗末な木の小屋で、若い男女が向き合っている。しかし残念ながら二人の間に甘い空気は欠片もなく、バチバチに火花が散る睨み合いになっていた。

「急いで作るべきは柵だ。このままだと遠からず、狼なり猪なりに畑を全部蹴散らされるぞ」

一真が机を叩けば、

「その程度の獣は恐れるに足りないわよ、私がいれば。それより井戸堀りに人手を増やしてよ」

エレナは人を殺しかねない目で睨む。

「まあまあ、二人とも。ちょっと頭冷やそうよ、冷静になってさ」

その二人の間に割って入るのは達也だ。

——開拓が始まってしばし。今、新しく作られた集落は三人が中心になって猛烈なスピードで村づくりが始まっていた。

もともと、この集落のまとめ役は開拓団の団長が務める予定だった。ところが、先住していたアリヤナ人（鳥の羽が頭に生えている異種族だ。背中にも生えていて飛べるらしいが今のところ見せてもらえてない）との間に縄張り争いが発生するや、「急用を思い出した」とか言って、どこかへ行ってしまったのである。

当初、集落の人々は団長の帰りを待っていたが、エレナが「あいつは帰ってこないぞ」と指摘するやパニックになった。そこで積極的にまとめ役を買って出て、あるいは問題解決に尽力し、リーダー的存在と見なされるようになったのがこの三人だったのだ。

エレナはとにかく村を守るのに活躍してくれた。そもそも内紛を起こしかけていた集落の人々を（暴力によってではあるが）鎮めて落ち着かせ、また危険な野獣を次々と狩って集落を安全にしてくれたのである。本人曰く「冒険者ならこのくらいは誰でもできる」そうだが、剣を取れば熊の首を刎ね、呪文を唱えれば爆炎によって狼の群れを押し留めるのが普通だとは誰も思わなかった。

一真も村の周囲に罠を仕掛けて野獣対策に尽力したが、それ以上に彼は井戸の掘り方や効率的な農業の仕方を知っていた。もちろん開拓の参加者には地元で農民をやっていた者が多くいたのだが、彼が「うろ覚えだ」と言いながらも提案するやり方は明らかに効率的であり、人々も文句は言いにくかったのである。

達也の貢献はより劇的だった。彼がステータス・ウィンドウで当座の食べ物を確保しなければ、一団の中に餓死者がきっと出ていただろう。また、アリヤナ人が激怒している理由（彼らが聖地としている池を知らずに汚染しているせいだった）のヒントも、ステータス・ウィンドウがなければ判明しなかった。

結果、この三人が集落のまとめ役をすることになり、となると相談事も多いということで、もともとは開拓団の団長のために建てられた小屋に三人で住むことになった。なお、名目としての村長はエレナが引き受けた——と言うよりも、他の二人が全力で嫌がってエレナに押し付けた。それは、二人共にこの世界の出身者でないから他の人たちから距離を置かれがちと言うこともあったが、

「ぼくは無理だよどう考えても。ステータス・ウィンドウ以外に取り柄がないし」

「俺は他の連中とは片言でしか喋れないから、無理だろう」

とそれなりに理屈もあったので、エレナも断りきれなかったのである。エレナは冒険者時代に手に入れたという通訳効果のあるマジックアイテムを持っていたので、一真とも普通に会話できたのだ。

そんなわけで共同生活をするようになったのだが——

「私が村長なのだから従いなさいよ！」

「間違っているとわかっていてどうして従えと？」

「ああもう二人とも、落ち着いてよ！」

独善的になりがちなエレナ、頑固な一真の二人に挟まれ、達也は胃が痛くなる一方なのであった。こうして今日も開拓地の日は暮れる。

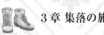

各種の建物・設備を造る

家を建てる

集落を作るにあたって、一番必要な施設とは何か。それはズバリ、「家」だ。雨風を凌ぎ、四季を通して気温の変化をある程度コントロールし、隣人の目を妨げ、害獣・害鳥・害虫の侵入もそれなりに防いで、道具や物資を蓄える場所としての家がなければ、なかなか安心して暮らせるものではない。

では、どんな家を建てるべきか。第一に考えるべきは用途だ。農業を中心に定住して暮らすなら、柱をしっかり立て、安定し、長持ちできる家が求められる。一方、狩猟や漁業、牧畜などで資源のある場所（狩猟・漁業なら獲物、牧畜なら家畜に食べさせる草など）を求めて移動する関係で、組み立て・解体・持ち運びが容易でなければいけない。

暑いか寒いか、湿気が強い弱いかなどの気象・気候の条件にも合致していなければ話にならない。暑い地域、湿気の多い地域では風通しの良さが求められるし、寒い地域では逆に空気を温める工夫が必要になる。

このような気象・気候への適応、環境への適応はそもそも地域に慣れ親しんだ人々であれば適した住居の作り方を知っていて当然だが、移住・入植したばかりの人間にそのような知識がある方が珍しい。理想的なのは、現地人の大工（建築技術者）に家を建ててもらうことだろう。そうでなくとも現地人の協力が得られればいいが、敵対的な関係を作ってしまったり、現地人がいない場所に入植せざるを得なかったり、自分たちの故郷のやり方に執着してしまったりすると、大変である。明治時代において、北海道開拓のために本州から入っていきた人々の中には、自分たちが慣れ親しんだ「湿気に強い、床下に空間がある家」を作ってしまった結果、強烈な寒気がそこから入ってきて凍死した、というエピソードがあるくらいだ。

加えて、材料が重要だ。家を建てるとなると、大量

家

「良い家（住居）」とはどんな条件で決まるか？

用途に適応しているか

気象に適応しているか

その地域に昔から住んでいる人間であれば、どんな家がふさわしいのかをきっと知っているだろう

「何でできているか」はとても大事
⇒木造、石造り、レンガ、粘土、コンクリート……

ヨーロッパの農村は木造の粗末な家がほとんどだったが、やがて石造りやレンガ造りの家も増えていく

の資材が必要になる。だから、集落に、あるいはその近辺にたくさんあるものでなければいけない。

森が近く、木が簡単に切り出せるなら、木で造ってしまう。木が少ないとなれば、希少な木材は柱に使い、その周りの壁は土を捏ね、牛糞や藁を混ぜて作る。

粘土が採れるならレンガを作っても良いが、焼きレンガを作るには燃料が十分に必要だ。しかし、乾燥した地域なら単に粘土を水で練り、藁や草なども加えて補強し、型にはめて干せば、しばらくするとしっかり固まって建材になる。いわゆる日干しレンガだ。泥を接着剤としてレンガを積み、乾かせば家の完成である。ただ、レンガは地震に弱いので、地震の多い地域では思わぬ被害が出るかもしれない。

耐久性で言えば石は（採取できる種類にもよれば）かなり強い。ただ、やはり重く硬いので、切り出すにしても、運び出すにしても、組み立てるにしても、よほどに使える人材が多くてマンパワーがあるか、そうでなければ優れた技術や道具があるか、そのどちかが必要になる。もし、そこまで高度な技術もマンパワーもないのに、農家の家までしっかりとした石造り

になっていたら、あるいは魔法による工事・加工の助けがあるのかもしれない。

　地域ごとに独特の建材があったりもする。南国の椰子の木の木材で柱を作り、葉っぱで壁や天井を作る。アジア的地域なら竹が軽く、強いために非常に向いている。また、古代ローマ帝国にはコンクリートがあった。ローマン・コンクリートと呼ばれるこれは火山灰と石灰石を混ぜて作ったもので、現代コンクリートと違って鉄筋が入っておらず、長持ちしたが丈夫さにはある程度問題があったようだ。

　では、私たちの世界のヨーロッパにおける集落の住宅はどんな歴史を辿ったのか。最も古い形は、木の柱を掘立柱（地面に穴を掘って直接建てた柱）にし、壁は泥や牛糞を練って藁を入れたもの、屋根は茅葺、藁葺。床は土をそのまま固めるか、そうでなければ粘土で覆った土間そのままの有様である。これが、古代ローマ帝国による開発が進んだ時代になると、ウィラと呼ばれるローマ人による農場の建物として石造りの母屋が現れるようになる。しかし、ローマ帝国が滅亡すると集落の規模が小さくなり……というよりも、家々が散らばって建てられるようになって、石造りの家も姿を消した。このような状態が中世初期から中期くらいまで続き、建物自体も基本的には小さなものだった（地域によっては複数に家屋が一緒に住む広い建物もあった）。

　しかし、十二世紀くらいから内側が仕切られていない一部屋だった小屋が居間・台所と寝室の二部屋になり、これが十三世紀くらいになって石造りの、いわゆるヨーロッパ的なイメージの建物が農村に見えるようになってくる。これがさらに進んで十四世紀になると「半木骨造」といって、石の床や土台の上に骨組み（柱や梁）を作り、レンガや壁土、漆喰で壁を作った構造も出てくる。屋根も陶器の素焼きに変わって、いよいよ「中世ヨーロッパの農村」イメージの風景が出てくるのがまさにこの中世も終わり頃のことである。

井戸を掘る

　一章でも触れた通り、人間が生きるためには水が必要だ。単に個人が飲んで喉を潤わせるだけなら必要な量は限られるが、複数の人間が生活のための水を必要としたり、ましてや農業をするとなれば相当の水が調達できなければならない。となれば、川や湖がよほど集落の近くになければ、井戸が必要だ。古井戸を修理するか、あるいは新しい井戸を掘らなければならない。しばしば、井戸を中心として集落が作られたくらい、井戸は大事なものだったのである。

最も古典的な井戸の形は、最初から泉になっている場所に階段をつけるなどして行きやすくしたり、窪地などを掘って水を出させたものだった。そのような場所が集落の近くにあるなら苦労はない。しかし、農耕に適した平原に泉を探すのは難しい。結果、地面に穴を掘って井戸を作る、ということになる。その穴が地下水にたどり着けば水が手に入る。

しかし、人力で井戸を掘るのは大変に危険な作業だ。人間が入れるように直径一～二メートルの竪穴を掘り進めていき、壁を石などで補強していくのだが、たびたび崩れるなどしたのは想像に難くない。結果、十メートル程度掘るのが限界になり、ある程度浅い位置に地下水がある地域でなければ井戸の意味がなくなる。

現代ではボーリングマシンがあり、相当に深い穴を掘って地下水を獲得することができる。ファンタジー世界なら魔法で穴を掘るのはもちろん、「そもそもどのあたりに地下水があるか」を感知することもできるかもしれない。では、機械を持ち込むこともできず、魔法の恩恵も得られなかったら、諦めるしかないのか。

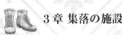

そこでチート手段がある。「上総掘り」だ。これは明治時代の日本で発明された穴掘り方式だが、電力も燃料も必要とせず、木と竹と鉄があれば行える、非常にエコで異世界に適した手法である。構造が非常に複雑なので、本書では詳細を省略させていただきたい（インターネットで検索すれば動画などで構造が説明されている）が、簡単に言えば「竹のしなりを利用して上下動させることにより、鉄管を短時間に何度も叩きつけて穴を掘る」やり方だ。鉄管の先端には開閉する蓋がついていて、砕いた石や土は持ち上げた時に蓋が開いて中へ入っていくようになっている。

竹の存在しない地域ではこの手法は使えないが、竹の代替ができるようなしなりのある植物や動物の外皮・骨格があってもおかしくないし、実は江戸時代にはこの原型になる「鉄の棒を叩きつけて穴を掘る」方式は誕生していたので、少々効率が悪くともそちらを採用する手もあろう。

　穴を掘り、水が出たから井戸は完成――というわけにもいかない。十メートル、あるいはそれ以上の深い場所にある水を汲み出す手段がなければ、井戸の意味がなくなってしまう。

　最も古典的な手段は、桶に紐をつけて井戸に投げ込む、必要になるたびに投げ込んで引っ張り上げる方法だ。しかしこれは非常に体力がいる。そこで「鶴瓶」が発明された。井戸の上に屋根を作り、そこに滑車をつけて桶の紐をくっつけたのである。こうすると、下に引く力で桶が引き上げられるようになり、体重分有利になる。さらに鶴瓶の反対側に錘をつけたり、二つの桶を一つの紐の両端につけたりすると、その分引き上げる力がまた少なくて済み、効率的になる。この鶴瓶を梃子の力で引き上げるのが「跳ね鶴瓶」で、さらに楽になるが、梃子の力を利用する分どうしても大掛かりになってしまう。

　更なるチート手段として、実は昭和の風景に登場するような手押しポンプは中世的世界でも作れてしまう。これはレバーを上下させることで内蔵されているピストンが動き、内部が真空化して水を吸い上げるもので、比較的浅い井戸であれば簡単に水を汲むことができる。ただ、最初に水を入れ（呼び水）ないと機能しないことに注意。

水車小屋

中世レベルの文明がある世界・地域であるなら、小さな集落であっても最初から「水車小屋」がある可能性はそれなりに高い。

　これは水の力で車輪を回転させ、動力とする「水車」が備え付けられた小屋だ。最も一般的なパターンでは、軸が川に対して並行にあり、車輪は垂直に接し、周囲の羽根状になっている部分が川の流れを受けて回転する。その軸を通して伝わってくる力を利用するものだ（軸が水平なタイプの水車もある）。あるいは、水の流れを高く上げて水車の上部あるいは中部から落とし、車輪と接触させて運動エネルギーを与えるタイプもよく見られる。また、動力を利用する水車とはまた別に、水の流れで車輪を回し、その動きによって水を汲み上げる揚水車もしばしば見られた。

縦回転のままでも水車の力はさまざまに活用される。杵を上下移動させて穀物の脱穀を行ったり、ハンマーを動かして家事の補助をさせたりすることができる（車輪に複数の出っ張りをつければ、何かを持ち上げ、落とす動きをさせられるもので、トリップ・ハンマーと呼ばれる）。ノコギリを規則的に動かすことで、材木の切断を容易にすることもできる（回転運動する物体と前後運動する物体をコネクティングロッドと呼ばれる棒で接続し、前者から後者へ、あるいは後者から前者へエネルギーを伝えて動きの方向を変える。クランクと呼ばれる）。

また、歯車の力を利用する（二つの歯車が垂直に接しているタイプを用いる）ことで横回転に変化させ、石臼を回して玄米を白米にしたり、穀物を粉に変えることができる。中世ヨーロッパをモチーフにするなら穀物は粒食ではなく粉食で、麦の粉を挽いてパンにして食べることが多いだろうから、水車と石臼は生活に非常に密着している。

新しく集落を作るとなると、石臼は故郷から持ってきて、当初はこれを人力あるいは家畜の力で回し、やがて余裕ができたところで水車小屋を作る……ということになるのではないか。

石臼を回すだけの余裕がなかったり、そもそも石臼も持っていない場合は粉に挽くことができず、麦を粒のままで食べることになってしまうかもしれない。中世ヨーロッパにおいて麦を粒食で食べる（普通、粥にする）のは、水車小屋の利用料金が出せない貧乏人の振る舞いとされたため、そのことに苦しさや恥ずかしさを感じる人もいることだろう。

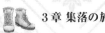

水車自体は少なくとも私たちの世界では紀元前から存在したものであり、チート的な知識にはなりにくい。ただ、水車の構造を変える手はあるかもしれない。私たちの歴史では「ペルトン水車」と呼ばれるタイプの構造が使えそうだ。

ペルトン水車は水車の車輪の周囲に羽根の代わりに二つのお椀状パーツを十八から三十程度のセットでくっつけるものだ。この時、注意事項がある。水は必ず上から、それもなるべく強い力で叩きつける必要がある（入口の方が出口よりも小さい筒を作って下向きに通すと、圧力の力で流れが強まる）。しかも、セットにしたお椀の真ん中、楔状の部分を狙って当てる必要がある。

以上のように、少々細々と気をつけなければいけない機構なのだが、うまく条件がそろえば水流の力を百パーセント活用できるようになる。単に川に垂直に接するだけの水車が流れの二十パーセントから三十パーセント程度の力しか使えてないのに対して、これを上から落とすと六十パーセント程度に高まり、ペルトン水車では九十パーセントを超えるとされる。カップの効果で、流れが跳ね返らずそのまま力を伝えるためだ。

もう一つ、歯車の工夫でも水車からのエネルギーをさらに有効に使えるようになる。二つの歯車が接する時、両者の歯数を「互いに素」、つまりお互いに素数の関係にするのである。こうすると、回っているときにどこかの歯が集中的に噛み合うことがなくなる。逆に言えば、どこかの歯が集中的に噛み合ってしまうと、歯車の素材や潤滑油などの技術がよほど発展していない限り、一部が先に劣化して壊れやすくなる。これはわかりやすいチート技術だ。

風車小屋

水車が水の力で車を回して動力にするなら、風の力で車を回すのが風車である。水車は十分な水がなければ効果を発揮しないが、風車は風があればいい。水の流れと比べると風は強弱や方向が不安定であり、対応するための工夫が必要だが、その点さえカバーできれば非常に有効な動力源になる。

私たちの歴史において、風車がいつ頃発明され、どのように広まったのかはよくわからない。アラブからヨーロッパに持ち込まれたのだとも、両者はそれぞれ独立して発想したのだともされる。ただ少なくとも、中世後期にはヨーロッパに風車はあったようだ。

水車と同じように、風車も軸が地面に対して垂直なタイプと、並行なタイプが存在する。ヨーロッパで発展したのは垂直タイプだ。車翼と呼ばれる羽根で風の流れを受け止め、車輪を回転させて動力を発生させる。

しかし前述した通り、風車は流れが一定な水車と異なり、どちらから吹いてくるかが不安定な風の流れに対応しなければならない。谷間の集落であったり、な

井戸・水車・風車

井戸

水の確保は必須！　地表にないなら掘るしかないが……

中世の技術では深く惚れない
⇒「上総掘り」が使える

底から水を汲む方法は？
⇒手押しポンプも作れる

中世的世界の動力

人間の体力・持久力が不足する作業を自然の動力でやりたい

穀物の脱穀

水を吸い上げる

水車
水の勢いで車輪を回す。
構造に工夫の余地がある

風車
風の勢いで車輪を回す。
いわゆる塔型は近世のもの

にかしら魔法的な力によって常に一定方向へ風が吹いている地域であるなど、特別な事情がない限りは、車翼の向きを変える機能が必要であるわけだ。

そこで当初作られたのが「箱型風車」と呼ばれるもので、機構が収められた箱が支柱の上にあり、これを回転させれば適切な方向へ向けられるようになっていた。ただ、やはり非常に重いので、簡単には回せない。そこで「塔型風車」が登場する。これは比較的重い石臼などの機械部分と車翼などの部分を切り離し、風の当たる必要な部分だけを回せる構造になっている。私たちが今（伝統的な）風車と呼ばれて想像するのは概ねこちらのものであり、特に低地ばかりで水を掻い出し続ける必要のあったオランダでは揚水用に多用されて国を代表する風景になった。

登場は十四世紀、普及は十六世紀ごろと考えられているので、中世的世界にはギリギリあってもおかしくないし、現代人の主人公たちが（すでに存在している箱型風車をベースにしつつ）アイディアを提供して塔型風車を誕生させてもさほど違和感がない展開と言えるだろう。

さまざまな施設

以上のような施設があれば、集落は成立するだろうか？　そんなことはない。一つの村という集団が成立するためには、もう少し必要なものがある。

前近代世界の集落では、農民や漁民、漁師であっても自分で家を建て、農具をはじめとする道具を作り、修理するのが当たり前だ。しかしその一方で、鍛冶屋のような専門の職人がいなければ手に負えないような高度な作業もある。

主人公たちの集落に職人がいるなら、彼らのための仕事場も必要だ。例えば鍛冶屋の家なら、金属を熱して加工できるようにするための炉や、それを打つための金床が据え付けられた仕事場がなければならない。

集落の人々が集まるための場所、集会場的な空間も必要だ。そこで話し合いをしたり、仕事終わりや農閑期に余暇を過ごしたり、集落全体の方針を決めたり、裁判を行ったり、祭りやイベントを開いたりする。みんなが集まる場所だから、多くの場合それらは集落の中心部に存在する。

求められる機能を果たすためには集落の人が集まれるだけの広さがあればいいので、具体的にどんな場所だったのかは、集落の大きさや豊かさ、地域や文化によって少なからず違う。

最もシンプルなのは、とにかくひらけた空間である「広場」が集会場的空間になっているケースだ。雨が降っていれば難儀するが、逆にいえば晴れていれば何の問題もない。井戸の周囲が広場扱いになっているケースなどは特に想像しやすい。水汲みのためにやってきた女性たちが、夫の目から逃れて世間話に興じている姿がいかにも想像できる。

集落の長、村長の家が周囲と比べて大きく、結果として集会場的な役割を担っている可能性もある。そのような場合、不満を持つ集落の人々が長を訪ねてやってきて陳情をし、いわば原始的な役所の様相を呈していることも多いだろう。

また、長の家は原始的な宿屋の役目を果たすことも多い。普段旅人がやって来ないような場所にある集落には当然ながら宿屋など必要とされない。そこにたまにやって来る旅人は、一番大きく豊かな家——長の家に招かれ、そこで過ごすことになる。

ただ、人が比較的やって来るような場所にある集落であるなら、宿の需要もある。民間で宿をするものが現れることもあれば、国が公的機関として宿を作ることもあるだろう。そのような公的な宿は役人や国の命令を受けた人間、貴族などが優先して泊まるようになっているが、空いてさえいれば普通の人間も泊まれる。また、馬を取り替えたり、馬車を修理するなど、交通の便を良くするための施設もセットでなければ意味がない。

集落として大きめであったり、時代が進んで文明が発展していれば、小さな集落にも宿があるかもしれない。そのような場所は多くの場合、他の機能も複合的に持っているだろう。居酒屋として人が集まり（つまり集会場的空間だ！）、雑貨屋として都市から仕入れてきた物品が買えて、また役所・出張所的な機能も持っていたりする。宿は二階だ。

集落の中心に公園も村長の家もないのなら、そこにあるのはおそらく貴族・領主の城館か、あるいはその地域で広く信じられている宗教の神殿・祠・教会であろう。これらは「集落を作るにあたってまず最初にこれを作ろう」というケースもあるだろうが、「そもそも最初にこの施設があって、やがて人が集まってくる」ケースも多い。国家・領主・貴族あるいは教団が人を集めて自分たち主導で集落を作るのか、それとも彼らの庇護やおこぼれを求めて近くに人々が集まった結果として集落になったのか。どちらかである。

集落とその外を分ける境界が明確に存在するか、またその境界が物理的に分かれているか――は、集落を取り巻く環境や、人々の持つ価値観によって違う。

野盗や山賊、敵対する集落や領主がいるような集落では、小競り合いや合戦が日常茶飯事になる。となると、柵を建て、土を盛り、堀を掘って、城砦化した集落があっても、何もおかしくない。より戦闘的な集落では、四方に櫓を立てて見張りを陣取らせ、接近して来る何者かがいたらすぐに鐘を鳴らすなどして集落全体に危険を知らせることだろう。

あるいは、「有事に集落を戦場とするつもりは最初からない」集落もあるかもしれない。といっても、人命や資産、せっかく開いた土地を放棄してそれでよし、

さまざまな施設

職人の仕事場

中世的世界の農民たちはある程度何でも自分でやる存在だが……

⇒高度な作業には専門の職人がどうしても必要！

職人が力を発揮するための工房が必要になる

人々が集まる場所

人が集まり、話し合い、時にはイベントが催されるような空間

- 井戸を含む広場で事足りる
- 村長の家が役所化する → 宿屋的な機能も果たす

防衛施設

土地や人命、財産を狙ってくる外敵がいるなら守りが必要だ

- 境界線上に柵や塀、堀を設置
- 裏山に砦を立てて逃げ込む
- 特別な存在には特別な対策を

としているとは限らない。彼らは集落ではなく、例えば裏山に築いた砦に立て篭もるなどの形で抵抗をするのだ。

周辺に脅威は存在するが、それは人間ではなく狼のような危険な野獣だ――という集落もあるだろう。その場合、人間も守るべきだが、家畜もちゃんと守らなければ「命は助かったが明日食べる食料がない」という展開に繋がりかねない。放牧地に放していた家畜をすぐさま引き戻すような準備が必要だ。

狼ならまだしも、ファンタジックな世界の危険な怪物類ならどんな設備で対処したらいいのか。ドラゴンに代表されるような危険な飛行生物から人々や家畜を守るために網を張る集落もあるかもしれない。怪物が嫌う臭いを放つ植物を育てている集落も面白い。魔法の結界によって怪物の侵入を防いでいる世界もあるだろう。村外れの祠や聖なる木、あるいは村の中央の教会から発する聖なるオーラがその結界の要なのかもしれない。知性のない怪物たちはわざわざ要を狙っては来ないだろうが、知性を持つ邪悪な異種族が率いていたらどうだろうか……。

畑と水田

畑を切り開く

農業を食糧生産の主眼に据えるなら、畑を作らなければ話にならない。ある特定の土地を自分たちにとって都合がいいように改良し、有用な植物を大量に、安定し、定期的に育てられるようにするわけだ。

畑を作る、つまり開墾の第一歩には、しばしば火が放たれる。いわゆる野焼きだ。森林なり草原なりの一面に生えている草を刈り取っていられないから、まとめて焼いてしまうわけだ。植物の灰は肥料になるから一石二鳥でもある。そもそも「畑」の文字に火が入っているところからも、火と畑の関連性の深さがわかる。ただ、火は非常にコントロールしにくい自然現象でもあるので、間違えて集落の方にまで延焼したり、山火事にまで燃え広がったらたまらない。そこで、小雨の日など、火の勢いが弱くなる日を狙うのだという。

平地ならすぐに火を放っていいのだが、森を切り開いて畑にするなら、まず木を切り倒さなければならない。鉄製の斧さえあれば、太い木であっても比較的容易にできる。一方向から切りつけて倒すのではなく、受け口と呼ばれる傷口をつけてから、反対の方からも切りつける（追い口）と、受け口の方向へ狙って倒せるので、木の下敷きになるようなことが減る。

こうして切り出した木材は、第一に集落の家を建てるのに使われるだろう。薪として燃料にもなる。近隣の集落や都市での木材需要が高ければ輸出の優先順位が高まり、自分たちの家には一切使わない、などということになるかもしれない。

畑にする予定の場所の木を全て切り倒し、火を放って下草も焼き尽くした、とする。しかし、まだ切り株は残っているはずだ。人力なり、家畜の力なりを使ってこの切り株を引っこ抜けば晴れて畑が完成する――が、これはこれで重労働だ。

そこで、小規模な畑や、家畜（や後世ならトラクターなどの機械）を入れられない山の上の畑であれば、必ずしも切り株を引き抜かずにそのまま畑を耕してしまうこともあったようだ。切り株が残ったままでは家畜に大きな鍬を引かせるのは難しいが、とりあえず手作業で土を耕し、畑にすることはできる。開拓一年目などは、切り株が残った畑が見られてもそこまでおかしくはない、というわけだ。

　ともあれ、邪魔な木や草を取り除き、また鍬や鋤などの農具によって耕すことで土は柔らかくなり、自然のままよりも作物が育ちやすくなる条件が整った。多くの場合は土を盛って畝を立て、そこに種を撒いたり苗や種芋を差し込んだりして、作物を育てる。とりあえず、畑の完成である。

畑で育てていた作物

　では、その畑で何を育てていたのか。中世ヨーロッパの史実に従うのであれば、メインの作物はなんと言っても麦だ。小麦と大麦はもちろんのこと、現代では健康食としてすっかり定着したオート麦、古代小麦とも呼ばれるスペルト小麦などである。これに加えてえんどう豆やそら豆に代表される豆類も盛んに育てた。肉食があまりできなかった時代は、豆類のタンパク質は非常に貴重なものだったのである。

　しかし、これだけでは食卓があまりにも寂しい。そこで、それぞれの家が菜園を持っていて、そこで各種の野菜類も育てていたようだ。キャベツ、レタス、カブ、ニンジン、タマネギなどである。といっても、これらの野菜をどの集落・どの家でも同じように育てているわけではないだろう。

　また、せっかく主人公たちが農業を行うなら、「現在育てている作物はどうも実りがよろしくない」とか「生活を豊かにするために、新しい作物に挑戦したい」、あるいは「市場に持っていって売るための商品作物に挑戦したい」などの課題を提示し、いかに達成するか……というドラマを作っていきたいところだ。

　新しい野菜を育てられるかどうかには、種を入手できるか、またその土地の土に合うかどうかが大きい。「この辺りではどうにもニンジンが育たないなあ」ということもあるはずだ。あるいは、もともと野菜など育てる余裕が全くなかった貧しい集落において、主人

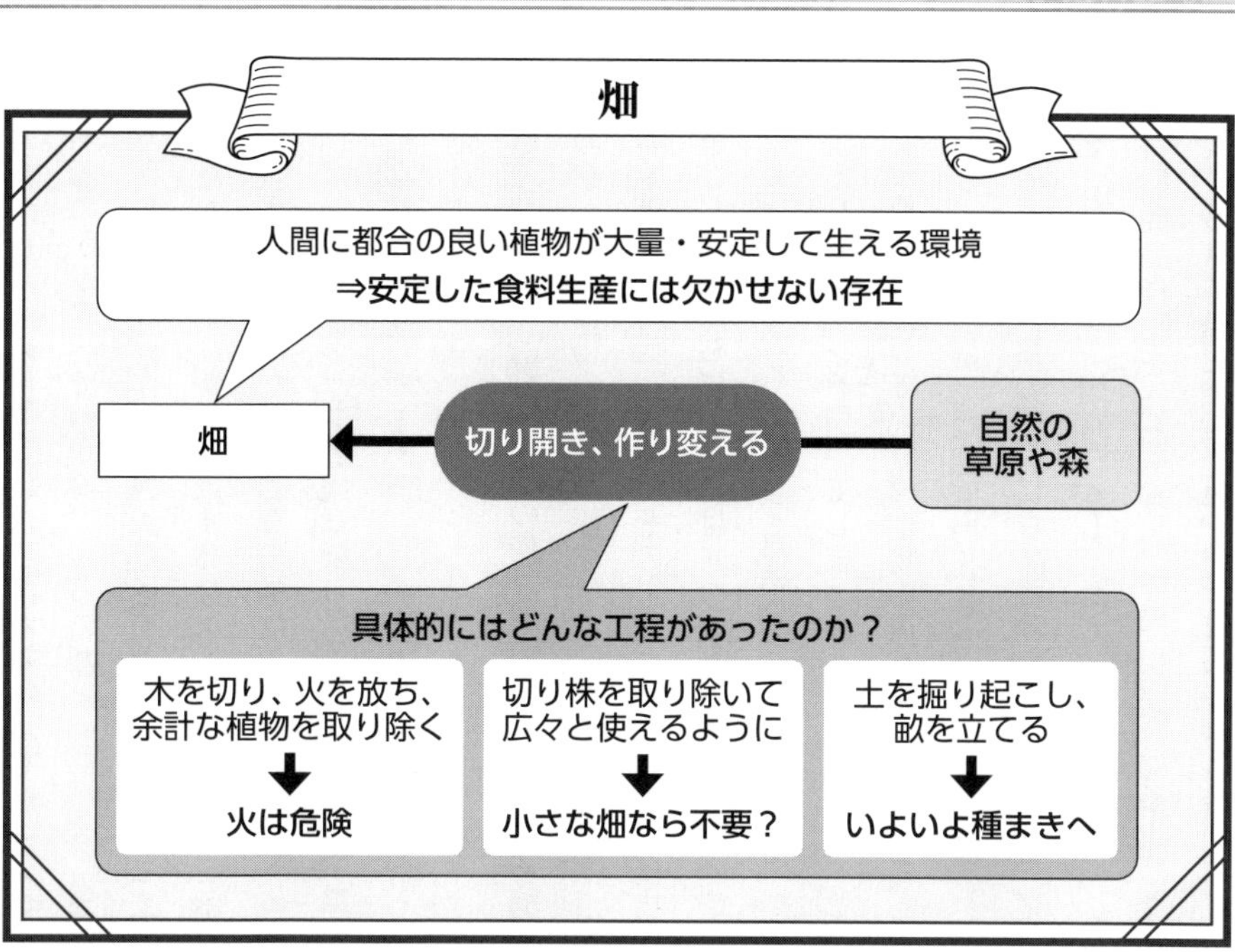

公たちが何かしらの手段で外貨を獲得し、都市に出かけて市場で種を購入し、いろいろな野菜を育ててみてこの土地に合う野菜を探し、将来的な特産物を目指す——などという展開もわかりやすい。

どんな作物が土地に適合するかを調べる時、「とりあえず育ててみる」が一つの解決法であるのは間違いないが、一つ確かめるのに数ヶ月から一年、場合によっては数年かかるのも事実だ。種もよそから買ってくるならタダではない。そこで、より手っ取り早い手段が二つほどある。

一つは、「地元のベテラン農民に聞く」である。これは現代日本での地方移住・農業参入でも基本になる話なのだが、結局のところその地域の土や気候について地元のベテラン農民以上に知っている人はいないのだ。

彼らは長年かけて模索・試行錯誤を続け、また身体で気象を知っている。そのため、どんな作物がこの土地に合うのか、どんな時期に種を蒔いてどんな時期に収穫するべきなのか、病気・害虫・害鳥・害獣など農業に深く関わるトラブルやアクシデントにどんなものがあるのか、その他農業に深く関わる地域独特の事情があるのか、すべてわかっているのだ。

だから、新しい作物の導入だけでなく、そもそも主人公たちが農業に新規参入するなら、彼らに敬意を示し、教えを乞うのが基本的な姿勢になるだろう。

ただ、彼らベテラン農民は新しい挑戦をする時、障害になりうる存在でもある。このあたりは別項で詳しく紹介する。

もう一つは、「野山や畑の傍などで自生している植物の中から、作物の候補を探す」ことだ。そもそも農業の始まりの時代、人々はそのようにして有用な植物を選び、作物にしていったはずなのだ。やがて定番の作物ラインナップが固まった結果、他の植物を「雑草」としてラインを引いてしまったかもしれない。しかし改めて確認してみれば作物の再評価がなされてもおかしくない。例えば胡麻のような油が取れる植物、ワタのような衣類の原料になる植物などは、時代の変化を受けて価値が出た」としてわかりやすい。

特に商品作物を作って都市へ売りに行けるような環境であれば尚更、「最近都市で評判になっていることの野菜が、実はこの地域では畑に出てくる雑草扱いで、引っこ抜いても引っこ抜いてもまた生えてくる厄介者扱いされている」などというケースが考えられる。これは近現代で実際に起きている話で、読者にとっても理解しやすく、また主人公たちの苦境を打開する展開として面白い流れといえよう。

また、新しい土地を開拓している場合、その地域でよく育ちそうな作物を探さなければいけないわけだから、いよいよ「まず野山を探索し、自然と生えている植物の中から作物の候補を選ぶ」のは当然行うべき調査といえよう。

新しく導入するならどんな作物?

もちろん、あなたの世界の畑で栽培されている作物を、中世ヨーロッパのそれに限定する必要はない。ある地域では非ヨーロッパ原産の作物が昔から育てられていたり、あるいは別地域原産なのだけれど早い時期に持ち込まれ、育てられていても構わないだろう。現代人である主人公たち自身が自分の世界の作物を持ち込み、栽培を企んでも良い。

作　物

中世ヨーロッパの基本的な作物

小麦や大麦を中心に、各種の雑穀や豆類、家庭菜園では
キャベツやカブ、タマネギなど野菜類も

もちろん、時代や地域で細かく種類は違う

↓

作物の種類を増やしたいときには
どうしたらいいんだろうか？

手段①

その土地に一番詳しい
ベテラン・玄人の知恵を狩る

手段②

自然ほど優れた助言者はいない。
自生している植物をヒントにする

では、具体的には何を持ち込むか。人々の食生活を現代のヨーロッパに近づけたいと考えるなら、ジャガイモやトマトあたりが第一候補になるだろう。現代ヨーロッパ料理に欠かせないこれらの作物が、実のところアメリカ大陸原産であり、近世の大航海時代にもたらされたものであることはよく知られている。

ジャガイモは種芋を切って植え、育てる。寒冷地でも栽培できて、ヨーロッパを想定するなら四～六月に植え付けし、八～十月に収穫することになるが、より暖かい地域なら春作・秋作の二回の収穫もできる。小麦などより何倍も収穫できるため、ジャガイモが広まった地帯は多くの人口を支えることができるだろう。また、ジャガイモは澱粉《でんぷん》が豊富なので、現代でいうところの片栗粉の原料になり、食生活を豊かにしてくれる。

トマトは現代なら苗を買ってきて植えるが、中世的世界ならタネを撒くことになるだろう。また、蔓の伸びる作物なので支柱を植えるのが日本なら当たり前だが、世界的にはそのままにするともいう。三月に種を蒔き、六月から八月には収穫する。一般的には酸味

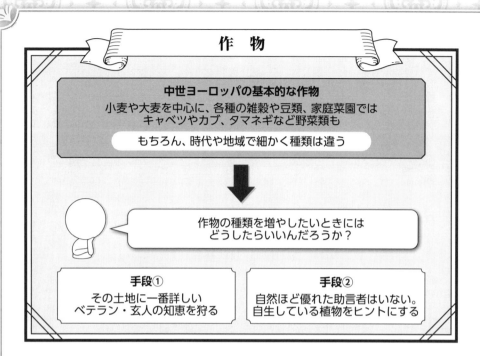

が強く、料理に向いているが、現代の品種なら果物のように甘いものもある。栄養（ビタミン類）豊富で、「トマトが赤くなると医者が青くなる」（医者が不要になるため）なる言葉も伝わっている。

ちょっと日本的なイメージがつくかもしれないが、サツマイモ・大豆あたりも非常に有用な作物である。サツマイモは救荒作物として有用で、大豆は味噌・醤油はもちろん、豆腐の原料にもなって、現代日本出身者のノスタルジーを満たし精神を安定させる。

サツマイモは実もなる植物なのでこれを植えて育てることもできるが、基本的には種芋を土に植え、伸びた茎を苗にして栽培する。植えるのは五～六月で、収穫できるのは十月から十一月くらい。これをしばらく陰干しにすると澱粉が分解され、いわゆる甘いサツマイモになる。貧しい土地でも育つため、救荒作物としても活躍した。干し芋が簡単に作れて持ち運びによく、また十分な甘さもあるので、旅の友に良い。

大豆は五月（暖かい場所なら四月）に蒔いて七月にかけて収穫するか、六月から七月にかけて蒔いて十月ごろに刈り入れる。普通の畑でも栽培するが、水田と水田の間の空間（畔）で育てることもある。タンパク質が豊富で、しばしば「畑の肉」と呼ばれる。いわゆる枝豆はこの大豆を生育中に収穫したもののこと。

なお、大豆をはじめとする豆類は根っこにそれぞれ独自の共生菌を住まわせており（根粒菌）、その力で土壌の窒素を固定している（イネ科やサツマイモなども窒素固定菌を持つとされる）。大豆を新しく育てるのであれば、根粒菌も一緒に持ち込み、土に混ぜる必要がある。例えば、山の中で豆を見つけて植えてみたがうまくいかず、土壌も一緒に移植したらうまくいった……などの展開はありだろう。

作物の価値は食用だけではない。衣服の材料としても重要だ。中世ヨーロッパで衣服の材料として育てられていた作物といえば亜麻であった。これを原料にした亜麻布か、あるいは動物の毛を自分で織って作った毛織物が庶民の衣服の原料である。絹はシルクロードを通って入っては来ていたものの非常に高価で、貴族や裕福な商人以外にはまず身に付けられない。

では、現在私たちが身につける衣服の原料の中で、中世ヨーロッパにあってさほどおかしくないものはな

新しい作物

中世ヨーロッパで実際に栽培されていた作物は、
現在の視点からするとかなり限定的なものといえる

↓

人々の生活を豊かにしたり、
ヨーロッパ的イメージを実現するために作物を持ち込もう

↓

どんな作物を持ち込むと効果的だろうか？

↓

ヨーロッパ的な
食を実現するなら
↓
「ジャガイモ」や
「トマト」など、
近世に広まった作物

和風イメージも
つくが……
↓
「サツマイモ」や
「大豆」は農村の
安定化に効果あり

衣服事情を
充実させたいなら
↓
「木綿」は温かい
地域であれば
十分育てられる

いだろうか。ある。ワタを育て、その種の中から採取できる木綿である。

実はワタは私たちの世界ではあちこちに産出しており、むしろヨーロッパ（や日本）は例外なのである。それも、ヨーロッパ南部にはいわゆる「アレクサンドロスの王国」の時代には持ち込まれていた。ただ、温帯の植物であるために北部ヨーロッパには持ち込まれることがなく、「南方には「バロメッツ」なる、木になる羊があって、そこから羊毛が収穫できる」という伝説さえ生まれた。

だから、主人公たちが住む地域が寒かったら木綿の栽培は難しいかもしれない。また、ワタから木綿を収穫するのには多大な人手が必要（新大陸アメリカへ黒人奴隷が連れて行かれたのはこのせいとされる）だというのも大きな障害になる。しかし、ワタからは木綿が取れる上、種からは油（綿実油）も採取できるので、商品作物としては非常に優れている。

水田で稲を育てる

土に植物を植える畑に対して、水をたたえた池、あるいは沼地状の場所に植物を植えるのが水田（田んぼ）だ。稲を栽培するのによく用いられるため、日本人にとっては時に原風景と呼ばれるほどありふれた光景になっている（なお、稲は畑でも育つ）。

水田稲作の基本的な手順は以下の通り。まず、前年稲作を行った水田に掘り起こし・整地を行い、田んぼを平らにして田植えの準備をする。現在では水を張る前の「田起こし」をしてから水を入れての「代掻き」を行うが、明治以前のやり方では水田に水を張りっぱなしだったため、田起こしは行わなかった。その後、別に育てていた苗を植える田植えを行い、水量を調整しながら稲が実るのを待って収穫、ということになる。

水田で行う農業は比較的条件が厳しい。そもそも育てられる作物が稲の他には里芋や蓮、タロ芋など、土の畑と比べるとバリエーションに劣る。また、平地を水田に作り変えるとなると、大量の水を川なり泉なりから引き込んでくる必要があり、沢山の人間を動員しての治水工事が避けられない。そもそも水が不足する地域では選択肢にさえ入らないだろう。

にもかかわらずわざわざ水田を作るのはなぜか。

第一には、水田との相性が良い稲の効率の良さがある。前近代においてアジアとヨーロッパを比べた時、アジアの方が明らかに人口が多い。その背景の一つとして、主な穀物である稲と麦の差がある。稲はそもそも熱帯の作物であり、その後品種改良が進んでいったにしてもあまり寒い場所で育てるのは難しい。それでも、土の質や気象などの違いはありつつも、とにかく稲は麦と比べて沢山取れるのだ。

加えて、水田そのもののメリットが見逃せない。

通常の土を用いた畑の弱点として、表面の土が簡単に流れ出してしまう、ということがある。風が吹いたり、洪水で水が流れ込んで通り過ぎていくだけで、栄養豊かな土があっという間に失われてしまう（古代エジプトのナイル川周辺のように、洪水が肥沃な土を持ってくるケースもある）。しかし、水田ではよほど大規模な洪水で洗い流されでもしない限り、表土は水に守られていて流出しない。

また、水田は水の力で土中の有機物が守られて栄養が作られることと、水と一緒に流れ込んでくる栄養があることで、肥料などなくとも土地の肥沃さをキープし続けることができる、という点も大きい。

ここから、稲が育つような気象の土地を開拓していたり、あるいは現代社会から寒さに強い稲の種あるいは苗を持ち込めるようなケースにおいては、水田による稲の栽培に挑戦してもいいのかもしれない。

もし主人公たちが集落のリーダー的な立場にいたり、何か強く意見を言って聞き入れられるような立場にいるなら、最初からある程度の大きさの水田を作ることもできるだろう。泉か川が近くにあるなら、水路を引いて水を入れることはさほど難しくない。一度稲作を成功させることができたなら、同じ集落の人々、あるいは近隣の集落までも巻き込んで、さらに大規模に稲作を挑戦することもできそうだ。

ごく小規模な作業しかできなくても、水田に挑戦することは可能だ。もともと川沿いの湿地帯に手を入れ、そこに種を蒔き、あるいは苗を植えて稲作を行うのである。そもそも原始的な稲作はこのような形で行われたものと考えられる。このような湿地は現代の言葉で言うところの「湿田」、つまり一時的に水を抜いて麦を植える二毛作などは行えないタイプの水田（水が抜けるのは「乾田」）だが、小規模に挑戦するだけなら十分だろう。また、本来無用の土地を活用できるため、主人公の活躍を演出できるのが特徴だ。

水田に持ち込むチート

すでに水田による稲作が普及している時代や地域に出現した場合でも、現代日本人が異世界にもたらせるチートはなくはない。「苗代」と「正条法」だ。

「苗代」というのは、苗を先に育てておくための苗床のことだ。ここで苗がある程度大きく育ってから、初めて田植え――つまり苗を水田に植え付ける。日本の場合、もともとは種を直接蒔いていたのが、いつ頃からか先に苗を作るようになり、奈良時代・平安時代あたりに普及したものと考えられている。

このやり方により、苗は茎も葉もがっしりして、根張りも良い、強い苗になる。苗代は大きく水苗代と畑苗代に分かれ、前者は水田状態、後者は畑状態で苗を育てるが、どちらも苗の成長をしっかり管理することを目的していることに変わりはない。

一方、「正条法」は、苗を等間隔に、綺麗に並べて

水　田

水田とは？

水を張った池あるいは沼のような土地で作物を育てる

水が必要だったり、作物が限られたりと、問題が多い

どうしてわざわざ畑ではなく水田を？

ポイント①：そもそも稲は効率がいい作物だ！
安定してたくさん穫れる稲と水田の相性がいい

ポイント②：水田は土地の栄養確保に都合がいい
土を守り、また栄養も勝手に流れこむ

植えることだ。だいたい二〇センチから三〇センチ程度の間をあけることでそれぞれの苗に栄養が周り、日光の当たりや風通しもよくなる。

　現在私たちが目にする田んぼは基本的にこの正条法で作られているが、実は少なくとも日本では江戸時代まで、このように綺麗な間隔では植えられておらず、雑然としていた。これが明治になってから、等間隔に植えるようになったのである。具体的には定規などと呼ばれる各種の道具（六角形の用具を転がしたり、引っ張ると線ができる道具を使ったりする）で前後左右に線を引き、交わるポイントに苗を植える。

　正条法は手間のかかる方式なので、単体では意味が薄い。重要なのは、同時期に普及した「八反《はったん》ずり」「田打車《たうちぐるま》」などと呼ばれる除草道具の方だ。これらは船のような形をした板あるいは枠に前後押し引きできるように棒をつけたもので、前者は鋲や爪で草を引っ掛け、後者は枠の中で車がぐるぐる回って草を排除する。この一直線に除草ができる農具は正条法と相性がよい、というよりも従来の雑然と植えられた水田には使えない。結果、両者は一気に普及したのである。

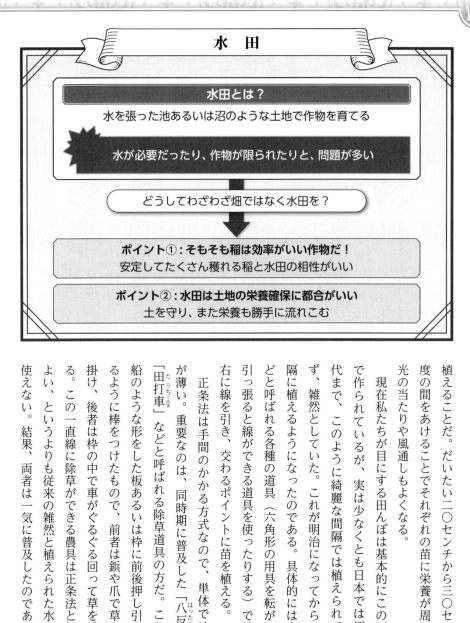

家畜小屋と家畜

家畜と人間の長い付き合い

規模はともかくとして、牛なり馬なり豚なり鶏なりの家畜小屋が全く存在しない集落というのは、中世後期であればちょっと想像できない……というのは、流石に言い過ぎだろうか。時代が古かったり、規模が小さかったり、貧しかったり、地形や気象の関係で家畜を飼いようがないケースは十分考えられる。逆に言えば、発展し、豊かな集落には、家畜はほぼ必須の存在だったのである。

人類ははるかな古代より、野生の動物を狩って肉や骨、皮や毛を手に入れる一方で、「これを殺してしまうとまた新しい獲物を探さなければいけない」「そもそも野生の動物を狩るのは大変だ」ということにも気づいていた。そんな時に、例えば偶然から崖に囲まれた地形に動物を追い込んだ結果、この動物が逃げないようにできたら苦労せず狩りができるのではないか、という発見があった。また、ある種の動物は食べ物を与え、馴れさせることで、便利な道具として使える、という気づきも得た。

結果、人間は野生の動物を家畜化し、家畜小屋を建ててそこに住まわせるようになったのである。家畜小屋は崖に囲まれた地形の代わりであるわけだ。どんな小屋を建てるかは家畜による。一匹で飼っている犬にはミニチュアの家サイズのものでいい。牛や羊、馬のような集団で飼う動物は彼らがまとめて住める巨大サイズでなければならないし、また彼らが寝床にする藁などをそれぞれの小屋に敷き詰めたり、彼らが逃げないように柵を閉める必要もある。

さまざまな家畜たち

具体的にはどんな家畜を小屋に住まわせたのか。最も古い家畜——というよりは人間にとって一番古い友人であるのが犬だ。狩りに使えば獲物を発見し、的確に追い込んで、狩人の前に連れてきてくれる。番犬として用いれば、見知らぬ何者かが近づいてきた時に吠え、あるいは襲いかかって撃退してくれる。羊の放牧を補助する。彼らの貢献は計り知れない。

これに近い存在であるのが猫だ。しかし現代広く知られているように、猫は犬と比べて気ままな存在であり、犬のように人間に忠誠を尽くして勤労してはくれない。それでも愛玩用として親しまれてきたし、実務的な仕事としては食料倉庫に接近するネズミの撃退を長年続けてきた。

牛は現代人の私たちからするとまず食用のイメージが強い。しかし、農業が始まってから機械化が進行するまでの長い長い間、牛はまず「生きたトラクター」であったと考えられる。切り株を引き起こすにしても、巨大な鋤《すき》を引かせて畑を耕すにしても、牛がいなければ始まらない地域はかなり広かったのである。また、平安時代日本に牛車があったように、乗り物として使われることもあった。「生きた乗用車」だ。

ある程度生産量が高まり、牛に頼らなくとも生活が立ちゆくようになって、初めて肉を積極的に食べるようになった――それは中世ヨーロッパで言えば後期のことであった。もちろん、それ以前も祭りや病気で牛が死んだ時などの特別なタイミングで肉を口にすることはあったろうが。なお、殺さなくとも手に入る食品である乳は古くから飲まれていた。

牛が多くの文明で神聖なものとみなされた（ヒンドゥー教で牛を食べないのもそのため）のに対して、豚はどうも立場が弱く、嫌われがちだったようだ。キリスト教には豚を蔑視する思想はなかったが、悪魔の化身として物語に登場するなど、やはり立場は低かった。背景には、遊牧民たちが自分たちは移動が得意な牛を好んで飼っているのに対して、移動が比較的苦手な豚を農耕民たちに重ねて蔑視したことがあったらしい。その思想が引き継がれたわけだ。豚にはしばしば不潔なイメージがあるが、実際の豚は綺麗好きである。このような食い違いも、蔑視思想か、あるいは当時の飼育環境から来ているのだろう。もちろん、豚の肉の美味しさは言うまでもない。

ちなみに、この種の神聖・蔑視の思想は現代人・異邦人の目からするとしばしば穴があるものだ。例えば

さまざまな家畜

人類は多様な動物を家畜として飼いならし、利用してきた

犬と猫	牛
古くからの愛玩動物、人の友 ⇒加えて、犬は狩猟犬・番犬。牧羊犬、猫はネズミ取りで活躍	現代では食肉・乳が主流 ⇒前近代世界においては第一に農業での重要な戦力
豚	**馬**
現代は牛と並ぶ食肉用家畜 ⇒歴史的に牛より蔑視されがちだが、肉は食べられてきた	移動にも農耕にも ⇒牛などと比べた時に維持が難しく、高級な印象があった
羊・山羊	**家禽**
食肉・乳、そして毛や皮が古くから活用されてきた ⇒山地では山羊が重要	家畜の鳥のことを総称する。鶏、家鴨、ガチョウなど ⇒卵は貴重な栄養源

ヒンドゥー教において、牛は神聖であり食べてはならないものだが、水牛は悪魔の化身であり食べても良いとされる。別の文化を持つ人間からすると似たように見えても、本人たちにとっては大きな違いがそこにあるのだ。

牛が生きたトラクター、あるいは乗用車であるのに対して、よりパワーとスピードがあって、生きた高級車と言えるのが「馬」だ。種類にもよるが、馬は牛と比べて繊細で、飼育が手間で、餌も多く消費する。庶民が愛用したのはどちらかといえばロバの方だ（時代と地域により農耕馬が普通だったところもあろうが）。逆に言えば経済的に余裕のある人間にとって馬は非常に役に立つ家畜であり、王侯貴族は盛んに馬を育て、養った。もちろん自分でやるのではなく、使用人にやらせるわけだが。

牛や馬より古い食用・乳用の家畜が羊・山羊である。羊は肉も食べるが、何より毛を取って衣服の材料にした。加えて、皮が羊皮紙の材料になる。そんなところから、集落で増やし、都市の市場へ持っていって売るのに向いた家畜と考えられていたようだ。山羊は概ね

羊に準じるが、平地においては羊に似て劣る家畜、岩がちの地形では段差をものともしない運動力から最高の家畜、とみなされた。

　鳥類の家畜を特別に家禽《かきん》と呼ぶ。現代人の私たちには真っ先に鶏が頭に浮かぶところで、中世ヨーロッパにも実際飼われていたが、他にも家鴨やガチョウ、鳩などが飼われた。特にガチョウの人気が高かったようだ。肉も食べるが、毎日産み落とされる卵は貴重な栄養源である。

家畜の難しさ

　このように、家畜は労働力であり、また食品の生産源であった。さらに第三の役目として、家畜の糞尿は貴重な肥料の原材料でもあった（後述）。

　以上の理由から、人間が小なりといえど集落を作るなら、そこには多くの場合家畜小屋が作られる、というわけだ。

　しかし、話はこれで終わりではない。そもそも、種類にもよるが、家畜は小屋に閉じ込めておけばいいというものではない。頻繁に外へ出してやる必要があった。

　春、放牧地に青々と草が生えている時期には、昼の間家畜をそこへ放ち、食事をさせる。運動という側面もあったろう。夏、時代と地域によっては、専門の牧人に牛や羊などを預けることもあった。長期間、移動しながら放牧してもらうのである。農地に縛られた農民たちにはできないことだ。秋、豚を飼っている農家は彼らを森に放ち、ドングリなどを食べさせて肥え太らせる。中世ヨーロッパの場合、この森はしばしば領主・貴族たちの持ち物であり、放牧のためにいくばくかの金銭が必要だった。

　もちろん、家畜が無から湧いてくるわけではない。野生動物を捕らえ、慣らすには莫大な時間が必要だ。そこで、新しく集落を作るなら、元いた集落から連れてくるか、あるいは近隣の集落から分けてもらうか、ということになるだろう（野生の動物と心を通わせることもあるかもしれないが、それは家畜というよりは特別な友人という関係で描写した方が説得力がある）。

　結果、人間の植民によって、もともといなかった家畜がその地域に現れる、ということもある。馬が典型

家畜の効果と難しさ

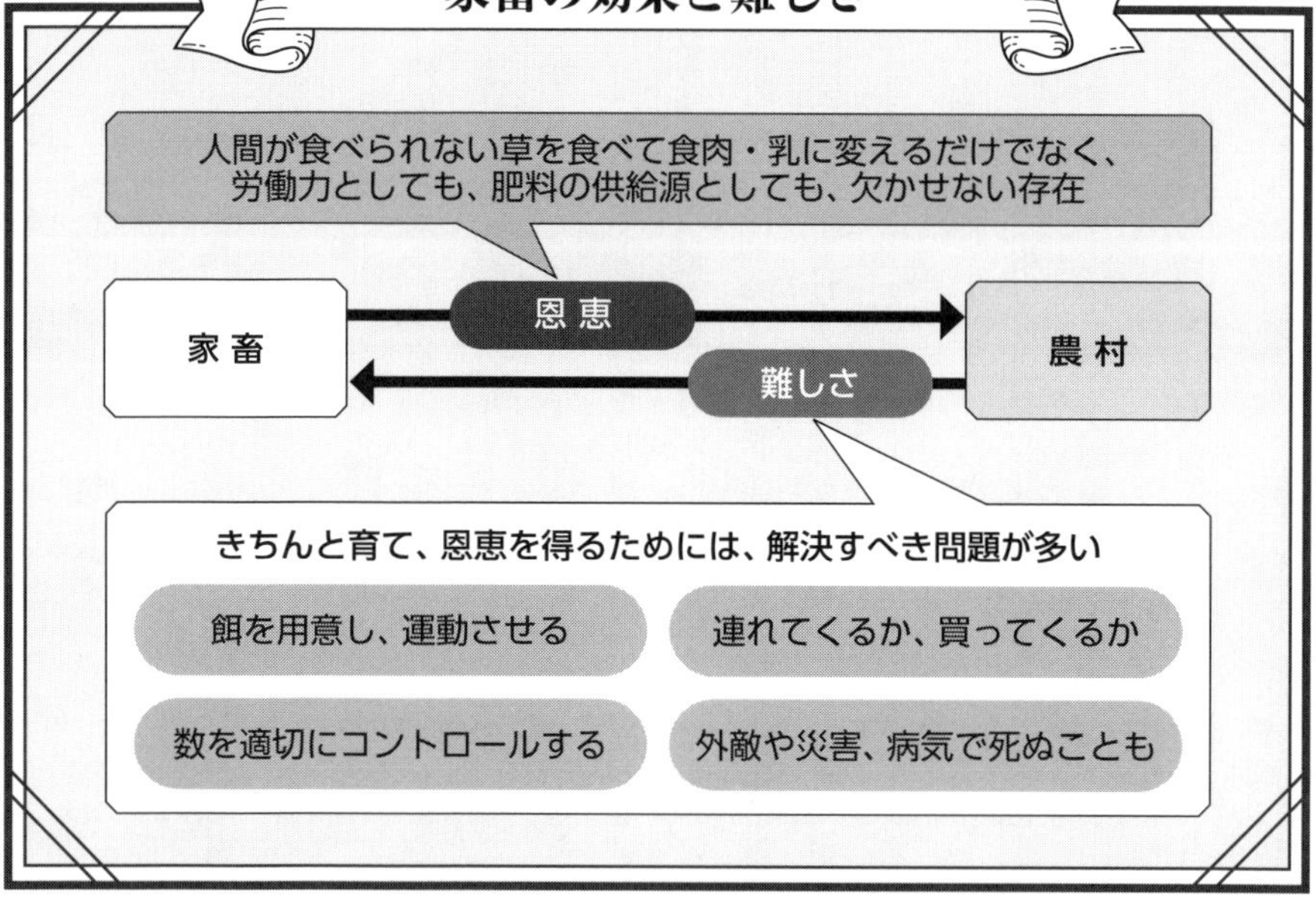

的なケースで、もともと馬は新大陸にいなかったが、ヨーロッパからの植民者たちが持ち込み、定着し、ネイティブ・アメリカンたちも用いるようになった。

また、家畜は生き物だ、という視点も忘れてはいけない。生きているのだから、死ぬことだってある。

そもそも餌を食わせ続けなければいけない関係で、家畜を養える数には限界というものがある。春から秋なら草が生えていてそれを食べさせればいい（もちろん、同じ場所で食わせ続ければ尽きてしまう）が、冬はそもそも草が枯れてしまう。そこで餌を備蓄しなければいけないが、蓄えられる量に限界がある。世話をする人間の手間だって有限なのはいうまでもない。となると、冬が来る前に一部の家畜を潰し、他を冬越えさせる（牛は特に優先的に残したとも）。

そのようにコントロールできる分にはいいのだが、突発的に失われる場合が恐ろしい。家畜泥棒の被害に遭うかもしれない。野盗や山賊、他集落から集落への襲撃で殺されるかもしれない。天災で餌が全く得られなくなったり、病気で家畜が倒れる、という可能性も十分にある。

家を建て、畑あるいは水田を開き、小規模ながら家畜も飼う。苦労も多いながら、それなりに生活できるかもしれない。特に、既存の集落に加わる形であったり、開拓の先人に教えを乞いながらであれば、もともとの生活水準に近いレベルまでは持っていけるはずだ。

しかし、主人公たちはそれで満足だろうか？　より多くの、そしてより多様な収穫物を欲しいと思わないだろうか？　収穫の量と質が向上すれば生活は豊かになるし、保存にも回せる。商品作物を近隣の都市で売れば現金収入が入り、道具類も買える。そもそも何がしかの目的があってお金が必要になってしまっているかもしれない。

そこで、この項では農業の効率や成果を向上させる工夫と、そこから出てくる問題を紹介する。

肥料の効果は大きい

農業知識ゼロの人間が、見様見真似や朧げな知識で農業を始めたとする。土を耕し、種を蒔き、時が流れれば、とりあえずある程度の収穫は得られるだろう。それが自然の営みだからだ。

ところが、数年に渡って同じことを続けるうち、次第に作物の実りは悪くなっていく。なぜか。作物は生育するために土の中から養分を吸い上げ、消費するからだ。最初はなにもせずとも畑の土の中にある程度の栄養分が存在するが、繰り返し同じ作物を育てることでそれらが枯渇すれば、吸える栄養がなくなって作物は育たなくなるわけである。

作物が育つために必要な栄養は多種多様だが、特に三種類が重要であるとされ、しばしば「三大要素」と呼ばれる。太陽の光を受けてエネルギーを作る光合成のために必要な窒素、新陳代謝をコントロールするリン、水分保持に必要なカリウムだ。

これらの栄養を肥料で補い続けることができれば、同じ畑で同じ作物を作り続けることも可能になる（作物の種類他の事情により連作障害が起きることはある)。しかし、中世的世界で十分な肥料を確保し続けることは簡単ではない。

肥料はあった。最も手っ取り早いのは植物を発酵させた堆肥だ。これに加えて重要な肥料として、動物の糞尿を発酵させた厩肥(まとめて堆肥と呼ぶことも多い)があった。

家畜は生きているだけで大量の糞尿を出す。これを彼らが布団がわりにしている藁やおが屑などと混ぜ、放置し、発酵させると、肥料になるのである(水を掛けて踏み締め、低温で発酵させる方法と、緩く積んで高温で発酵させる方法がある)。これを「厩肥」と呼んで、植物を発酵させた堆肥と別に分ける考え方もあるが、一緒にしてしまうこともある。どちらにせよ、窒素・リン酸・カリの三大要素を兼ね揃えた優れた肥料であることに変わりはない。

焼畑などで作った畑に作物を植えるだけだとすぐに土地の栄養を使い果たしてしまう。となると新しい森をどんどん焼くか、あるいは栄養を使い果たす前に他所へ移るか、ということになる。しかし、堆肥なり厩肥なりを投入し続けることで、土地を痩せさせずに農業を継続することができる。堆肥の原料になる植物には限界があるが、家畜の糞尿は日々どんどん出てくる(人糞を肥料にすることも可能だが、いろいろ問題が多い。後述)。これを利用しない手はない。

——しかし、天然自然に作り出せる肥料だけでは、限界がある。私たちの歴史では十九世紀に化学肥料が発明され、この問題がかなりの部分で解決された。ハーバー=ボッシュ法と呼ばれるやり方により、窒素を化学的に合成できるようになったのだ。では、このやり方を異世界に持ち込むことができるだろうか?

——魔法や不思議なアイテムの助けがない限り、かなり難しいだろう。

というのも、ハーバー=ボッシュ法は「酸化鉄を触媒にして、窒素と水素に高温(四百五十度)と高気圧(約二百気圧)を与えることにより、アンモニアを合成する(このアンモニアから窒素を作る)」というものだからだ。

酸化鉄はごくありふれた素材だ。窒素と水素はよほど特殊な異世界でない限り、空気の中に満ち満ちているわけだ。ところが、高温と高気圧の実現は中世の文明レベルではかなり難しい。特に高気圧を得るために密閉する器を作るのは全く現実的ではない。現代技術なら圧力鍋でもあればできるかもしれないが……。

ただ、魔法の助けさえあればこの問題は解決する可能性がある。高温を与える火炎や加熱の魔法は多くのファンタジー世界に存在するだろう。高気圧を与える魔法は少ないかもしれないが、密閉だけなら多くの作品で見られる「結界」の魔法が利用できるのではないか。敵対者を出入りさせない結界ができるなら、空気が出入りしない結界だって作れるはず、というわけである。

近世の「買う」肥料

ハーバー＝ボッシュ法は無理でも、文明が近世レベルに入ってくれれば、肥料を「買う」ことも選択肢になる。

集落で自然に発生する堆肥・厩肥・人間の糞尿などだけでは足らなくなり、また貨幣経済の発展や交通網の整備により「買える」し「買った肥料で作物を作って売れば赤字にならない」ようになってくるからだ。

この時に買う肥料は、例えば干した魚を加工したものであったり、作物から油を取った後のカス（油カス）であったり、生き物の骨を砕いた粉であったり、あるいは火薬の材料にもなる硝石であったりした。

特に、島国や沿岸国家などの海と隣接した地域では、イワシのような大量に獲れる魚、食用として好まれない魚などを摂りすぎてしまった時（もちろん前提としては食糧生産がある程度安定して、肥料に回せるようになっている、という事情がある）に、魚が肥料に加工され、農村へ送り込まれることになるわけだ。

他にも、先に挙げた自然発生する肥料（の原料）のうち、堆肥の元になる植物はともかく、人間や動物の糞尿の方は、場所によっては「出てはくるが使い物にならず困っている、売れるなら喜んで売る」となっている可能性がある。つまり、人間の多い都市やたくさんの馬を飼っている城塞などから発生する糞尿を買い、それを農村へ運ぶ商売はあっておかしくない。少なくとも近世の江戸では実際にやっていたことだ。

怪物と頻繁に戦っているファンタジー世界なら、そ

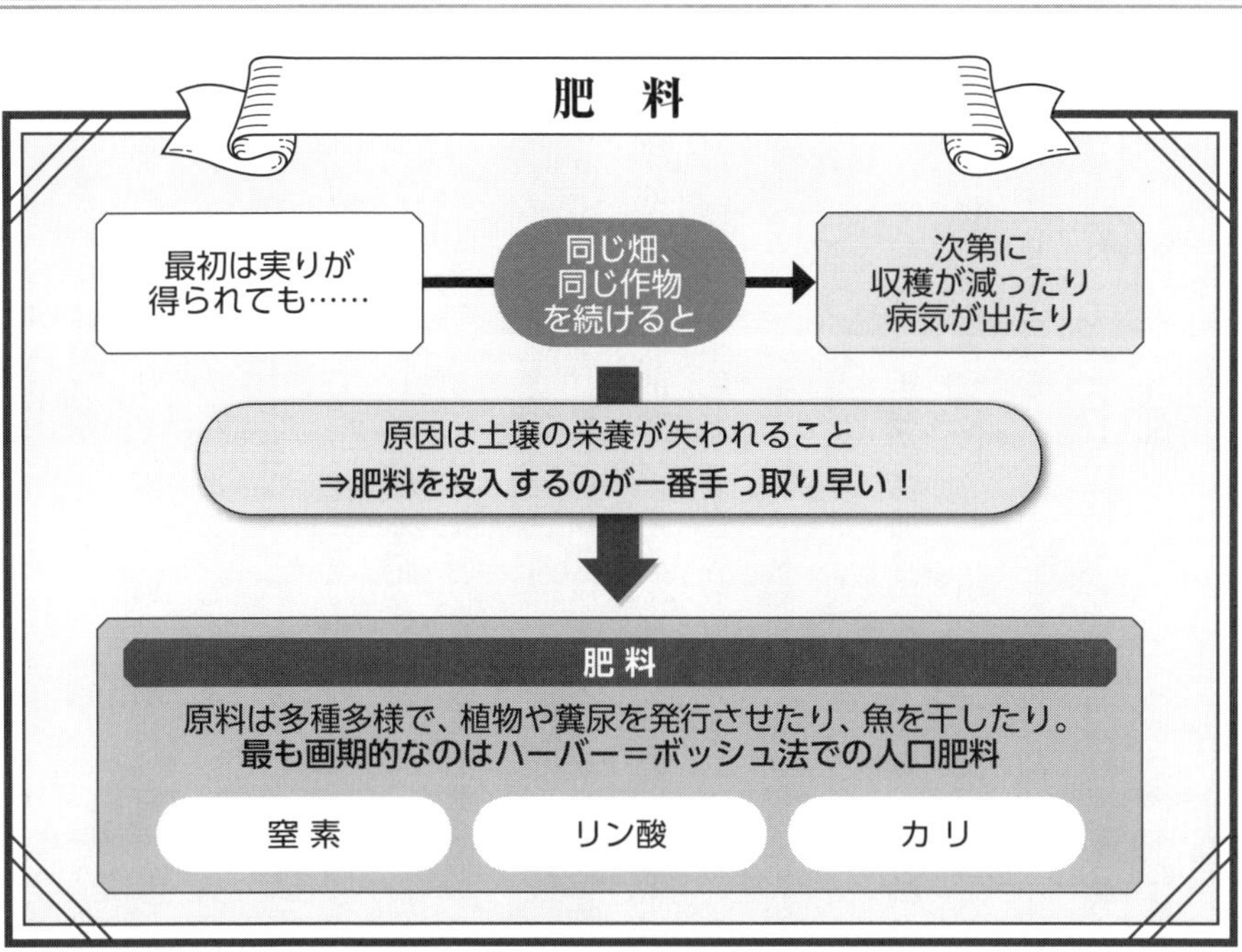

れらの怪物の死骸を一箇所にまとめ、処理し、肥料に変える商売も存在しうるかもしれない。硝石のような肥料になる鉱物が早い段階で見つかり大量に流通していたら、肥料を使うコスト問題も早めに解決して中世の段階から肥料を買うのが当たり前になっている、というのも考えられる。

農法で効率を上げる

肥料を諦めて、中世的世界でできそうな方法を探してみよう。

最も原始的な手法は「二圃式農法」だ。これをシンプルに紹介すると、「一年間ある畑で農業をやったら、次の一年間はその畑を休ませよう（作物を作らないで放置しよう）」になる。休んでいる農地は放牧地にして、牛なり馬なり豚なりを遊ばせておけば、彼らの糞尿が勝手に落ちて土地を肥やす。

これを一枚だけの畑でやったら一年間何の作物も取れず大変なことになるが、農業をする畑と休ませる畑の二種類を用意して交代させれば問題はない。開拓中なら、毎年森を切り開いて「今年作った畑は来年休ませる」とすればいいのでさらに話はシンプルだ。

二圃式農法は農業のことなどなにも知らない現代人がどうにか自分の畑を運営していくためには役に立つ方法だが、異世界人たちの暮らしを改善する役にはおそらく立たない。中世ヨーロッパではすでに普及していた方法だったからだ。そこで、中世初期〜中期頃に広まった、より新しい方法を紹介しよう。「三圃式農法」である。こちらならあなたの異世界でまだ一般化していなくとも不思議ではない。

三圃式農法では土地を三つに分ける。一つは秋に種を蒔く冬穀物（人間が口にする小麦、ライ麦）の畑だ。一つは休耕する土地で、家畜を放牧し、そこに糞尿を落とさせる。一つは春に蒔く夏穀物（主に家畜の餌になるオート麦、大麦、燕麦及び人間も食べる豆類）の畑だ。そして、一年毎に各畑を冬穀物↓休耕↓夏穀物↓冬穀物と交代させていく。このやり方では、休耕させて休ませるのはもちろんのこと、休耕後最初の一年は豆類を育てることで前述の根粒菌による窒素固定が行われ、畑の力をある程度維持することができるわけだ。

ただ、この農法は三種類の土地を使い分ける関係から大規模に農業を行う必要があり、中世の村が共同体として強く結びつくきっかけにもなった。

このやり方がさらに発展すると、土地を四種類に分けて休耕地を作らない「四圃式農法」が現れる。史実では十八世紀初頭のことだから中世からはかなり離れているが、不可能ではないだろう。代表的なやり方であるノーフォーク式農法では、小麦↓飼料用のカブ↓大麦↓クローバーという順に作物を入れ替えていく。

農業道具を工夫する

農業道具——すなわち農具の改良は解決策にならないだろうか。

農具の代表格といえば、まずは「鍬《くわ》」と「鋤《すき》（犂《すき》）」だろう。鍬を土の地面に打ち立てて土を砕き、また鋤によってこれを掘り返す。そうすることによって土を農耕に適した状態へするわけだ。鋤と犂は同じ読みで、目的も同じだが、前者が手で打ち込んで足でひっくり返すという具合に人力を用いるのに対して、後者は牛や馬など家畜に取り付けて引っ張らせ、その力で土を

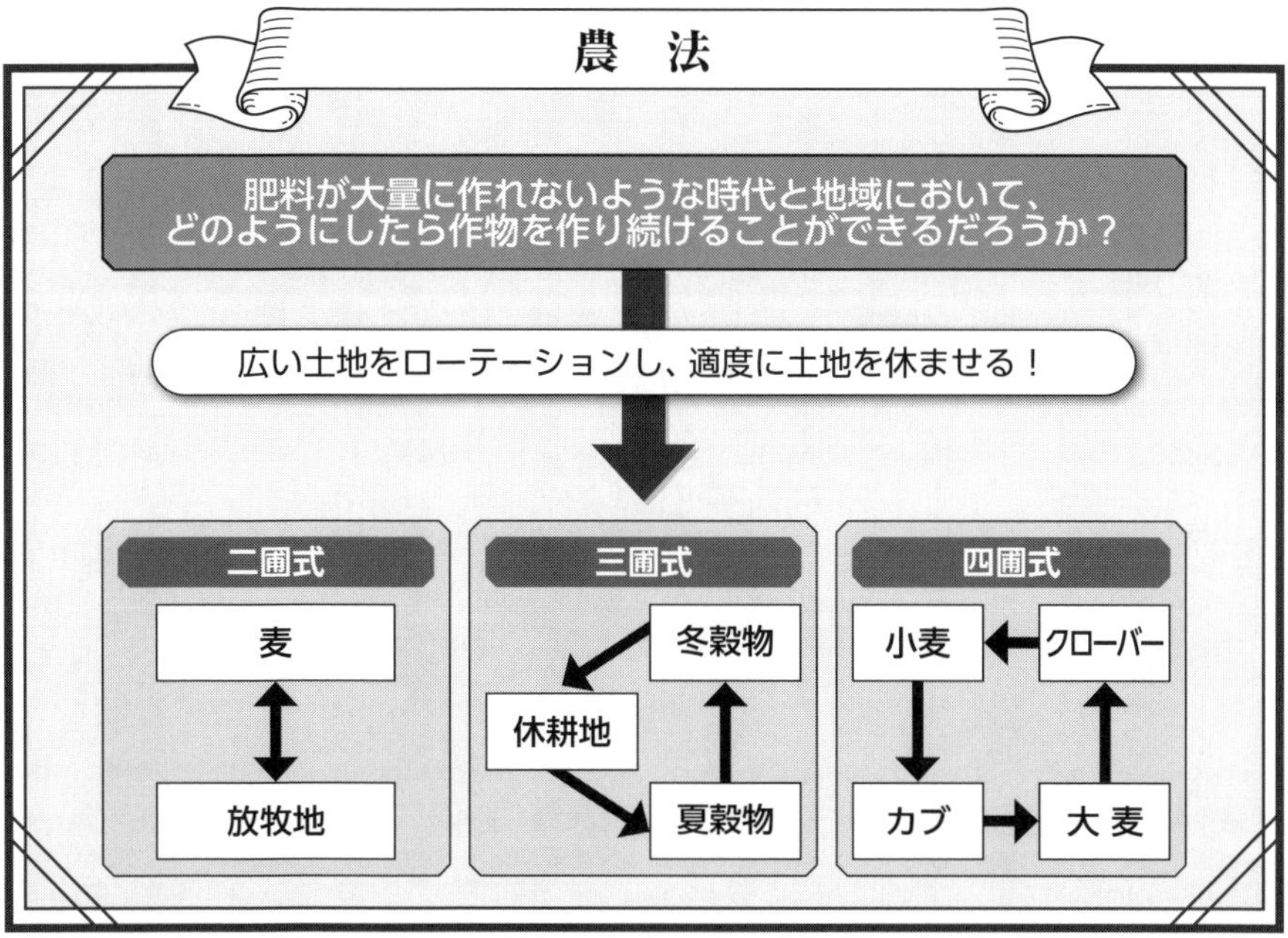

耕す。

もう一つ代表的な農具に「鎌」がある。麦や稲、トウモロコシ、各種の野菜を収穫するにあたって、鎌の鋭い刃がなければ始まらないことは多い。ヨーロッパではもともとは片手で使う鎌（シックル）が一般的だったが、やがて両手用の大鎌（サイズ）が登場する。大鎌は牧草を刈るのに使われたが、近世になると麦の穂を刈って保持できるように改良された。こういう改良は主人公たちにもできるかもしれない。

脱穀は「乾竿《ほしざお》」、つまり二本の棒をつなげたもので叩くことで行う。これが武器の「フレイル」に変化したとされる。日本などで使われた「千歯扱《せんばこき》」（金属製の歯に穂を当てて脱穀を行う）の類はあまり見られないが、古代ローマ帝国では同種のものもあったようだ。

脱穀後はゴミや空き殻を排除しなければならない。全体を布に包んで空中に投げるか、あるいはうちわが用いられた。日本などでは「唐箕《とうみの》」（内部で風を起こしてゴミや空き殻を吹き飛ばす器具）が使われていたが、中世ヨーロッパでは同種のものは見出せない。これらの道具も、現地で作ることはそう難しくない。

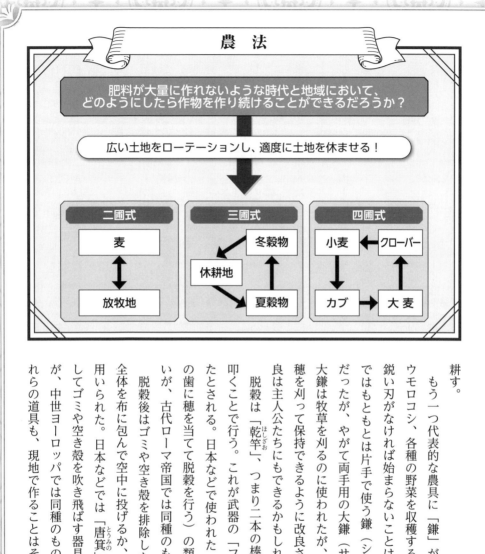

これらの農具の良し悪しは収穫量やその手間を劇的に左右することがあるため、他地域や現代の知識を用いることでチート的に大きな影響を与えることができる。

実際の中世ヨーロッパでいえば、鉄製の農具がある。各種農具は古くは石の道具が用いられ、やがて青銅のものが使われるようになり、そして鉄製の道具が導入される。鉄は切れ味、土の掘りやすさ、そして耐久性が非常に高い。鉄の鍬や鋤（犂）、そして斧や鋸が開拓のスピードアップに果たした影響は大きかった。

もし、主人公たちが鉄製の農具のない地域に鉄（あるいは魔法や現代技術によって同種からそれ以上のもの）をもたらすことができたら、劇的なチート効果によって集落を繁栄させることができるだろう。

同じ農具であっても、相手にする土の具合（及び深い影響を与える気象の様子）によって、目的・必要な能力が変わり、大きさや形も変化してくる。例えば犂の場合、ヨーロッパ北部（アルプス山脈の東）のような夏に雨が降る湿潤な土地においては、土を深々と耕して天地をひっくり返し、雑草を土の中に埋めてしまうことを目的としている。そのため、大きく、重く、さらに土をひっかけてひっくり返す撥土板《はつどばん》というパーツもつく。この重い犂は三圃式農法に必須だった。休耕地をしっかり耕さなければ、続く冬穀物を育てるのが難しくなるからだ。

一方、南ヨーロッパ・地中海周辺（アルプス山脈の西）のような冬に雨の降る乾燥した土地では、種を蒔くところを掘り起こせばよく、さらには表面を耕すと土の中の水分を保てる。そのため、小さく、軽く、撥土板もない。

長年かけてその土地で農業を行っている人々であれば自然と土地に合わせた農具を選び、調達し、作り上げているだろうが、新しい土地に植民したばかりであったり、何かしらの天災などで土地の様子が全く変わってしまった場合はそうもいかない。土地に適さない農具を用いてしまうがゆえにピンチになることもあるだろう。

ミミズとチート

農業の効率・生産力をチート的に上げる手段は他に

農具

いろいろな農業道具

道具の力がなければ、効率の良い農業はできない

鍬と鋤(犁)
土を砕き、ひっくり返し、畑に相応しく改良する道具

鎌
刃によって作物を収穫する。片手用から両手用へ

脱稿道具
穀物の実の部分を手軽に集められるよう進化する

選別用具
アジアでは風を利用してゴミを飛ばす道具が発展

あらゆる状況に適応できる農具があるというよりは、「この地域の事情にはこの道具」という形で発展した

もある。ミミズを使うのだ。

ミミズは皆さんご存知の通り、土の中に住む糸状のごく小さな生き物である。足がなくニョロニョロと動く姿に、意味もなく嫌悪感を持ってしまう人もいるのではないか。ところがこのミミズが農業に大きな貢献をする。彼らは土中を自在に移動し、土を食べ、また排出する。その結果として、彼らが多く住む土は水も空気もよく通り、植物の根張りが良くなる。ミミズの糞にはカルシウムなど肥料になる養分が混ざっており、最後には自身の死骸さえも土に還る。そのため、ミミズを移植して土地を豊かにする農法があるのだ。

現代人の感覚だとこちらの世界のミミズを異世界へ連れてくるのは外来種の持ち込みに他ならず、生態系への悪影響を考えると推奨できない。しかし、その世界の森などにいるミミズを畑へ移植するのは一つの手段であろう。

――そして、ここで大いに気をつけなければいけないことがある。なるほど、ミミズは農業に良い影響を与えることのある生き物だ。しかし、それは「なんでもいいからミミズを入れろ！」という話ではない。ミ

ミズは（種類にもよるが）苗の発育を妨害したり、作物の根っこや種を食べてしまうことがある。あまりにも大量にミミズがいたら、土をぐずぐずにしすぎて害を与えることもあるだろう。つまり、一見すると益を与える存在であっても、量やシチュエーション次第で害に転じることはいくらでもある、ということだ。ましてや生き物の増えたり減ったり、どこへ行くか行かないかは人間には（魔法でもない限り）コントロールできないのである。

有名な例をいくつか紹介しよう。雀は稲を食うのでしばしば害鳥扱いされる。特に中華人民共和国を建国した毛沢東はこれを問題視し、国じゅうの雀を撃ち落とさせた、という。するとどうか、雀が食べていた作物に悪影響を与える虫たちが生き残り、作物に害を与え、大変なことになった、という。

あるいはマングースのエピソードがある。ハブなど毒蛇が人々にとって危険な存在であるのはいうまでもなく、これに対抗するため沖縄やハワイ諸島などにマングースが持ち込まれた時期がある。イタチに似た生き物であるマングースは主にインドなどに生息し、毒蛇たちの天敵として知られていた。そこで蛇を狩って安全をもたらすことを期待されていたわけだが、実際には彼らが定着しても毒蛇の数は減らなかった。それどころか、鶏などを襲う害の方が深刻になっている、という。つまり、マングースも好き好んで毒蛇を襲うわけではなく、より安全なターゲットがいるならそちらを狙うのだ。

これらのケースからわかるのは、「害や益などというのは人間の目から見た短期的評価に過ぎない」ということであり、動物や植物の関係性など複雑な自然界の働きへ安直に手を出すと、大きな悲劇をもたらす可能性がある、ということだ。ましてや異世界、異地域のこととなれば、現代人たちの常識を外れた出来事が起きてもおかしくない。

これはミミズだけの話ではない。本項でここまで紹介してきたような道具や農法についても、例えば「なぜか現地では禁止されており、迷信に過ぎないと実行してみたら最初の数年は大きな実りがあったものの、その後急速にしっぺ返しが起きて災害をもたらしたり、農地が汚染されたり、人々が病にかかったり、危険な害獣が一気に増えたり……」となってしまう可能性は十分にある。

もちろん、これは「だから現代人キャラクターたちにチート的な手段を使わせるべきではない」という意味ではない。むしろ逆で、「チート的手段によって成功した後、その（あるいは気をよくして導入した新しいチート）反動でピンチに追い込まれ、そこからどう切り抜けるかというドラマ展開が使える」という話なのだ。

チートはチャンスかピンチか

チート的手段を用いたが故のピンチ、をもう少し掘り下げてみよう。

新しい作物や農具、農法などはうまくコントロールできなかったり、適切なものを選べなかったり、やり過ぎたりするとトラブルにつながり、ピンチを巻き起こす。しかし、そもそも新しいやり方そのものが成功失敗に関係なく生み出すトラブルというものもある。それが現地人たちによる反発、警戒、無視だ。

人間は本能的に安定を求める生き物である。新しいやり方についてどれほど「こちらの方が利益がある」と言われ、説明が最もらしかったとしても、「それは自分たちのやり方ではない」と直感的に、そして頑固に反対してしまう可能性がある。農業だけでなく、各職業に長年従事して技と勘、プライドを磨いてきたベテランほど、自分のやり方に固執する傾向があり、トラブルに発展しやすい。

これが他集落のベテランに新しいやり方について相談したが上手くいかなかった……くらいならなんとでもなるが、同じ集落のベテランが相手だと話がややこしい。集落全体で行う作業が実施不可能になり、主人公たちが農業を行うのには大きな障害になってしまうからだ。

理由として、各種食糧生産のための作業は、集団で行うことが多いことがある。農業には種撒きや収穫などマンパワーが必要な作業が多く、また家畜の放牧地などを共有地的な場所として使うケースも珍しくない。漁業も皆で力を合わせて網を引いたり、漁場を共有したりする。山林での狩りもチームを組むことが珍しくない。そして、これらの集団行動をリードするのはベ

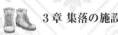

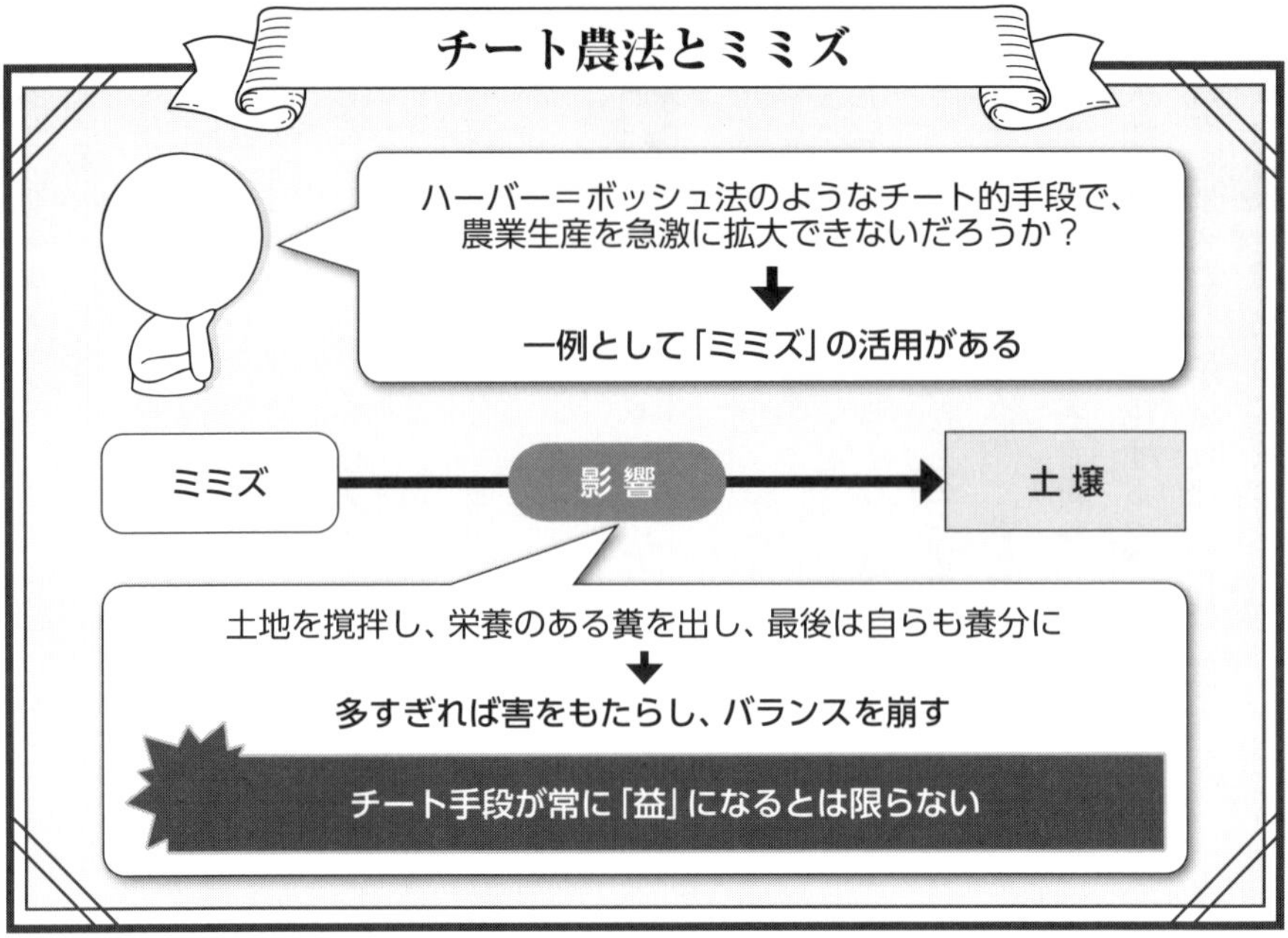

テランたちだ。彼らとの仲が悪くなると非常に都合が悪い、ということがわかっていただけるだろうか。

では、ベテランたちに任せて、新しいことをやった方がいいだろうか。しかし、彼らもやはり中世的世界の住人であり、その知識や価値観に縛りがある。自然、農業の知識や技術には少なからず迷信が混ざっているし、間違った学習、非効率的な手順も入り込んでいたりするだろう。科学的な価値観を備えた現代人キャラクターからすれば、受け入れられないような手法を用いている可能性もある。

こうなるとやはり、うまくベテランたちとわかり合い、新しくて効率の良い、あるいは問題の少ないやり方を導入したいところなのだ。

ジャガイモの需要

では、そのような障害を乗り越え、普及・伝播するためにはどうしたらいいのか。私たちの歴史にヒントがある。ここでは、ジャガイモとトマトがヨーロッパの人々へ受け入れられていった流れを見てみよう。

ジャガイモがヨーロッパへ持ち込まれたのは、十六世紀中盤から終わり頃にかけてのことだ。この頃のジャガイモは観賞用植物としての利用がメインで、十七世紀初頭に珍味としてルイ十三世の食卓に乗るようなことはありつつも、食用作物としては基本的に見られなかったようだ。なぜか。いくつか理由がある。

問題の一つは、ジャガイモが前述の通り「種芋で増える」作物であったことだ。現代人の感覚では何がまずいのかわからないが、信心深い近世ヨーロッパ人的には大問題だった。なぜなら、彼らが何よりも大事にする聖書に、神が作った植物というのは種子によって繁殖するものだ、と書いてあったからだ。

種子によらないで繁殖するのは神の産物にあらず、悪魔の産物である。であれば罰を与えなければならない——ということで、ジャガイモに対して大真面目に火炙りの刑が敢行されたという話さえある。これも現代人の感覚では「さぞいい匂いが立ち込めたのでは」と思ってしまうが、人間がある匂いから「美味しそう」などの印象を受けるのには、実際に食べた時に味と匂いが結びついたという経験・記憶が大きい。ジャガイモを食べたことがない人たちにとっては嗅ぎ慣れない、嫌な匂いに思えたかもしれない。

もう一つ、ジャガイモが条件次第では毒性を持つことも大きな問題だった。日に当たって青く（黄緑から緑に）なった部分や、放置した結果として出てきた芽には、ソラニンという毒が含まれている。これを口にするとめまいを起こしたり、嘔吐してしまったりする。この毒性のせいなのか、「ジャガイモを食べるとらい病（ハンセン病）になる」という噂さえ立つようになった。イギリスのエリザベス一世はジャガイモを普及させるべく上流階級を招待してのパーティーを企画したが、そこで出された料理に葉や茎が使われていたのでエリザベス一世自身が毒に当たった、という。この件も含めて、ジャガイモへの無知こそが最大の障害であったというべきだろう。

それでも、「寒さに強い」「たくさん穫れる」というジャガイモの性質は、飢餓が蔓延する当時のヨーロッパにとって非常に魅力的なものだった。そこで、普及のための努力が各国で模索される。

十八世紀前半に成果を出したのはプロイセン（のちのドイツ）で、フリードリヒ一世はジャガイモの栽培を義務付けた。しかしそれでは十分ではなかったのか、その跡を継いだフリードリヒ・ヴィルヘルム一世は強制的にジャガイモを作らせた。かなり強引な政策ではあったが、結果的にプロイセンの国力は増大し、またジャガイモ料理はドイツの名物になっていくのである。

十八世紀後半、ルイ十六世の時代のフランスでは、薬学者のパルマンティエが普及に尽力した。この人は戦争でプロイセン軍の捕虜になった際、現地におけるジャガイモの広がりとその価値に目をつけたのである。彼は王の協力を得て王妃マリー・アントワネットにジャガイモの花（全体は白く、中心が黄色い）を帽子の縁につけて夜会に出てもらったり、ジャガイモ料理を何十種類も考えて考案するなどの工夫をした。

特に興味深いのは、人々の興味を刺激したことである。パルマンティエは王から貴族へジャガイモを分け与えさせる一方、庶民にジャガイモを与えることは許さなかった。その上で、パリ郊外のジャガイモ畑に、昼は護衛の兵士をつけ、夜にはあえて誰も見張りを置かない。するとどうなったか。フランスの農民たちは「貴族たちが独占し、国王の畑でそこまで大事にされているジャガイモとやらはさぞ素晴らしいものに違いない」と考え、夜間こっそり忍び込んでジャガイモを持ち出し、自分たちの畑で育て始めたのだ。

これらの工夫の結果、フランスにおいてパルマンティエの名前とジャガイモはしっかり結びつき、ジャガイモを用いた料理を「パルマンティエ風」と呼ぶに至ったのである。

ただ、工夫だけで全てうまくいったと考えるのはおそらく間違いだ。ルイ十六世の時代――すなわちフランス革命の時代と、これに続くナポレオン皇帝の時代、フランスは厳しい飢饉に襲われていた。そのために救荒作物としてのジャガイモが否応なく受け入れられた、という事実を無視してはいけないだろう。

トマトの受容

トマトもジャガイモと同じように食用として受け入れられるまで長い時間がかかっている。当初、ヨーロッパの人々は、艶やかで、赤く、美しい実を結ぶトマトのことを、「観賞用植物」「特別な効果を持つ植物」と見なしたのだ。その効果はいわゆる精力増進・

ジャガイモとトマトの需要

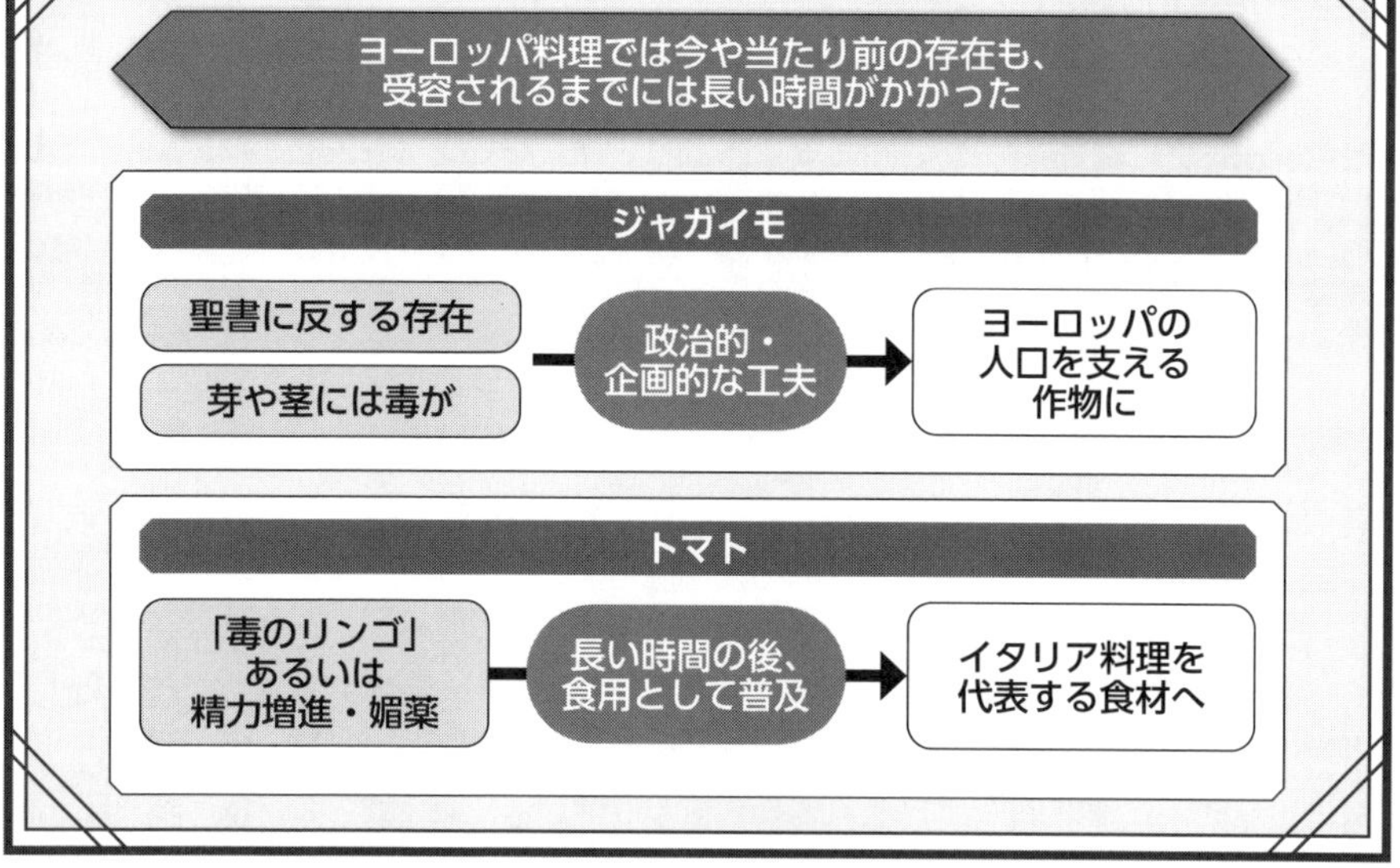
ヨーロッパ料理では今や当たり前の存在も、
受容されるまでには長い時間がかかった
ジャガイモ
聖書に反する存在
芽や茎には毒が
政治的・
企画的な工夫
ヨーロッパの
人口を支える
作物に
トマト
「毒のリンゴ」
あるいは
精力増進・媚薬
長い時間の後、
食用として普及
イタリア料理を
代表する食材へ

媚薬効果であるとされ、「狼のリンゴ」（イギリス）あるいは「愛のリンゴ」（フランス）なる呼び名がついた。

また、ジャガイモと同じようにトマトも毒のある植物だ、という見方があったようだ。この場合、トマトの呼び名は「毒のリンゴ」である。背景にあったのは、当時貴族階級で一般的だった錫合金製の食器だ。これにトマト料理を乗せると、酸味のせいで鉛が溶け出し、食べた人を鉛中毒にしてしまう。また、トマトは毒のある植物として有名なベラドンナにも外見が似ていた。これもトマト＝毒という誤解を広めた、というわけだ（なお、未熟なトマトは実際にトマチンという毒素を持っている）。

結局、十五世紀の終わりから十六世紀半ばまでの間にヨーロッパへ持ち込まれたトマトが、食品として広く栽培されるようになったのは十七世紀、イタリアでのこととされる。その後、トマトはトマトソースとして、またピザの具材として、他にもさまざまな料理の具材となっていくわけだが、その前には長い不遇の時代があったわけだ。

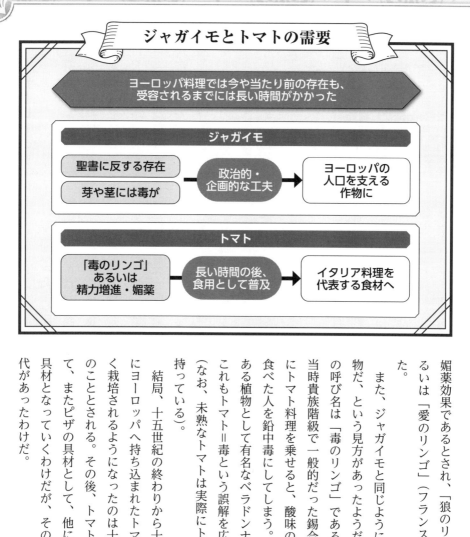

新しいものを受け入れてもらうために

改めて注目すべきは「新しいもの、自分たちの常識として違うものが食品として受け入れられるのは簡単ではない」ということ。ジャガイモも、トマトも、観賞用や薬用・不思議な力を持つ存在としては早い段階から受け入れられている。それらは新し物好きの上流階級たちの需要に合致するし、また日常的に口にする食品と比べた時に嫌悪感が邪魔になりにくいからだ。

例えば現代的常識で考えれば、ある日宇宙の彼方から帰ってきた探検隊が「このキューブは銀色でピカピカ光っていて金属のように見えるが、そのまま齧れるんだよ」と言ったら、どう反応するだろうか？　もしその探検隊員が目の前で齧って見せたとしても、とても信用はできないのではないか。海の向こうの新大陸から持ち込まれた、種芋で増えるジャガイモというのは、例えるならそういう存在だったのである。

これを受け入れてもらうには何かしら工夫が――最初は外見を見せないとか、科学的なデータを揃えるとか――必要なのはわかってもらえるのではないか。

その工夫として、ジャガイモの普及のためにプロイセンやフランスで行われた手法が参考になる。しかし、国家の権力で強制したり、あるいは人々の興味を引くような仕掛けをしたりするのは簡単ではない。

本書で想定している立場でできそうなのは、パルマンティエのように料理を考案し、評判にする手法だろうか。「これはすごく大事なものなんだよ！」と言いながらあえて盗みやすくする……というのは、小さな集落レベルでもできるかもしれない。

チートのリスク

最後に。チート的手段がもたらす恐ろしさの例を紹介してこの項を終わろう。

作物や手法、家畜などの中には一見して素晴らしくとも、あまりにも広い範囲でそれだけを育てたり、全員がその手法を使うと悲劇的結末をもたらすものがある。非効率に見えても多様性を維持した方が、トラブルやアクシデントには強かったりするのだ。このことは、私たちの歴史においては十九世紀アイルランドの「ジャガイモ飢饉」の教訓としてよく知られている。

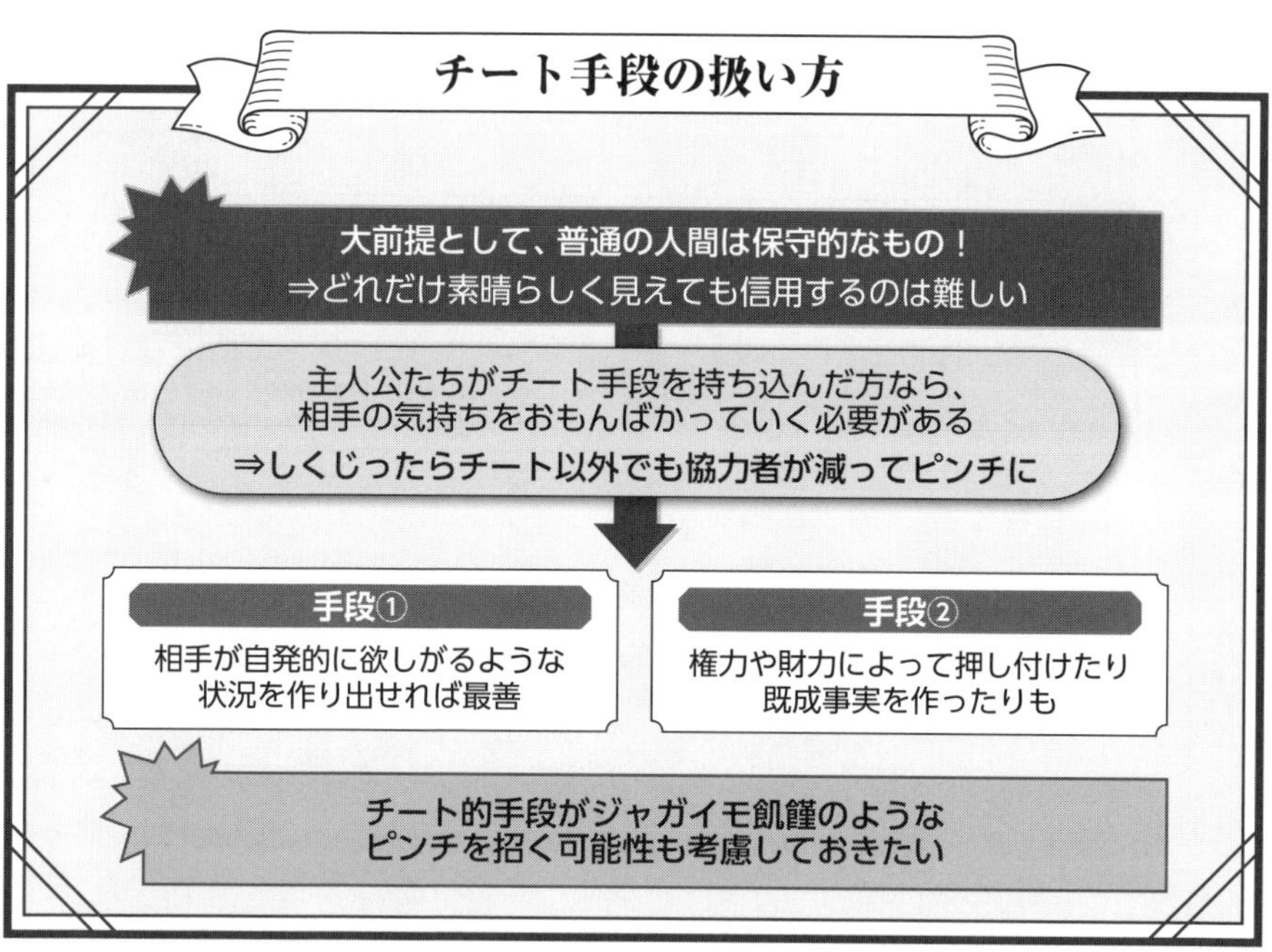
チート手段の扱い方
大前提として、普通の人間は保守的なもの！
⇒どれだけ素晴らしく見えても信用するのは難しい
主人公たちがチート手段を持ち込んだ方なら、
相手の気持ちをおもんばかっていく必要がある
⇒しくじったらチート以外でも協力者が減ってピンチに
手段①
相手が自発的に欲しがるような
状況を作り出せれば最善
手段②
権力や財力によって押し付けたり
既成事実を作ったりも
チート的手段がジャガイモ飢饉のような
ピンチを招く可能性も考慮しておきたい

長くイギリスの支配下にあったアイルランドでは麦が収奪され、代わりの主食としてジャガイモが定着していった。しかしジャガイモは疫病・害虫に弱く、さらに翌年の収穫のためには種芋を残さなければいけないが、酷い飢饉があるとその種芋まで食べてしまうため、しばしば凄惨な飢饉を巻き起こすことになる。

特に十九世紀半ばにかけての飢饉は激烈で、約百万人が餓死あるいは病死し、また約六十万人ほどがアメリカなどへ移民したという。アメリカにアイルランド系が多いのはこのせいである。

理性的な主人公たちであれば、同種の出来事が起きないようにチートの持ち込み方には細心の注意を払うはずだ。しかし、良いものがあるなら使いたいのが人のサガというもので、想定を超えて広まってしまうかもしれない。あるいは、ジャガイモ飢饉のようなことなど全く知らぬ主人公たちが善意でチート的作物や手法を広めてしまった結果、「このままだと悲劇が起きる」あるいは「起きてしまった悲劇をなんとかしたい」という展開に繋がるのも、ストーリー展開としては大変ドラマチックで素晴らしいものだ。

計画してみるチートシート（村作り編）

気象・地形は？

暑いか寒いか、どんな地形になっているかで作る建物は当然変わる

周囲の環境は？

食料生産の主眼を農業に置くのか、他のなにかにするのかが決まってくる

どんな建物・畑を作る？

ここまでの条件を元に、集落（住居）全体のイメージを固めていく必要がある

どんなチートを持ち込む？

もともと存在しなかったものややり方を持ち込めば、必ず良し悪しの両面が出る

◆ 4章 ◆
保存

「保存が必要なのよ」

「エレナ、麦なら全部倉庫に放り込んだろう。わざわざ山向こうのドワーフに頼んで石造りで作ってもらった倉庫なのだから、湿度管理もバッチリだ。そうそう悪くなったりはしないだろう」

「そうじゃないわ、一真」

「じゃあ、先日罠にかかったクマの肉かな？　あれだったら今は吊って熟成させているけど、そろそろ猟師のダンさんの許可が出るから塩漬けにするよ」

「そっちの話でもないのよ、達也」

立て続けにエレナが首を横に振るので、達也と一真は心当たりがなくなってキョトンとしてしまった。

――開拓が始まって、また少しの時が流れた。季節はもう晩秋である。開拓地初の麦は比較的うまく行った。山野で見つけてきた野菜を各々の畑で育ててみたのもなかなか良い出来で、開拓初年としては相当うまく行った方であるらしい。らしい、とあやふやになるのはみんな開拓など初めてだからだ。

「まあ、それでも今のところうまく行っているのは、一真が結構農業知識を持っていたからだよね」

「学校で普通に習うことばかりだ。それよりも、お前のステータス・ウィンドウの方が役に立った」

男二人が互いに褒めあって「えへへ」「ふ」と微妙に笑い合っていると、

「それよ！」

とエレナが叫ぶので、二人ともに驚いて目を丸くする。

「つまり、あなたたちが異世界で見聞きした技術や知識をなるべく保存したいのよ。だってあなたたち、ここに長居するつもりはないでしょう？」

ズバリ指摘され、達也は「う」と言葉に詰まったし、一真は沈黙で答えた。これは全くその通りで、達也はとりあえずの安住の地を求めて開拓地にやってきただけだし、可能なら故郷に戻りたい。一真もターゲットが現れるかもしれない場所としてここを選んだだけで、空振りであるようなら立ち去るつもりだった。

「そうでなくったって、人間の頭の中にあるだけの知識なんていつ失われるかわからないもの。知見・知識は共有してこそ価値がある。もちろん、あなたたちが独占したい、あるいは対価が欲しいというのであれば尊重するけれど……」

「あ、その、えーっと」

「……記録はいいが、何に残す？　この辺りでは紙は貴重品だろう」

「それがね、最近流れてきた人に紙職人がいたのよ。そうじゃなきゃこんな話持ち込まないわ」

達也はエレナが取り出した紙に興味を惹かれ、近づいて観察してから「本物だ！」と感心した声を上げた。

それから改めてエレナを見る。

「手際いいですね、エレナさん。前も同じようなことをしてたんですか？」

「……まあね。王都の冒険者ギルドじゃあ、後輩の訓練とか、金勘定とか、その辺にも関わっていたから」

「ほう、なるほどな」

一瞬だけエレナの表情が曇ったことに、達也は気づかなかったが一真は見逃さなかった。そのことを誤魔化すように、エレナは「さあ、早速やるわよ！」と手を叩いた。

「とりあえず達也は農業関係ね。あなたは女神の加護で文字も書けるから、ちゃんとこの世界の言葉で書くのよ。一真は口述筆記をするから、井戸の掘り方からお願い」

「はーい」

「わかった」

エレナの檄に二人が揃って声を上げ、知識保存のための努力が始まった。しかし、村のまとめ役である三人のもとにはたびたび厄介ごとが持ち込まれる。作業は度々中断され、遅々として進まないのであった……。

食品を保存する

「保存する」ことの意味

農業であるにせよ、狩猟・漁労であるにせよ、採集であるにせよ、あるいは交易・交換であるにせよ。何らかの手段によって物資を獲得し、生活するのが人間のごく当たり前の暮らしである。本書で触れてきたのはそのための準備と作業の手法だ。

しかし、現代社会で生きる私たちと、架空の中世ヨーロッパ風世界に暮らす主人公たちを比べると、一つの決定的な違いが浮かび上がってくる。それは、主人公たちを時に重大なピンチへ追い込む問題でもある。

私たちは金銭さえあれば、一年三百六十五日おおむね安定して物資を獲得することができる。世界中どこからでも取り寄せられる流通や、いつでも野菜を栽培する技術など、高度な文明社会のおかげだ。

しかし、中世ヨーロッパ風世界の住人たちは普通、そうではない。作物や森の木々が実りをもたらすのにも、動物や魚を獲得するのにも、時期というものがある。金銭で獲得しようにも、そもそも余分を持っている人がおらず売ってくれなかったり、全く存在しなかったりする。

そこで「保存すること」の意味が重要になってくる。秋に収穫された穀物を一年通して食卓にあげられるように、あるいは冬の食物が全く得られない時期にも食べられるものがあり続けられるように。きちんとした準備をしておかなければ、いざという時に大変な窮地に追いやられてしまうのだ。

腐敗とカビに対抗する

保存の最大の敵は腐敗とカビだ。ものが腐れば食べられなくなる。カビについては種類にもよるが、毒を出す類のものが多数存在する。それらを無理をして食べれば腹を壊し、衰弱し、場合によっては食中毒で死に至る。

科学的な視点において、腐敗は多種多様な微生物の働きがもたらすもので、カビは微生物の一種である。しかし、その視点を持たない昔の人々も、ものを放っておくと腐ったりカビが生えたりすることは知っていた。また、どうすれば腐敗の働きやカビの発生が起きないか——微生物のメカニズムが起動しないか——もある程度知っていたのである。

腐敗は二十度から四十度の温度の時によく起きる。ということは低温にすればいいわけで、現代社会では冷蔵・冷凍が盛んに行われている。冷凍はカビにも効く。

中世的世界には普通、冷蔵庫も冷凍庫もない（もちろん、魔法があれば別だ）が、似たような環境を用意するのは不可能ではない。冬場、雪国であれば雪の中に野菜類を埋め、冷凍庫代わりにすることができる。あるいは、季節を問わずひんやりと冷たい地下室や洞窟があれば、ある程度の保存が可能だ。そのような場所を氷室として使い、夏場にも氷を保存することもできる。

温度よりもっと注目すべき腐敗のメカニズムがある。それは水だ。食品に含まれる水にはタンパク質などの成分と結合している結合水と、結合していない自由水があり、この自由水が多いと微生物が活動しやすくなるため、腐敗しやすいしカビも生えやすい。そこで、何らかの手段によって食物から水を抜く（自由水を減らす）ことにより、さまざまな保存食が作られてきた。

最もシンプルな水の抜き方は、「干す」ことだろう。乾物・干物を作るのだ（干物という時は主に魚介類を使用する）。特に風が強く、乾燥しているような地域では、動物の肉や魚を外へ放置すれば、それだけで自然と水が抜け、干し肉や干し魚になってしまう。

ただ、単純に干して水分を減らすだけでは抑えきれない劣化がある。特に酵素が悪さをしたり、水がなくなったせいで酸化が早く進んだり、という問題がある。そこで熱を加えた上で干したり（いわゆる「煮干し」など）、酸化しやすい脂肪が多くあるものは長期保存用の乾物にはしなかったり、あるいは干すときに余分な脂肪を取り除いたりする。

もう一つ、典型的な水を抜く方法として、「塩漬け」がある。大量の塩あるいは塩水の中に食品を入れる、あるいは塩を擦り込んだりすると、塩が中へ染み込み、浸透圧の関係で中の水が出てくる。結果、腐らなくなるわけだ。肉でも魚でも野菜でも、さまざまな食品が塩漬けによって保存され、それらの食品が本来収穫できない時期でも食卓に上る。

保存食としての効果が高いため、塩が十分に流通している地域では塩漬けが保存食の代名詞になっていることが多い。特に、中世ヨーロッパでは、冬が近づくと家畜を潰し、肉にして塩漬けし、冬の間はその肉を食べた。なぜかというと、冬の間、家畜を食べさせるだけの飼料になる草を用意するのが難しかったからだ。

また、塩漬けと干物の間にも密接な関係があった。まず塩漬けにした上で干すと、より効果的に水が抜けて良い保存食になる。例えば、いわゆるビーフ・ジャーキーは繊維に沿って細切りにした肉を塩漬けにし、然るのちに干したもので、アメリカ先住民の干し肉にルーツがある。また、新巻鮭といえば内臓を抜いた鮭を塩漬けにするものだが、最後に干して完成になるし、梅干しも梅の塩漬けを最後に干すのが名前の由来になっている。

塩漬けがあまりにも一般的なので見落としがちだが、実は水を効率的に吸い出せる物質であればつけるものはなんでもいい。特に塩と同じように使えるものとして砂糖がある。砂糖漬けは強力な微生物抑制効果があるものの、そもそも中世的世界では普通高価であり、また甘い味がついてしまうこともあってか、果実など以外ではあまり見ない。

この他、酢漬け、アルコール漬け、油漬けなどにも同種の効果があって、しばしば用いられる。さらに中世ヨーロッパで珍重された胡椒を代表する各種香辛料にも防腐などの効果があると考えられていたようだが、実際には（香辛料にもよるが）あまり効果はない。香辛料の効果は第一に味と見なされていたようだ。強い味によって悪くなりかけていた肉も食べられるようにしていたのだという説もあるが、高価な香辛料を食事に使えるほどの金持ちならそもそも新鮮な肉を用意させればいいので、信じがたい。強いていえば技術的な限界からどうしても存在する臭みを打ち消すために用いられたのだとも考えられるが、どうだろうか。

特殊な干し方として「燻製」がある。食品を煙で燻

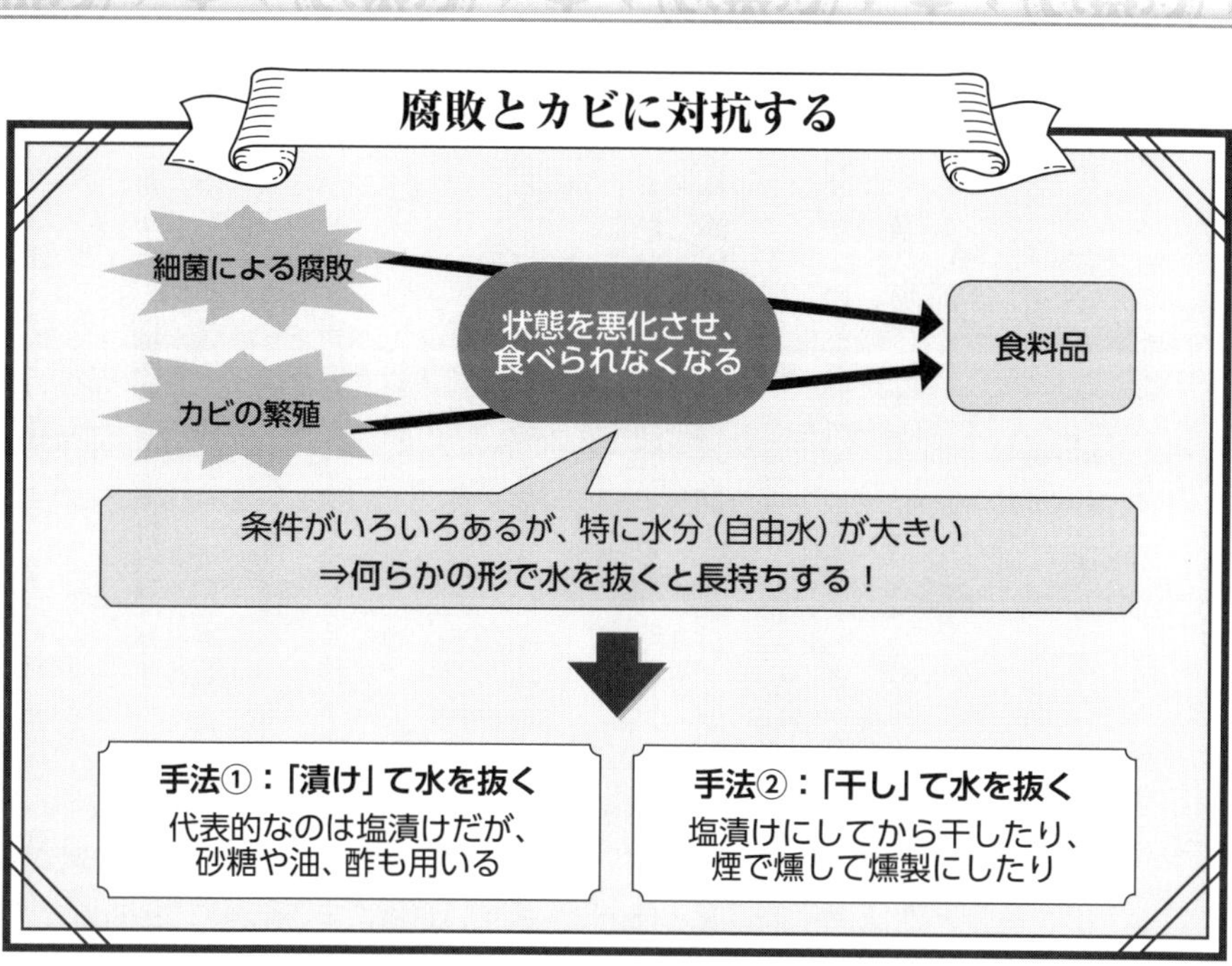

す処理法で、事前の味付けとして塩水や調味液に漬け込んで水が抜けており、煙に当たることでさらに水分が減るとともに煙に含まれる殺菌効果のある物質が付着し、腐りにくくなる。日々私たちの食卓にのぼるベーコンやハムは代表的な燻製食品である。

現代社会だと専用の燻製器を用意する必要があるが、中世的世界では生活の中で当たり前に木を燃やし、煙が出るので、例えば竈や囲炉裏などの上に燻製したい食品を置くだけでそのままできてしまうというメリットがある。沢庵（干し大根）の燻製であるいぶりがっこなどは、そのように囲炉裏の上で干すことで作られる。

これらの保存食の多くは現代でも存在する。しかし、現代日本人が中世的世界で乾物や塩漬けなどを見つけ、現代日本と同じ感覚でそれらを口にしたなら、おそらく味が違いすぎて悶絶するだろう。なぜなら、現代のそれらは必ずしも保存を目的として作られておらず、結果として味が大きく違うからだ。

前近代世界において、保存食は文字通り保存のために作られた。そのため、干すならしっかり水分を飛ばすし、塩漬けをするにしてもたっぷり塩を使うからだ。逆にいうと、そのくらいしなければ保存の役に立たない。だから、伝統的な塩漬け食品は水で塩抜きをしてから食べるのだが、何度も何度も水を交換し、ようやく食べられるくらいに塩気が薄まるのである。

しかし、現代社会では冷凍庫や冷蔵庫が普及し、また食品保存料なども開発されたため、伝統的な味よりも保存性を重視した保存食品はあまり必要とされない。むしろ、塩分などの点で健康的に相応しくないとさえされる。

にもかかわらず塩漬け・乾物（干物）・燻製その他の保存食にルーツを持つ加工食品は、今も私たちの食卓に上っている。これは保存のための作業工程で独特の風味がついたり味の熟成がもたらされたりするためだが、昔の味そのままでは今のユーザーに好まれない。そこで、現代人の舌に合わせて塩分を穏やかにしたり、水分を残したりしているのだ。

また、加工法についても現代人に合わせて用いられている。例えば燻製では保存に本来向いているのは水分を十分に飛ばせる冷燻（低音の煙で長時間燻す）だが、熱燻・温燻（高温の煙で短時間燻す）の方が現在のユーザーには好まれる、という具合だ。

以上のような事情から、楽しみの追求のために、現代的な意味での保存食技法を用いた食品を作ることには意味があるかもしれない。しっとりと水分の残った魚の干物、絶妙な塩分と熟成した旨み、薫香を感じさせるベーコンやハム、干したからこそ渋みが抜けて美味しく食べられる干し柿などが代表例だ。

穀物と保存

ここまで挙げてきたような食品を保存し、一年中食べられるようにすることは、食卓を賑やかにして舌を楽しませ、また栄養を豊かにすることで病気や衰弱を防ぐ効果がある。

例えば、乾物・干物はビタミンこそ大きく失われるものの、ミネラル（マグネシウム、ナトリウム、カリウム。鉄など）はしっかり残る。一方、漬物は水溶性のビタミンやミネラル（ビタミンCやカリウムなど）が失われやすい一方で、乳酸菌発酵を行うものであればビタミンB2が、糠漬けであればビタミンB1が、

保存食も時代で変わる

かつての保存食

保存することが一番の目的であるため、塩漬けなら塩分が濃く、
干すにしてもギリギリまで水分を抜いて固くする

味は二の次！

↓

保存技術が発展し、健康志向が強化

↓

近年の保存食

冷蔵庫や冷凍庫を前提に、保存性の強い乾燥食品などもありながら、
伝統的保存食の技法でより美味しさを追求するものも

保存性は必ずしも重視されない

現代の目からすると伝統的保存食は食べにくい

漬ける前より増える。

一方で、年がら年中口にし続けるような主食——特に稲（米）や麦、トウモロコシのような穀物の場合はどうだろうか。これらの穀物類は非常に保存性が高い。特に米や麦は外皮（米でいうところの籾）を残すことでかなり長期間に渡って保存し続けることができる（なお、トウモロコシは他の二種と比べて急速に鮮度を失うが、干して乾燥させることで日持ちし、水で戻したり石臼などで粉にすると再び食べられるようになる）。

——というよりもこの話は因果が逆で、「主食になる穀物は保存しやすい」のではなく、「保存しやすい穀物が主食として選ばれる」のだ。

もちろん、他にも採用条件は多数あったと思われる。例えば、「エネルギーになる炭水化物を中心に栄養豊富で、それだけ食べていれば必要な栄養はだいたい賄えてしまう」のは大きかったはずだ。近現代ほど食糧事情が改善・多様化するまでの間、食事の中の主食が占める割合は非常に大きかった。まさに「主」食で、現代の私たちの何倍も米なりパンなりを食べていた。

それが許されるくらいの栄養を持っているのだ。他にも、「たくさん収穫できること」「運びやすいこと」なども大きかっただろう。しかしその中に、他の野菜・作物と比べて保存性が高く、長持ちする、という性質は主食になる穀物類の長所としてあったのである。

もう少し穀物の保存性について掘り下げてみよう。前述の通り穀物はよく保存できるのだが、そのためには必要な作業工程がある。それは収穫後の「干し」作業だ。

米でも麦でも、刈り取りを行ってそのまま粒を取り外し、倉庫に運び入れは基本的にしない。その前に、まだ穂についたままの形で天日干しをする。やり方は縛って器具にひっかけて干す、あるいは地面に並べるなどさまざまだ。また、その後脱穀を経て、再び干す。こうして水分を十分に飛ばさないと、カビなどの原因になる。

また、倉庫の中でも劣化は進んでいく。籾の形で外皮を残しておくと守られやすいが、それでも限界はある。現代では低温倉庫や純低温倉庫で温度も湿度も低く保つことで玄米の状態でも長く美味しいまま残すことができるが、中世的世界では簡単ではない。例えば日本式の土蔵などを建築できれば、温度も湿度も比較的低く保てるかもしれない。もちろん、魔法やファンタジックなアイテムの力を借りられれば話は別だが、よほど魔法が普及している世界でなければ主食の倉庫に用いるのは難しそうだ。

更なる問題がある。害獣や害虫による損失だ。これは主食だけでなく保存食品全般で起きる問題だが、特に主食に対して起きると深刻な事態になるため、ここで紹介する。

倉庫に入り込んで保存食を荒らす外敵といえば、なんといってもネズミが代表格だ。ネズミにはさまざまな種類がいるが、しばしば野外で活動するノネズミと集落や都市の建物内部などに住むイエネズミに分けられる。ノネズミは育成中の作物を齧り、イエネズミは収穫された作物を齧る。現代のデータだが、アジアでは両者を合わせて穀物全体の二十%が失われているという恐ろしい数字がある。

ノネズミ対策は別項に書いた通り他の獣害と合わせて行うとして、ここではイエネズミの対策を考えよう。

穀物を保存する

主 食

その地域の食事で主要な位置を占める食品、
麦や米、トウモロコシなど穀物が多い

↓

理由は「生産性」「栄養」「味」などいろいろあるが

↓

穀物の保存にもいろいろ工夫があった

↓

ポイント①：収穫時
天日干しをしてしっかり乾燥させないと、カビなどの原因に

ポイント②：倉庫での保存時
倉庫内の温度や湿度、あるいはネズミに代表されるような
倉庫に侵入してくる害獣・害虫への対策が必要

まずは中に入らせないようにしようということで、縄文時代日本などでも行われていた高床倉庫（以前は「高床式倉庫」）とネズミ返しの工夫がある。高床倉庫は名前の通り床を高くするもので、風通りが良くなって湿気もこもりにくくなり、さらにネズミも入りにくくなる。しかし登ってくるネズミはいるので、倉庫の足の付け根部分がオーバーハング状になるよう、「ネズミ返し」と呼ばれるパーツをつける。高床倉庫でなくとも、ネズミの入ってきそうな場所に板を立てたり、金網を張るなどの工夫が可能だろう。

もっと積極的に、倉庫や室内の備蓄スペースへ侵入してくるネズミを撃退することはできないだろうか？

これも伝統的な手法がいろいろある。罠を仕掛けるのが一つ。入り込んだら扉が落ちるカゴ式、足を挟み込んで動けなくするバネ式、粘着力のある液体で動きを止める粘着式などがそうだ。これらはチーズのようなネズミの好物と組み合わせると効果が増す。

薬物・毒物もしばしば使用される。ネズミの来そうなところに、彼らの好む食品と毒（いわゆる殺鼠剤）を混ぜたものを置き、食べさせて殺すのだ。古くからさまざまな殺鼠剤が開発され、黄リンや亜ヒ酸、硫酸タリウムやリン化亜鉛などが用いられてきた。面白いところでは紀元前二千年頃から使用されている「シリロシド」という毒があり、これは海葱というユリ科の多年草の鱗茎に含まれた成分で、齧歯類以外は体内に取り入れても問題ない。

殺鼠剤の中には時に「ネコイラズ」と呼ばれるものがあった。つまり、古くからネズミ対策の最終兵器といえば猫であったのだ。食料品に関係したり公的な施設だったりする伝統的な建物の中には、今でも猫を「ネズミ捕獲長」「ネズミ捕り大臣」「警備隊長」として雇って（飼って）いるところがある。そのような親しまれている猫がいてもいいだろう。

ネズミだけでなく、害虫の類も厄介だ。ゾウムシの一種である穀蔵虫や、各種の蛾の幼虫などが倉庫の中に入り込み、保存されている食物を食い荒らす。現代では薬品による燻蒸（いぶし）や、唐辛子などの成分を利用した防虫剤が対策に利用されている。ファンタジー世界なら同種の薬剤がすでに存在しているかもしれない。

乳製品を加工する

腐敗の進行速度が速い（足が早い、という表現がよく使われる）食品を保存するための加工技術も各地域・各時代に見ることができる。

代表格はいわゆる乳製品だろう。牛や羊、山羊、ロバ、ラクダ、馬などの哺乳類が出す乳は栄養価が非常に高く、古くから親しまれてきた食品である。しかし、そのままの形では長持ちしない。また、忘れがちだがそもそも家畜が出産した後にしか採集できないので、一年中いつでもある、というわけではない。そのため、さまざまな形で加工し、各種乳製品の形で利用するようになった。それどころか栄養価や風味に目をつけた多様な乳製品が発明され、現在も私たちの食卓を彩っている。

そして、乳製品の保存食といえば現代日本でもお馴染みのチーズだ。これは端的に言えば「乳の中の蛋白質を固めたもの」である。

そもそも、乳を放置すると、しばしば自然に乳酸菌による発酵が進み、ヨーグルト化する。これをさらに

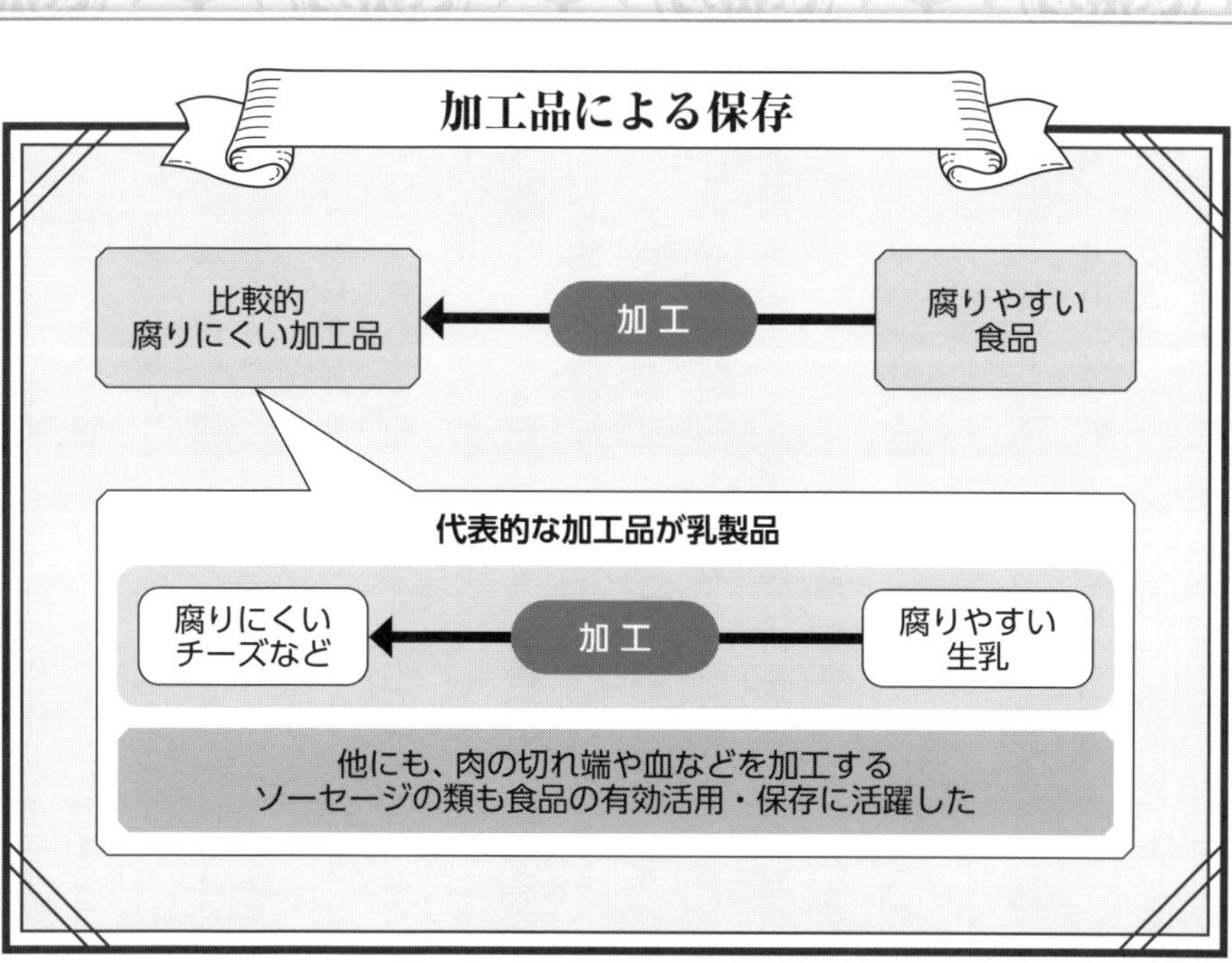

放置しただけでも、一番上が脂肪（すなわちバター）の層になり、その下が「カード」と呼ばれる固形部分と、「ホエイ」と呼ばれる液体部分に分かれるものだ。カードがチーズになり、ホエイはまた別に人間あるいは家畜の飲用になる。これが最も原始的なチーズやバターの作り方であろう。

しかし完全に自然に任せると質や量に問題があるので、人間があれこれ介入することになる。例えば最初の乳酸発酵の際には、前日のヨーグルトの食べ残しを種菌として投入し、発酵を促進する。しかるのちに固めてカードを作るわけだが、その際のやり方も多種多様で、酵素の力を借りることもあれば酸性の物質を加えることもあるし、加熱することもある。

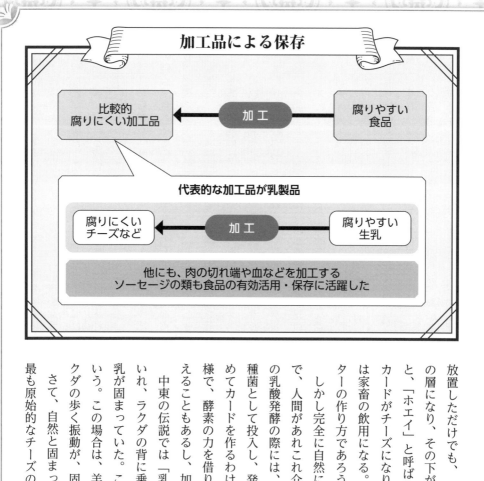

中東の伝説では「乳を摂り、羊の胃袋で作った袋にいれ、ラクダの背に乗せて旅をしていたところ、中の乳が固まっていた。これがチーズの始まりである」という。この場合は、羊の胃袋に残っていた酵素と、ラクダの歩く振動が、固める役目を果たしたのだろう。

さて、自然と固まったカードをそのまま食べるのが最も原始的なチーズのあり方だろうが、実際の製法ではカードからもっとホエイを取り出す。一度切り刻んだり、布袋に入れて漉したり、その上から重石を乗せたり、などだ。また、こうして絞り出したホエイにはまだチーズが作れる成分が残っているので、同じ工程を繰り返しもする。

　脱脂乳から作るいわゆるカッテージチーズのようにこの時点で食べてもいいが、保存食として考えるなら熟成が必要だ。塩気の感じるチーズにしたいなら、一度塩水で洗ってから熟成させる。細菌の力で熟成させるものもあれば、カビの力を使うものもある。

　なお、以上のようにして作ったチーズをナチュラルチーズと呼ぶのに対して、それらを原材料にしてブレンドし、再加工して工業的に作り出したチーズをプロセスチーズと呼ぶ。現代日本で一般的な、穏やかな風味のチーズであり、現代日本人は明らかにこちらのチーズの方が食べ慣れていることだろう。

　他にも多様な乳製品が中世的世界でも作ることは可能だが、それらは六章「美食」の項に譲る。

　他にも、放っておくと腐ってしまうから保存食にするものに何があるか。もちろん生魚や生肉もそうなのだが、ここでは「クズ肉（切れ端）」と「動物の血」に注目したい。

　料理に使いにくい切れ端やちょっと悪くなった肉を刻み、塩で練り、胃や腸などに入れ、茹でる。これでソーセージになるわけだ。ただこのままだと保存食とは言い難いので、燻製にしたり、涼しいところへ干して熟成したりという工程は必要になる。血も同じように胃や腸に入れる（単体で素材にもするし、肉と混ぜたりもする）と固まって黒いソーセージになる。

瓶詰と缶詰

　高度な文明・技術が成立していれば、さらに優れた保存食が発明できるかもしれない。現代社会でも非常にお馴染みの保存食——すなわち、瓶詰と缶詰である。

　瓶詰はガラス瓶に、缶詰は金属製の缶に、それぞれ食品を入れ、密閉して、保存する。この時大事なのはきちんと加熱し、微生物を殺すことだ（密閉後はもちろん、容器も事前に加熱できると効果が高まる）。実は、入れ物の素材はそこまで大事ではない。ただ、この二つが入手や保存の関係で都合が良かったため、活

瓶詰と缶詰

**近世レベルの技術があれば、
より高度な保存食を作ることだってできる！**

↓

瓶詰と缶詰

大事なのは、容器に食品を入れ、密閉し、加熱し、殺菌すること

↓

ファンタジー世界に持ち込むなら瓶詰がおすすめ！

長所	難点
ガラス瓶は入手可能だし、加熱殺菌もコルクで可能	瓶は重く、脆いので、移動する集団には不向き

用された、ということのようだ。

特にガラスは前十六世紀、メソポタミアの時代にはすでにガラス容器があり、古代ローマ帝国の時代には、現代と同じ吹きガラスの技法（中空の鉄棒に溶けたガラスをつけ、息を吹き込むと器状になる）が発明されている。

となると、中世的世界でも瓶詰が発明されていてもおかしくない。私たちの歴史において、近世ヨーロッパ・ナポレオンの時代に軍隊のための保存食として考案された初期の瓶詰は、コルクで栓をした瓶をお湯で加熱し、殺菌していた。これなら十分に可能だろう。

しかし、瓶詰には問題がある。重いし、脆いのだ。自宅の倉庫で少量を保存する分にはさほどの問題にならないが、軍隊の保存食としては大きなマイナスだった。

そこで発明されたのが金属製の缶詰である。中世的世界でも、錫メッキの鉄で缶を作ること自体は、メッキも古代から存在する技術なので不可能ではない。ただ、鉄の希少さを考えると、多用するのは難しいかもしれない。

食品以外の保存について

ここまでは明らかに腐ったりカビたりしそうで、保存が必要そうなもの……食品を中心に、保存の手法を紹介してきた。

しかし、保存が必要なのはそのような、柔らかく、鮮度の概念があるものばかりとは限らない。硬く、強い物品の中にも、手をかけて保存しなければ残らないものがいくつかある。一方で、形のないものの中にも、保存して残すべきものがある。そこで、ここではそれら食品以外の保存手法について紹介したい。

金属道具を手入れする

主人公たちの住処や集落にはさまざまな金属製の道具があるはずだ。農業に従事しているなら土いじりに使う鋤や鍬、あるいは刈り取りに用いる鎌。木こりはもちろん、そうでなくとも薪割り用に斧が要る。似た用途に鉈を用いている人もいるだろう。調理には鍋釜を用いる。騎士や戦士、冒険者であるなら武器や鎧兜も商売道具だ。これらの道具の素材として最もポピュラーなのは鉄であるはず。

鉄は石や木、あるいは他の金属と比べた時に強く、硬く、加工しやすい。しかし、大きな問題を抱えている。酸化によって腐食することで、いわゆる錆が出現しやすいのだ。

鉄の錆は赤か黒で、一般に赤錆と呼ぶ。ちょっと表面に錆が浮くくらいなら問題ないかもしれないが、刃の部分が錆びれば当然切れ味は著しく悪化するし、最悪大きく錆びれば脆くなり、折れたり壊れたりする。赤錆びた槍や甲冑を身につけた老騎士が——というのは文学的表現としては格好いいこともあるが、道具の保存としては正しくない。

鉄を錆びさせないための第一の工夫は、汚れたら放置せず必ず洗い、拭いて磨き、乾かすことだ。鋤や鍬は泥に塗れ、鎌は草の汁が付く。戦場を走り回れば泥に塗れるし、剣で相手を斬れば血もつく。これらに含まれた水分が錆の原因になる。それどころか、人間の手が触れただけでその脂、汚れによって金属を錆びさせる。結果として、武器の手入れなど知らずに剣を手に入れた人物が適当に剣を用いたら、あっという間に錆びて、鞘から抜けなくなってしまう。

また、錆防止としてしばしば行われるのが、ごく少量の油を塗って皮膜を作り、錆を防ぐやり方だ。さまざまなエンタメで見られる「日本刀の手入れ」はまさにこれをやっていて、綿帽子のようないわゆる「ポンポン」は粉を薄く広げることで古い油を吸い取り、それを拭き取って新しい油を引くためのものだ。

金属道具の脅威

さて、日々及び使用後の手入れさえきちんとしていれば、金属製の道具はいつまでも使い続けられるのだろうか。もちろん、そんなことはない。土を相手にしている鋤や鍬だって、埋まっている石にぶつかって一部が欠けることもあるだろう。まして、もっと固いものを斬る武器の類であれば、刃が欠けたり、全体が曲がったり、というのは日常茶飯事であるはずだ（剣も叩きつければ簡単に曲がってしまうので、鞘はある程度余裕を持って作る）。砥石で刃を研ぐくらいならこの種の金属道具を使い慣れている人なら当たり前にできるもの。それでもどうしようもないほど破損したり錆びたりしたら、懇意にしている鍛冶屋に持ち込むことになる。

――ファンタジー世界では更なる危険が、主人公たちの持つ金属道具に迫る可能性がある。一例だが、TRPG『ダンジョンズ&ドラゴンズ』には、「ラストモンスター」というモンスターがいて、非常に恐れられている。この「ラスト」は最後や最終という意味のラスト（last）ではない。錆を意味するラスト（rust）だ。つまり、金属を錆びさせる能力を持ち、そうして自ら生み出した錆を喰らう怪物なのである。自慢の剣や鎧もこいつにかかると、あっという間に錆びさせられ役に立たなくなってしまうので、戦士たちには大変に恐れられている。

また、ファンタジー世界にしばしば登場するコボルトという妖精あるいは異種族（作品によって犬のような顔をしていたり、爬虫類めいていたりする）は、私たちの歴史で実際に存在した言い伝えから「銀を腐らせてコバルトという物質にする」という設定を持つことがある。

　このような金属を腐らせ、変化させ、食べるようなモンスターがあなたの作る世界にいてもいいだろう。それらが迷宮にいるだけなら困るのは冒険者だけだ。鉱脈を狙って地下や山中を彷徨くようだと鉱夫たちが困り、冒険者に退治依頼が来ることもあり得る。しかし最も恐ろしいのは、集落や都市に入り込んできて、商売道具を腐らせ、齧りに来るケースだ。人々の生活に与える影響は非常に大きい。いわば「金齧り」ともいうべきモンスターの生息する地域では、人々は金属製道具を外へ持ち出すようなことは避けるようになることだろう。

　これが大型動物や人間程度のサイズなら、柵や城壁で防ぐこともできるが、これがネズミや蛾のように倉庫や室内に潜り込んでくるタイプになると、その侵入を防ぐのはかなり難しくなる。ネズミに準じた対策が必要になるが、金属製の罠は使えない。適切な毒餌もあるだろうか。

木や石、燃料への脅威

金属を齧る「金かじり」と同種パターンで、「木材齧り」や「石齧り」と呼ばれるようなモンスターもいるかもしれない。建物を齧り倒して人々の生活を破壊する、実に恐ろしいモンスターだ。私たちの世界にも家を構成する木材を齧って倒壊させるシロアリがいることを思えば、さほどおかしくもない。

　こちらもネズミ・蛾タイプの小型モンスターでもいいのだが、齧る対象が大きいだけに、象くらいの大型動物クラス、あるいは十数メートルの怪獣クラスの方がしっくり来るかもしれない。

　ただ、鉄はともかく、木や石は都市や集落よりも野外の方に多く存在するだろうから、人間にとっての脅威にはならない可能性もある。加工された木や石の方を好んだり、自然の怪物ではなく何者かが作りだして命令を下すモンスターであると設定するなど、工夫が必要そうだ。

　道具を構成する金属や、建築物を構成する石や木、そしてもちろん食料。その他に、怪物に狙われそうな

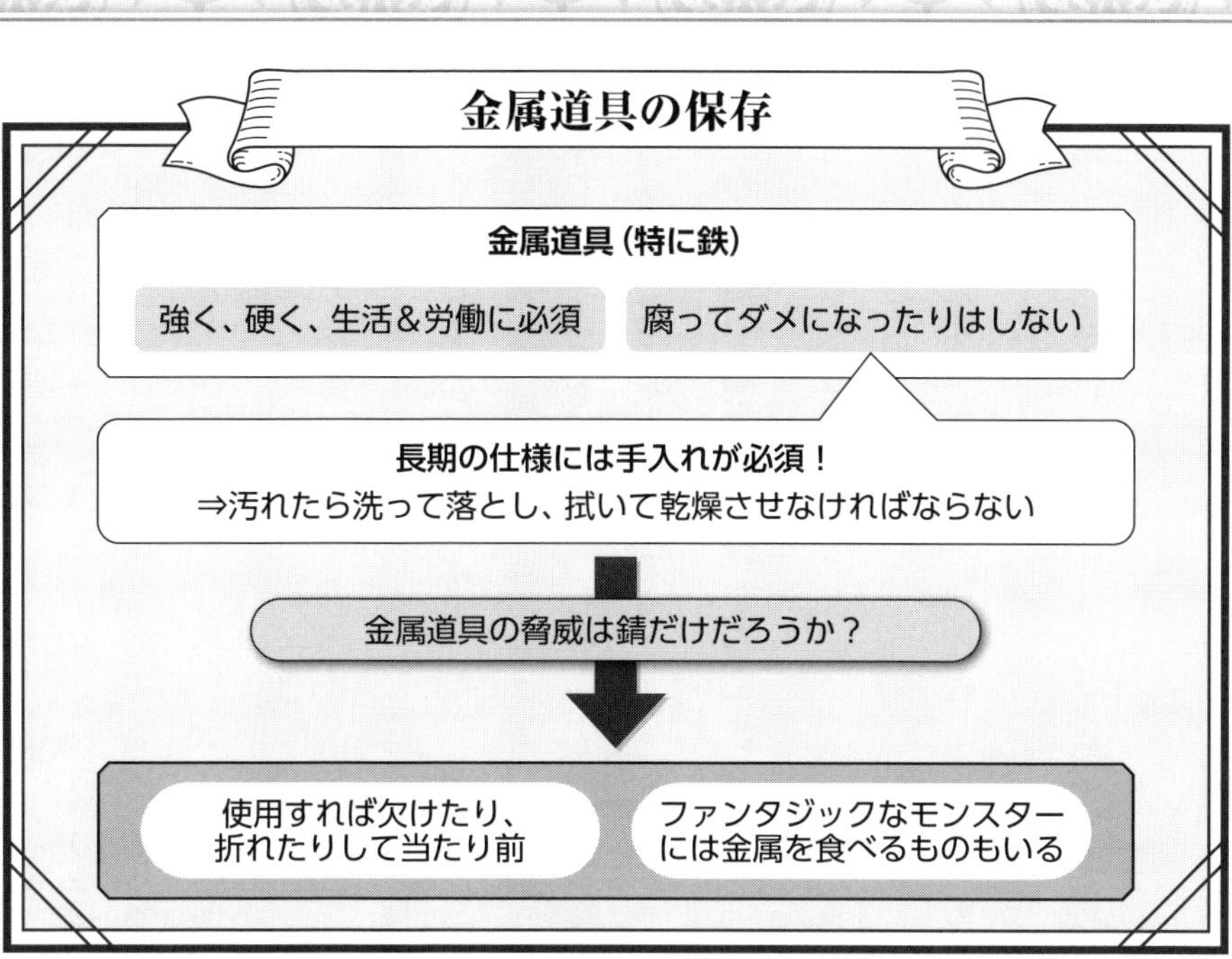
金属道具の保存
金属道具（特に鉄）
強く、硬く、生活＆労働に必須
腐ってダメになったりはしない
長期の仕様には手入れが必須！
⇒汚れたら洗って落とし、拭いて乾燥させなければならない
金属道具の脅威は錆だけだろうか？
使用すれば欠けたり、
折れたりして当たり前
ファンタジックなモンスター
には金属を食べるものもいる

ものはあるだろうか。ある意味いくらでも考えられそうだが、特に社会的にダメージを与えそうなのは、燃料を狙ってくる生き物（モンスター）ではないか。木炭を好んで食べるネズミや、石炭ばかり貪り尽くす大ミミズ、石油を飲み干す象などがもしいたら、社会活動上非常に厄介な存在になる。

もっとファンタジックな燃料も考えてみよう。魔法がはっきりと存在し、しかも産業に深く関わるなどして社会運営上必要な存在になっているようなファンタジー世界では、魔法のエネルギー＝魔力も何らかの形で備蓄できることが望ましい。農業を行ったり、あるいは工場を稼働させ続けるにあたって、魔法使いがいつも現場にいなければいけないのでは効率が悪い。魔力が結晶化して石炭のようになったり、液体化して石油のようになったり、あるいはもっと言えば電池化してくれると、非常に使いやすくなる。

なにしろ、人間が身体から生み出して（他の出現法かもしれないが。とにかく）すぐ使わなければいけなかった魔力が長持ちするようになったわけで、これもある種の保存だ。そして、魔力と親和性が高く餌にするようなモンスターたちが、物質化した魔力ともいうべき品物を狙ってくるのは言うまでもない当然のことだ。「彼らは普通の生き物を取り込むことでも魔力を吸収することができるが、魔力の結晶の方がより効率的に吸収できる」――と言うのは筋が通っている。

ごく普通の生き物だが魔力を利用する器官（魔力を電気に変えて放つウサギなど）を持っているため、魔力を取り入れるためにそれらを狙うのかも知れない。あるいは、精霊や幽霊のような魔力そのもので身体ができているようなモンスターたちにとって、魔力の結晶は最高のご馳走にもなるだろう。

情報や知識を保存することの意味

形のないものを保存したい、ということもあるだろう。つまり、情報や知識だ。

例えば、「集落・住居周辺の地形」や「役にたつ動植物、危険で近づくべきでない動植物」「狩猟や漁労、採集や農耕、あるいは道具の作成など生活に必要な技術の手順とコツ」などは非常に実用的な意味で役に立つ。これらの多くは前近代的な世界においては長年にわたる労働・生活の結果、カンとして習得されたり、あるいは親から子、そして孫へと一子相伝的に伝承された部分が大きかったはずだ。

時に教養人・趣味人と呼ばれるような人や、あるいは農業などの発展を志す人が一部の技術を整理し、まとめ、保存しようとする試みはあったものの、ほとんどの人はそのような行動を必要とさえ思っていなかったのではないか。下手をすれば、「自分たちが生きていくための大事な技術を盗む悪事」とさえ思われかねない。

とはいえ、生活に役立つ情報や知識を蓄積すること、また技術なども系統だって整理することには大きな意味がある。個人の経験や感覚に頼った知識の継承・技術の習得には限界があるからだ。誰かが発見しても忘れられて受け継がれなかったものは無数にあっただろうし、いわゆる「車輪の再発明」――過去すでに発明されていたものが知られず、もう一度考案される可能性も高い。

これらはある程度仕方がないところがあるものの、効率が悪いことに違いはない。一方で、情報や知識、技術が受け継がれ続ければ、発展・応用を繰り返していくことができる。言葉と文字による情報の蓄積と継承は、社会の構築と並んで人類が持つ偉大な能力と言って差し支えないものだ。

なお、知識や技術についてまとめるのとはまた別に、単純に「この年、この日、何が起きたのか」を記録し続けることにも大きな意味がある。その時その時のタイミングでは分からなかったことが、後になって確認することで分かったりもするし、また全体を俯瞰で見ることで初めて傾向に気づくことは珍しくないからだ。その気づきは主人公たちが生きている間には生まれず、何代か後の子孫の時代になるかもしれないが、そのためにも記録し続ける効果は高い。

エンタメ的には、主人公たち自身が保存するよりは、「かつて誰かが保存してくれた情報に助けられる」ことの方が多いかもしれない。あるいは、彼らが持ち込んだチート的な技術が失われないように、また間違って伝わったり途中で捻じ曲がったりしないように、正確さを求めて情報を保存するというのも、いかにもありそうな話だ。

文字と紙で保存する

さて、情報や知識を保存し、蓄積し、継承するには一体どうしたらいいのだろうか。

一つの手段は「文字によって書き残す」ことだ。会話で発する言葉は消えてしまうし、頭の中にある記憶も本人が忘れたり、死んでしまえばそこまでだ。しかし、何かしらの媒体に文字で書き、あるいは刻み込んで、その媒体が残りさえすれば、情報や知識はずっと残り続ける。

なお、こうして文字の形で媒体に書き込むと、単に情報を保存するだけでなく、時間や空間を超えて情報を伝達するという別の機能も付加される。ただ、これが単に手で文字を書き込む（刻み込む）だけであると一気にたくさんは作れない。手紙で遠隔地にいる誰かとコミュニケーションをとったり、あるいは友人や弟子、自分自身がいつでも情報を確認できるようにしたり、遠い未来の誰か少数に伝えるようにする、というのが限界だ。

ここで活版印刷の技術が発明され、大量に印刷が可能になると、情報をいちどきに沢山の人へ伝えることができるようになる。そうなると、宗教や思想の世界に大革命が起きる可能性がある。この辺りはシリーズ第一巻『侵略』を参照いただきたい。

本書で扱うスケールでは広範囲にそのような影響を与えるのは想定していない。しかし、例えば「集落の各家が一冊持てるようにしたい」「周辺の集落に書物を配りたい」「都市の有力者たちに渡したい」程度の需要であっても、手書きで書き写すよりは印刷ができた方が良い。

そこで、木版印刷が手軽でおすすめできる。木の板に文字を刻み込み、表面にインクを塗り、紙を貼り付ける。文字は浮き上がるように（文字部分が凸状になるように）刻み、また鏡文字（逆文字）にしてあるので、紙には正しい形と向きでインクが移って、文字が転写される。活字を組み合わせる活版印刷と違って版の再利用はできないが、木を素材にできる分手軽であり、集落レベルで行うにはこれで十分であろう。

ここで問題になるのがその媒体だ。極端なことを言えば、砂浜に棒で文字を書いても、記録したとは言える。しかし、風が吹いたなら、波が寄せてきたなら、次第に文字は薄れ、消えていく。これでは継承しようがない。

中世ヨーロッパ風の世界なら、第一の選択肢になるのは羊皮紙だろう。羊の皮を揉み、伸ばし、なめして、薄くする。文字を書き込む用途には申し分がないものの、なにしろ高価だ。大量の情報を記録するのにはちょっと向かない。

私たちの歴史を遡ると、他にもさまざまな記録媒体があった。木や竹を薄く割いて短冊・板状にする木簡や竹簡のいいところは表面を削れば再利用できることだが、それなりに重く、取り回しには少々問題がある。陶器板や石板に刻み込む文化も古くからあったが、これも重さが問題である。「ペーパー」の語源になったパピルス紙は、水草パピルスの茎を細く割き、縦横に並べて組み合わせ、上から重しをかけてくっつけたのちに乾かして作るものだ。植物を材料にしてはいるが、繊維が複雑に絡み合ってはいないので、紙の定義には含まれない。

さて、記録媒体の本命になるのがその紙だ。私たちの歴史では、紀元前二世紀頃に古代中国で発明され、二世紀に改良されて現在のものに近くなった。これが八世紀頃イスラム圏に入り、やがて十二世紀初頭にヨーロッパへ入る、という経緯を辿っている。だから中世ヨーロッパ風世界に紙があってもさほどおかしくはない。

紙作りの第一歩はパルプ作りから。植物を砕き、水に溶かして作る、ドロドロの液体のことだ。原料はそこらに生えている木でもいいし、ボロ布の類でもいい。これをまず斧なり刃物なりで細かくし、数日水につけ、繊維がほぐれるのを待つ。そこからさらに臼ですり潰したり叩いたりすると、ようやくパルプが出来上がる。なお、重曹（重炭酸ナトリウム）か水酸化ナトリウムがあれば、どちらかを入れた水の中で植物片を煮ることで簡単にパルプが作れる。

パルプができたら、今度はいわゆる「紙漉き」だ。植物なり金属なりで作った糸を縦横に組み合わせた網を木枠にはめ込み、こうしてできた網目の板でパルプを掬い取る。網の上に植物繊維が満遍なく残れば、それを取り出し、重しをかけて水分を絞り出す。こうして紙が出来上がる——実際には、繊維を薄く、そして満遍なく取り出して紙を作るのには、相当の技術が必要になる。

このようにして作った紙はいわゆる和紙に近く、工業的な精度で言えば現代の紙とは比べようもない。表面はぼこぼこしているし、色もとても純白とは言えないだろう。しかし、長期間にわたって記録するという点では、現代一般的に使われている紙（酸性紙）よりも有効だ。というのも、酸性紙は耐水性がある代わりに保存性が悪く、常温下でも五十年から百年もすれば劣化してしまうからだ。そのような悩みもこの紙には不要だ。

文字の問題

文字による情報の保存には重大な問題がある。

一つは「文字が読めない人には情報が伝わらない」ことだ。これが現代社会ならさほど大きな問題にはならない。学校教育で広く文字の読み書きを習うため、文字が読めない人は比較的少ないからだ。しかし、中世的世界では事情が全く違う。文字が読める、そして書けると言うのは相当な特殊技能だったのである。

ヨーロッパを例に挙げれば、中世末期までは読み書き（プラス計算）能力を持っているのは宗教者を中心にしたごく少数の人々だけだったとされる。王侯貴族の間でさえも、情報の伝達や継承は主に会話によって行われていたらしいのだ。ましてや庶民においては言うまでもない。

これが中世末期になると商人や職人たちの動きが活発になり、読み書きや計算ができる人間もグッと増えてくる。また、ドラマづくりの観点からすると、調べ物の道具になる書籍や記録、過去を現在に伝える手掛かりとしての日記、また手紙などがあった方が都合がいいので、ある程度の階層の人間は読み書きができるとしても別に構わないだろう。

とはいえ、中世ヨーロッパ風世界を、「現実の中世ヨーロッパもこんな感じだったんだろうなあ」という感覚を読者に与えながら描いていきたいなら、小さな集落に住む農民たちなどは読み書きができない、とした方が「ぽい」のではないか。そもそも、日々重労働に追われている庶民にとって読み書きは必要性を感じる能力ではなく、また子どもたちも重要な労働力だったので学校あるいはそれに類する存在へ通わせる必要性を感じなかった、としてもおかしくはない（私たちの歴史においても、戦後すぐぐらいならよく聞いた話ではある）。

もちろん、「自分の作る世界では庶民レベルに読み書きや計算が浸透している形にしたい」としても構わないだろう。いわゆる中世ヨーロッパ風世界には近世的要素が混ざって来ることが多い。ヨーロッパでも宗教改革とカトリック・プロテスタントが対立した時代には、両宗派が自分たちの教えを広めるために文字教育を進めた（それでも真の意味で庶民まで読み書きが浸透するのは十九世紀のことだったようだが）。さらに日本では十四世紀頃から自立した農村側が交渉のために読み書きを学ぶようになり、また十七世紀頃から近世に入ると寺子屋が農村を含む各地に生まれて読み書き計算を教えるようになった。

あなたの世界でも同じような施設があり、ごく普通の庶民でも簡単な読み書き計算くらいなら学ぶのが当たり前だった、であってもいいのではないか。教会や神殿など宗教施設が担当していると「それっぽい」。

何かの事情で集落の人々、あるいは主人公たちが情報を託したい相手が読み書きの能力を持っていたとしても、別の問題が浮かび上がってくる。文字は媒体によって記録するものであり、その媒体が失われてしまうと同時に記録された情報も失われてしまう、と言うことだ。伝統的な手法で作られた紙が酸性紙よりも長持ちするのはすでに紹介した通りだが、それでも保存状態が悪かったり、あるいは天災や戦争などに巻き込まれれば簡単に失われてしまう。

石板や陶器版など、比較的耐久力の高い媒体に書き込んでいると、もう少し長持ちするだろう。しかし、今度は重いし、嵩張るし、書き込める情報量にどうしても限界がある。

口承によって情報を保存する

読み書き能力と、媒体の問題。この二つを一挙に解決するアイディアが実はある。それは口承——口伝えの物語や歌の中に、知識や技術などを混ぜ込んでいくことだ。口伝（と実践）で技術や知識が受け継がれるのはあらゆる時代と地域で見られるものだが、それをストーリー化することでもう一工夫加えたい。

「未知」の項でも触れた通り、そもそも神話や伝説、民話にはそのような——つまり、有用な情報を物語の中に閉じ込めて——伝えるという機能が少なからず存在する。「世界がどうして今このような形をしているのか」「人はなぜ生きて、なぜ死ぬのか」などを聞く人に納得させ、不安を払拭させる効果があるわけだ。

これと同じように、生きるために必要な情報もしばしばしば物語の中に混ぜ込まれている。わかりやすいのは「火はなぜ有用で、なぜ危険なのか」あたりだろうか。神話の中で火を持ち込んだ神が処罰されたり、あるいは火によって神が死ぬところから、人々は火について理解する。他にも、刃の危険さ、あるいは野山に潜む獣や、毒ある植物の恐ろしさを物語の中で初めて聞くこともあるだろう。

ここまではどちらかというと一般的な情報だが、もう少し具体・特殊な情報を物語や歌の形で伝えようという試みもあるかもしれない。例えば「集落から見て東に広がっている沼地にはしばしば動物の死体が積み重なっており、病原菌の温床になっている（中世的な言葉で言えば瘴気・毒気が溜まっている）」ことを教え、また代々受け継ぐために、東の沼にいる怪物の物語を作ったりするわけだ。

わかりやすく、消えない情報

さて、どうして口承の中に情報を隠す必要があるのか。一番は「文字が読めなくとも言葉で伝えられる」ことだが、それだけではない。

例えば、「わかりやすい」ことが挙げられる。中世的世界における一般庶民は、すでに見てきた通り読み書き計算さえ学んでいないような人々だ。つまり、体感・経験的にはさまざまな知識や技術を身につけているが、「お勉強」的に系統立てて学んだ経験はない。そんな人々が、現代人が慣れ親しんでいるような、体型的な知識や技術をすんなりと飲み込めるだろうか？

ちょっと難しそうだ。しかし、物語の形であれば、理解してもらえるかもしれない。現代でも「漫画でわかる○○」という具合に、物語仕立てで難しい内容を理解させるテクニックが広く使われているのと同じことだ。

また、物語や歌として集落の中で（可能ならもっと幅広く！）流行らせることには別の効果がある。本や石板に記された情報はそれが破壊されてしまえばおしまいだが、物語や歌はそれを聞き、覚えた人の頭全てに刻み込まれた、ということになる。これを全て消すのは簡単ではない。

もちろん、物語化・歌化してしまうと、文章で整理して書き残したり、あるいは口頭や実践で教え込んだりするのと比べて、情報量は減る。細かいところ、あるいはセンス的な微妙なところまで入れ込むことは不可能だ。情報が伝言ゲーム的に歪むこともあろう。

しかし、この点ではむしろいいところもあり、かつエンタメ的に面白くできるポイントもある。それは「わかる人にだけわかる」ように、暗号化して物語や歌に隠すやり方だ。いざという時の脱出路、天災や戦災に襲われた際の避難場所、それから隠し財産。そのようなものを普段からわかりやすく残しておくと、敵方にバレた時に無意味になってしまうので、物語や歌の中に隠しておくわけだ。

情報や知識を保存する

情報や知識を保存することができれば……

- 単純に後から確認できて有用
- 特別な人間の知識も保存
- 蓄積するから文明は発展する
- 車輪の再発明を防げる

↓

具体的にはどんな手段がある？

↓

媒体に文字を書き込む

文字と媒体という形で知識・情報を残すことによって、
時間や空間を超えて伝達できる可能性がある

↓

大きなポイントになるのが「どう書き込むか」「何に残すのか」

- 紙が作れると効率アップ！
- 活版印刷は情報の革命

問題①
文字が読めない人には
情報を伝えられない

問題②
媒体が失われてしまうと
情報も一緒に失われる

口承によって情報を残す

文字が読めない相手に対しても、
言葉・語りによって情報や知識を伝えることは十分に可能だ

↓

歌や物語の形にして暗号化するのも伝達・保存に効果がある

口伝えだけだと歪みやすいので、実践も併用するのが望ましい

情報元 ― 口承 → 他者 ― 口承 → 他者

計画してみるチートシート（保存編）

なぜ保存しようとするのか？

作物が穫れすぎたのか、災害が予想されるのか、残すべき知識があるのか？

保存に使える技術は？

瓶詰缶詰のような特別な技術があれば、効率よく保存できるかもしれない

保存に使える材料は？

何かに漬けて保存するにしても、何が使えるかによって事情が変わる

保存の邪魔をする障害は？

穀物を狙うネズミなのか、過酷な気象なのか、秘密を狙う密偵なのか？

◆5章◆

傷と病に向き合う

二年目、春の薄曇りの日のこと。――その日は、朝からエレナの様子がおかしかった。パンとスープ、ゆで卵の質素な朝食を摂っているのはいつも通りなのに、なんだか妙に上の空なのだ。そのまま、どこかおぼつかない足取りで集落の外へ出ていった。森で狩りをする、とは言っていたものの。

「変だよね？」

達也が午前中、畑仕事に精を出しながら隣の一真に話を振ってみると、「ああ」と重々しい肯定が返ってきた。

「お前が気づくなら決定的だな」

「うわ、ひどいことを言うなあ」

達也が嘴を尖らす。そんなところが子供っぽいのだが、最近はこの二人もこんな風に軽口を叩くような間柄になった。しかし、エレナとの間にはどうもいまだに壁があるような気配を二人共に感じていたのであった。

（……まあ、それはそれとして、一真も何か隠してはいるんだろうけれど）

口には出さず、達也は思う。そして、こんな気持ちも一真にはお見通しなんだろうな……と、鍬を振り下ろす手を止めてチラリ横を見ると、一真がニヤリと笑うのであった。

その日、エレナは夕方になっても三人の家に戻ってこなかった。達也や集落の人々は探しに行こうと主張したが、一真は首を縦に降らなかった。

「夜の森に素人が押しかけても怪我人を出すだけだ。この集落に玄人はエレナしかいない」

「あんたがいるじゃないか」と言われても、一真は「俺も素人だ」と言うばかり。

まんじりともせず、少数の見張りだけ立てて集落の人々が三人の家に集まり、時を待っていると、やがてにわかに外がうるさくなった。

すぐに戸が開き――顔といい服といいあちこちを赤く染めたエレナが現れた。

「エレナ!?」

達也が驚きの声をあげるも、エレナは首を横に一つ振る。

「怪我しているのは私じゃないわ、こいつよ。私は返り血がほとんど」

よく見ると、エレナは一人の男を背負っていた。村人が慌てて布を敷いた机の上に男を横たわらせる。その男は明らかに傷ついていた。四肢こそ落ちていないものの、特に胴体を袈裟に切り下ろした一撃はかなり深い。

「こいつは昔の仲間よ。話し合いがしたかったんだけど、ちょっとお互いに頭に血が上っててね」

淡々と喋りながらエレナは一真を見た。

「できる範囲でいいわ。治療をお願い。あたしは回復魔法は使えないし、この集落に医者はいない。でもあなた、少しは心得があるでしょ?」

「──素人の生兵法だ。約束は何もできないぞ」

「わかってるわ」

エレナの短い返事に、一真は「よし」と頷くと達也に向き合った。

「手伝え」

「──ぼく!?」

「そうだ。ステータスウィンドウでこいつの怪我の状況と治療法を調べろ。薬の類を普段から調べて備蓄してあるのも知ってる。俺は俺でできることをやるから、お前も足掻いてみろ」

鋭い目で射抜かれては、否やは言えない。達也はぶるぶる震えながらもはっきりと頷いた。

──その後起きたことを、達也はほとんど覚えてない。とにかく嵐のような忙しさの中で気づいたら太陽が昇っていて、男は一命を取り留めた。彼は数ヶ月療養していて、その間に何度もエレナと話し合っていたようだが、達也はほとんど知らない。やがて傷が癒えた男は集落を立ち去った。エレナはついて行かなかった。

真に恐ろしいのは怪我と病気

病気の恐ろしさ

ファンタジー世界には恐ろしいものがたくさんある。ドラゴンに代表される怪物たち。時には平然とこちらを殺しにかかってくる人間たち。特異な自然現象に巻き込まれることもあるだろう。しかし、その中でも真に恐怖するべきは病気、そして怪我だ。

病気の原因になる菌やウィルス（ファンタジー世界なら呪いや魔法もそうかもしれない）は普通、目に見えない。比べると怪我は比較的避けられるが、回避しようのない負傷というものもある。ささくれが指に刺さるなど、ごくわずかな傷を負うこともある――そして、その傷を放置したり、傷から菌が侵入したりすれば、病気を発症することもまた、ある。

怪我をすれば血が流れ、痛みが走り、特に重傷であれば身体の一部あるいは全部が動かなくなる。病気にかかれば発熱、頭痛、腹痛、下痢、便秘、嘔吐、倦怠感……とにかく身体に不調が出る。これらの状態が悪化した結果、死に至るのは当然で、恐ろしいことだ。

中世的世界では、ちょっとした風邪を拗らせても死に至る可能性がある。これには、栄養面の問題が大きい。日頃からしっかりと食事が取れている現代人と比べて、中世に暮らす人々はしばしば飢えに苦しみ、栄養的に十分でない。そのような状態では、現代人にとって取るに足らない発熱が、ただでさえ小さかった命の炎を吹き消し、死に至る可能性が十分あるのだ。

栄養の問題だけでなく、医療の未熟さも人間と死の間の距離を非常に短いものにしている。古代から医学は怪我や病気への対処について研究を続けていたが、まだ迷信もかなり入り込んでいた。消毒により傷口の化膿を防ぐ方法も知られていなかったし、細菌による感染症を劇的に減らすペニシリン他の抗生物質も発見されていない。その人の罪や悪、あるいはエルフ（妖精）が病気の原因であるという考え方もあったし、投薬治療と同じかそれ以上に祈祷が効果のある医療行為だとも信じられていた（以上の事情は地域にもよるが）。また、きちんとした教育を受けたいわゆるプロの医者はいないかごく少数で、多くは体系的な知識を持たない人々であった。

だからといって、中世的な医療が全く役に立たないものと考えるのは早とちりだ。例えば中世ヨーロッパの例で言えば、キリスト教概念における人間の罪と堕落を病気の根本的な原因としつつ、個別具体的な病気は自然の作用であって、治療もそれに対応して行うのだという認識があった。ある種の病気が感染するものだという知識もあった。

迷信的な間違いはありつつも、古代ギリシャなど地中海世界で生まれ、中世アラブやラテン世界などで磨かれ、そして現代医学にも繋がっている「患者の状況を確かめ、どんな生活をしているのかを確認し、植物や鉱物を原料とする薬を与え、あるいはゆっくり養生させて身体の自己治癒能力を引き出す」という医療手法は中世ヨーロッパにもちゃんと受け継がれていた。

民間医療者にトンチンカンな迷信的治療や投薬をされる恐れはあるし、きちんとした医者の治療にも間違いは少なからずあるはずだ。しかし、既知の病気・怪我については経験と伝統に基づいて、可能な範囲ではあるがそれなりに適切な治療が期待できる、と考えていい。ましてや、魔法やファンタジックな薬品の助けがあれば、ときに現代医学を超えた治療さえできる。

怪我や病気が副次的にもたらす恐怖

怪我や病気で直接的に死ななければいいというものではない。傷の痛み、失血による意識喪失、病からの発熱や下痢、衰弱は、その生物の行動力や判断力を大きく減退させる。本来は十分解決できるはずの問題が解決できなくなり、正しく選べるはずの選択が選べなくなる。これは未知の世界を危険を避けながら生き延びていかなければいけない主人公たちにとって、非常に恐ろしいことだ。

極端な話、傷や病に殺されることがなかったとしても、指一本動かせない状態でただ一人草原の中で倒れていたなら、その後生き残れる可能性は非常に低い。水や食物を得ることができないか、あるいは野獣に喰われて死んでしまうわけだ。

この点は、ゲームと比べた時にエンタメ、特に心情描写・状況描写を細かく書き込んでいくことがやりやすい小説にとってウリになるポイントでもある。多くのゲームではHPが残りわずかになってもさほどペナルティなくキャラクターを動かすことができる。それはゲーム性を考えたら当然のことだ。しかし、現実には死にかけた生き物は普段通りに考え、動くことはできない。思考は混濁し、動きは鈍くなる。このような複雑な問題を描くのに、小説はとても向いているのだ。

病気の真の恐ろしさ

もう一つ、怪我や病気――特に病気が恐ろしいという話をしておきたい。

リアルを突き詰めていくと、現代人は中世ヨーロッパ風異世界では全く生き延びられない、という主張がある。なぜか。それは、現代人はおそらく、その世界や地域、時代で一般的な病気に強い遺伝的形質や、抗体などを持っていないだろうと考えられるからだ。

科学的に考えると、人類がその場所で繁栄できているのは、そこにふさわしい性質を持つものが生まれ、生き残り、繁殖したからだ。この性質のかなりの部分を、病気に対する抵抗力が占める。また、幼いうちからその場所で暮らしていれば病気にかかり、生き残った個体は抗体を獲得してさらに生き延びやすくなる。

現代人がそのままその世界にやってきた場合、このような性質や抗体を獲得するチャンスがない。そもそも、比較的清潔な現代からやってきた人々は、全体的な病気に対する抵抗力も決して高くはないだろう。結果、現地の人々が当たり前に食べているもので腹を下し、普通の生活をするだけで病気に感染してしまう可能性が高い。「同じ人間なのにどうして」という疑問の答えは、科学的には「病気への抵抗力という点では同じ人間ではない」になる（宗教・神話的に「ナントカ人は神の加護があるから」という説明になり、これはこれで物語のネタにはなりそうだ）。

では、この問題はどう解決すればいいのか。

メタ的には「そもそも無視してもいい」問題ではある。現代人がおそらく現地の病気に弱いであろう……というのは、例えば言葉が通じないんじゃないかとい

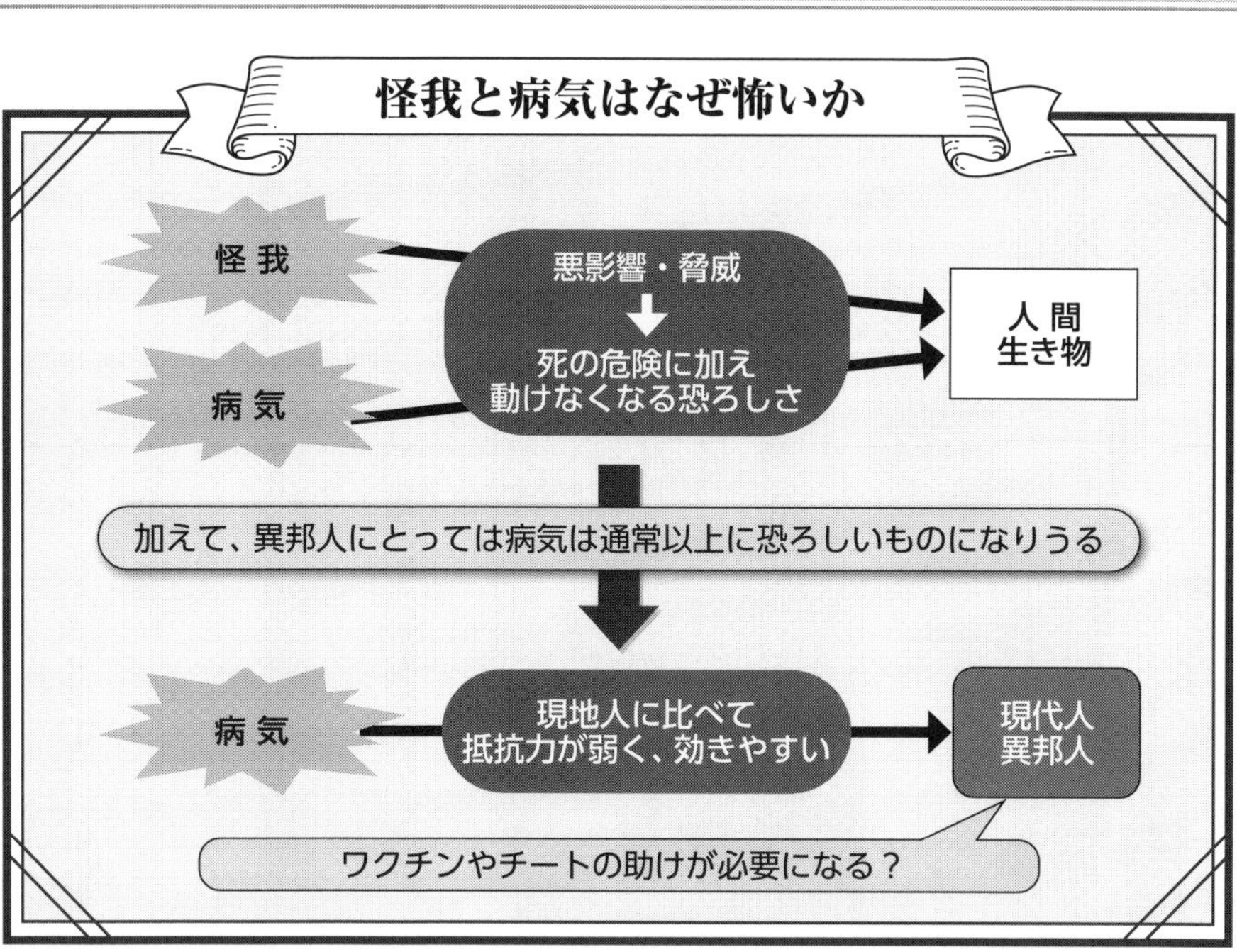

う疑問に比べればよほど目立たない問題だ。エンタメ性、活劇性を優先するなら、別に取り扱わなくとも多くの読者が意識しないことだろう（無視するのが「お約束」になっているとも言える）。

細かいところを指摘されたくないのであれば、「対病気のチートを与えられている」としてしまえばいい。一緒に翻訳チートも与えてしまえば面倒がない。

能動的に転移しているケースなら、「あらかじめ予防注射をする」こともできるかもしれない。現代でも、海外旅行をする際には、旅行先で流行っている病気に対応したワクチンをあらかじめ打っておき、対策をしてから行くものだ。異世界だから未知の病気もあるかもしれないが、既知の病気に対応した予防注射が効果があった、とすると説得力も出るだろう。

「そもそも転生者である」こともこの問題を解決してくれる。地球の現代人の肉体を持っているからこそ病気への抵抗力が問題なのであって、現地の人間の肉体で生まれた（産まれ直した）のであれば、普通の人々と同じように病気に抵抗できる性質や抗体を持っていて当たり前だ。

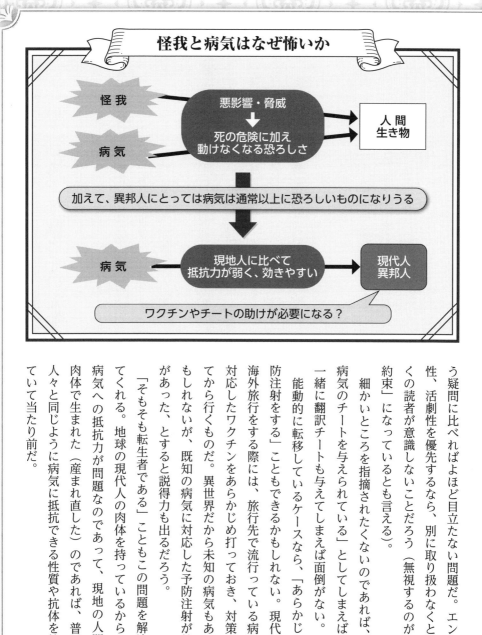

いろいろな怪我とその対策

前項では、怪我や病気が非常に恐ろしいものだという話をした。では具体的に、ファンタジックな中世的世界において、主人公たちや身近な人が怪我をするというトラブルが起きた時、どのような対処・対策がとれるのか。

本書は専門的な医学書ではないし、医者志望者も読者として想定していない。医者が専門的な技術を駆使して活躍する物語を具体的な描写とともに書きたいのであれば、そのような書物に当たるか、プロに取材するか、実際に学業と実務で知識と経験を習得してほしい。

ここでは「サバイバルのプロ」あるいは「ある程度知識のある素人」が行える程度の怪我への対処と、中世的世界の人々がどのような治療をしてくれるかに絞って紹介する。異世界人であっても、旅慣れたキャラクターであれば傷口に包帯を当てるくらいはやってくれるだろう。

トリアージする

怪我人が多数いるような状況で、サバイバルのプロが何を行うか。それがトリアージ（救急対象者の優先度決定）だ。すぐ助けるべき相手、しばらく持ちこたえられる相手、手の施しようがない相手を合理的に選べれば、最終的に助けられる相手が明確に増える。逆に言えば、訓練を受けていない人間、実戦経験が足りない人間は、適切なトリアージができず、パニックになったり無駄な時間・手間を使ってしまう。

トリアージにはいくつかの種類があるが、ここでは最も基本的な「ＳＴＡＲＴ法」を紹介する。四つの色のタグで患者を分類する。これ以上については正直専門的な医療者のレベルであるため、素人が手を出すのは難しいだろう。

最初に声をかける。「助けに来ました、立ち上がってこちらへ歩いて来られますか？」と話しかけて、歩いて来られるなら軽症者だ。緑色のタグをつける。

返事ができない、歩けない相手にはこちらから近づき、自発的に呼吸しているかどうか耳で、また肺が動いているかを確認する。確認できない場合、手で顎を押し上げることで気道を確保する。

気道を確保したにもかかわらず自発的な呼吸をしていないのであればそれは最悪の状態であり、黒色のタグをつける。

次にバイタルを確認する。呼吸が異常でないかどうかを確かめ、喉仏の左右や手首や膝の裏に手を当てて脈が以上でないかを確かめ、意識がはっきりしているかを確かめる。これらの一つにでも問題があれば赤色の、そうでなければ黄色のタグをつける。

以上でSTART法のトリアージが完了する。治療は赤、黄、緑、黒の順で行う。赤は緊急で対応が必要であり、かつまだ回復の余地がある。黄色は治療は必要だが多少の余裕があり、緑は急ぎの治療が必要というほどではなく、黒は手が付けられないあるいはすでに亡くなっているケースを意味するため、この順番になる。

外傷と出血

もう少し具体的な怪我と治療を見てみよう。

一番ありふれた怪我は「外傷」だろう。何かが刺さる、刃物で切れる、擦れて皮膚が破けるなどもそうだが、火傷や凍傷などもこの範疇に入る。野外活動をしていれば当たり前に受ける各種外傷も、放っておけば命取りになる可能性があるので、きちんと処置する必要がある——最大の問題はすでに述べたとおり、傷口から侵入する細菌による感染症だ。

これを防ぐため、血が出ない程度の傷であっても、水で洗い流して清潔にすることは必須。特に泥だらけの傷は本当に恐ろしいのできちんと洗っておく必要がある。水がなければ実は小便でも事足りる。戦場などでの緊迫した状況の描写には適しているといえよう。

従来はこの傷口を消毒し、ガーゼなどをあてて乾燥させる治療法が一般的だったが、近年は消毒するとむしろ治癒が遅れるため、傷口を湿らせたまま保護することで治癒を進める湿潤療法が一般化してきた。異世界で湿潤療法のための医療部材を手に入れるのは難しいかもしれないが、ファンタジックな動植物の中にはそれらを可能にするものがいるかもしれない。

出血していれば止血が必要だ。傷口を手、可能ならハンカチなどで押さえつけ、また心臓よりも高い位置に持ってくる。また、身体の各部には血流を圧迫するのに適したポイントがあるので、傷口より心臓に近いそのポイントを押さえると、止血を助けられる。出血が止まったら包帯を巻く。

それでも止まらないならベルトなどで傷口のすぐ上を縛り、止血する。服を裂いて紐状の布を作り、それで縛るようなことも多いだろう。この後は医者の出番だ。止血帯による処置は緊急対応なので、その後の処置が遅れると傷口の周囲がまとめて壊死してしまって切断するしかない、ということになりかねない。

そのような危険をおかしてでも出血を止めなければ人間は死んでしまう。成人男性の場合、四～五リットルの血液が体内を流れているが、そのうち一リットル以上の血が失われるようだと命が危うくなるとされている。中世的世界では魔法でもない限り輸血などできないだろうから、なおさら止血が重要になる。

炎症とＲＩＣＥ

内出血や炎症による腫れ、激痛などをもたらすさまざまな外傷――肉離れ（筋肉の損傷）、打撲（衝撃による皮下組織の損傷）、捻挫（関節の損傷）、骨折の類もきちんと処置をしておく必要がある。放置すると悪化して回復を妨げることもあるからだ。

炎症をもたらす各種の外傷に対して、まずやるべき処置として知られているのが「ＲＩＣＥ」だ。これは以下の四つの必要な処置の頭文字をとった言葉である。

①REST（安静）
怪我した部分が動かないようにすること。本人が身体を横にして休むのはもちろんのこと、患部は包帯を巻いたり、テーピングをしたり、添え木を当てたりして固定するのが望ましい。

②ICE（冷却）
怪我した部分を冷やし、内出血・腫れ・炎症を抑えること。氷や湿布を調達できない中世的世界では難しいが、冷たい井戸水をこまめに変えられれば代用にな

現代的な怪我対策

医者ではない現代人ができる怪我の治療や
対策にはどんなものがあるだろうか？

トリアージ
急いで治療する必要のある人、
しばらく放置してもいい人、
治療の必要のない人を分ける

外傷治療
傷口を洗い感染症を防ぐ
＋
止血して出血死を防ぐ

RICE
安静・冷却・圧迫・挙上
によって状態の悪化を防ぎ、
自然治癒を促す

心肺蘇生法
心臓マッサージによって
止まっている心臓を動かし、
人工呼吸で呼吸を促す

る。魔法やモンスターの助けで冷却する場合、凍傷にならないよう注意。

③COMPRESSION（圧迫）

冷却と同時に行う。怪我した部分をやや強く包帯などで押さえつけると、内出血や腫れをある程度予防することができる。ある程度押さえつけるとしびれ、青くなってしまうので、冷却と一緒に圧迫もやめる。しばらくしてまた再開するのを繰り返すと効果がある。

④ELEVATION（挙上）

外傷の傷口と一緒で、内出血系の場所も心臓より高く上げること。これにより腫れがある程度予防できる。

これらのＲＩＣＥ処置は怪我してすぐに行うと効果がある。時間が経ってしまうとむしろ逆効果になるので注意。

意識不明者と心肺蘇生法

何かしらの衝撃を受けて倒れ、意識を失ったり、あるいは溺れてしまった人などを助けてみれば、呼吸がない。そして、心臓も止まっている。このような時は、

「心肺蘇生法」を試すことになる。

現代社会であれば心臓に対して電気ショックを与える機械「ＡＥＤ」も併用することになるが、中世的な世界ではなかなか難しいだろう。

最初にやるべきことは呼びかけだ。これに返事がなければ鼓動を確認し、心臓が動いていないことを確認したら心臓マッサージを実行する。両の手を併せて、手のひらを相手の胸の真ん中に置き、押す。大人相手であれば五センチメートルは沈むように押すことで心臓を刺激することができる。

これを毎分百から百二十回、絶え間なく行わなければいけないから、運動に慣れていなければかなり辛い作業になるし、相手の骨を折りかねない危険な作業でもある。繰り返すが、本書は医療本ではなく、これらの行為を現実に行うに当たって参考にして良いものではないことは重ねて注意させていただきたい。

その場に二人いれば、人工呼吸も併せて行える。顎を上げて気道を確保したうえで、相手と口を合わせ、一回に一分程度息を吹き込む。心臓マッサージを三十回、人工呼吸を一回と組み合わせで行う。

中世的世界の治療

では、中世的世界の治療はどんなものか。

中世ヨーロッパでは外科は薬の調合とともに内科と比べて一段低いものとされており、また聖職者や専門の医者がある時期から刃物を持ったり血に直接触れたりすることを避けたため、主に外科治療を担当したのは理容師だった。これを理容外科医や整髪外科医などと呼んだ。

例えば彼らは傷口を縫ってくれる。出血に対しては焼きゴテを使って焼き潰すことでの止血を行ってくれる。乱暴に思えるかもしれないが、こと血を止めるという点においては非常に合理的で、現代医学でも手段はレーザーメスなどに代わりつつ手術で行われている手法である。面白いところでは、傷口を卵白で覆うという治療も行なったのだが、殺菌作用を持つリゾチームという成分が含まれているので本当に効果があったらしい（唾液にも含まれているので自分の傷口を舐めることにも多少の意味がある）。

民間医療者たちが知っている伝統的な薬が助けにな

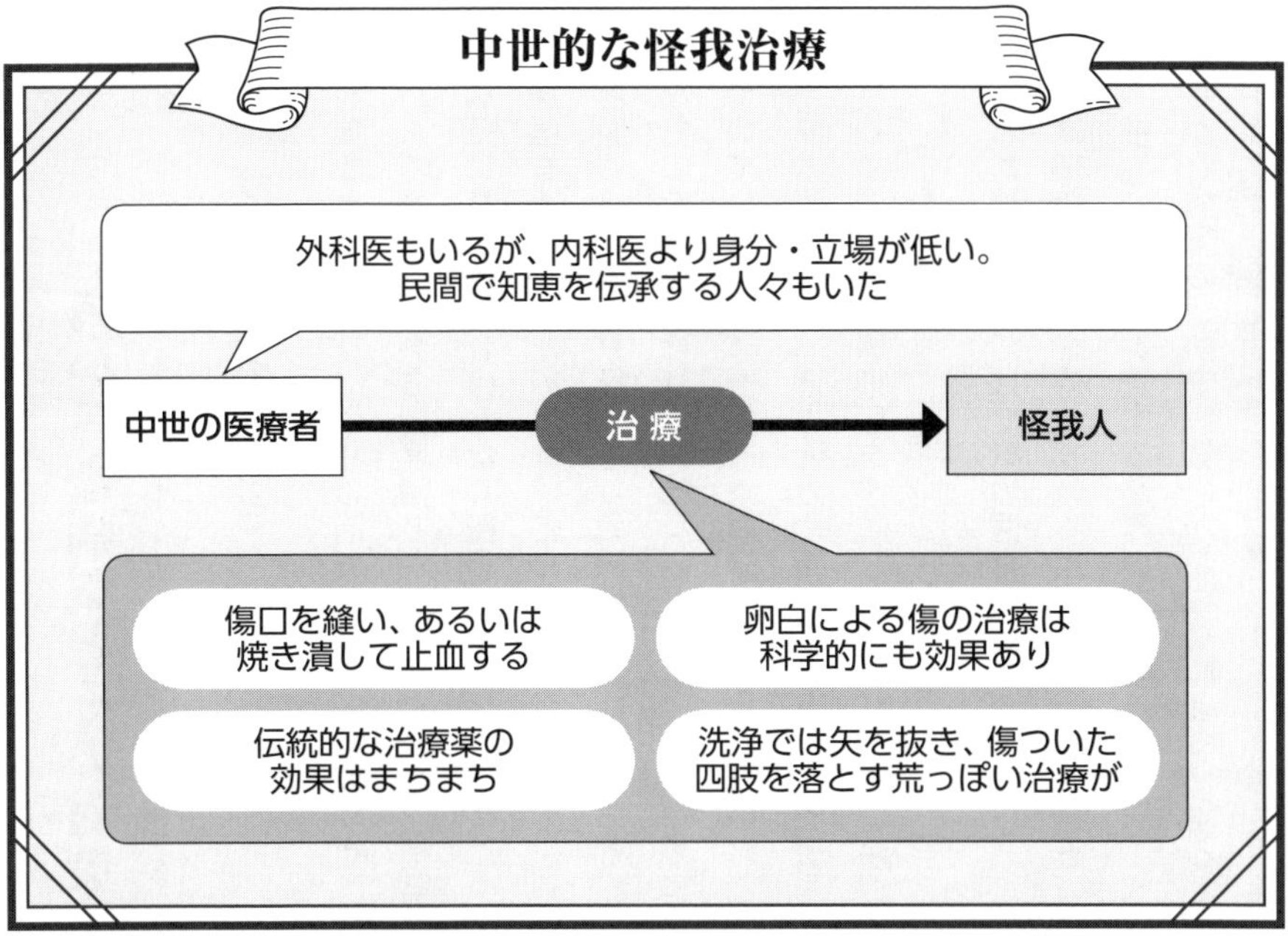
中世的な怪我治療
外科医もいるが、内科医より身分・立場が低い。
民間で知恵を伝承する人々もいた
中世の医療者
治療
怪我人
傷口を縫い、あるいは
焼き潰して止血する
卵白による傷の治療は
科学的にも効果あり
伝統的な治療薬の
効果はまちまち
洗浄では矢を抜き、傷ついた
四肢を落とす荒っぽい治療が

ることもあるだろう。例えば日本では、チドメグサを揉んで当てたり、生のヨモギの葉を当てると、止血に役立つといわれる。クチナシの実も同じように止血効果があるうえ、粉にして小麦粉と混ぜ、患部に貼ることで打撲にも効く。似たような植物があなたの作る中世ヨーロッパ風世界にあってもいいだろう。

もちろん、科学的に効果のある治療・投薬ばかりとは限らない。日本の戦国時代には馬糞を煎じた汁が傷に効くとされていた。その種の怪しげな薬を飲まされることもあるだろう。

戦場でも外科治療は行われた。矢を抜き、傷を縫い、使い物にならない四肢を切り落とす……という類の治療で、多くの戦傷者が命を落としたと考えられるが、それでも中には生き延びる者もあった。中世ドイツの騎士ゴットフリード・フォン・ベルリヒンゲンは戦いで右腕を失ったが、代わりに鋼鉄の義手を身につけてその後も戦いに生き、「鉄腕ゲッツ」の異名を取った。この義手は当然ながら現代の筋電義手のように本人の動きを感じ取って指が動いたりはしなかったが、指を固定させて武器を持つことはできた。

いろいろな病気とその対策

病気対策の難しさ

前項でみたとおり、怪我の治療と対処は素人やサバイバルの達人でもある程度何とかなる。しかし、相手が病気になるとこれはかなり難易度が高い。

病気を治療するためには、どんな病気なのかを正確に診断し、手術なり投薬なりの治療手段についても適切なものを選ばなければいけないからだ。また、手術については単に人体を切ったり縫ったりすればいいというものではなく、きちんと消毒し、また抗生物質を投与して、術後の感染症を予防しなければなかなか成功しない。

これは物語の中ではプロの医者の仕事であり、メタ的には知識と技術を持っている人間が書くか、あるいは本格的に取材・調査する必要のある話だ。

しかし病気の予防、病気にかからないようにするという点では、素人やサバイバル能力の持ち主にも活躍の余地がある。感染症や寄生虫、ある種の栄養の欠乏による病気は、知識があれば回避できるからだ。

感染症、寄生虫を回避する

感染症や寄生虫を回避する方法は、海外旅行の際の対病気ノウハウに似ている。

すなわち、まずは生水を飲まない、生魚や生野菜も食べない。水は必ず煮沸し、食べ物にも火を通す。一章でも触れたとおり、川の水や生魚の体内、生野菜の表面などには、細菌や寄生虫の卵・成体などが無数に存在する。これを避けるだけでも病気になる可能性はぐっと減る。

野外での行動を終えて室内に戻るときに手を洗い、うがいを行うのも非常に効果的だ。この時、手を洗うために石鹸が作れているとさらに効果は劇的に上がる。

最も簡単な石鹸は、オリーブオイルと石灰（あるいは砂）を混ぜるだけで作れる。私たちがイメージする石鹸の形はしていないが、人間の肌・表面上にある汚れを落とすだけなら十分だ。

より高度な石鹸は、アルカリ性の液体である灰汁（植物の灰を水に溶かして作る）と脂を混ぜて作る。まず脂と同量の水を鍋で火にかけ、溶かす。そこにもう一度同じ量の水を加えて一晩おくと、表面に純度の高い油が浮いている。これを別の鍋に取って煮立たせて、先述のアルカリ物質を入れる。数時間かけてかき混ぜたのち、塩を入れて冷やすと、固体化した石けんが浮かび上がる。塩を入れて冷やす工程をもう一度行うと、石けんの純度は高まる。

純度の高いアルコールが作れると、さらに強力に殺菌することができるようになる。純度の高いアルコールはアルコールを含んでいる酒を蒸留することで抽出できる。蒸留の仕方は一章で触れたきれいな水の作り方と同じだが、こちらは即席の蒸留器では手に余る。専門の器具を作る必要があるだろう。私たちの歴史では錬金術師の研究過程で手法と器具が発見・発明されたので、あなたの世界でも同種の研究がなされているかもしれない。

もう一つ、衛生的環境の維持も欠かせない。つまり、糞尿やゴミ、生き物（人間も含む！）の死骸を放置せず、部屋をきちんと掃除し、定期的に入浴するようにする。これにより、雑菌が体内に入る機会も減るし、蚊やネズミのような細菌・ウィルスを媒介する存在も遠ざけることができるようになる。前近代の人々は瘴気――つまり山や川、沼などに漂っている毒気のこと――こそが病気の原因であると考えた。現代科学は、その毒の正体が腐敗物から生み出し、引き寄せる細菌・ウィルスや媒介存在であると知っている。

これらの処理は都市部だと非常に困難だ。たとえば糞尿は無数と言っていい量が発生して処理しきれない。中世の都市ではしばしば糞尿が家の窓から捨てられた、というのはよく知られた話である。

だが、小規模な集落、村はずれ暮らしではそう難しいことではないだろう。また、農村で人糞を肥料に使えば、この問題は一石二鳥で解決される。また、大都市でも江戸時代などは周辺の農村がやはり肥料に使うため人糞を取りに来たので、この問題がかなり解決したとされる。

栄養欠乏も病気をもたらす

栄養の欠乏は単に飢えて死ぬだけでなく、さまざまな病気を人間にもたらしうる。特に重要なのがビタミンだ。各種のビタミンは人体が支障なく機能するのに重要だが、体内で合成することはできないため、主に食べ物を通して摂取する必要がある。

具体的に、どんなビタミンの欠如がどんな病気につながるか。以下、小説のネタになりそうなものと、どんな食べ物を取り入れれば防げるかを紹介する。

ビタミンAが不足すると夜盲症（夜、目が見えなくなる）になる。レバー、オレンジ、牛乳、ニンジン、サツマイモなどに含まれている。

ビタミンB1が不足すると食欲が落ちたり筋力が下がったりするのに加えて、脚気（倦怠感・食欲不振から進行して運動能力に支障が出るようになり、寝たきりになる。最後には心不全・ショック状態で死に至る。特に下半身がむくんで、押しても戻らないのが特徴）になる。豚肉や玄米・全粒穀物、ナッツ類、レバーや卵などに多い。

ビタミンCが不足するといわゆる壊血病（毛根からの出血に始まり、皮膚の下での出血のせいで手足に紫斑が出て、口の中でも出血して歯が抜ける。最後には高熱の末に死へ至る。）になる。新鮮な野菜や果物、特にオレンジやレモン、ライムなどの柑橘類に豊富なので、大航海時代には遠洋船にしばしばこの種の果物を乗せた。また、ザワークラウト（酢漬けキャベツ）も有効である。

中世的医学の病気対策

さて、以上のような現代社会の病気対策に対して、中世の医学はどのような処置や治療をしてくれるだろうか。

既に紹介したとおり、中世的世界でもそれなりに医学は研究され、発達している。しかし、小規模な集落にまできちんと学んだ医師がいるはずもない。また、その世界の基準で優れた医学を学んでいたとしても、そこに迷信が多分に入り込んでいて、現代科学の目で見ると効果が薄い、ない、あるいは逆効果ということも多かろう。

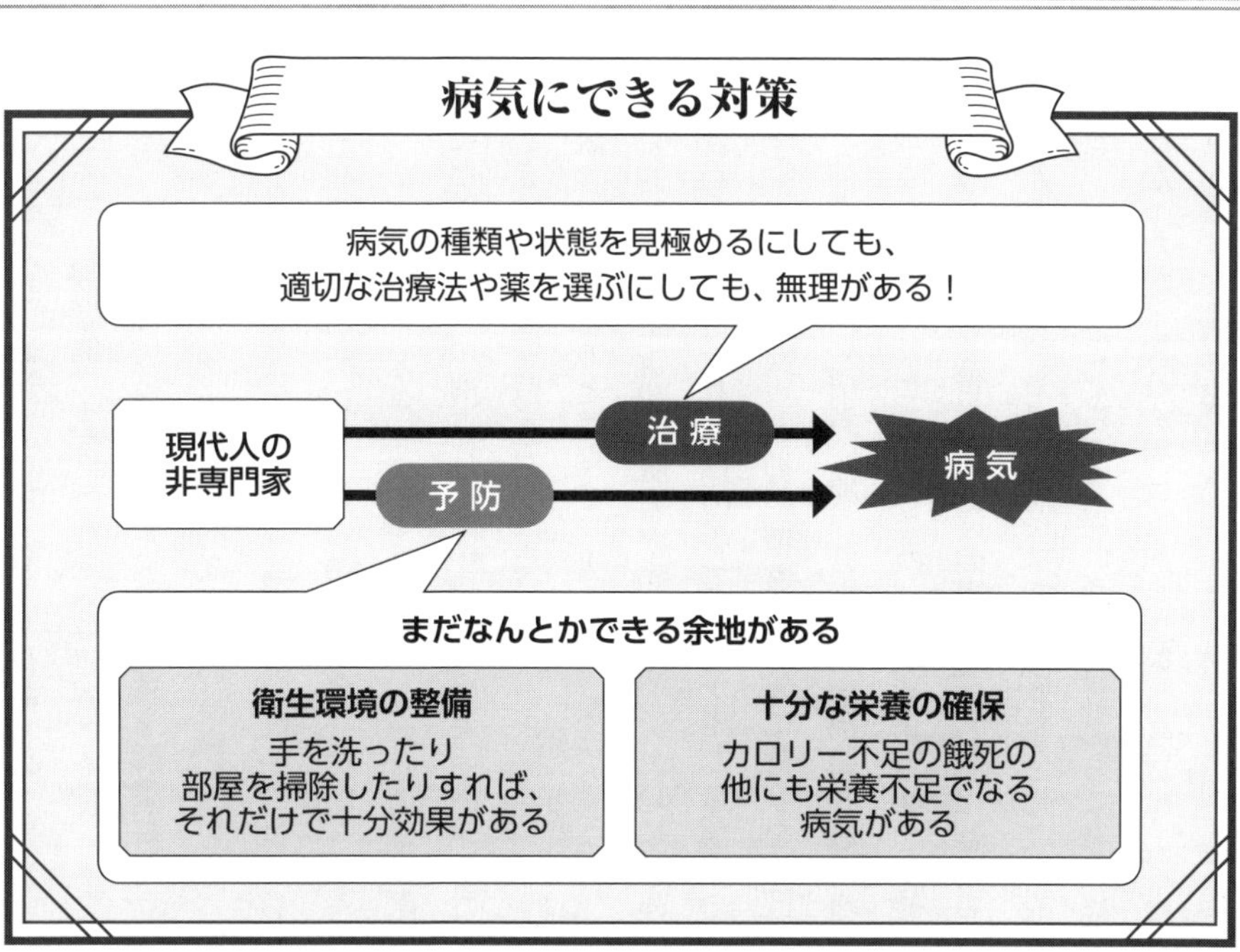
病気にできる対策
病気の種類や状態を見極めるにしても、
適切な治療法や薬を選ぶにしても、無理がある！
現代人の非専門家
治療
予防
病気
まだなんとかできる余地がある
衛生環境の整備
手を洗ったり
部屋を掃除したりすれば、
それだけで十分効果がある
十分な栄養の確保
カロリー不足の餓死の
他にも栄養不足でなる
病気がある

中世ヨーロッパの医学という観点で見ると、古代ギリシャ以来の「四体液説」が根本的な考え方として存在していたようだ。つまり、人間の体内には粘液、血液、黒胆汁、胆汁（黄胆汁）の四種類の体液が存在しており、これらのバランスがとれていれば健康だが、どれかの体液が増えたり、減ったり、動いたりすれば不健康になり、病気になる、というものだ。そこで、例えば血液が多すぎるから病気になるのだと診断されれば、瀉血――つまり血を抜くことが治療手段として選ばれたのである。瀉血は特にヨーロッパの医学で好んで用いられたが、十九世紀になってようやく効果が薄いと認められた。

　また、この四つの体液は粘液が水、血液が気（空）、黒胆汁が火、胆汁が血という具合に、四大元素にも対応していると考えられていた。

　これが中華文化圏だと「陰陽五行説」になる。世界は陰と陽、そして木・火・土・金・水の五行によって構成されると考えられ、体内の臓器や感情なども五行に分けられた。これらのバランス・調和が崩れると病気になる。

このように、臨床から得られた実体験とはまた別のところで、観念的に人体（あるいは世界）を捉えることで、未知の世界を想像したり、問題を解決したりしようとしたのは、前近代的な学問の特徴といえる。「私たちの見てきた世界はこうだから、ほかの世界もこうに違いない」「神々はこの世界をバランスよく作ったはずだから、こうなるはずだ」というのは、医学にとどまらず、前近代的・中世的な学者を演出したいときに役に立つ考え方だろう。

観念的な考え方と並んで、大きな特徴になるのは、宗教的な儀式や祈祷、呪術が病気治療で大いに頼みにされたことだ。共同体の中で病人が出たら部族のシャーマン（巫女）が神や精霊、祖先に祈りを捧げる。神官や司祭も信者の罪が許され、病の苦しみから解放されるようにと祈る。また、病気快癒を祈って絵馬の類を奉納する習慣も、洋の東西を問わずに存在した。祈りが優先されたというより、選択肢として共存した、というべきだろう。優れた医者はあちこちにはいなかったが、祈りを捧げるべき寺院は身近にあった、というのも大きいはずだ。

現代的な医学の視点でいえばこのような祈りと病気の治療に関係はない（思い込みが実際に効果へつながるプラシーボは除く）が、少なくとも神や仏、精霊に祈って病気が治った人々はより信仰を厚くした。また、多くの宗教の従事者が単に祈るだけでなく、自分たちにできる範囲での治療を行ったことは見逃せない。結局、前近代的世界において医学と祈祷はそう簡単に切り離せるものではないのだ。

——とはいえ、中世的世界の医学を否定するのが間違いであることもまた、既に見てきたとおりだ。感染という概念も、衛生の悪化が病気につながる推測も、ある程度はもうあったのである。加えて、経験と臨床によって積み重ねられた治療法も存在していた。「この症状ということはこの病気で、ということはこの植物あるいは鉱物から作った薬を飲ませればよくなる」という方法論もそれなりにあったのだ。

日本にも、日本三大民間薬として整腸や下痢止め、殺菌のゲンノショウコ、虫下しのドクダミ、胃薬のセンブリがあるとされた。あなたの世界にも多様な薬草があって、日々活用されていることだろう。

魔法は傷と病から人を救うのか

魔法と怪我・病気

　ここまで、中世ヨーロッパを中心にした史実の中世的世界や、現代日本の視点・知識・技術から怪我や病気に対応する方法を紹介してきた。しかし、せっかくのファンタジー世界なのに現実に即したやり方だけではつまらない。魔法、あるいはファンタジックな存在を活用した治療があってこそ、ファンタジーというものではないか。

　ゲームのファンタジー世界では、ゲーム性の要求もあって、治療・回復・復活の魔法や能力、アイテムが多種多様に存在するのが当たり前だ。そうでなければプレイヤー・キャラクターを気軽にピンチに追い込めなくなり、ゲーム的な盛り上がりが小さくなる。

　ゲームはそれでいい。世界設定の詳細さや整合性より、ゲーム性が優先されるからだ。しかし、小説や漫画などのエンタメではそうはいかない。怪我人や病人が魔法一発で回復してしまうようでは、世界の説明がつかなくなる。

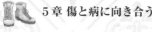

　つまり、「骨を折ったら一か月は固定しないといけないからハードワークは無理だなあ」という世界と、「治療魔法使いがいれば明日の朝には治ってるからすぐに職場に復帰してくれ」という世界では、人々の怪我や仕事についての価値観が全く違うはずなのだ。ましてや「死んでも簡単に魔法で蘇らせられる」という世界であれば、生死の感覚が全く特異なものになっているはずで、そうでなければ変、ということになる。

　問題はまだある。治療・回復が簡単なら、よほどの怪我をした人間も死んだり行動不能になったりしなくなり、「味方の重要な人物が怪我して動けなくなり大ピンチに」「敵側のトップを殺害して問題を解決する」などの展開ができなくなる。そもそも、バトルや戦争などは痛みや死などの重大な問題をかけて戦うからこそ物語が盛り上がるのであって、回復・治療の魔法によってその重さが軽くなってしまうと、非常に盛り上がりに欠けたものになってしまうだろう。

　これらの問題に対する解法は大きく分けて三つある。一つは、「そもそも気にしない」こと。世界観の整合性は別にエンタメにおける絶対条件ではない。ゲーム的な世界観や冒険を再現することを優先したり、活劇の面白さを優先するのであれば、「人が簡単に蘇るのにほかの部分へ影響を与えていない」程度の違和感は些細なことだ、と考える。

　二つ目は「気にならないような世界観にする」こと。神話・童話・昔話的な、ファンタジックでリアル性を求められないタイプの物語では、傷ついた人が魔法でパッと回復しようと、死者が簡単に蘇ろうと、さほど気にならない。ただその場合も、ある程度理由付けをしたり（神様だから！）、神や妖精などの特殊な価値観を描写・演出したほうがいいだろうが。

　以上二つは世界観の矛盾はともかく「死がなくなるとバトル展開が盛り上がらない」の解決にはならない。そこで「復活はできない」あるいは「復活させない方法や封印して復活を無効化する方法がある」「命の取り合い以外の戦い方がある」などするといいだろう。

　そして三つ目が「治療・蘇生の魔法があっても違和感の無いよう、世界設定のすり合わせを行う」こと。これが本項のメインテーマである。以下の内容を物語の中に取り込むことで、ピンチになったときに回復魔法の助けを受けたり、あるいは回復魔法が受けられない・復活させられない！　というピンチを演出することができるようになるわけだ。

回復魔法のあり方を考える

　ここからは具体的に、「怪我や病気を癒し、死者さえ蘇生する魔法がある」が、「世界設定に大きな矛盾や違和感がなく、住人たちの価値観がさほど変わらない」「バトルや戦争展開を阻害しない程度に不便なものになっている」世界を作るに当たっての考え方やポイントを紹介する。

　第一に、「確かに存在するが、使い手が希少」というケースが考えられる。現代医療でも、高度な手術や治療には神の手（ゴッドハンド）と呼ばれるような高度な技術や感覚、知識を持つ医者が必要とされることがある。同じように、ファンタジー世界の回復魔法も、希少な才能や性質を持つ人間にしか使えないのであれば、世界のあり方にはさほど影響を与えないだろう。

例えば「ちょっとしたことなら多くの人ができるが、現実離れするとごく限られた人にしかできない」ケースだ。小さな傷を治せる程度の魔法使いなら、村にも一人くらいはいる。骨折レベルや病気治療になると都市に行かなければ出会えない。まして死者の復活ともなれば、一つの国に一人いるかどうか——という具合だ。

この差はどこから生まれるのだろう。技術や知識の問題なのだろうか。「魔力の質や量」といった才能で決まるのだろうか。神や悪魔からどのくらい寵愛されているかによるのだろうか。

魔法の使い手が希少なら、回復や復活をしてもらうには相応の代償が必要になるはずだ。直接的に金銭を求められるのかもしれないし、何かしらの奉仕や、他に代わりのない物品を差し出すよう要求されるのかもしれない。そもそも、本物の治療魔法の使い手に出会えるかどうかという恐れさえある。詐欺師の山をかき分けて本物をつかむためには、信頼できる紹介者が必要かもしれない……。

魔法は万能ではない！

魔法（あるいは能力）であっても、できることとできないことがある、というのも想像しやすい。

例えば、次のような構造が考えられる。小さな怪我は治せる。腕や足を切断されても、その部位が残っていれば、くっつけて元に戻すことはできる。しかし、失われた四肢や完全に潰れた内臓などを元に戻すことはできない。まして、完全に死んでしまった生き物にもう一度生命を与えるのは不可能だ——という具合だ。

ここから派生して、死者を蘇らせることは可能だが、それは遺体がまだ新鮮で腐ったり白骨化したりしていない状態であることに限る、というのはどうだろうか。そこに復活可能な魔法使いの数が限られているという条件を加えると、死体をきちんと保存できるケースはかなり限られる、ということになる。冷凍魔法や物体の状態を固定する魔法などの使い手がいるか、復活魔法の使い手が近くにいる人でないと難しいだろう。

怪我は治せるが、病気は治せない（あるいはその逆）というのはどうだろう。例えば、人体の回復力を強化するようになって治癒するという原理であるため、病気の人にかけると病気の方も一緒に強化してしまって症状が大変なことになる、という理屈である。

魔法に問題あり

治療魔法の方に問題があってあまり普及しない、好まれないというケースも考えられる。

例えば「治癒魔法はたしかに効果があるが、めちゃくちゃ痛い」というのはどうだろう。これは比較的科学よりの考え方だが、傷を治すというのは細胞を分裂させ、新しい骨や肉や皮を作り上げ、元と同じ姿に戻す、ということであるはずだ。それは本来非常にゆっくり進行するものだが、あえて急速にやったらどうだろう。十代、背が伸びる時にだって成長痛というものがあるのだ。見る見るうちに傷がふさがるような高速の再生が痛みを伴わない方がおかしい。

あるいは「回復には何かしらの代償がある」というのも考えられる。ここでいう代償は先に触れた金銭の要求とは違う。例えば「人間が本来持っている再生力の前借りを行うので、ひどく疲労したり、寿命が短くなったりする」「魂の力を引き出したり、邪悪な力を使ったりする関係で、魂が衰弱したり汚染されたりする」などだ。このような代償があれば、回復魔法を使いたがらない人が一定数いたり、よほどのことがなければ使わなかったり、となっても説得力がある。

魔法使いに才能や素質が必要だったように、かけられる側にも「特別な性質が必要」というのはどうか。それこそ「ひどく痛いので痛みに耐えられる、使命感のある人」だけだったり、「蘇生できるのは特別な魂の持ち主や、神や精霊の寵愛を受けたものだけ」であったりするわけだ。

「そもそも回復が嫌がられる」というケースもあるだろう。「魔法は実在するけれど忌み嫌われている（それこそ魂が汚れるという事実あるいは偏見がある、など）」「死者復活は輪廻転生という当然のサイクルを乱す行為であり、普通の人は復活させられることを嫌がるため、魔法をかけても本人の魂に拒否され、成功しない」などはどうだろう。

死者と向き合う

死と向き合うこと

あれこれ手を尽くしたとしても、救えない生命はある。同じ集落の仲間が、友人が、あるいは主人公たち自身が死んでしまうこともあるだろう。その時は葬儀（葬式）を行い、亡骸を処理する必要がある。

死は本人にとってはもちろん、周囲の人々にとっても重大な事件であり、また衝撃である。すぐには実感できなかったり、茫然自失としてしまうこともあるかもしれない。葬儀は彼らが死に向き合い、受け入れ、日常へ向かうために必要な儀式なのだ。

ただ、葬儀が問題をはらむこともある。ここには実利的な問題と、精神的な問題の双方がある。

実利的な問題は、死骸を放置すると衛生的な障害が発生する、ということにつきる。死肉は時がたつと腐敗し、虫が湧く。悪臭も出てくるし、何よりも前述の通り病気の感染源になる。早めに適切な処理をする必要がある。

一方、精神的な問題とは何か。それぞれの時代と民族、文明が、自分たち独自の葬儀や亡骸の処理スタイルを持っている。陽気な宴で死者をあの世へ送り出すこともあれば、あくまで沈痛に行うこともある。それは彼ら自身の宗教や神話、文化や環境と深く結びついたものだ。結果、多くの文明・文化が「正しい死」とも言うべき概念を持つようになる。死に方や葬られ方に正しいあり方、望ましいあり方があって、そこから外れることを嫌うのだ。

例を挙げよう。インカ帝国皇帝アタワルパは処刑される直前、「火炙り以外の処刑法にすること」を条件に、キリスト教徒に改宗した。なぜなら、彼の信じるところによれば、本来死ねば転生できるところ、焼かれてしまうと不可能になるからだ。アタワルパにとって、死に方は大問題だったのである。

さらに、ファンタジックな現象が存在する世界では、

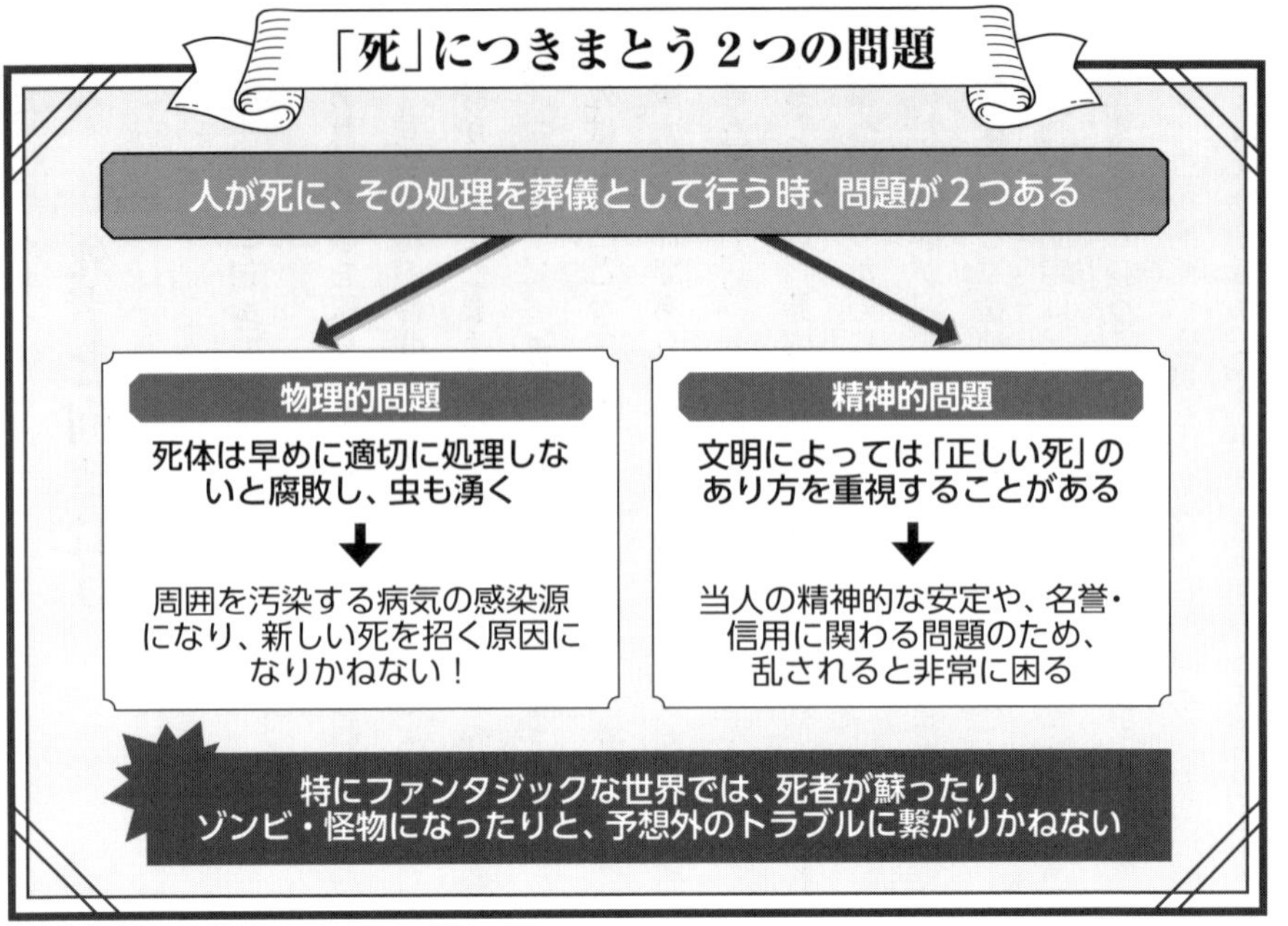
「死」につきまとう２つの問題
人が死に、その処理を葬儀として行う時、問題が２つある
物理的問題
死体は早めに適切に処理しないと腐敗し、虫も湧く
周囲を汚染する病気の感染源になり、新しい死を招く原因になりかねない！
精神的問題
文明によっては「正しい死」のあり方を重視することがある
当人の精神的な安定や、名誉・信用に関わる問題のため、乱されると非常に困る
特にファンタジックな世界では、死者が蘇ったり、ゾンビ・怪物になったりと、予想外のトラブルに繋がりかねない

正しい死を迎えられないことが個人の信条や納得を超えた大問題になる可能性がある。

わかりやすいのは「正しい葬儀で送られなかったり、きちんと埋葬されなかったりした死体がゾンビ的なモンスターとして動き出し、生者を襲う」パターンだろうか。そのエネルギー源は死者の無念かもしれないし、邪悪な悪魔がつけこむのかもしれない。そもそも世界の仕組みとしてそうなっている、ということもあるだろう。

あるいは、特別な才能や血筋を持つ人（あるいは怪物なども）が「正しくない」死に方をすることによって問題が起きるのかもしれない。強力な魔法使いが魔力を体内に残したまま死ぬと爆発したり、神の血を引く王家の人間がマイナスの感情を抱いたまま死ぬと怪物化して復活したりするわけだ。魔法使いが死ぬときには魔力を抜く特別な処置をしたり、王家の人間が穏やかに死ねるように配慮をする（どうしようもなければ復活して即殺せるように準備をする）必要がある。

正しい死に方（殺し方も含む）について一般常識化していたり、知識として広く知られていたら、さほど

の問題はない。死者の家族に聞けたり、あるいは同じ民族・文化に属する宗教者が近くにいれば、正しく葬送の儀式を行ってもらえばそれで良い。

しかし、ふらりとやってきた流れ者で、彼の文化について知るものがいなければどうしたらいいのか。とりあえず一般的なやり方で葬儀を行ったとして、その死体が怪物化したり、病気の感染源になったり、同じ民族の人間が後からやってきてその葬送法に文句をつけてきたら？　大変厄介なことになる。

あるいは、「正しい死」が死者ではなく環境が規定するものであった場合、事態はいよいよ難しい。開拓のためにやってきた見知らぬ土地で仲間が亡くなり、もともとの習慣に従って死者を葬ったとする。しかし、その土地にだけ存在する悪いエネルギーや怪物が作用して異変が起こり、開拓者たちがピンチになったら、どうしたらいいのか。

先住民がいて、友好的な関係を結べていたら、正しい埋葬法を学ぶこともできるかもしれない。しかし、そのやり方が開拓者たちからすると冒涜的な手法であったら、大人しく従うことができるだろうか？　あるいは、既に先住民たちと敵対的な関係になっていて聞き出すことができなかったり、本当に正しいやり方なのか信じられなくなっていたら？　物語の種として相応しい。

死者を送る

ここからは具体的に葬儀・葬送の形式を見ていこう。最も古典的な手法が「土葬」である。土に埋め、土に返すわけだ。

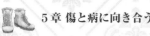

穴を掘って埋めることもあるし、土を被せて墓にする（いわゆる「土饅頭」）こともある。そのまま埋めるケースもあれば、棺に納めるケースもよく見られる。ただ、死体がやがて腐敗し、土に還ると地中に空洞が生まれ、陥没することもある。そこで、最初は仮の墓を建て、しかるのちにきちんとした墓を建て直す、ということもあるようだ。

キリスト教が長く土葬を一般的なものとし（近年は火葬が増えている）、イスラム教は今でも土葬を奨励しているので、私たちの世界でも非常に多い形式だ。農耕社会における「植物が枯れ、種を残す」イメージが重なっている部分も多いとされる。

私たちが暮らす現代日本では「火葬」が一般的になっている。亡骸を燃やし、骨だけにして、墓にはその骨や灰を納める。

炎は霊的にも衛生的にも亡骸を浄化してくれるし、頻繁に移動する人々は骨や灰だけを持ち運べばいいので便がいい。ただ、先に挙げたインカ帝国のように遺体がなくなることに霊的な意味を見出し嫌う文化がままあったのも事実である。

土葬と火葬以外にも、さまざまな死体処理の方法が存在する。亡骸を海や川に沈め、流れるままに任せたり、魚に食われるに任せる「水葬」。そのバリエーションとして、舟に乗せて流す（時に火をつけて流す）「舟葬」。死体を台の上や洞窟などにおいて風化するに任せる「風葬」や、鳥類に食べさせる「鳥葬」もある。エジプトなどでしばしば見られる死体のミイラ化による保存や、死者の肉体を食べることで呪術的に一体化したり霊力を取り込んだりしようとするのもその一種としていいだろう。

もちろん、葬儀自体も実に多種多様だ。基本的には宗教者が死者を清め、正しい死が遂げられるように祈りを捧げ、列席者に対して教えを説き、墓場へ納める。そこにそれぞれの宗教の手法があるわけだが、宗派によってやり方は細かく（あるいは大きく）違う。また、民間信仰や古い時代の宗教の手法が入り込んだりもしてくるわけだ。

死者はどこへ行くのか？

死者の「その後」についても見てみよう。

キリスト教は当初「死者は最後の審判まで待機したのち、善人は天国で復活し、悪人は地獄で苦しみ、無になる」としていたが、中世になって「炎によって魂を清める煉獄」という概念が生まれた。それまでは問答無用で地獄行きだった悪人が、教会のとりなしさえあれば煉獄を経由して天国へ行ける、と考えられるようになった（一方、善人もよほどのことがなければ直で天国には行けなくなった）。

仏教でも葬儀によって死者を冥土（あの世）の旅へ送り出すが、神道では江戸時代後期から明治くらいにかけて神葬祭と呼ばれる葬儀で死者を神の座へ送る、

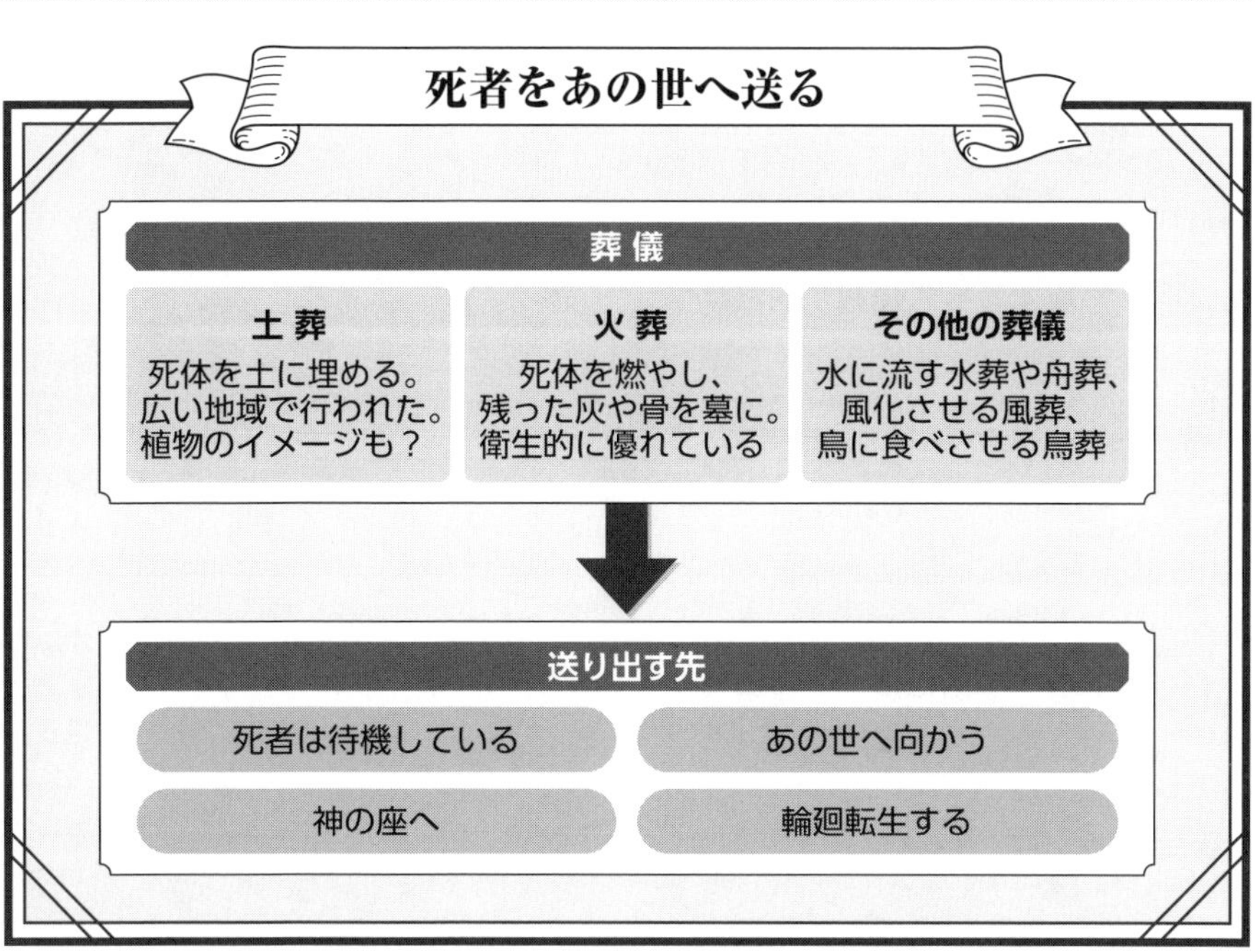
死者をあの世へ送る
葬儀
土葬
死体を土に埋める。
広い地域で行われた。
植物のイメージも？
火葬
死体を燃やし、
残った灰や骨を墓に。
衛生的に優れている
その他の葬儀
水に流す水葬や舟葬、
風化させる風葬、
鳥に食べさせる鳥葬
送り出す先
死者は待機している
あの世へ向かう
神の座へ
輪廻転生する

というロジックを用いるようになった。

あるいは、仏教など宗教によっては「輪廻転生」の概念が存在した。一度死んだ人間（生命）は魂だけになり、再び別の肉体を得てこの世に生まれ変わってくる、というものだ。

ちなみに、仏教では基本的にはこの転生は良いものとしては受け取られていない。生まれ変わる候補の六道（六つの世界）は人間の世界である人道を含めてすべてが苦しみ多い場所であり、一見して幸福に見える天道でさえも、その住人である天人が死ぬ前には恐ろしい苦痛が待っているのだ。この輪廻転生の繰り返しから脱する（解脱する）ことこそ、仏教の重大な目的である。

一方、キリスト教では死者はこの世の終わりの日の最後の審判を待っているとされるため、本来は輪廻転生の概念は持っていない。むしろそれだからこそ、キリスト教モチーフの世界に輪廻転生を組み込むのは面白い。多くの人間が罪を背負っているという世界において、彼らが転生するのであれば、それは何のためだろうか。

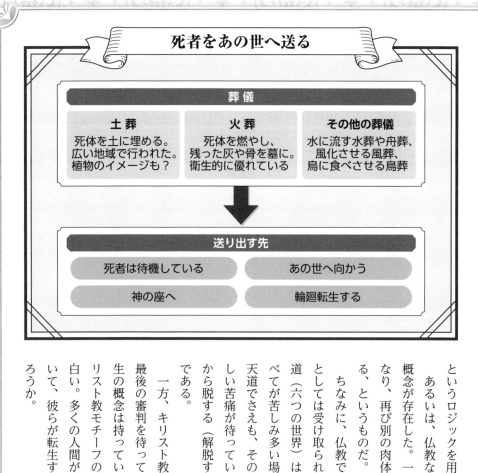

計画してみるチートシート（怪我・病気対策編）

警戒するべき怪我や病気は？

一般的な怪我や病気を警戒するのか、それとも感染症や戦傷に備えるのか

治療・予防に使える技術は？

現代医学の専門家でなくとも、治療や予防に使える技術はいろいろある

治療・予防に使える道具は？

伝統的な薬や、現代科学の産物、あるいは魔法のアイテムなど

死者はどう扱う？

地域の伝統的なやり方か、それとも新しいやり方を導入するのか

◆ 6章 ◆
娯楽・文化は
暮らしを豊かにする

開拓が始まって二年目のよく晴れた秋の日のことである。口火を切ったのは一真だった。

「祭りをやろう」

「一真が世迷い言を言っている……今日は雨かしら、空は晴れているようだけれど」

「いや、エレナ、ちゃんと話を聞こうよ。確かに一真らしくはないけど！」

——それから。結局三人でじっくり話し合った結果、本当に祭りはやることになった。

「開拓地の暮らしは楽じゃあない。だからこそ、息抜きは必要だ。それに、異世界からやってきた俺たちはともかく、もともとこの地に住む人々には祈る神がいて、その加護があるからこそ収穫があるんだと信じている人たちは多いはずだ。なのに、去年は集落として祭りがやれなかったから、皆がそれぞれ個別に祈りを捧げた、どう考えてもいいことではない。俺たちは集落のまとめ役として祭りを実行し、皆の心を安らげるべきだ」

ここまで理路整然と語られてしまうと、当初は備蓄量の不安や仕事の忙しさを主張して慎重論を唱えていた二人も、ぐうの音も出ず降参するしか無かったのである。

——祭りの準備はとんとん拍子で進んだ。この世界はもともと多神教で、祭りもごた混ぜにすることが多いということで、集落の祭りも混ぜこぜにすることにした。

祭りで祈りを捧げる相手は、主に集落の人々がもともと故郷で信仰していた神々だ。農業神を中心に、狩りの獲物を与えてくれるという森に住まう熊の神、商業や国家を守護する契約の神などが並ぶが、財宝の入った袋を背負った冒険者の神も混ざっている。もちろん、エレナの要求である。加えて、先住異種族アリヤナ人たちが崇める大きな鳥の姿をした神も一緒にしてしまうことにした。

祭りには近隣の人々も呼ぶことにして、酒や料理を振る舞い、狩りや運動の腕前を競う競技会もやる。最近集落に加わった元芸人だという住民は「伝説的冒険者・灼剣のエレナ」なる演目で芝居をやると言い出し、エレナは死ぬほど嫌がったが皆が面白がったのと芸人の情熱に押し切られる形で決行されることになった。このことをきっかけにエレナの過去もおおむね皆が知った。どうも王都で昔の仲間に裏切られたらしいが、誰もそのことをそれ以上掘り下げなかった。過去のことだろうと思ったのだ。

みんながやりたいものをやろう、とどんどんごた混ぜになっていく祭りの様子に、一真は楽しそうだった。曰く、「故郷を思い出すな。あそこはあちこちからの移民で作られた土地だから、文化もごた混ぜだった」ということらしい。彼が自分の過去を語るのはごく珍しかったので、達也は意外に思ったものだ。

そして、祭りを翌日に控えた夜になって。

「――ねえ、そろそろ本音で喋らない?」

ズバリ、とエレナが言ったので、服の繕い物をしていた一真の手が止まった。

「……うん、まあ、正直賛成。祭りで何かしたいんだろうけど、話してくれない?」

達也もおずおずと手をあげたので、一真が笑う。

「ステータス・ウィンドウを出したらどうだ。あれは相手の考えもある程度書いてあるのだろう」

「やんないよ、そんなこと。失礼だろどう考えても」

「――そうだな、お前が正しい。悪いことを言った」

一真が素直に頭を下げたので、達也は居心地悪そうに身じろぎした。エレナはずっと視線をずらさない。

苦笑しつつ一真が語るには、彼がこの世界へやってきたのは妹の仇を探してのことという。実は元の世界にも僅かながら魔法があり、一真の妹を死に追いやった人物はその力でこの世界へ逃げてきた。そして一真もまた魔法の力を借りてこの世界にやってきて、後ろ暗いものが逃げ込みそうな開拓地へ来た、というのである。

「向こうの世界で予言をもらってな。このシチュエーションで奴が現れるはずだが……」

仇討ち前夜という割にどこか気楽な様子の一真に、二人はそれ以上言えず。エレナの「仇討ちをするにしても周りを巻き込んじゃダメよ」という言葉に一真が頷いて、その夜は更けていった。

遊び

中世と遊び

遊びは余暇、つまり仕事や生活のための活動が必要ない時間を過ごすための暇つぶしという性質を強く持っている。特に農民に代表される、前近代世界において食料生産を担っていた人々は非常に忙しく、遊びに使える時間は少なかったと考えられる。

実際、古代ヨーロッパにおいて、遊びとは神のものであった。中世になって生活に余裕のある上位階層は遊びを楽しむようになったものの、庶民にとって相変わらず遊びは無縁だった、とされる。さまざまな遊びが庶民にも広まったのは近世以降のことである。

とはいえ、庶民と遊び的なものが完全に切り離されていたわけでもないだろう。寒い地域における冬のように食料生産が全くできない時期もあったろうし、外に出られない夜のひとときに、ふと時間を持て余すこともあったはずだ。

また、ヨーロッパでは「俗」というべき食料生産や生活のための時間と対比し、「聖」すなわち宗教のための時間があると考えられた。この「聖」の中には祭りや歌、演劇のような、遊びと分けがたいものが少なからず入っていただろう。

なによりも、遊びは生活の質を向上させるために欠かせないものだ。日常の中に見出す楽しみとして、遊びは非常にわかりやすい。遊びによって日々ストレスが解消できていれば、「仕事は辛いけれども遊びが待っているから頑張ろう!」ともなる。

余暇の少なさについても、主人公たちが持ち込んだ技術や知識、物品によって生活に余裕が出て、遊びを持ち込める隙間が生まれた……とすれば、違和感も小さく済む。

では、具体的にはどんな遊びがその世界にあり、あるいは持ち込めるだろうか。「遊び」の概念はその気になればいくらでも拡張できるが、ここではボード

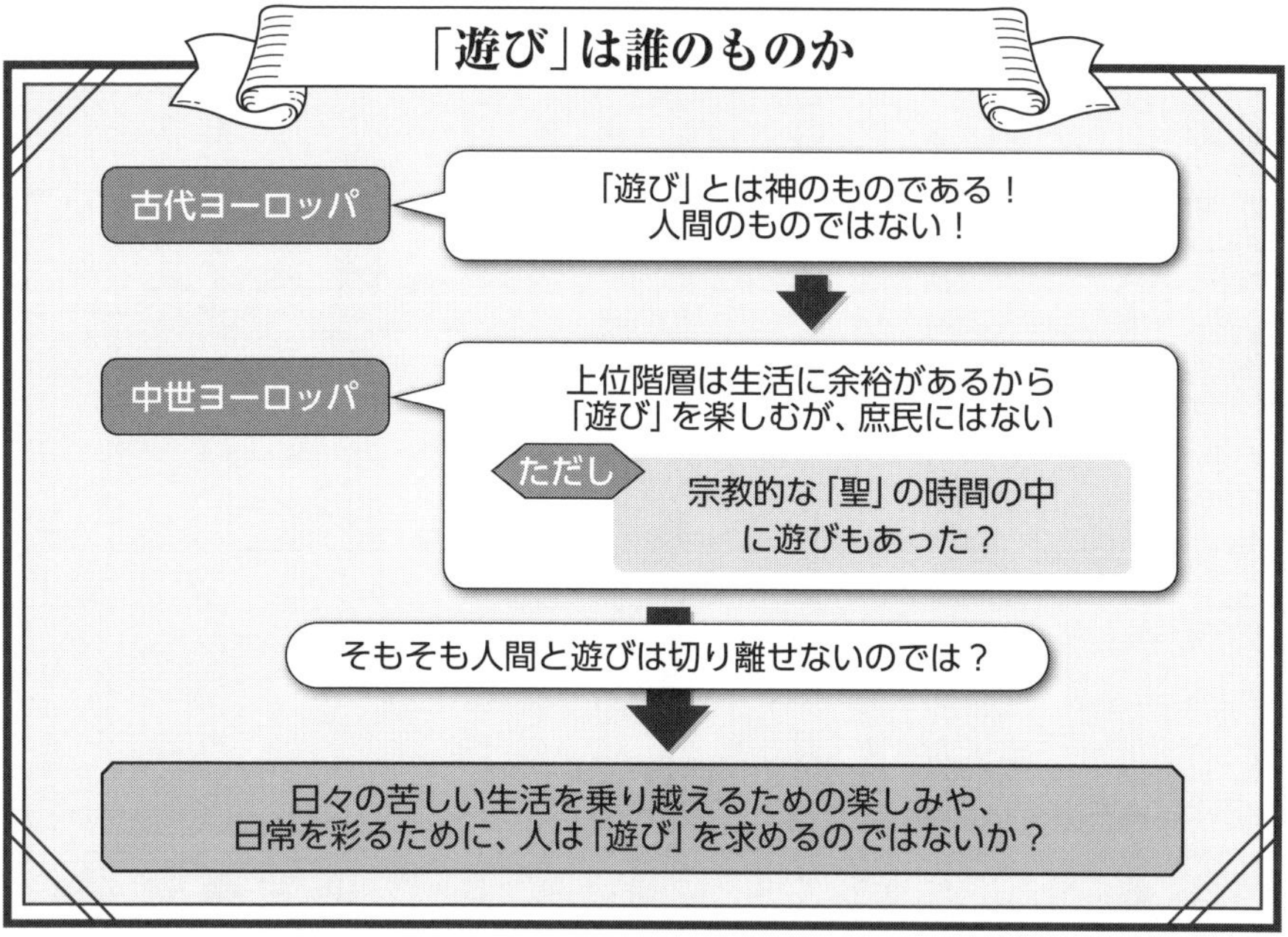
「遊び」は誰のものか
古代ヨーロッパ
「遊び」とは神のものである！
人間のものではない！
中世ヨーロッパ
上位階層は生活に余裕があるから
「遊び」を楽しむが、庶民にはない
ただし
宗教的な「聖」の時間の中
に遊びもあった？
そもそも人間と遊びは切り離せないのでは？
日々の苦しい生活を乗り越えるための楽しみや、
日常を彩るために、人は「遊び」を求めるのではないか？

ゲーム、カードゲーム、そして子どもの遊びに限定して紹介させてほしい。

ボードゲームあれこれ

コンピューター類を用いたデジタルゲームの普及前の時代、「ゲーム」といえば、ボードゲームかカードゲームが代表格だった。

ボードゲームはかなり古い時代には存在していた。古代エジプトや古代バビロニアの遺跡から、ボード上を駒が移動して競争するタイプのゲームであろうと推測できる遺物が見つかっている。

このタイプのゲームの子孫として私たちの時代にも残っているのが「双六」だ。といっても、一般にイメージされる、絵や地図が描かれたゲームボードの上を、コマがサイコロの出目に基づいて動き、最終的に上がり（ゴール）を目指すのは「絵双六」と呼ばれ、江戸時代頃に誕生したとされる比較的新しいものだ。より古典的な「盤双六」は三角形が組み合わさった形のボード上で十五個のコマを動かし、先に端から端へたどり着けたほうが勝ち、とするゲームだ。古代インドをルーツにし、実はほぼ同じ形でヨーロッパにも持ち込まれて、そちらでは「バックギャモン」という名がついている。

一方、競争するタイプのゲーム以上に知的趣味、頭脳戦という色合いが強いのが、将棋とチェスに代表される、チャトランガ発祥ゲームとも呼ぶべきゲーム群だ。

このタイプのゲームは世界中にいくつか存在しており、すべて古代インドのチャトランガをルーツにすると考えられている。このチャトランガが中国へ渡って象棋（シャンチー）になり、更に日本へ持ち込まれて将棋になった。

これらは基本的に一対一で行うもので、盤上がいくつかのマスに区切られている。その上を特定の動きだけできる駒が移動する。各プレイヤーは自分の手番に一つの駒を動かし、相手の王（キング）を詰ませることを目指す。

以上のような基本的ルールは概ね共通だが、駒の種類や数、動き方、また特殊ルールに個性がある。例えば、将棋は取った敵方の駒を使用することができるが、チェスを含めた他の同種ゲームはできない、などだ。

さて、将棋と同じように現代日本で親しまれている古典的ボードゲームに、囲碁がある。こちらはチャトランガとは関係がない。古代中国で生まれ、孔子の時代には広く知られていたことはわかっているが、ルーツは占とも、天文とも、計算道具とも言ってはっきりしない。

やはり一対一で行うゲームで、盤上に刻まれた線が結ぶ点の上に、先手のプレイヤーは黒石を、後手のプレイヤーは白石をそれぞれ置いて陣地（地）を作っていく。最終的に自分の陣地を大きくした方の勝ちだが、自分の石で相手の石を囲むと取ることができるため、攻撃的な要素もある。

以上のような既存のゲームそのもの、あるいは同名でほぼ同じゲームが異世界にあったり、現実に持ち込んでもいい。ゲームは単純に楽しい娯楽として広めることもできるし、賭博の手段にもなる。それぞれのゲームには長年かけて見出されてきた戦術・作戦があり、主人公が先に知っていれば自在に勝利して金儲けをすることもできるだろう。加えて、チャトランガ発

ボードゲーム

**現代でも人気のボードゲームだが、
中世的世界にありそうなゲームは大きく分けて3種類**

双六タイプのゲーム

サイコロを振り、ボードの上の駒を動かすゲーム
↳ 絵双六　盤双六（バックギャモン）

チャトランガ発祥のゲーム（将棋やチェスなど）

古代インドの「チャトランガ」から全世界へ広がったとされる
⇒一般に1対1で、ランダム要素なしで駒を動かし合うゲーム

囲碁

将棋と並んで日本や中国などアジアで好まれた
⇒互いの石を置き合う陣取りゲーム。ランダム性なし

祥ゲームや囲碁は模擬戦としての効果もあり、「この駒をこっちに動かしたらあいてがこう動くだろうから……」と、先読みや論理的思考を鍛えることもできる。

既存ゲームを手本にし、その世界で独自の、あるいは主人公が目的に合わせて発想する新しいゲームを作ることもできる。今私たちが知っている伝統的なゲームは多くが長年の歴史の中で非常にシンプルになっているが、試行錯誤の過程ではより複雑だったり、大規模だったり、あるいはチャトランガ発祥ゲームなのに複数人・ランダム要素ありのものまであった。

例えば、日本の将棋では現在一般的に遊ばれているもの（駒数四十枚）以外にも、いくつかのバージョンがあったようだ。遊ばれた記録が残っている最大のものとして大象棋（駒数百三十枚）が、そしておそらく遊ばれたことはないが概念だけ存在するものとして泰象棋（駒数三百五十四枚）があった。

このような莫大な駒数のゲーム、あるいは盤が複数あったり、より細かなパラメーターがあったりするゲームは、おそらく人間の頭脳ではついていけないだろう。しかし、例えば神のような存在であったなら？

いろいろ考えることができそうだ。

もちろん、ここに紹介したような伝統的ボードゲーム以外にも、現代にはさまざまなボードゲームが存在している。それらを手本にしても良い。

カードゲーム（トランプ）

一方、カードゲームは古典的なボードゲームよりもずっと時代が新しい。

私たちが「トランプ」として知るカードは、正しくはプレイング・カードゲームと呼ぶ。日本に持ち込まれた際に切り札を示す「トランプ」が誤解されてこの様に呼ばれるようになったものだ。ダイヤ・ハート・クラブ・スペードの四スート各十三枚にジョーカーを一枚あるいは二枚加えるのが基本形。

トランプのルーツは中国とも、インドとも、エジプトともいうが、とにかく原型が東洋で生まれ、十一世紀から十三世紀あたりにヨーロッパへ持ち込まれたのは間違いない。持ち込まれた時期の形はいわゆる「タロットカード」で、主に占いに用いられたようだ。大アルカナ二十二枚と、ソード・クラブ・カップ・コイン四つのスートの小アルカナ五十六枚で構成されていた。

このタロットカードから大アルカナを落とした五十六枚セットが、十四世紀末から十五世紀初頭にかけてフランスで作られた。一スート十三枚になったのはもう少しあとだし、スートの名前も次第に変化したものではあるが、ギリギリ中世的世界にトランプ（的なもの）が存在してもおかしくはないということになる。

ただ、印刷技術が発展する十五世紀までのカードは手書きの高級品なので、場末の酒場でゴロツキがトランプゲームに興じているよりは、貴族や大商人たちが社交の一環としてサロンでゲームをしている方が似合うかもしれない。もちろん、大航海時代やアメリカの開拓時代をイメージし、あえて庶民がトランプを遊んでいるさまを（少々の整合性は無視して）描写するのもいいだろう。

トランプを用いたカードゲームは実に多種多様だ。ポーカー（手札で役を作り、その強さで勝負する）やブラック・ジャック（引いたカードで二十一を目指

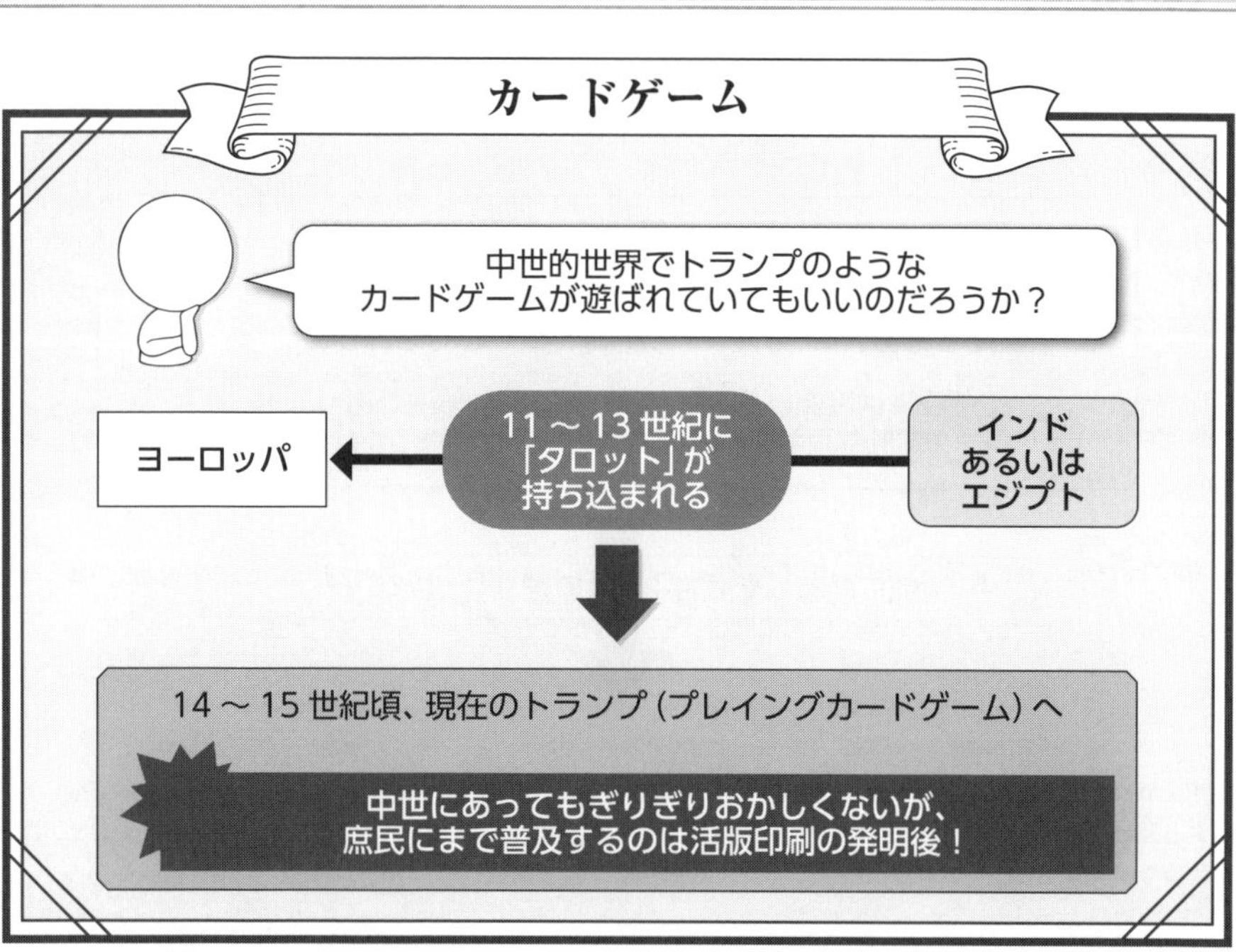
カードゲーム
中世的世界でトランプのような
カードゲームが遊ばれていてもいいのだろうか？
インド
あるいは
エジプト
11 ～ 13 世紀に
「タロット」が
持ち込まれる
ヨーロッパ
14 ～ 15 世紀頃、現在のトランプ（プレイングカードゲーム）へ
中世にあってもぎりぎりおかしくないが、
庶民にまで普及するのは活版印刷の発明後！

す）などの他、さまざまなゲームが存在する。それらをモデルにオリジナルのゲームを作ってしまっても面白いだろう。そして、これらのゲームは当然のように賭博の題材になった。カードゲームを普及させるにしても、賭博についてはある程度規制しないと治安の悪化につながるかもしれない。

子供の遊び

庶民は遊びに縁が無いと書いたが、実はある程度の時間を遊びに費やして許される人々がいた。子供だ。

といっても、食料生産に奔走される前近代世界において、子供も労働と無縁だったわけではない。小さい身体でできる仕事など、働ける範囲では働かされたし、また彼らの遊びには労働の準備、大人になる準備という側面も強かった。

すなわち、狩猟民族の子どもたちは幼くして小さな弓矢を作って狩りの技術を身に着け、また野山を駆け回って身体能力を養う、という具合だ。現代の子どもたちが遊びを通して言葉や計算、集団行動などについても学んでいるのと同じことだ。

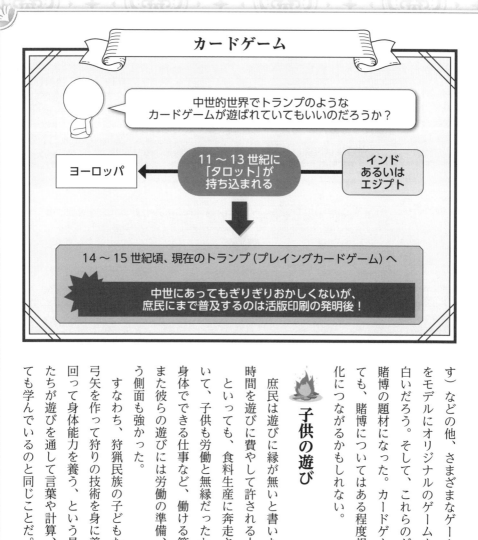

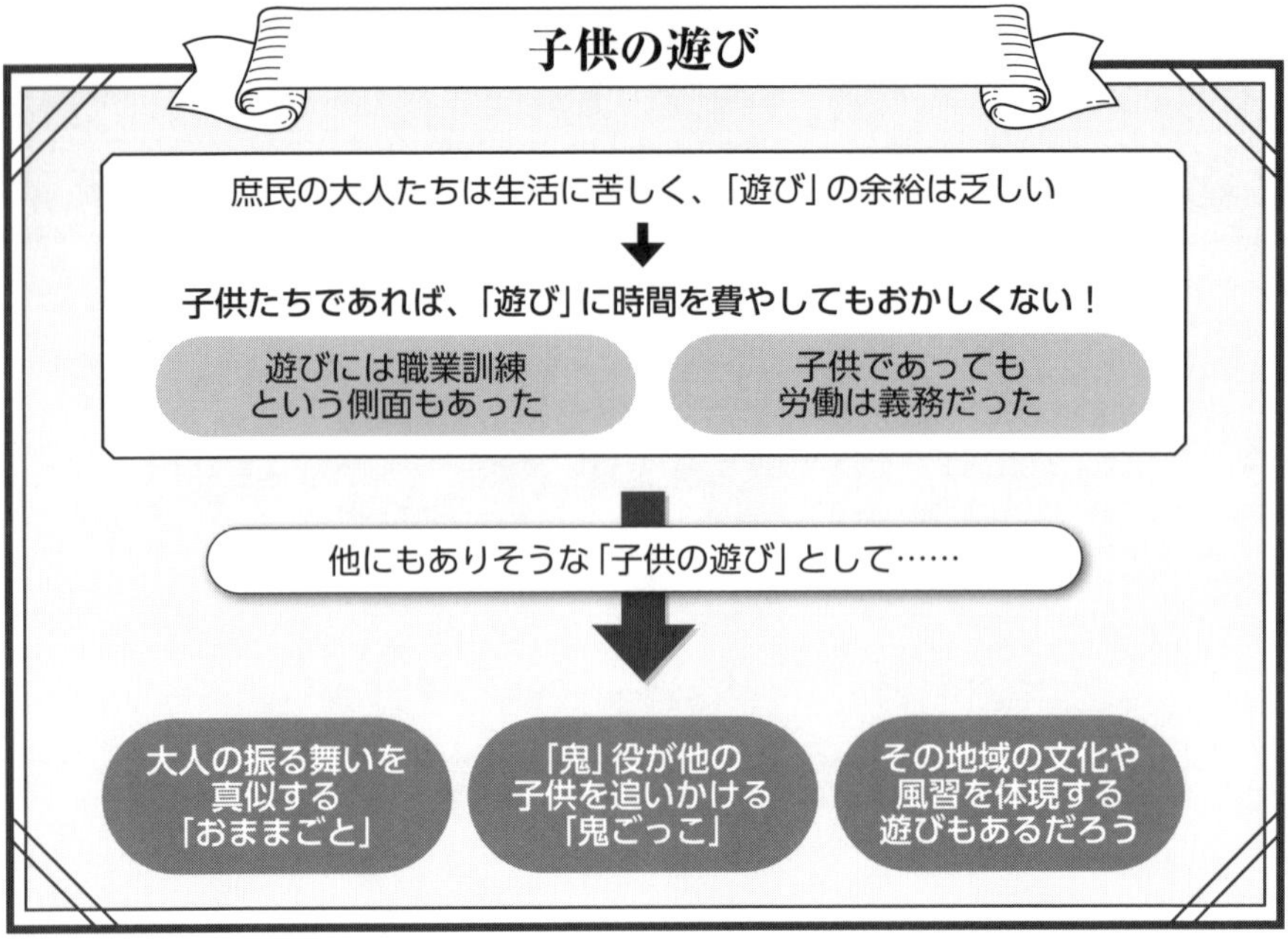

もし、主人公たちが集落の住民たちに何かしら新しい仕事のあり方、習慣などを植え付けたい時、このような子供たちの遊びに注目する手もある。まず遊びとして子供たちに行わせることで、将来的に新しい習慣にも簡単に適応できるわけだ。長期的計画にはなるが、考慮して損はない。

　どの地域でも似たように発生する遊びもある。大人たちの振る舞いを真似するごっこ遊び（現代的な「おままごと」もその一種であろう）に加え、いわゆる「鬼ごっこ」的な遊びもそうだ。特に、「鬼」役が他の子を追いかける一方、「親」役は自分の後ろへ一列についてくる「子」役を両手でかばいながら走るという遊びは、キツネとガチョウ（ヨーロッパ）、オオカミと子ヒツジ（イラン）、タカとニワトリ（中国）などと呼ばれて広く世界中にあった。

　このような子供たちの遊びを通して、その世界や地域での大人のあり方、あるいは子供たちが憧れているものを描くこともできるだろう。例えば、神話的な英雄の物語が広まっていれば、その英雄の「ごっこ遊び」が普及しているはずだからだ。

美食

近年のエンタメには食事・料理をテーマにしたものが目立つ。もともと料理勝負や料理店を題材にしたグルメものは一つのジャンルとして確立していたが、それだけでなく「若者の青春や大人の日常、あるいは非日常的な冒険に食事や料理を主軸として加えたもの」が数多く見られるようになったのだ。

その背景には何があるのか。まず、単純に食べることに興味を持っている人が多いというのが一つ。加えて、生活を掘り下げて物語にするにあたって、「食べる」「料理する」は人間の生死に直結しているため、ドラマチックな演出に繋がりやすいということが考えられる。このことを前提に、ファンタジー世界の「食」について考えてみてほしい。

「美味しい」と簡単に言うけれど

美食——美味しいものを食べることほど、生活の質を改善し、人生に楽しみを見出せるものはそうそうないのではないか。

なにしろ、人間は必ずものを食べる生き物なのだ。この避けられない行事をただ義務として行うのではなく、楽しく待ち遠しいものにできれば、きっと人生は美しく、そしてワクワクしたものになる。

ただ、この「美味しい」という感覚について考える時には、気をつけなければいけないことがある。それは、私たち人間が「これ、美味しい！」と感じる感覚は味覚の絶対評価で決まっているわけではない、ということだ。

もちろん、良い味、悪い味というものはある程度ある。しかし、それ以上に見た目や匂い、食感で美味しさを感じるということもある。「これは高い料理だ」「特別な料理だ」「だから美味しいんだ」という具合に、情報が味を左右することもある。そして何よりも、人は慣れ親しんだ味をこそ一番美味しい、安心する、と感じるものだ。

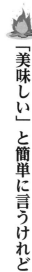

逆に言えば、普段食べている味とあまりにもかけ離れていると、美味しい美味しくないの前に拒絶反応が出て味わえない、という可能性が高いのである。

史実の中世ヨーロッパでは、庶民は基本的な調味料である塩さえも簡単に手に入るものではなく、薄味で具も多くないスープが料理のメインになっていた。そのような食事をしている人々にとって、例えば現代日本で私たちが普段食べているようなものは味が濃すぎ、美味しいとは感じられない可能性があるのだ。

物語をリアルに寄せるのであればこのような事情にも気を配るべきだが、テーマとして美味しい食事に着目したいのであればあえて無視をしてもいいポイントではある。

食材を適切に処理する

食事を美味しくする方法の第一は、食材を適切に取り扱うことだ。それぞれの食材を狩り、釣り、捕らえ、拾い、引き抜いて収穫し、そして食べられるように加工し、料理する。そのためには適切な手段やタイミングというものがある。

動物の肉を美味しく食べるにあたっては、血抜きが欠かせない。基本的には頸動脈の部分を切り、血を流させる。鳥や小動物なら吊るして血を出す。旅の途中ならともかく、住居の近くで獲物を狩ったなら、すぐに肉にして食べるのではなく一晩吊るすと良い。熟成されて更に美味しくなる。

一章では生き残るための食事という観点だったから血抜きも熟成も重視しなかったが、美味しく食べるためにはぜひ意識したいポイントだ。

血抜きだけでなく、「食材の丁寧な処理」は、生きるための必要最低限の食事に慣れてきた異世界の庶民たちに、新鮮な驚きを与えてくれるかもしれない。例えば魚の鱗を丁寧に取るとか、野菜の根をすべて落とすとか、皮を残さず剥くとか、動物や魚をさばく時に内蔵を傷つけて匂いや汚れがつかないようにするとか、そのようなことである。

そもそも動物の肉を生で、あるいは生焼け・半生で食べるのも避けたほうがいいだろう。動物の肉の中にはさまざまな寄生虫や病原菌が巣食っていると考えられるからだ――前近代的世界で生きる人々はそもそも

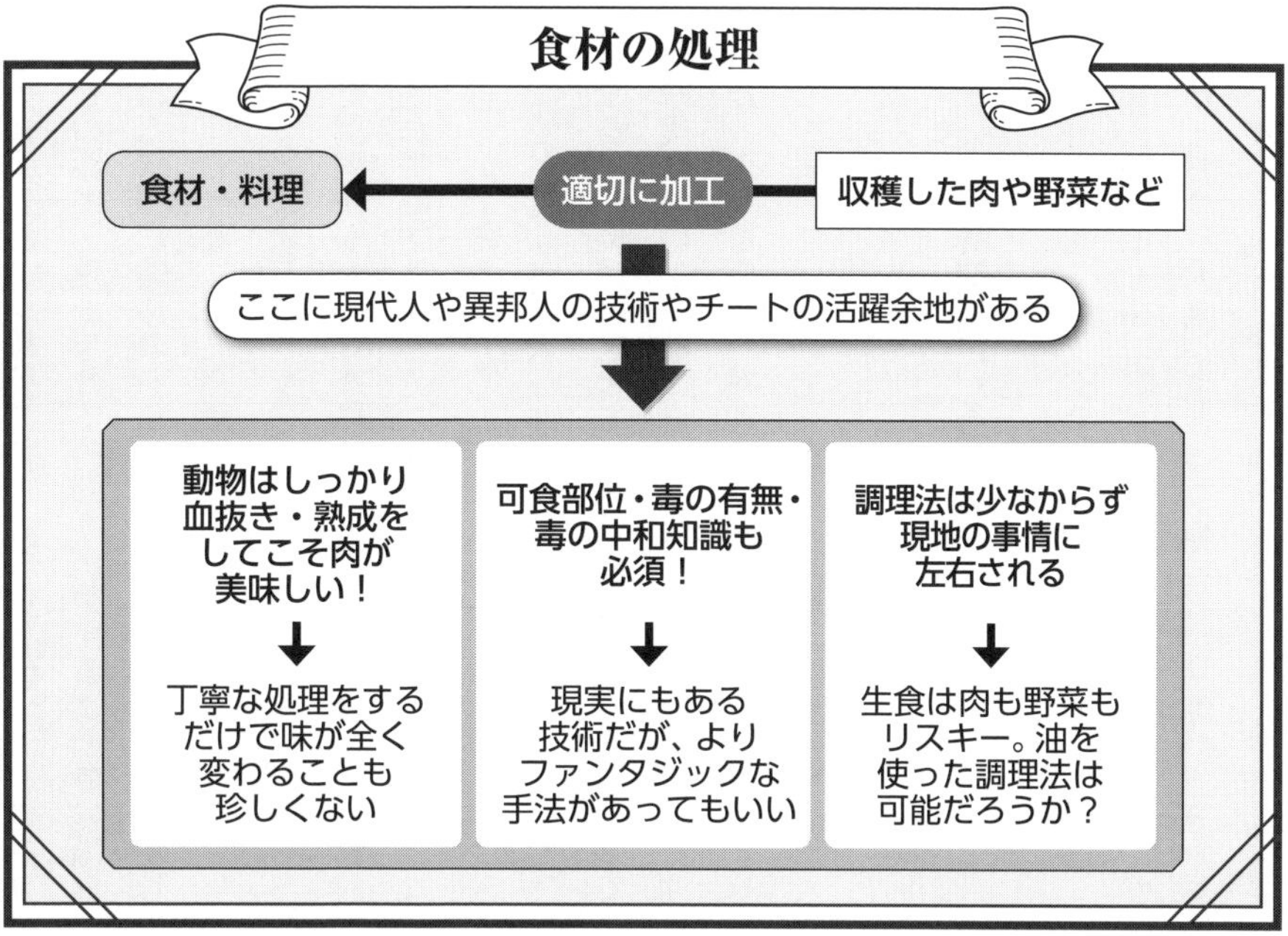
食材の処理
食材・料理
適切に加工
収穫した肉や野菜など
ここに現代人や異邦人の技術やチートの活躍余地がある
動物はしっかり血抜き・熟成をしてこそ肉が美味しい！
丁寧な処理をするだけで味が全く変わることも珍しくない
可食部位・毒の有無・毒の中和知識も必須！
現実にもある技術だが、よりファンタジックな手法があってもいい
調理法は少なからず現地の事情に左右される
生食は肉も野菜もリスキー。油を使った調理法は可能だろうか？

体内に多数の寄生虫を飼っている可能性が高いものの、現代人は真似をしないほうがいい。

アクや毒を抜き、あるいは取り除かなければ食べられない食材も多数存在する。一章で見た、どんぐりなど木の実類を灰汁で煮てアク抜きするのはその典型例だ。

日本人が珍重するフグ類が身体のあちこちに毒を蓄えているのは承知のとおりだ。これを調理するためには、どの種類のフグが身体のどこに毒を持っているのかを承知しておかねばならず、また捌く際に毒の部分が混ざらないように細心の注意がいる。

また、金沢の伝統的な食材加工法として卵巣の糠漬けがあり、これは三年にわたって塩漬け・ぬか漬けにすることで、最も毒性が強いとされる卵巣が食べられるようにするというものだが、「毒は確かに抜けているがどうしてそうなるのかわからない」とされている。ある意味でファンタジックな食材と言えよう。

調理法はどうだろう。

まず「焼く」は人類が手に入れた一番最初の調理法だ。それだけシンプルだが、料理の腕が良ければ結果

は大きく変わる。凄腕の料理人なら、火の大きさや食材との距離、熱を与える時間を調整することで、噛みしめるほどに肉汁のあふれるステーキや、みずみずしくふっくらとした焼き魚を作り出すものだ。

「煮る」はもしかしたらそれ以上に人類に影響を与えた調理法かもしれない。たっぷりの水分の中に具材を入れて熱することで、具材の味・栄養を余すことなく取り入れられるからだ。

「炒める」「揚げる」はどちらも油を使う調理法だ。多くとなると、庶民にとっては縁遠い可能性がある。それだけに油の時代において、油は貴重品だからだ。それだけに油をたっぷりと使った料理は、油由来の甘み・こってり感も相まって、初めて食べる人を魅了するかもしれない。

調味料のいろいろ

食事を楽しむためには、調味料も欠かせない。

最も基本的な調味料は塩であろう。これは一章で触れたとおり、人間が生きるために欠かせない成分である一方、美味を感じるための要素としても非常に重要だ。塩気の薄い料理は、多くの人にとって味気ない食事に感じられる。しかし、塩気が強すぎれば全く食べられない。

しょっぱい味……ということになると、日本人としては、醤油や味噌がほしいところだ。どちらも、大豆を原料に発酵によって作り上げる調味料である。平たく言えば、「茹でた大豆に塩と米麹（コウジカビが生えた米）を加え、樽の中に入れて重しを乗せ、熟成・発酵させたもの」が味噌であり、このときに出てくる水分こそが醤油（の原型）である。

大豆は中世ヨーロッパには存在しなかったので、味噌・醤油もない、ということになる。もちろん、あなたの世界のどこかには大豆がある、としてもよい。しかし、中世ヨーロッパに準拠しながら味噌・醤油「的なもの」を登場させることも可能だ。

魚を塩漬けにし、発酵させると、やがて自己消化——つまり、魚の肉が自らの中にあった酵素の力で溶け、どろっとした液体になる。これそのもの、あるいは濾した液体を「魚醤《ぎょしょう》」と呼び、世界各地に存在する。タイのナンプラー、ベトナムのニョクマムが有名だが、

調味料

調味料による味のバリエーションは、豊かな食には欠かせない！

塩としょっぱい調味料

塩	醤油・味噌
生存にも美味にもバランスが大事	どちらも普通は大豆由来の調味料だが、魚醤や肉醤など別の原料でも作れる

酢

酒の発酵が進めば酢になる

↓

殺菌したり、食欲を増したり、ストレスを緩和したりと便利

スパイスとハーブ

爽やかな香り、刺激的な味、舌を刺す辛さなどをもたらす

↓

美食には必須で、ものによっては金より高い、とも

日本にもいしるやしょっつるがあり、それどころか古代のヨーロッパにさえあった。古代ローマ帝国ではガルムと呼ばれる魚醤があったので、古代ローマ的文化を持つ異世界では醤油が好まれるに違いない。

酸味、酸っぱい味の調味料は難しくない。なぜなら、酢を作るのは簡単だからだ。極端な話、酒を放置すれば「悪くなって」酢（醸造酢）になる。科学的には、空気に触れた酒の中で酢酸発酵が行われ、酢へ変化する、ということになる。

だから、各時代・地域ごとに主流となっている酒に対応した酢が一般的に用いられる。ヨーロッパならワインから作ったワインビネガー、日本なら日本酒が原料の米酢といった具合だ。一方、これとは別に果実の酸味を利用したものもあり、果実酢と呼ばれる。

酢の殺菌力は保存食を作ったり、あるいは生魚のような生鮮食品を美味しく食べるのに向いている。また、食欲増進・分泌力増大・ストレス緩和と健康面での効果が高いことにも注目するべきだろう。

味にバリエーションを持たせるために古くから使われてきたのがスパイス（香辛料）であり、ハーブ（香

草）だ。

どちらもそれぞれ独特の風味や香り、味、薬用効果を持つ植物の総称だが、この二つを厳密に分けるのは難しい。私たちの歴史では香辛料、中でもコショウがヨーロッパにおいて珍重され（他の香辛料の十倍の価値があった！）、大航海時代はこれを求めるがために開かれたのだといっても過言ではないだろう。

美食を求めるにあたって、スパイス・ハーブには四つの基本的作用を持つとされる。すなわち、肉や魚がどうしても持つ生臭さ、良くない匂いを消す「矯臭作用」。逆に良い匂いを付け足し、食欲を増す「賦香作用」。辛さや苦さで食欲を引き出す「辛味作用」。そして目を楽しませる「着色作用」だ。

また、スパイスやハーブは単体で使われることもあったが、複数種類を組み合わせ、複雑な味や香りを出すことも多い。私たちが愛するカレーなどはまさにその典型例であろう。

憧れの甘味——砂糖

しょっぱい・酸っぱい・辛いと来たら次は甘いが来るのが自然だ。ところが、中世的世界で甘味を求めるのは簡単ではない。

現代社会において、砂糖の主な原料の一つはサトウキビだ。しかし、これは基本的に熱帯や亜熱帯の植物であり、中世ヨーロッパや中国、日本など、温帯に位置する地域では育てるのが難しい。

結果、いわゆる砂糖は遠隔地から輸入されてくる高級品になる。長い間薬として用いられ、薬店で扱われていたくらいで、とてもではないが庶民の口に入る代物ではない。

では、中世的世界に現れた主人公たちが日常的に甘みを楽しむのは不可能なのだろうか？　実はそうでもない。

まず、先に砂糖製造の可能性から見てみよう。実は、サトウキビと違って温帯でも栽培可能で、かつ砂糖の材料になる植物がある。甜菜（サトウダイコン）だ。もともとはヨーロッパ原産で、ビートといって家畜の飼料などに使われてきた。その根っこに蓄えられた糖分から砂糖が精製できると発見されたのは、十八世紀になってからのことだ。

だから、あなたの中世ヨーロッパ風世界にも、家畜飼料として栽培されているビートあるいは甜菜が存在する可能性は十分にある（品種改良前なので含有する糖分は低いかもしれないが）。主人公たちがこれに注目すれば、大金持ちになれるかもしれない――繰り返すが、砂糖は基本的に希少で、高価で、人気があるからだ。

具体的に甜菜を用いた砂糖の作り方を紹介しよう。まず甜菜の根を刻んで温かい水につけ、糖分を染み出させる。これを煮詰めて濃くし、濾過して不純物を取り除く。あとは冷やせばとりあえず結晶化し、砂糖になる。ただこれは精製度合いが低く粗い黒砂糖で、現代人が口にするような白い砂糖にするためには遠心分離をする必要がある（この点はサトウキビから作る砂糖も同じ）。

砂糖以外の甘味

では、砂糖以外の甘味はどうだろう。

まず、果物がある。リンゴ、ミカン、ブドウ、ナシ……気象や地形に合わせて、さまざまな果物が自生しているだろう。近世レベルになれば、商品作物として多様な果物が栽培されていてもおかしくない。砂漠地帯などではしばしばスイカが水分補給のために利用されたりもする。

果物の甘みとは別の甘みは見つからないだろうか。もちろん、見つかる。

日本では古代から「アマヅラ（あまつら、あまつる、甘蔓）」と呼ぶ甘味料があって、清少納言の『枕草子』でも、このアマヅラを削った氷にかけたものをあてなるもの＝上品で雅やかなもの、として紹介する。これはブドウ科の植物のツタを切って、そこから滴り落ちる液体を煮詰めたものだ。

花の蜜も古くから甘味として愛されたが、人間の手で大量に集めるのは難しい。そこで、蜂が利用される。蜂の巣を探し、あるいは人工的に蜂を飼って、彼らが巣に溜めた蜜をいただくのである。野生の蜂の巣からの蜜採取は遡ること一万年前にはすでに行われていたが、何しろ殺虫剤のない時代だからさぞ危険だったはずだ。手法としては、火を炊き、煙を出して燻す手が使われた。

甘みの追求

「甘さ」は味の中でもかなり人気があるもの

中世ヨーロッパ的世界では入手は簡単ではない

↓

手段①：砂糖を手に入れる

- 砂糖の原料といえばサトウキビ ⇒ヨーロッパでは栽培は困難
- 甜菜なら栽培は可能 ⇒適切な方法で砂糖が作れる

手段②：砂糖以外で甘味を求める

- 果物は季節次第だが手軽
- 花の蜜を蜂蜜として入手
- 実は密を蓄える蟻なども
- 甘い樹液をもたらす木も

蜜は蜂が採取して貯蔵する過程で蜂由来の成分が加わり、また水分が減って、腐らなくなる。元になった花の種類によって風味が変わるのも特徴と言える。

巣から蜜を取り出すにあたって、昔は巣を絞っていたが、十九世紀になって遠心分離機（高速回転によって成分を分離させる機械）が用いられるようになった。私たちにとっておなじみの、箱の中に板を貼り、そこに巣を作らせる形も同じ頃の発明であり、中世的世界には普通存在しない。自然の形で巣を作らせ、それを採取していると考えられる。

ちなみに、蟻の中にも蜜を蓄える種類が存在する。私たちの世界ではアメリカやオーストラリアにいて、蜜を蓄えたアリは腹が膨れ上がって琥珀色になる。現地民はこれを捕まえ、腹の部分を甘味として食べる。

ある種の樹木を傷つけると染み出してくる樹液の中にも、非常に甘いものがある。有名なのはサトウカエデで、この樹液を煮詰めるとメープル・シロップになる。冬の寒い時期なら、これら甘い樹液の木に傷をつけてしばらく放置すれば、垂れて凍り、天然のアイスキャンディーになる。

以上、さまざまな甘味が中世的世界でも探しうる。

しかし、これらは現代人の舌には物足りないかもしれない。例えば果物で言えば、私たちが慣れ親しんでいる糖度の高い果物、あるいは種が少なかったりなかったりする果物は、長期にわたる品種改良の結果として生まれたものなのだ。自生している果物はさほど甘くなかったり、ひどく酸っぱい・苦いものであったり、種が多かったり可食部分が少なかったりすることが多い（もちろん、そのような自然の味の方を好む人もいれば、野生種のままで十分甘い果物もあるだろうが）。

逆に言えば、比較的穏やかな甘みに慣れた異世界人の舌にとって、砂糖の甘味は非常に強烈なインパクトをもたらす可能性がある。

酒は人類の友!?

美味しい食事体験には、美味い酒が欠かせない——そう考える人も多いのではないか。アルコールの力で飲む人を心地よい気分に浸らせる酒は、はるかな古代から人類にとって友であり続けた。美味い酒、酔える酒をもたらすことができれば、かなりの割合の人々を楽しませることができるだろう。

最も基本的な酒は原料をアルコール発酵させることでできる。これを「醸造酒」という。ブドウから造るワイン、麦から作るビール（エール）、米から作る日本酒などがこの部類に入る。変わったところでは蜂蜜から作るミードや、動物の乳から作る乳酒などもある。

糖分を含んだ原料——果物や蜂蜜、動物の乳など——に酵母菌を加えて適切な温度を与えさえすれば、菌がその糖分をアルコールと炭酸ガスに変えてくれるため、簡単に酒になるのだ。

特に果実は、しばしば天然の酵母（ブドウ表面の白い粉など）がついている関係で、地に落ちたり木の洞に溜まったりして腐る過程で自然に発酵し、酒になることさえある。なお、中世的世界で普通に酒を作る際には、前年に作った酒の絞り粕を酵母として用いる。

ちなみに誤解されがちだが、果実から作った酒や甘い蜂蜜から作った酒は、基本的には甘くない。糖分はすっかりアルコールへ分解されているからだ。達也のような若い現代人ならこのあたりに驚いても面白いかもしれない（誤解していてびっくり、という演出には読者の共感が得られそうだ)。

一方、穀物などデンプン質を含んだ原料を酒にする場合は、何かしらの方法でデンプン質を分解し、糖分に変える必要がある。一つは、種子に含まれた酵素の力を使う方法で、ビールは麦芽を砕いたものを用いる。もう一つは、カビ類の持つ酵素の力を利用する方法で、日本酒がそうだ。また、古い時代の酒の作り方で、人間の口内にある酵素の力を使うべく原料を一度噛ませて吐かせる方法があり、口噛みの酒などと呼ばれる。

以上のような醸造酒は、おそらく主人公たちが訪れる異世界の各地域にそれぞれ存在するだろう。ただ、私たちが親しんでいるものとの間に小さな違いはあるかもしれない。米を用いた酒が白濁していていわゆる「どぶろく」(甘く爽やかだとされる)であったり、ビールがホップを使っていないないし冷やさず常温で飲む「エール」であったり、という具合だ。

そんな時に、米の酒を布でこしたり、灰を入れて吸着させていわゆる「清酒」にしたり、ホップや冷却装置、また泡を生み出す圧力装置を用意して現代日本人が好むようなビールを作り出すことも不可能ではないだろう(後者は科学技術か魔法の助けが必要だが)。

あるいは、「もっと強い(アルコール度数の高い)酒が飲みたい」という要望もあるかもしれない。醸造酒は基本的にアルコールが低めだからだ。強い酒に慣れた現代人はもちろん、異世界人の中にも飲むとガツンと効く酒を求める需要はあるだろう。そこで、醸造酒に対して蒸留を行い、アルコール度数を上げた「蒸溜酒」が製造される。

西洋の場合、蒸留の仕組み自体は、これまで見てきた水やアルコールを取り出すためのものと同じだ。ワインを蒸留すればブランデーになるし、ビールを蒸留すればウィスキーになる。一方、東洋では個体あるいは半個体の状態から蒸留を行う。米や麦、蕎麦、イモ類などの原料から作った個体・半個体の酒を下から蒸して、上がっていく蒸気を集め、蒸留酒にする。いわゆる焼酎はこうして作られる。

このようにして出来上がる蒸留酒はアルコール度数が高く、長く保存できるが、私たちがイメージするウィスキーやブランデーの色や香りが最初からついているわけではない。例えば燃料の匂い(スコッチ・

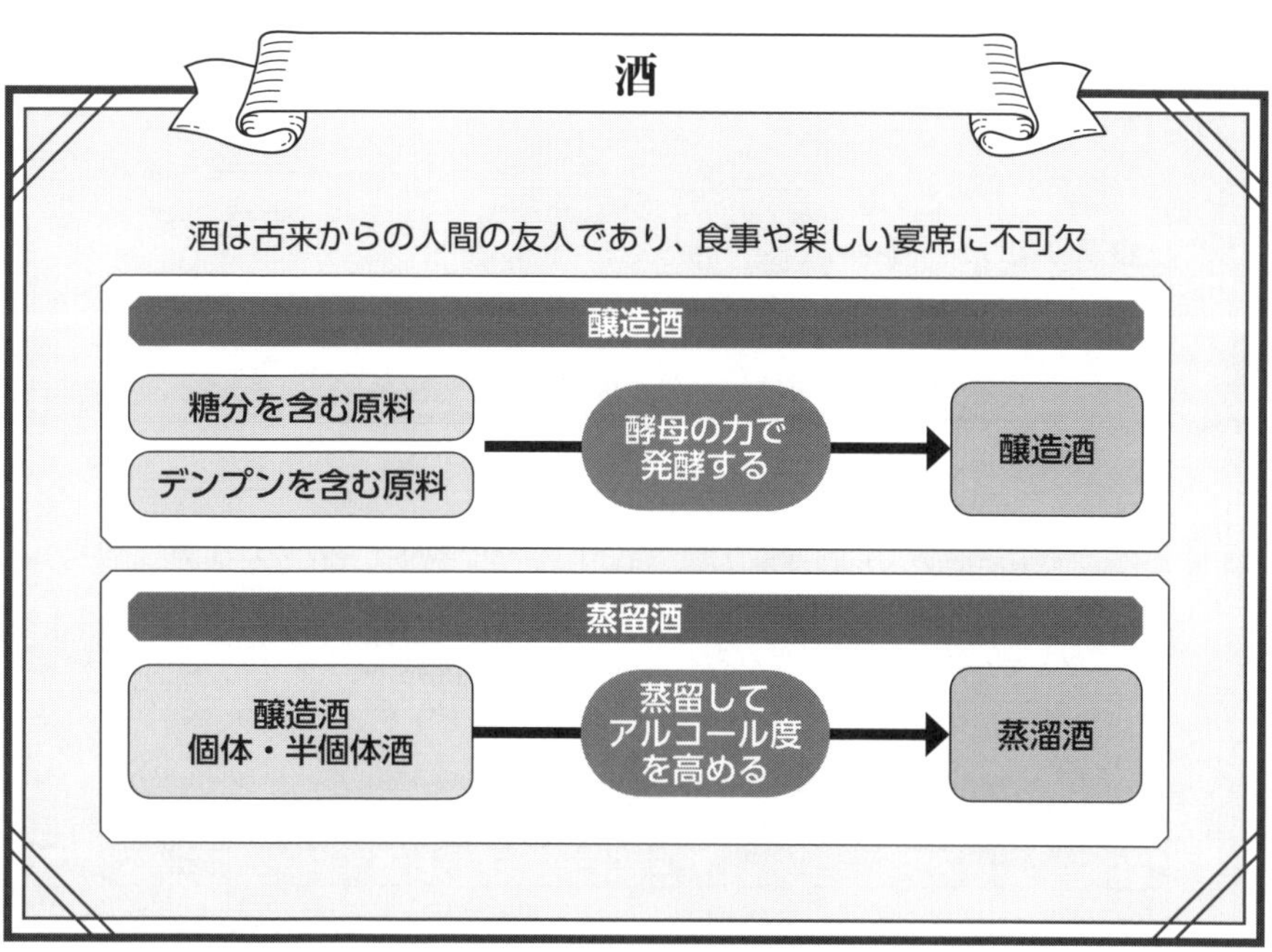
酒
酒は古来からの人間の友人であり、食事や楽しい宴席に不可欠
醸造酒
糖分を含む原料
デンプンを含む原料
酵母の力で発酵する
醸造酒
蒸留酒
醸造酒
個体・半個体酒
蒸留してアルコール度を高める
蒸溜酒

ウィスキーはピートという燃料を使うのが特徴）であったり、長期熟成による樽からの影響などもあり、また複数の蒸留酒をブレンドするなどの手法の結果、私たちのイメージする蒸留酒になる。

私たちがお湯で割ったり、果汁で味をつけたりするように、いろいろな楽しみ方ができる、「ベースになれる強いお酒」としての需要も期待できそうだ。

食器も多種多様

食事に使う各種食器――皿や椀などの器類、また箸やスプーン、フォークなどの食事用具類も、美食に欠かせない要素だ。道具に慣れ親しんでいるかどうか、また口に接したときの味に違和感を持つかどうかは、味に少なからず影響を与える。

モデルを中世ヨーロッパに取るなら、料理は大皿で供され、各人はそこから手で取り、己の口に運ぶ、ということになる。汚れた手はフィンガーボールの中の水で洗う。

スープ類は当初パンにスープを浸して食べる形で、やがてひとつの大きな器から一本のスプーンで全員が

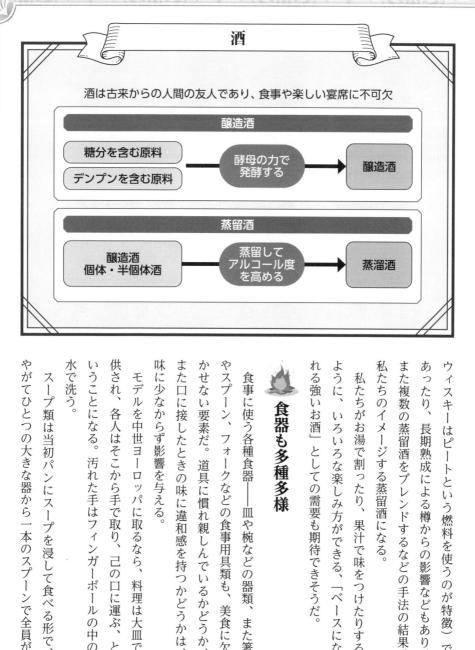

食器

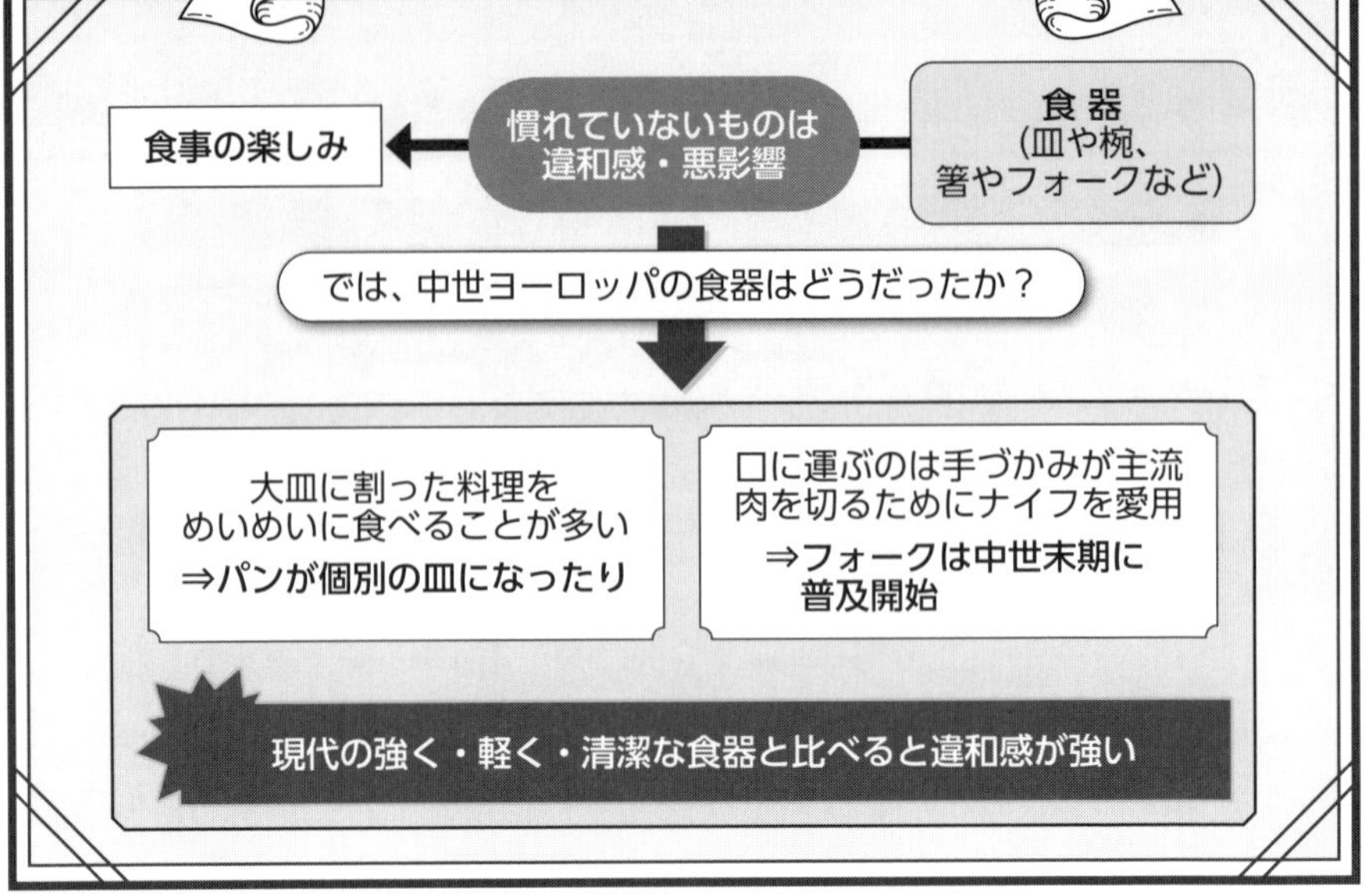

食べる形になった。しかし、基本的には手を食事用具類に使う、というのが長くヨーロッパの伝統的食事スタイルであった。個別の器を用いる場合、しばしば固く焼かれたパンが皿代わりになったこともよく知られている。肉の塊はナイフで切り分けたので、ナイフは常に身をつけるという伝統も長く残った。また、肉を切り分けるのがホストの役目、ということもままあったようだ。

では、今、西洋の食事用具として広く使われているフォークは中世ヨーロッパ風ファンタジー世界にあってはいけないのだろうか。それも少し違う。フォークは、もともと調理場での道具だったのが、やがて食事用具に変わっていった。記録上の初出は十一世紀、実際の普及は十五世紀頃のイタリアであったようだ。だから中世にはギリギリ間に合ってはいる。

手づかみの食事が食事用具を用いた食事よりもレベルが低い、などということはない。手で食べたほうが感覚が繊細に伝わる、ともいう。ただ、衛生的なことを考えたら、雑菌が付着している可能性の高い手よりも、食事用具を用いたほうが比較的安心ではある。

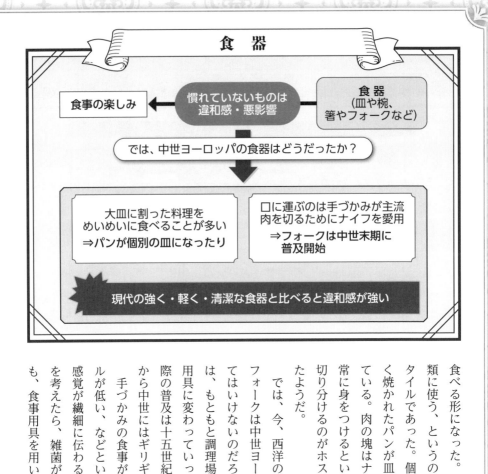

祭り

祭りと日常、ハレとケ

　前近代的世界において、庶民の日常にたまにやってくるイベントといえば「祭り」であろう。これはエンタメ的なイベントのネタとして役に立つものでもあるし、その世界で暮らす庶民の価値観や感情を理解するのにも非常に重要であるため、ここで紹介する。

　そもそも、日々の暮らしを「ハレ」と「ケ」の二つに分ける考え方がある。

　ケは日常、普段の暮らしだ。中世的な世界では、人口のほとんどを占めているのは農民をはじめとする食糧生産に従事する庶民だった。彼らにとって、畑を耕し、漁を行い、狩りをする日々の生活は辛く、苦しい。また食事にも変化が少なく、楽しみに欠けるものであったろう。それは彼らにとって慣れ親しんだ当たり前のものではあったが、やはり耐えがたいものでもあったはずだ。

　そこでハレ、非日常のイベントが必要になる。この時ばかりは苦しい労働から解放されるし、歌舞音曲の類で目や耳が楽しめる。力比べや技比べなど、ある種のスポーツ的・ゲーム的な要素が入ってくることもある。複数の集落や家族が合同で行うイベントの類であれば、新しい出会いが待っていることも多い。普段の味気ない食事ではなく、肉や香辛料で華やかな料理も振る舞われる。

　そのような楽しい出来事が定期的に待っているとなれば、未来に希望が持てる。「次のイベントまで頑張ろう」ということにもなる。いわば竹の節のようなもので、区切りがあるからこそ生きていける——このような感覚は、現代を生きる私たちにも少なからずあるのではないか。

　だから、主人公たちが所属する集落あるいは都市にも、すでに何らかの祭りが存在する方が自然だ。その祭りを通して主人公たち自身が癒されたり楽しんだりするのかもしれないし、祭りに隠された秘密や祭りを通して起きる事件に巻き込まれるのかもしれない。あるいは、主人公たちが何かしらの目的を達成するために祭りを作るようなことだってあってもおかしくない。

祭りと季節

「祭る」は「祀る」。つまり、祭りは本来、神（あるいは仏、先祖、精霊など超自然的存在）を祀って行うものだ。宗教的意識が薄れた現代日本では、とにかく派手で大きなイベントであれば全て祭りにしてしまうが、中世的な世界であれば祭りにはかなりの場合、神あるいはそれに準じるものが関わっていると考えるべきだろう。

祭りの一番基本的な形は、豊穣を祈るもの、そして実際にもたらされた実りに感謝するものであろう。人類の歴史のほとんどにおいて、最大の懸念は「食料を人々が十分に食べられ、蓄えられるほどに生産できるかどうか」だった。

食糧生産は人間の努力だけでは達成できない。狩猟や漁労、採集では獲物がいるかどうかに大きく左右される。そして農耕は気象次第、あるいは病気などで収穫が全く変わってしまう。となれば、人間以上の存在――神に祈るしかないではないか。

もちろん、文明が発展する中で人間が神に頼らず政治（これも「まつり」だ）をやっていくようになったように、祭りも神や精霊の関わらない人間だけのものが出てくる。王国の建国を祝ったり、王子の誕生を祝ったり、戦勝何十周年を祝ったりするわけだ。この時の主役は基本的には人間だが、権威付けのために宗教もついでに絡んでくる、ということもあろう。

では、具体的にどんな種類の祭りがあるのか。四季折々にさまざまな祭りが行われる可能性がある。あるいは数年に一度、周期的に行われる祭りや、定期的に行うのではなく、何かしら特別な目的を持って行われる祭りもあるだろう。前述の中だと、王子誕生を祝う祭などはそういった出来事が起きたから催すものだ。

例えば日本の例で考えてみよう。春祭りは豊作を予め祝ったり、災害を除き福を招いたりするもの。夏祭りは害虫や風、水などの害を防ぐものや怨霊を沈め、宥めるもの。秋祭りはもちろん、収穫・豊作に感謝を

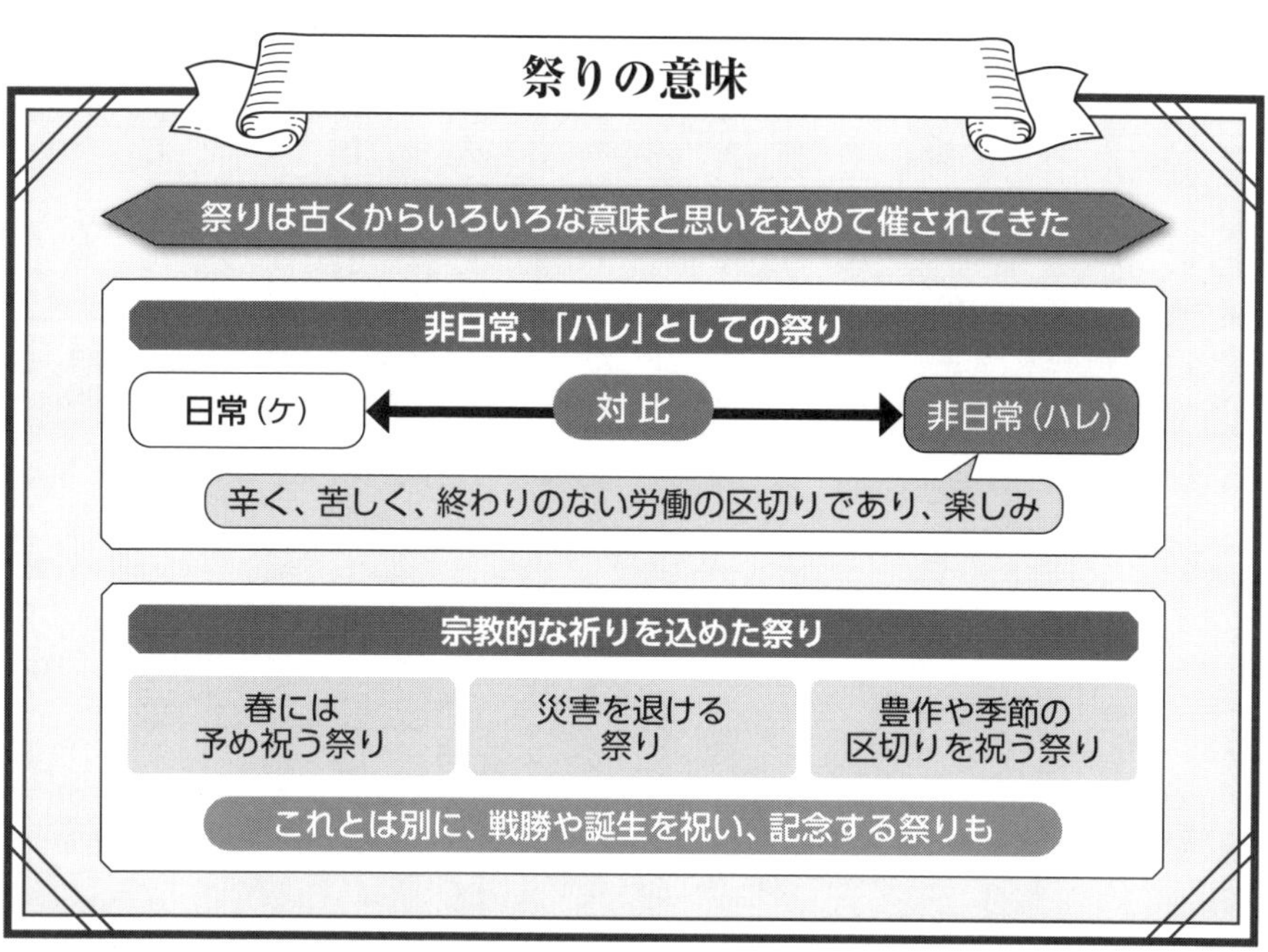
祭りの意味
祭りは古くからいろいろな意味と思いを込めて催されてきた
非日常、「ハレ」としての祭り
日常（ケ）
対比
非日常（ハレ）
辛く、苦しく、終わりのない労働の区切りであり、楽しみ
宗教的な祈りを込めた祭り
春には予め祝う祭り
災害を退ける祭り
豊作や季節の区切りを祝う祭り
これとは別に、戦勝や誕生を祝い、記念する祭りも

するものだが、農村では神を人里から山へ返す儀式が行われるのが面白い。冬祭りは本来秋・春のものと一体だったともされ、前期に行われるものは秋の、後期に行われるものは春の祭りと性質が近い。また、これらの祭りは秋祭りの収穫感謝を除き、基本的には季節に先立つものとして行われたようだ。昔の人々にとって、祭りとは季節を招き寄せるものでもあったのだろう。

中世ヨーロッパだとどうだろうか。これも春から見てみよう。三月から四月にかけて、「復活祭《イースター》」がある。文字通り、キリストの復活を祝う日であり、「ああ、春が来たなあ」という日だ。五月一日には森から若木を採ってきて柱として建て、「五月祭」を祝う。六月二十四日はキリストに洗礼を施した聖人の名を冠した「洗礼者ヨハネの祝日」で、八月十五日は「聖母生誕の祝日」。九月二十九日は「聖ミカエルの祝日」で、この日は土地代や税の支払いの日でもあった。十一月一日は全ての成人の祝日である「万聖節」で、「ハロウィン」はこの前夜祭に当たる。そして十二月二十五日は「クリスマス」、キリストが誕生した日と伝わっている。正しくはこの日から翌年の一月六日、公現祭までがクリスマス期間で、農村の人々はこの時期だけ休むことができる。祭りの代名詞的な言葉にもなっているカーニバルは本来「謝肉祭」と呼ばれる祭りのことだ。これは復活祭の四十六日前から復活祭まで行う四区節の断食に先立って行われる。

　これらの祭りは名前で分かる通りキリスト教の価値観に基づいて行われたものだが、実はそのベースにはヨーロッパで古くから行われていた、キリスト教浸透以前の古い宗教の祝祭が横たわっている。復活祭はユダヤ教の過越祭及びゲルマン人の春分祭、五月祭はケルト人のベルティネ祭、聖ヨハネの祝日はゲルマン人の火祭り、万聖節はケルト人の新年を祝うサウィン祭、という具合だ。

祭りのさまざまなパターン

　祭りにはさまざまな典型的パターンがある。例えば、「神話の再現」を行うのが一つ。神話に語られる神の偉業、神の振る舞いを人間が演じることで、その場を非日常の神話的空間へ変えるわけだ。これは演劇のルーツ的なものと考えられる。

　あるいはもっとダイレクトに、神が人間に憑依することも多い。科学的に考えれば、巫女や神官がトランス状態になって正気を失い、まるで超自然的現象に乗り移られたかのように思い込んでうわ言を話している、ということになるだろう。しかしファンタジー世界では、素質のある人間が本当に神や精霊と交信している可能性が高い。

　人が豊穣など神からもたらされる祝福への感謝、あるいはその先払いとして捧げ物をするのも定番であろう。この時、生き物――それこそ人間が捧げられるケースもある。一方で、食べ物が捧げられる際に、捧げ物と同じものを人間も食べる（共食）ことで両者に絆が生まれると捉えるスタイルもあった。この手法はやがて時が流れると人間同士にも適応され、いわば「同じ釜の飯を食う」ことで関係性を作っていく手法になっていく。

　祭りはそもそも夜に行われるものだ、という考え方がある。つまり、一日を日常と非日常に分けた時、昼が日常で夜が非日常になる。電気による明かりがなく、

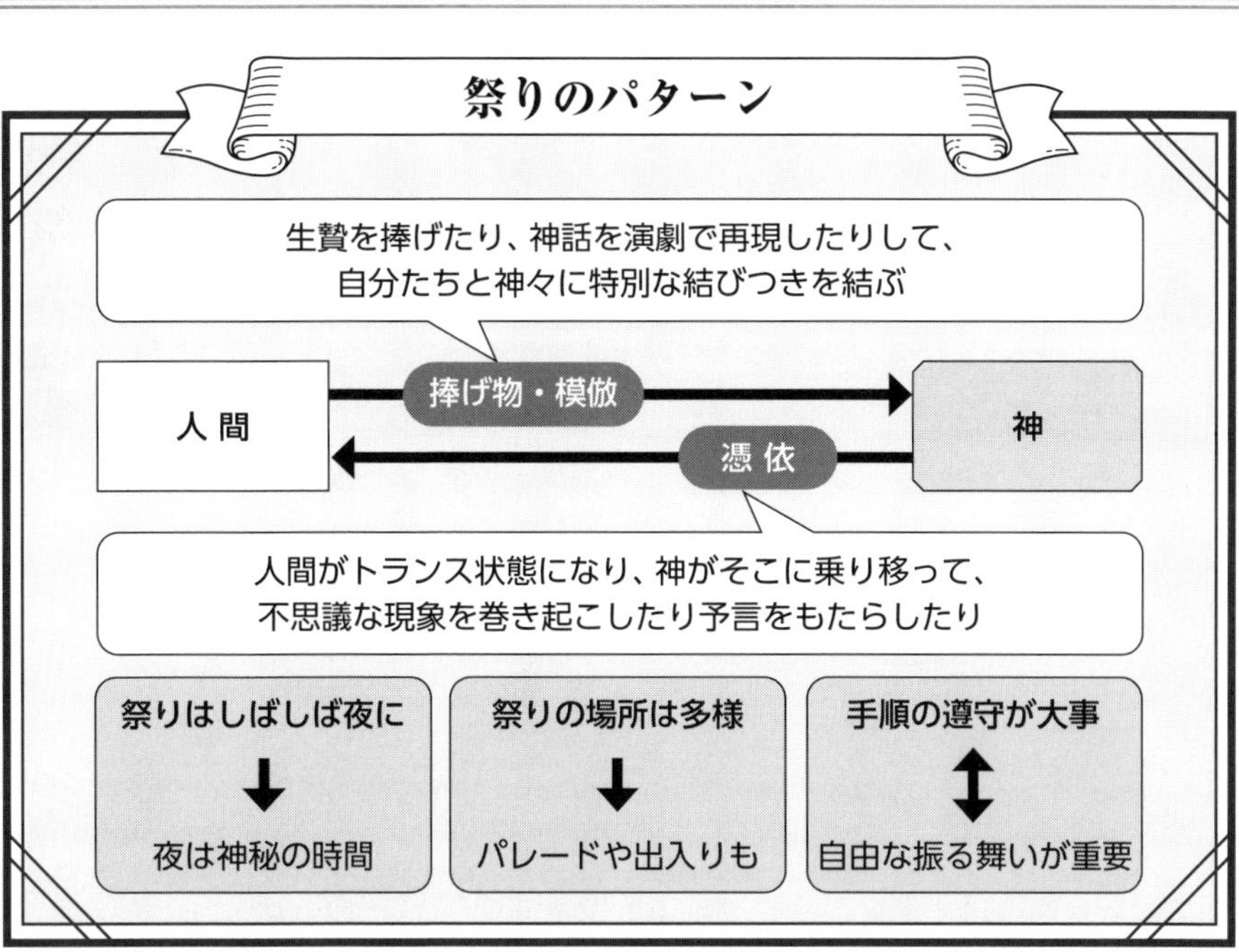
祭りのパターン
生贄を捧げたり、神話を演劇で再現したりして、
自分たちと神々に特別な結びつきを結ぶ
人間
捧げ物・模倣
憑依
神
人間がトランス状態になり、神がそこに乗り移って、
不思議な現象を巻き起こしたり予言をもたらしたり
祭りはしばしば夜に
夜は神秘の時間
祭りの場所は多様
パレードや出入りも
手順の遵守が大事
自由な振る舞いが重要

油やロウソクによる火が貴重だった時代、夜は現代の私たちが考えるよりも遥かに活動が困難で、神秘的で、謎めいた時間だった。だから、神や精霊を祀るには夜こそが相応しかった、というわけだ。もちろん昼にも祭りの行事が行われることはあったろうが、それは夜の行事の延長として行われることが多かったようだ。

祭りはどんな場所で行われるのか。祠や教会のような宗教施設とその周辺だけで行うのかもしれないし、パレードや神輿行列のように集落や都市の中を練り歩いたりするのかもしれない。村外れなど特別な場所から火や水など神聖なものを持ってくる、あるいは逆に村の中から持っていくことが祭りの重大な出来事として組み込まれていることも多いだろう。

祭りがしばしば二つの矛盾する側面を持っていることにも注目するべきだ。それは手順を守って厳粛に行わなければいけない儀式の側面と、本来守らなければいけないルール（上下関係など）を無視して乱痴気騒ぎをしていい大騒ぎの側面だ。後者の祭りの際、人はしばしば祭りにおいて仮面をつけたり、変装をしたり、化粧をしたりする。普段とは違う自分になるわけだ。

祭りと異変

祭りが順調に行われれば、豊穣や安全、繁栄が約束される。しかし、そこになにかの異変が起きたなら一体どうなってしまうのだろうか。神話の再演が失敗したり、生贄が逃げたり、神がかりになった巫女が予想外の託宣を口にしたり、という具合だ。

祭りが超自然的現象とダイレクトに繋がっているのであれば突如に、あるいは徐々に異変が起きるだろう。シンプルにその年の実りが減ったり、災いが増えたりするのかもしれない。抑え込まれていた怪物が暴れ出したり、山に帰らなかった神が悪さをしたり、ということも考えられる。

仮に祭りが何かしら特別な力を持っていなかったとしても、異変が起きないとは限らない。人々が神を信じ、祭りの特別さを信じるのであれば、それは「ある」のと同じなのだ。彼らは小さなことにも異変を感じ、不安に思い、気力を失ってしまうことだろう。

最も穏便な解決法は、祭りをやり直すことだ。祭りが失敗してしまった、その原因は一体何だったのだろうか？　手順や途中で読み上げる呪文、捧げ物などに間違いがあったのかもしれない。何者かの妨害があったのかもしれない。伝承が口頭で行われていたなら、伝言ゲームの末に何かを間違えたのかもしれないし、途絶えていた祭りを再興したのであれば資料に間違いがあったり、本来行うべき大事な手順を無視してしまった、などもありそうだ。これらの問題を洗い出し、解決したうえで祭りをやり直せば、うまくいくかもしれないし――もはや手遅れなのであれば、別の手段を試す必要がある。

主人公たちに十分な実力があれば、祭りとは別の方法で問題を解決できるかもしれない。生贄を要求する神や精霊、近隣に住む強力な怪物を力ずくで大人しくさせたり、本来は祭りによって活性化している土地のエネルギーを魔法で活性化させたり、不安に揺れる人々を演説で説得したり、という具合である。

他にどうしようもなくてこのような力尽くの解決をしなければいけないこともあれば、強引な解決がのちのちに禍根を残すこともあるだろう。生贄を求める神を倒してしまった結果、その地域への加護がなくなっ

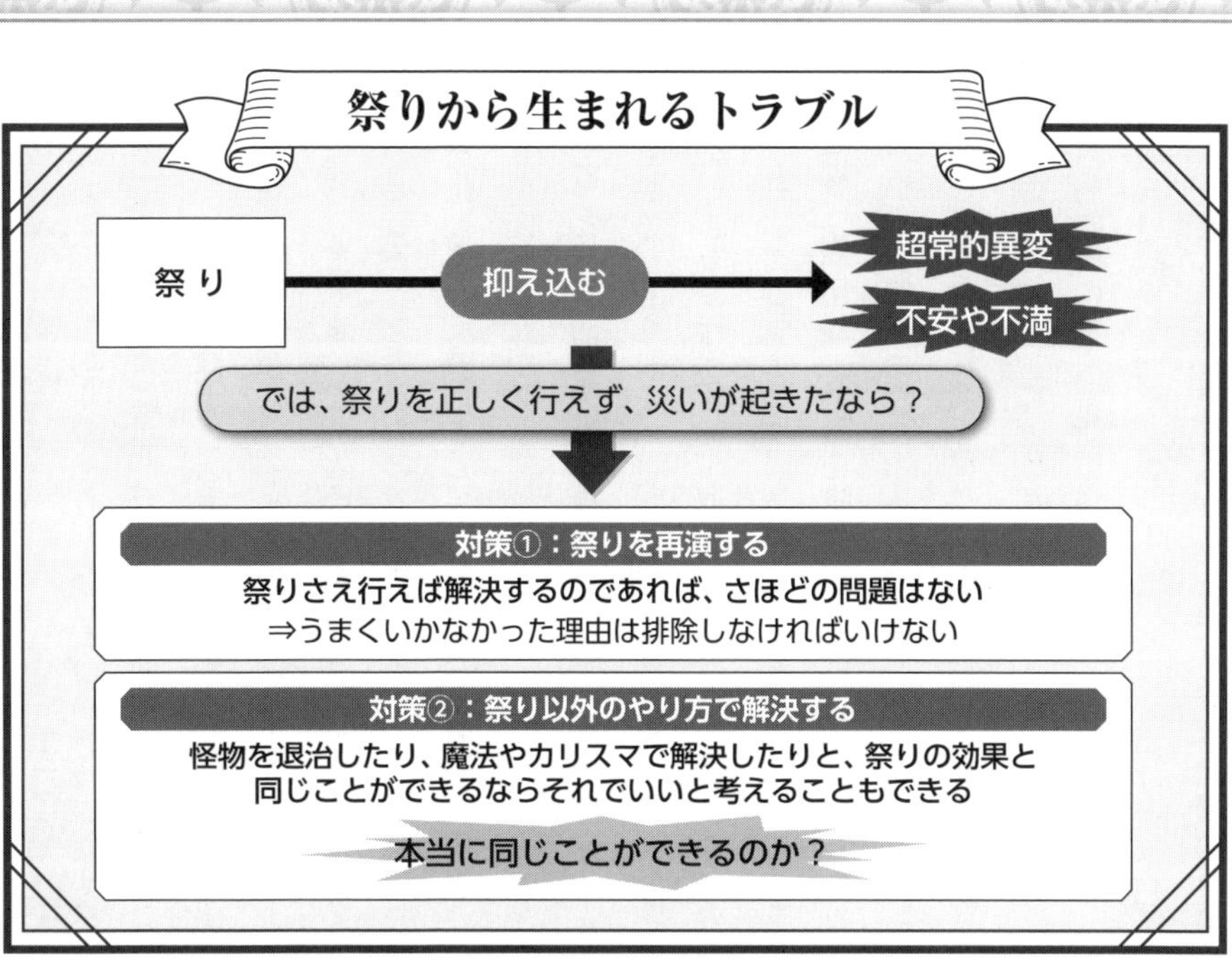
祭りから生まれるトラブル
祭り
抑え込む
超常的異変
不安や不満
では、祭りを正しく行えず、災いが起きたなら？
対策①：祭りを再演する
祭りさえ行えば解決するのであれば、さほどの問題はない
⇒うまくいかなかった理由は排除しなければいけない
対策②：祭り以外のやり方で解決する
怪物を退治したり、魔法やカリスマで解決したりと、祭りの効果と
同じことができるならそれでいいと考えることもできる
本当に同じことができるのか？

てしまったら？

加護を与えるような存在ではなくただの怪物であったとしても、死んだ怪物の縄張りを奪い取ろうと別の怪物が入ってくる可能性はある。あるいは、魔法による活性化は祭りによる活性化と似てはいても別物で、何かしらのデメリットが出てしまうかもしれない。

何よりも、英雄的な存在である主人公たちの力で問題を解決してしまうと、集落の人々は次に問題が起きたとしても主人公たちに頼ろうとするだろう。いい傾向ではない。一度失敗してリカバーに挑戦することになるかもしれないし、「表立って私たちが解決すると良くないから、どうにかさりげなく解決しよう」と試行錯誤する展開もありだろう。

新しく祭りを作る

先述の通り、主人公たちが既存の集落に加わったなら、すでに四季折々の祭り・イベントが存在しているに違いない。また、開拓・植民の関係で新しい集落を作る場合も、構成員たちが同じ文化を共有していたなら、生まれ故郷でやっていたのと同じ祭りを行う可能

性が高い。

しかし、新しい祭りを作らなければいけないケースだってある。例えば、バラバラの地域からやってきた人々が一つの集落を作るときに、「俺たち地域Aの出身者が一番多いから、地元のやり方で祭りを行う！」と宣言してしまったらどうだろう。これは絶対に揉める。となると、みんなの意見をまとめながらそれぞれの文化をうまく融合させ、多くの人が納得する新しい祭りを作る必要がある。

もっと実利的・合理的な理由で新しい祭りを作ることもあるかもしれない。「たまたま節目の時期（各季節の始まりや年末年始、収穫の時期）に祭りがないので、作ってしまおう」、「人々の信仰や熱狂のパワーを魔法的に利用し、外敵を排除したり邪悪を封印したりしたい」、「観光の文化がすでに生まれている世界の、交通が盛んな地にある集落なので、観光資源として祭りを増やしたい」などが考えられる。

目的は何にせよ、新しい祭りを作るのであれば、多くの人の意見を聞き、専門家の声に耳を傾けなければうまくはいかないだろう。ここでいう専門家の筆頭は祭りが基本的に宗教行事である以上は神官や司祭、シャーマンといった宗教者になるが、それだけではない。祭りの規模や予算を決めるためには、集落や都市の経済を預かっている立場の人間がちゃんと関わってこないといけない。時期を決めるためには、「だいたい毎年このくらいの時期にこういうことになる」を熟知している現地人の協力が必須だ。

祭りは自然発生する

また、祭り・イベント的なものが狙って作られるとは限らないことにも注目したい。

そもそも遥かな昔、森で獲物が沢山取れた日や、半年かけて育てた穀物を収穫した日、月が見たこともないほど大きく美しかった日などに、当時の人々が「よし、これを祭りにしよう」と思って祭りを作ったわけではないはずだ。彼らは原始的な喜びや感動に身を震わせ、神や精霊への感謝を表現するべく、踊ったり歌ったり酒を飲んだりしたはずなのである。いわゆる祭りは、これらが繰り返される中で形が整理されていったものであろう。

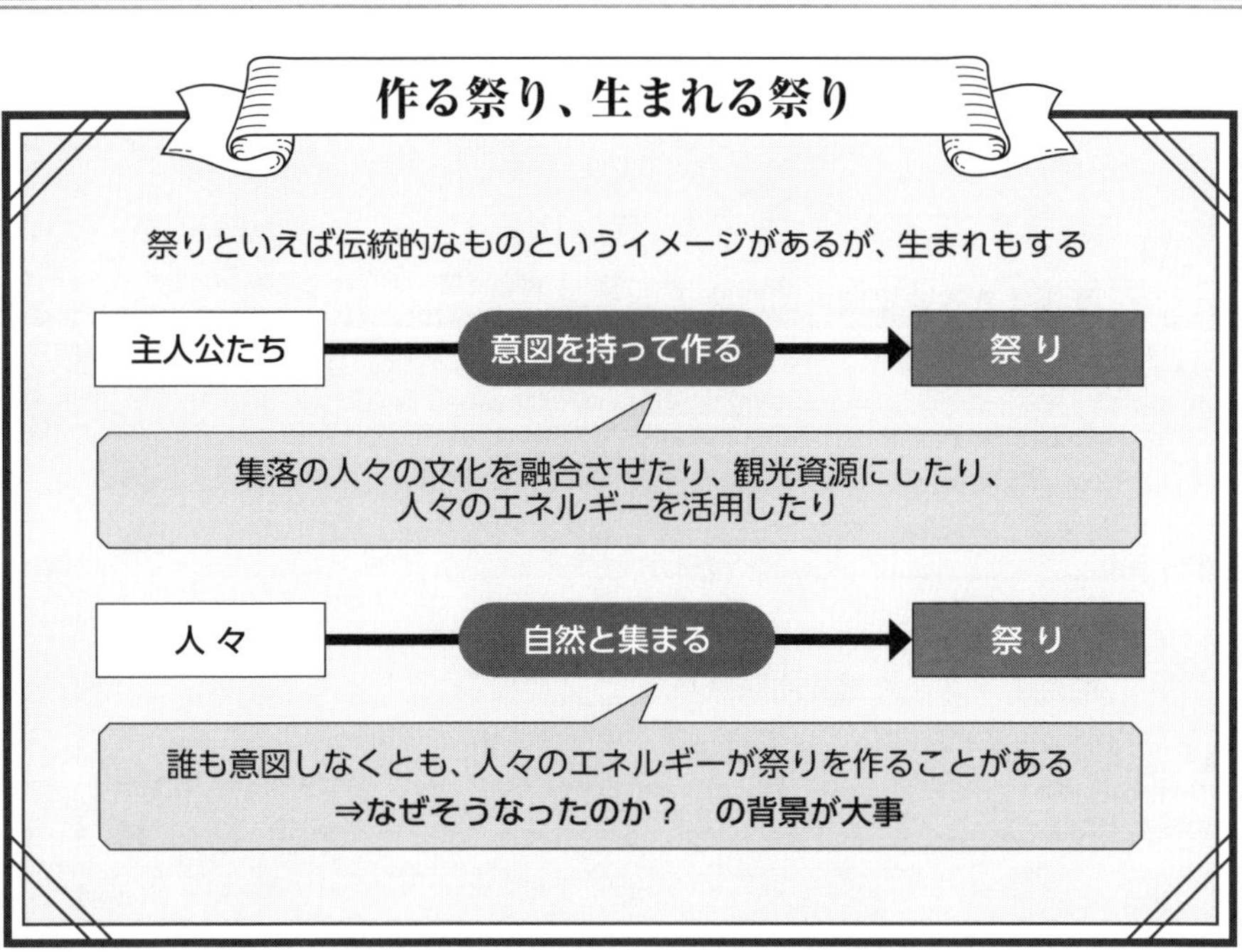
作る祭り、生まれる祭り
祭りといえば伝統的なものというイメージがあるが、生まれもする
主人公たち
意図を持って作る
祭り
集落の人々の文化を融合させたり、観光資源にしたり、
人々のエネルギーを活用したり
人々
自然と集まる
祭り
誰も意図しなくとも、人々のエネルギーが祭りを作ることがある
⇒なぜそうなったのか？　の背景が大事

だから、何かのきっかけで突然、それまで存在していなかった祭り・イベント的なものが生まれる可能性はある。例えば日本の幕末期、「天からお札が降ってくる」という噂から、近畿や東海地方などの各地で「ええじゃないか」と歌いながら踊る人々が続出する、いわゆる「ええじゃないか」と呼ばれるムーブメントが起きた。また、現代の二〇一〇年代の渋谷でも、「渋谷ハロウィン」と呼ばれて仮装の人々が集まるムーブメントが巻き起こった。

　このどちらも、首謀者や運営者などは存在しないと考えられている。とはいえ、エンタメ的には「誰かが何かの陰謀に基づいて最初のきっかけを作ったり、あるいは偶然起きたきっかけに油を注いで煽ったりしたのかもしれない」とは考えられる。これを立ち向かわなければいけない事件にしたり、あるいは逆に困難な事態を解決するために主人公たちがムーブメントを仕掛けたり、ということもできるだろう。

　そもそも、既存の祭りだって、その時々の事情に合わせて変化したり、融合したりするのは、中世ヨーロッパの祭りを紹介した時に見た通りなのだ。

計画してみるチートシート（楽しさ・趣味編）

解決するべき集落内問題は？

楽しい催しの最大の効能は、内部の
不満や退屈を緩和できることだろう

解決するべき集落外問題は？

大規模な催しを行うことができれば、
集落外にも影響を与えることができる

具体的に何を用いるか？

子供の遊びから知的で高度なゲーム、
美味しいご飯、年に一度のお祭りまで

問題を生むことも

食生活が偏ったり、中毒者が出たり、
祭りが良くないものを引きせよたり……

◆7章◆
集落の拡大・人との関わり

「というわけで、俺と達也は近日中に元の世界へ戻る」

「照れくさいから、みんなには伝えなくて良いからね」

「ええ、わかったわ」

一真と達也に別れを告げられ、エレナは重々しく――しかしどこかあっさりと――答えた。

あれから季節は巡り、集落ではいろいろな問題が解決していた。

まず、祭りの日に一真の復讐ターゲットはあっさり見つかった。川向こうの集落からやってきた一団の中にいたのだ。達也はさぞ大変なことになるぞと慌てたのに、実際のところ事件と言うべきものはほとんど起きなかった。一真は観念した様子のその男の首根っこを捕まえると、エレナだけ連れて村外れの林へ姿を消した。そして一時間ほどすると二人で普通に戻ってきたのである。

男の姿がなかったので達也はすっかり一真が殺したのだと思っていた。妹の仇というならそれが当然だと思うのだが、エレナによればほとんど何もしなかったらしい。短く話をして、妹の形見を渡すと、一真の用はそれで終わってしまった。当人曰く「そもそも殺すつもりはなかった」らしい。となると実は仇に殺されたとかではなく、死因になった事故の原因を仇と呼んでいたのか、など考えてしまうが答えは出ない。メッセージ・ウィンドウを出せば真相がわかるかもしれないが、流石にそこまでする気は達也にもなかった（のちにエレナは「正解だ」と笑った）。

エレナの方の問題はもっとさっくり終わった。ある日突然、王都から手紙が来て、彼女にかけられていた指名手配が解かれたと言う。彼女は「これで自由の身ね。といっても、今更この集落を離れるつもりはないけれど」と言うばかりで、二人や他の村人たちに詳しい事情は教えてくれなかった。達也は積極的に、一真はそれとなく、事情を聞いたが暖簾に腕押しだったので、結局二人は諦めたのだ。

最後に、達也。彼についても突然だった。頭の中のボタンも押してないのにウィンドウが開き、女神からのメッセージが表示されたのだ。曰く、達也は密かに女神が設定していた目標を達成したので、戻りたいなら自分の世界に戻れる、という。ついでに一真も一緒に戻してやる、ともあった。

三人で話しあったが、何が何だかよくわからない。とりあえず達也はもともと帰る気だったし、一真も「帰れるなら帰ろう」と淡々としている。それで結局、冒頭の会話になったわけだ。

――なお、達也は密かに「一真とエレナの目的を達成させるのが目標だったのでは？」と思っている。そのことが何かしら女神にとっても都合が良かったのではないかと思うのだが、具体的にはさっぱりだ。

(まあ、神様のことなんてわからないよな)

と納得してしまった。異世界に来て図太くなった達也である。

さて、これで三人の物語は終わりかと思いきや、そうはいかなかった。

「あなたたち、戻る日付は自分で決められるんでしょう？　じゃあ、その前に働いてもらうわよ」

「へ？　何を？」

達也はぽかんとしたが、一真は何か察したようで苦い顔になる。エレナは腰に手を当て、堂々と宣言した。

「決まっているじゃない。これからこの集落はもっと大きくなるわ。祭りで広まった評判で移住希望者も集まってくるし、近隣の集落からもうちのやり方を覚えたい、合併してほしい、なんて申し出も来ているのよ。そうなれば家や畑を増やす必要があるし、柵も広げなきゃいけない。水車小屋や井戸、家畜小屋も新しく作らなきゃいけない。そうなるとアリヤナ人たちも前のように協力してくれるかどうかわからないし、山賊やら何やらもこの集落の富を狙ってくるわ。考えるべきこと、準備するべきことが山ほどあるのよ」

「つまり……？」

「帰る前にあなたたちの知っている知識と技術、片っ端から書き残していきなさい！」

達也はゲンナリとした顔を隠しもせず、一真は肩をすくめるのであった。

隣人や周辺集落との付き合い

隣人づきあいの難しさ

ファンタジー世界でも、隣人づきあいは現代社会と同じように難しい。それぞれに事情と欲望、守りたいものがある人間同士が付き合っているのだ、簡単にはいかない。隣人関係にトラブルはつきものなのである。

感情の行き違い、名誉の問題（俺はあいつに侮辱された、許せん！）、何かの誤解、土地や建物・設備の所有や使用・権利をめぐる揉め事、家畜や食べ物を奪った奪われた。それらが口喧嘩や睨み合いで済めばいいのだが、開拓や植民に参加するような気の荒い連中、積極的な性格の持ち主が対立していれば、自然と手を出しての喧嘩にもなるものだ。最後には殺し合いになることも珍しくない。

六章で紹介したような祭りや遊び、美食などがガス抜きになって、大きなトラブルにならないで済むこともあるだろう。リーダーがうまく立ち回る（多くの場合、主人公たちがその仕事をするはずだ！）ことも求められる。しかし、うまくまとめられず、喧嘩でも済まないようなことになれば、集落全体を巻き込む大事件になってしまうかもしれない。

特に主人公たちの住む集落・村・都市に沢山の人が住んでいるような場合は尚更だ。

人が多いということは、移住・開拓開始当初から付き合いがあって互いに事情や性格を把握している人間だけでなく、「発展している」「豊かだ」という噂を聞きつけて新しく住むようになった人々の割合が多くなっている、ということだ。

その中にはさまざまな人々がいる。他所で食いつめて、新天地での再起を誓って熱心に働く人もいるだろう。鍛冶や大工など、有用な技術を身につけている人もいるはずだ。ファンタジー世界なら魔法使いは是非とも欲しい人材だし、脅威になるモンスターがあちこちうろついているような世界であれば戦闘能力の持ち

隣人との関係

人の多い集落であることは、メリットでもあり、デメリットでもある

↓

隣人づきあい、集落のことを考えてみると……

↓

メリット	デメリット
●単純に人の数が多ければできることが増える ●新しい技術や知識を持った仲間も多い	●そもそも揉め事の種になるような住人が少なくない ●立場や事情による対立がどうしても多くなる

人が多くなくとも、隣人関係は難しい

↓

水車小屋の管理人のような特別な立場の人間は揉め事の種

主は引っ張りだこになる。彼らは集落に加わるだけでプラスの影響を与えてくれるはずだ。

そうでなくとも人が多いことはそれだけで大きな意味がある。たくさんの人が働き、備蓄をすれば、それを融通することで飢えや疫病への対応力が上がる。大きな建物を建てたり、比較的大規模な土木・水利工事を行うなどにも、人手が欠かせない。もちろん、外敵に立ち向かうのにも、数が多いに越したことはない。

しかし、それが揉め事の種になるのも事実だ。例えば、新参者の中には、もともとの住処をトラブルで追い出されたなど、何かしら問題を抱えた人々もいる。彼らは新天地でもトラブルの種になる可能性が高い。そうでなくとも、人がたくさん、密接して住むようになれば、トラブルは起きるものだ。

また、人が多くなくとも、集落の中に特別な立場を持っている人物や家の存在は発火源になる。

中世ヨーロッパでは水車小屋を管理する粉挽きがしばしばこの立場にあった。水車小屋は便利だがコストのかかる設備であり、領主が建てて運営する代わりに集落の人々から利用料を徴収する（そして使用を強制

する！）という仕組みをとっていた。

この水車小屋の管理を任せられた粉挽きはいわば領主の手下であって、後述する裁判権を一部持ったり居酒屋を運営できたりなど特権的立場を持つ一方、集落の人々から余所者扱いされ、憎まれることもあったのだ（実際、挽いた粉をちょろまかすこともあったらしいので当然ではある）。

周辺集落との揉め事

集落内部での対立だけでなく、集落と集落の交流・対立も十分起きうる。広大な土地にポツンポツンと集落がある間はそのような機会は少ないかもしれない。しかし、集落が増えたり、各集落が影響を及ぼす範囲が増えると、次第に接点が増える。接点が増えれば、お互いに助け合うこともできるが、トラブルの確率も上がる。原理は集落内部のケースと同じだ。

交流で得られるメリットはどうだろうか。

近隣の同種の集落だと、特産物の交換は難しいかもしれない。川向こうや山向こう、森のそばと平原、あるいは高地と低地という具合に、近隣でも環境が違えば、産物の交換・交易が期待できる。いや、そのような特殊な産物でなくとも、友好的な関係を作れていれば、食物の不足している側が足りている側に支援・援助を求めることもあるだろう。

貸し合うのは物資だけではない。小規模集落であれば、農作業でも人手が必要な開拓・開墾や収穫などに複数の集落から人が集まってくることもあるだろう。小規模ではなくとも、建築や工事の大規模作業は、一つの集落では賄えない可能性がある。となると、複数の集落で人手を出し合い、みんなにとってメリットがある工事をやろう、ということにもなる。

もっと深刻な事業のために人手を出し合うことも考えられる。あるいは、特殊技術を持つ人材のいる集落には、遠くから人がやってきて技術や知識を借りることもあるかもしれない。古い伝承を知る長老、地域で一番の鍛冶屋、そういう人を求めて離れた集落から人が来ることも考えられる。

揉め事の種の方はどうか。もちろん、人間関係のトラブルは同じように起きるだろう。加えて、集落全体で共有している利権に関係するトラブルが想定できる。

最もトラブルの種として想像できるのが水利――水に関係する利権である。農業は十分な水がなければ行えない。どの川や湖、池の水をどの村がどれだけ使うかは重大な問題になる。これは特に水田での稲作をやる場合には本当に死活問題で、日本の農村ではしばしば水利をめぐって激しい争いが行われた。

利権となるのは水だけではない。森林・山岳・荒野・川原などは建築物の材料や燃料になる木材や、やはり建築物の材料になる石材・粘土、狩りや漁の対象になる獣や魚、採取する木の実などを産する。これらの場所は集落全体が共有する場所（集落の中でも使う権利のないものもいた）になったり、複数の集落が共有したりしたが、「誰が（どちらが）使うか」「どれだけ使うか」はしばしば揉め事の種になる。

問題をいかに解決するか

揉め事が起きた場合、それが集団内部のものであろうと集団同士のものであろうと、普通はまず交渉や仲裁が行われるものだ。当事者同士が比較的冷静なら、話し合いによって落とし所が探られる。悪い方や弱い方が謝罪したり、双方が謝罪しあったり、物資や家畜などを譲り渡したり、土地の所有権が移動したり、当事者が殺されたり……結末はいろいろだ。

当事者の頭に血が上っていても、周囲の知人や利害関係者、あるいは年長者などに気の利いた人物がいれば、介入して軟着陸を模索してくれる。それは個人的な性質のせいだったり、揉め事が大きくなれば自分にも被害が出るという現実的な計算のためだったりする。

彼らの思惑はともかく、当事者同士は遺恨や感情的対立のせいで納得できずとも、第三者が出てくると冷静になったり、恥に感じて大人しくなったりするものだ。そのため、比較的まとまりやすい。

事態が大きく、深刻になると、集団のトップや上位者の出番になる。集落に自治権があるなら村長が責任を持って事態を収拾しようとするだろうし、ないなら領主あるいはその部下が統治者の責任を果たすべく指示・命令を下すことになる（中世ヨーロッパは時期と地域により違った）。

集落同士の争いの場合、領主が共通であるなら話が簡単で、その領主が仲裁するなり、強権によって無理矢理和解させるなりできた。しかし別の領主や国家の支配下にある集落同士だと、話がややこしくなる。彼ら上位者の思惑が関わってくるからだ。場合によってはちょっとした対立が国家間の戦争の引き金を引いてしまうこともあるかもしれない。

この構造は貴族と貴族、小国と小国の関係などでも似通ってくる。貴族であればそれぞれが仕える王が、小国であれば盟主と仰ぐ大国や所属する同盟・連合が、同じだったり友好的な関係だったりすれば、仲裁や和解の目がある。しかし、敵対的であったなら、彼ら自身だけでなく背景に持つ勢力同士の戦争になりかねない。私たちの歴史でいうなら、第一次世界大戦はまさにそのように勃発したものなのだ。

交渉・仲裁より先の手法

当事者間の交渉にせよ、第三者による仲裁にせよ、試みられてうまくいかなかった場合、次はどうなるか。

平和に終わることも多い。片方（特に怒りや憎しみを抱いている側）がもう片方と比べて著しく弱かったり、あるいは両方が十分に強くて「お互いに喧嘩をしたらただでは済まないな」という認識がある場合、「これはもうしょうがないな」と解決を諦めて泣き寝入り、あるいは「なあなあ」にしてしまうケースもそれなりにあるからだ。しかし、このような形で終わると遺恨が残り、後々の揉め事につながりかねない。

対して、血生臭い展開へ進むケースも多い。怒りや憎しみを持つ側が十分な力を持っていたり、片方あるいは両方が問題解決に力を用いることに躊躇がない性質だったりした場合には、暴力が振るわれることになる可能性が高いからだ。特に、開拓や植民に挑戦するような冒険心・野心を持つ人々はしばしば気が荒く、血生臭いので、確率は高まる。

具体的には、どんな展開か。

まずは、侮辱された側、物を盗まれた側、土地を勝手に使われた側が先制攻撃を仕掛けるケース。殴りかかるのかもしれないし、奪い返しにくるのかもしれない、建物に火をつけてしまうのかもしれない。友人や一族、仲間に声をかけて徒党を組んで仕掛けてくることもあるだろう。

一方、両者共に戦う決意を固めていたら、喧嘩や決

問題が発生したら——交渉・仲裁・対立

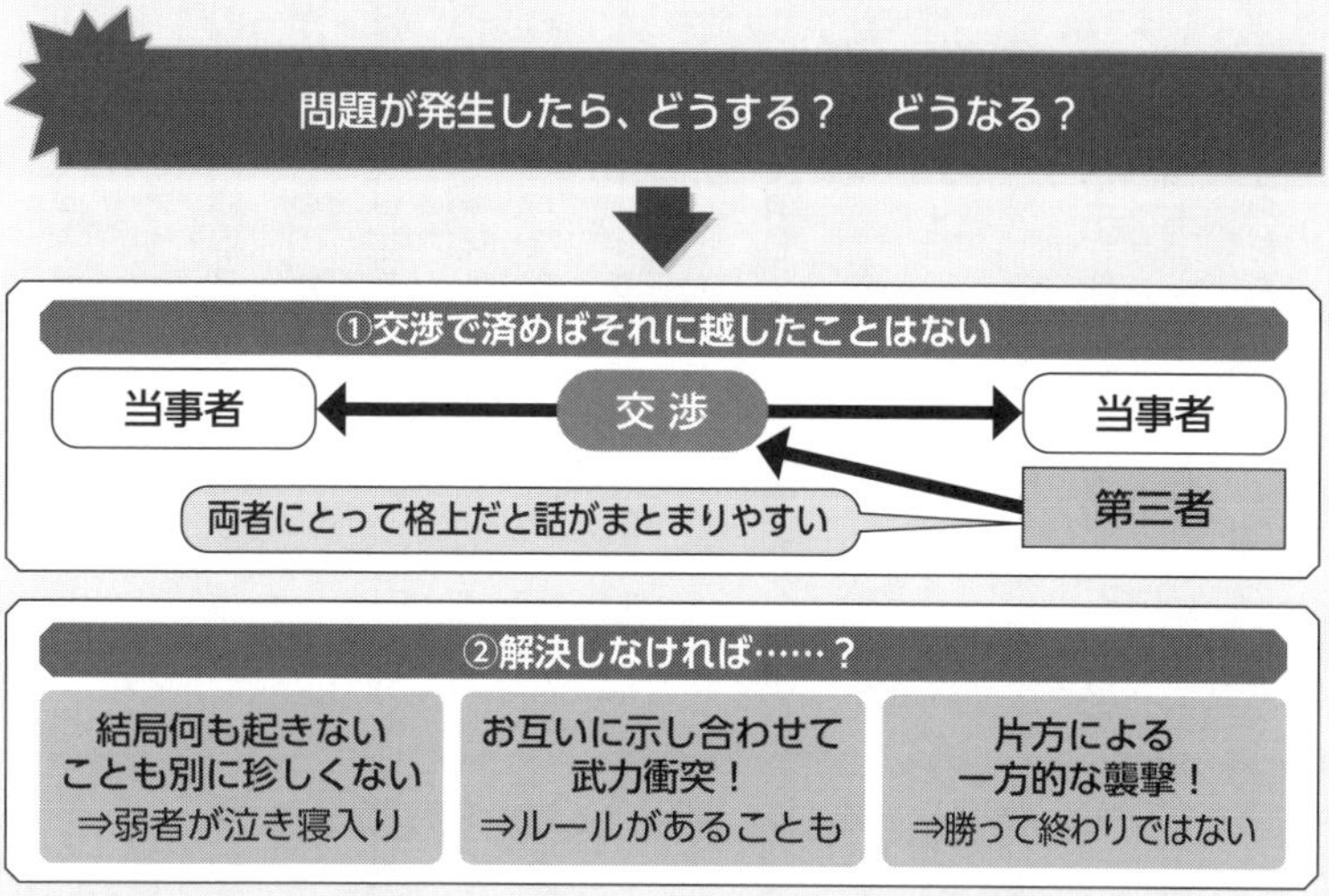
問題が発生したら、どうする？　どうなる？
①交渉で済めばそれに越したことはない
当事者
交渉
当事者
両者にとって格上だと話がまとまりやすい
第三者
②解決しなければ……？
結局何も起きない
ことも別に珍しくない
⇒弱者が泣き寝入り
お互いに示し合わせて
武力衝突！
⇒ルールがあることも
片方による
一方的な襲撃！
⇒勝って終わりではない

闘に発展する可能性が高い。相手が攻め込んでくるのをこちらも準備万端待ち構えていたり、「もはや交渉ではケリがつかないから、日時と場所を決めて戦おう」と約束をしたりするわけだ。

一方的な攻撃なり、喧嘩・決闘なりで決着がついて、果たして問題はこれで解決と言えるだろうか。勝った方は奢り高ぶるであろうし、負けた方は憤懣やる方ない心境になるに違いない。仮に両者の損害を最小限に抑えたとしても、怨恨は残ってしまう。まして、死者が出たなら、復讐や逆襲の種が蒔かれることになる。

であればいっそ皆殺しにしてしまう方がいいのだろうか？　一家などであればともかく相手が集団なら簡単なことではなく、生き残りを出してしまえば事態はさらに悪化する。

相手から攻撃されて迎え撃った場合など、どうしようもないケースはままある。しかし基本的には暴力に頼らず、無駄な損害を双方に出さず、怨恨を生まないように立ち回るのが賢い生き方と言えるだろう。それはまた現代社会に生きるエンタメの読者たちにとって非常に共感・理解しやすいストーリー展開だ。

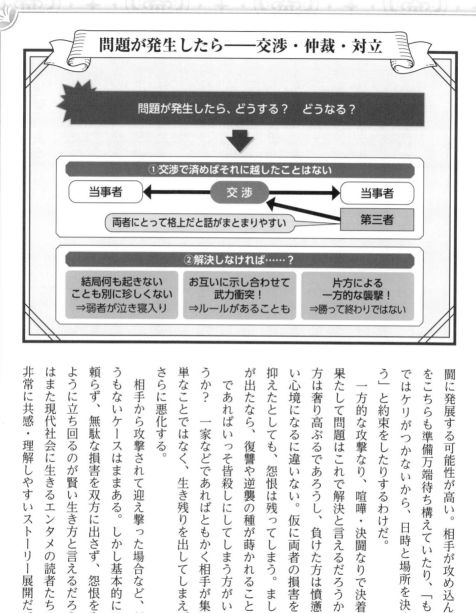

裁判による解決

交渉・仲裁の試みが失敗し、しかしまだ穏健的な解決の希望が捨てられないなら、裁判が行われる。権威や法律のもと、当事者がそれぞれの主張をし、最終的な審判が下されるのだ。

裁判はしばしば宗教と深く結びつく。対立する二者を納得させる、あるいはせめて「仕方がない」と思わせるためには強力な権威が必要で、そのためには人間を超えた存在——すなわち「神」が必要なのだ。

そこで、神の代理人である巫女や神官が裁判官役を務めたり、神や精霊とイコールである自然現象に裁決を委ねたりする。「熱湯に手を突っ込んだり、焼けた金属を掴んだりして、無傷なら無罪」あるいは「猛獣や怪物と戦ったり、危険な洞窟や迷宮、荒野に放り込まれたりして、生き延びたら無罪」という具合だ。

やがて王や領主、統治者の権利が神や宗教から独立・自立するようになり、その権威のもとで法律が定められ、裁判が行われるようになっていく。村が自治権を持っていたら各村で裁判が行われるだろうし、領主が支配力を持っていればそこに領主自身が赴いたり家臣が送られてきて取り仕切る。

さらに貴族・領主が裁判の当事者になるようなケース（領地を隣接させる領主同士による土地争いなど）では、国家レベルでの裁判が必要だ。王が彼らを王都に呼んで、直々に裁判を行なったり、あるいは国家直属の裁判所によって裁かれるということになるだろう。

これも簡単ではなかった。王の権威のもとで行われる裁判であっても「神の名において真実を口にすると誓う」と宣言することもあるし、「王国に関係することは王国の法で、それぞれの村でのことは昔からの習慣（慣習法で、宗教に関係することは宗教の法で」というように、複数の法が使い分けられたりもする。

また、法にははっきりとした文章で存在する成文法と、慣習法などはっきりとした文章のない不文法がある。私たちの感覚では成文法の方が当たり前に思いやすいが、統治者の観点に立てば「成文法で、かつ人々がその内容を理解するようだと、統治者側の問題を法に基づいて指摘するなどしてきて厄介だ」という思惑も生まれてくる。

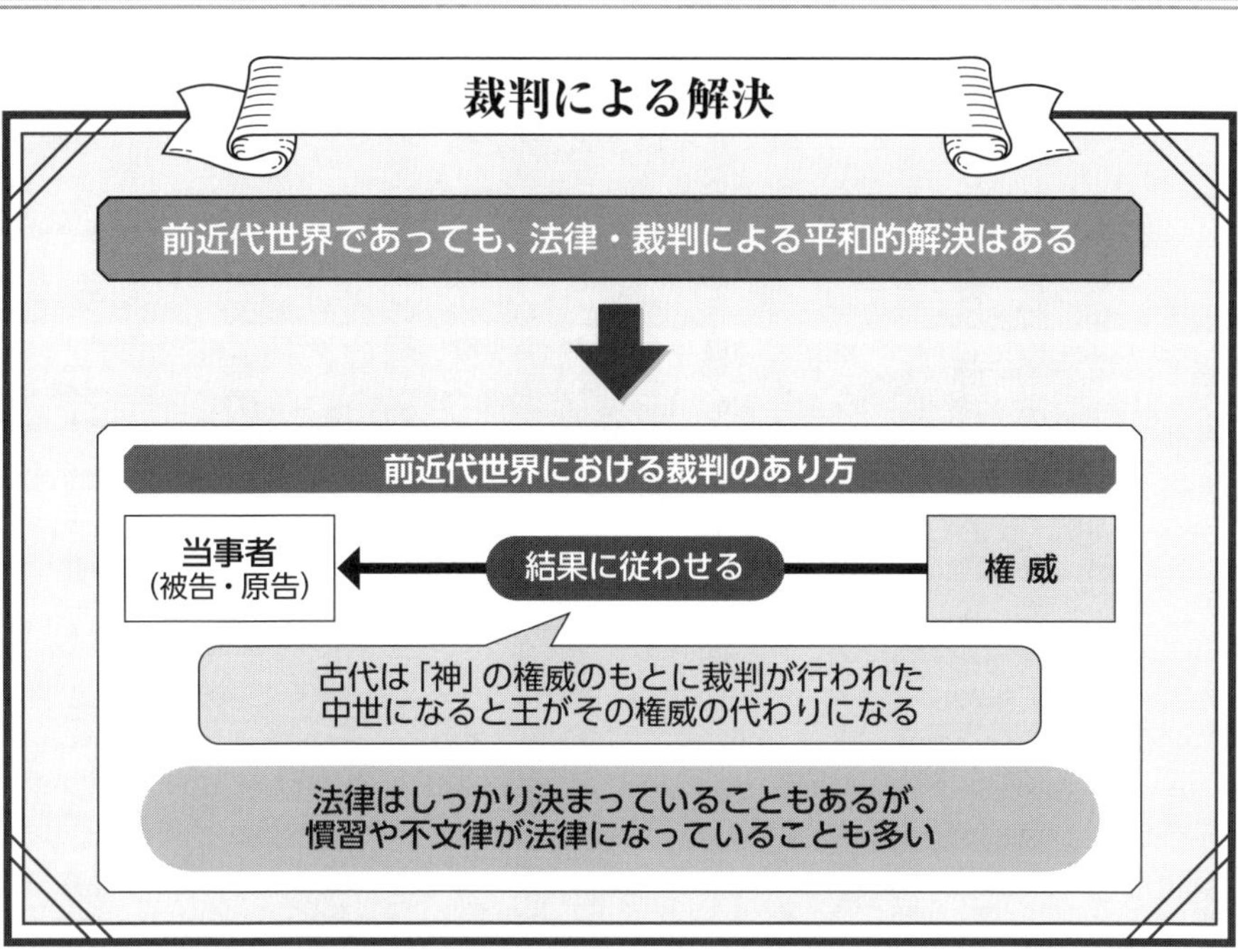
裁判による解決
前近代世界であっても、法律・裁判による平和的解決はある
前近代世界における裁判のあり方
当事者
(被告・原告)
結果に従わせる
権威
古代は「神」の権威のもとに裁判が行われた
中世になると王がその権威の代わりになる
法律はしっかり決まっていることもあるが、
慣習や不文律が法律になっていることも多い

逆に言えば法は、それをきちんと守ることが当然だという意識の強い場所では、力を持たないものにとって重要な武器になる、ということでもある。この武器によって生き延びる方法を探すのは本書よりもシリーズ三巻『悪役令嬢』に適したテーマであるため、そこで詳述する。

最後に、中世的世界の裁判の一例を紹介しよう。中世後期イングランドの農村の記録には、年に最低二回の裁判集会が行われ、税の徴収や揉め事の解決などが行われたこと。そして、そこに領主の執事が主宰者として参加していたことが記されている。ただ、執事はあくまで権威を与える存在であって実際の裁判運営は村人たちによって行われた。

他にも興味深いポイントとして、「裁判の参加者は出席及び裁判で決まった義務履行を保証する保証人を見つける必要があった」こと、また「裁判外で和解をするチャンスもあったが、その時は和解許可料を領主に払う必要があった」こと、「貧乏人は罰金を課せられるが払いようがないので払わないで良いという救済処置があった」ことを紹介しておきたい。

支配者と冒険者、そして物語の主人公たち

権力者との関係

　主人公たちが住む場所、開拓した土地は、完全な意味で彼ら自身の持ち物であるのだろうか。そうであるなら、問題はかなりシンプルになる。土地を切り開き、家を建て、暮らしを営んでいくのに他人から差し出口を挟まれることはない。その代わりに他者からの侵略に自ら立ち向かう必要はあるが。

　ただ、ある程度文明が発展し、人間社会が拡大した地域において、そのような「自分のものであり、誰のものでもない」という状況を後からやってきた人物が手に入れるのは、なかなか難しくなる。多くの土地は、すでに王や貴族と呼ばれる人々、すなわち権力者たちによって「自分のものだ」と宣言されており、実力と権威の裏付けによって彼らに保持し続けられているからだ。

　だから、山奥や深い森の中、居住に適さない荒野など、王や貴族の欲深い手でさえも届かない僻地に住むのでない限り、何らかの形で権力者と関わらざるを得ない。

　いや、僻地でさえも「実際にその地にA国の代官が住んだり目を光らせたりしているわけではないが、少なくとも名目上はA国の領土である」ということが珍しくない。なお、エンタメのよくあるパターンでは「めちゃくちゃ強いので権力者の命令を聞かない」もあるが、この場合はトラブルやアクシデントの種になるのでそれはそれでアリだ。

納税をはじめとする義務

　主人公たちと土地、そして権力者の関係にはいろいろなバリエーションが考えられる。自分の土地を持っている者もいる。名目上は権力者——例えば国王や貴族、あるいは神——のものを借りているが、実質的には自分の土地だという者もいる。自らの土地を持たず、

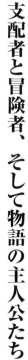

権力者の土地を耕すのが仕事（一般に農奴と呼ばれる）という者もいる。

どのケースだろうと、王や貴族といった権力者・支配者の側に立っていない場合は、基本的には彼らに支配され、納税などの義務を果たし、代わりに庇護を受ける立場であることに変わりはない。しかし、具体的にどんな恩恵が与えられ、どんな義務を果たさなければいけないかは多種多様だ。そのグラデーションの中においていろいろなピンチに陥ることもあるし、物語をドラマチックにする要素も浮かび上がってくる。

では、具体的にはどのような義務を持っているか、についてから見ていこう。最大の義務は「納税」だ。他にも国家に忠誠を誓い、支配者・権力者に従い、また彼らが定めた法に従うことをも求められる。しかし、最も重い負担はやはり税であったろう。

税についてはシリーズ第一巻『侵略』に詳述したが、それはどちらかといえば権力者・支配者が侵略や防衛に必要な金銭を獲得するという視点で語ったものだ。ここでは支配される方、権力を及ぼされる方の視点で紹介する。一部被る部分もあるが、ご容赦願いたい。

本書で想定する主人公たちは主に小規模な集落・村を自ら切り開き、あるいは住み着いたものと想定している。そのような人々に主に課せられるのは、まず土地（農地）に対する税だ。その土地から収穫される麦や米といった主要な穀物のうち、何割かを納めることになるだろう。穀物以外にも狩猟や漁労、製塩や商品作物などの主要産業を持っているなら、そちらの何割かを納めることもあるかもしれない。また穀物にせよ、産物にせよ、貨幣経済が発展した社会では、物納ではなくそれらを金銭に替えた後に金納することも多い。

人頭税――すなわち人間の数に合わせた税もしばしば払わされた。生産物を都市へ売りに出る時の関税や都市へ入るための税や、市場で売り買いをするための税なども必要になった。これらの税を払うために、主人公たちが初めて都市へ出かける、ということもあるだろう。

産物や金銭で払うのとはまた別に、労働力で払う税もあった。労役といえば土木工事などに参加する税であり、兵役といえば兵士として戦場に出る税である。主人公たちは労役や兵役のために、本来なら行かない

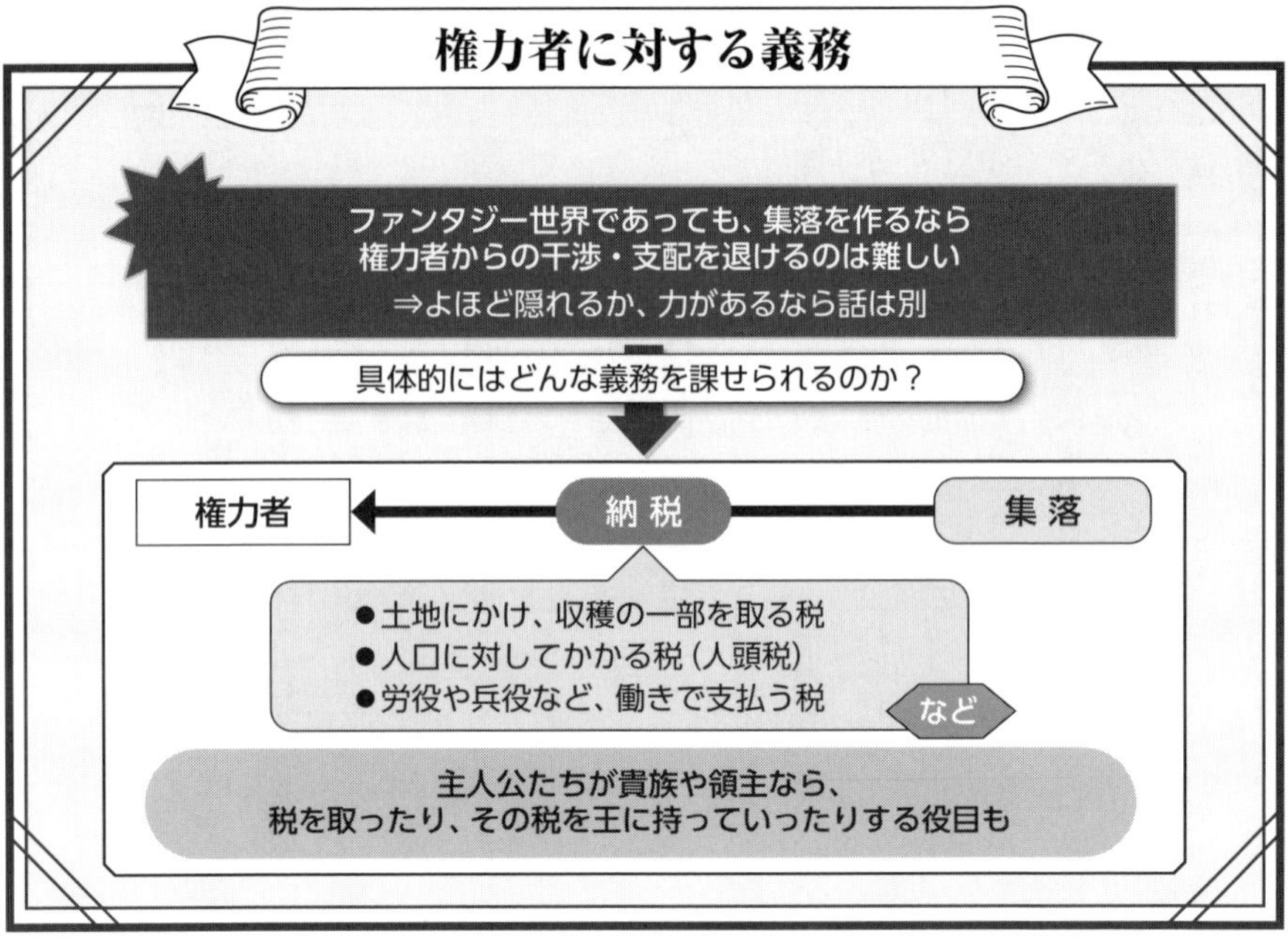
権力者に対する義務
ファンタジー世界であっても、集落を作るなら
権力者からの干渉・支配を退けるのは難しい
⇒よほど隠れるか、力があるなら話は別
具体的にはどんな義務を課せられるのか？
権力者
納税
集落
●土地にかけ、収穫の一部を取る税
●人口に対してかかる税（人頭税）
●労役や兵役など、働きで支払う税
など
主人公たちが貴族や領主なら、
税を取ったり、その税を王に持っていったりする役目も

ような場所に出かけたり、好まない振る舞いをしなければいけなくなるかもしれない。凄惨な戦場で悲劇を目にして精神に深い傷を負うこともあれば、工事中に見つけた不可思議な遺跡で奇妙な出会いをすることもあるだろう。物語にドラマチックな変化をつけるのに向いている、と言える。

主人公たちが村長や領主、貴族であるなら、それらの税を差し出される方だ。しかし、主人公たち自身も税を差し出さなければいけない。相手は自分が仕える大貴族であったり、あるいは国王であったり。ただ、政治体制によっては「貴族は税を払わなくて良い」こともあり、この場合国王は直轄地からの収入で国を運営することになる。

権力者の恩恵

では、納税をはじめとする義務を果たす代わりに、権力者・支配者はどのような恩恵を民草に下さるのだろうか。国家統治という大きな事業の内訳にはさまざまな仕事が含まれているが、その第一に立つのが「秩序の形成と治安の維持」であることは間違いない。こ

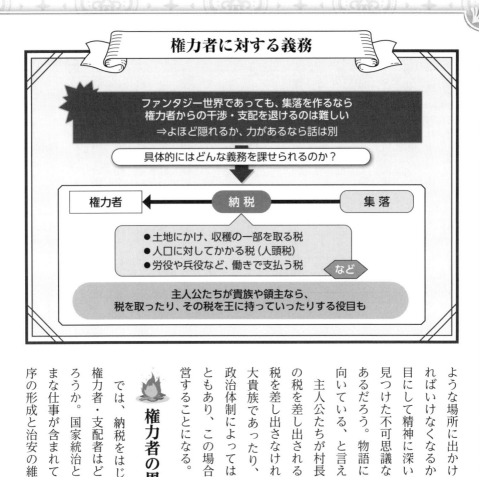

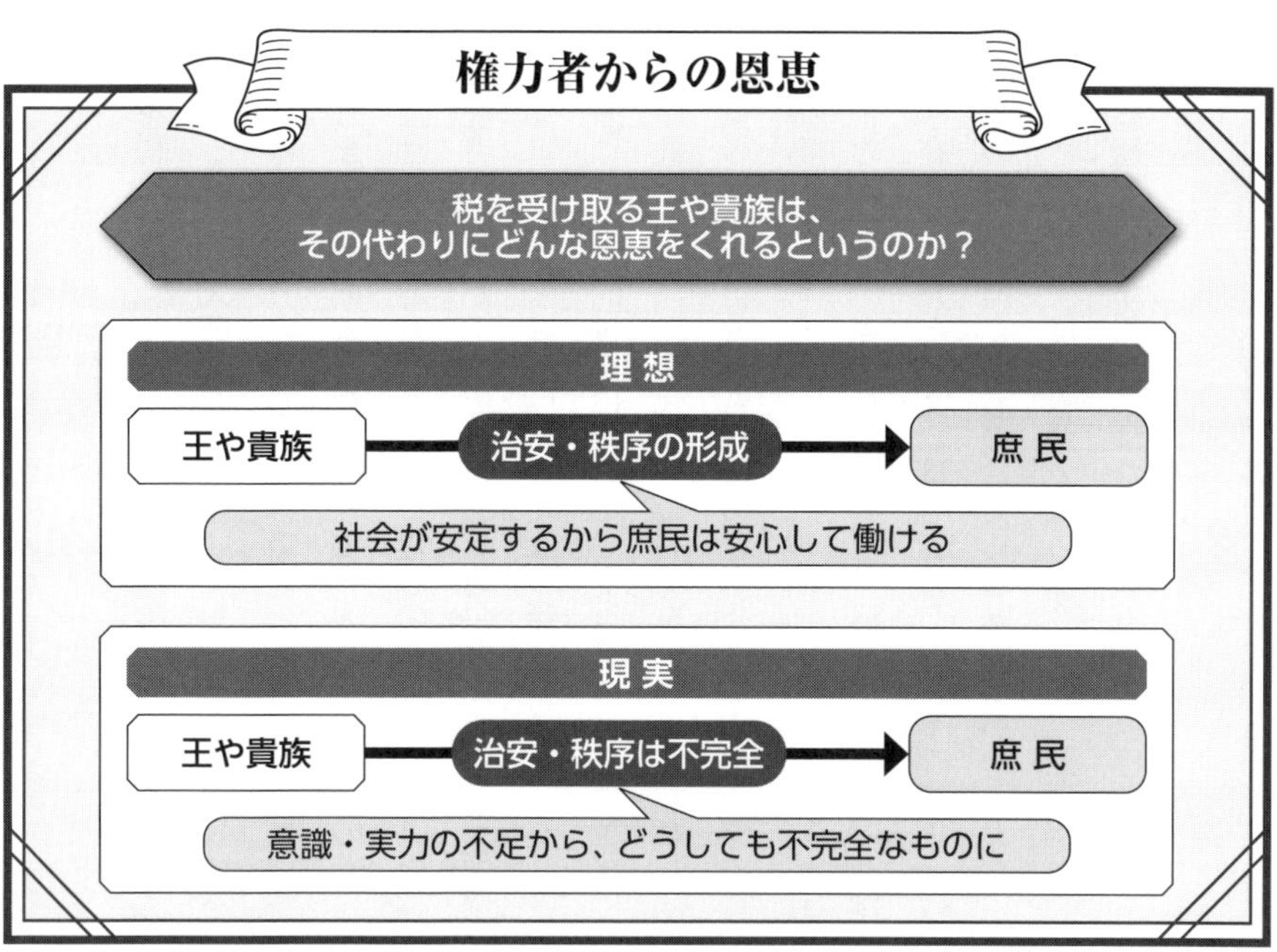
権力者からの恩恵
税を受け取る王や貴族は、
その代わりにどんな恩恵をくれるというのか？
理想
王や貴族
治安・秩序の形成
庶民
社会が安定するから庶民は安心して働ける
現実
王や貴族
治安・秩序は不完全
庶民
意識・実力の不足から、どうしても不完全なものに

れをもうちょっと平たくいうと、「揉め事が起きないようにして、起きた場合は解決する」になる。

極端なことを言えば、「道を歩けばごろつきに襲われて金や命を奪われ、農業をしていたら山賊に襲われて作物や命を奪われる」社会では、安心して生産活動に従事することができない。「取引の場所やルール、揉めたときの裁判の仕組みが整備されていなかったり、商品を運ぶためのルートが整っていない」社会では、商業が活発になるはずもない。「外国や異民族の襲撃に常に脅かされていて、いつ生命や資産を奪われるかもしれない社会」も同じことだ。

これらの社会には繁栄が期待できず、ということは支配者たちに差し出される税も増えない。そのため、彼らは法を定めて秩序を作り、これに反するようなものたちを時には実力（軍事力！）によって罰し、あるいは排除する。前近代レベルの社会では国家全土に目を光らせて法を乱し国家に反乱する者たちを取り締まるのも難しいが、都市や集落をぐるりと城壁や柵で囲い、外敵から守るとともに、その中の治安を維持するのはそこまで難しいことではない。

こうして、民草は支配者たちに守られることで平和と安定を享受し、日々の労働に精を出して、その生産物を税として差し出す。理想的な国家のあり方と言える――シリーズ第一巻『侵略』でも触れたヨーロッパにおける三身分のうち「戦う者」と「耕す者」というのはまさにこのような関係性と考えられていたのだ。

とはいえ、これはあくまで理想の話である。実際に支配者と民草がそれぞれの義務を果たし支え合う関係になりうるか？　といえばかなり怪しい。

多くの中世的世界において、支配者の地位は世襲で受け継がれる。先祖代々その立場を受け継ぐ者たちは、大抵の場合「自分たちがこの立場にあるのは当然のことである」と考える。本来は理由あって座っている支配者の椅子を、当たり前なのだ、自分たちは民草とは違う存在なのだと考えれば、先述したような支配者としての義務を軽く見るのはある意味で当然のことだ。

もちろん、よほど愚かでない限りは、支配者が完全に義務を放棄することはない。領域内の秩序が崩壊すれば税が入ってこなくなるし、外敵が迫って来れば自分の命も危ういからだ。しかし、ちょっと手を抜いたり、あるいは私欲を優先することは当たり前のようにあるだろう。都市内で起きた揉め事について自分の味方や賄賂を出してくれる方に有利な裁定を下したり、さほど税収のない集落が賊に襲われたりしても放置したりするわけだ。

あるいは、支配者側は秩序と治安のために力を尽くそうとしているが、さまざまな事情によって不可能なのかもしれない。広大な領地に対して兵の数が足りないため、全ての村を山賊や野盗から守ることができなかったり、都市内の衛兵組織や役所が腐敗していて賄賂が当たり前になっていたりするわけだ。

自力救済とは？

そもそも、多くの中世的世界では自力救済――平たく言えば「自分のことは自分でやる」がごく当たり前の価値観として浸透している。

理想としては先に挙げたような支配者による救済がありつつも、実態としては「外敵が攻めてきたら集落一丸で守る」「秩序を乱すものは仲間内で始末する」「やられたら自分たちでやり返す」「一族全体で負担と責任を分担し、助け合うことで一族の皆が利益を得られるようにする」などの形で対処することが当たり前になっている。これがやがて文明の発展、社会の熟成により、問題を国家で解決する方向へ進んでいくことになり、そうなると自力救済は否定される（皆が好き勝手に復讐をするような社会では秩序が維持できない！）わけだが、それはまだ先の話だ。ただ、船乗りや荒野の旅人など、危険な場所で活動する人々の中には「全体を身内と見なし、助け合う」文化があってもおかしくない。

このような自力救済型社会は、平和な現代日本で生きる私たちのような人間にはなかなか理解しにくく、住みにくいところではある。達也などは「国や領主さまは助けてくれないのか！」と叫ぶだろう。一方、一真はその感情を理解しつつ、「無理だろうな」と冷たく推測する。現代社会でも、一部海外などの危険地帯では国家や自治体の力が及ばない、あるいは人々の保護をしないのが当たり前であったりするからだ。そしてエレナは何も言わない。彼女にとっては当たり前のことだからだ。

一方、エンタメ的には自力救済社会は物語の種を作りやすいところではある。国家や支配者が解決できない、解決しない問題を、当事者やその依頼を受けた人々が解決する流れを作りやすいからだ。

例えば、村の近くの森に山賊や敵対的な異種族が居座ってたびたび攻撃を仕掛けてくるという時に、領主が積極的に兵を出して退治してくれるとなれば、問題は速やかに解決する。しかし、物語にはなりにくい（領主が限られたリソースを配分して領内の問題を解決する物語や、領主の配下の騎士が奮闘する物語などは作れる）。

しかし、領主が兵を出してくれなかったとしたらどうだろう。村人たちは自力救済のため、別の手段を考える。若い頃に戦場へ出た経験がある老人たちが錆びた武器を取り出し、戦いを挑むのかもしれない。血気盛んな若者が周囲の制止を振り切って森へ踏み込んでいくのかもしれない。戦える者が誰もいないから、なけなしの金を持って近くの都市へ出かけ、自分たちの代わりに戦ってくれる人を探すのかもしれない。ここに、ドラマチックな物語を作り出す余地がある。

旅人・来訪者・隣人がもたらすもの

　主人公たちが既存の集落に定住し、あるいは開拓して自らの集落を作ったなら、自分たちの場所に外からやって来る人々を迎え入れる側になる。

　この来訪者が外敵——すなわち人や物、土地を奪おうとする存在である場合、何らかの手段で防衛しなければならない。これについてはシリーズ第一巻『侵略』が役に立つだろう。そうではなく、旅人や来訪者を迎え入れる側に立つ時、彼らは主人公たちにどのような影響を与えるだろうか。考えてみよう。

旅人がたくさん訪れる場所

　中世的世界において、どんな旅人が集落にやってくるだろうか。大まかな種類については、二章で紹介した旅人たちの姿を参照してほしい。

　旅人がやって来るメリットにはどんなものがあるか。まず情報がある。遠くからやってきた旅人は近隣の人が知らないようなことを知っているし、技術や知識などを提供してくれる可能性もあるわけだ。

　商人や職人、芸能者などは自慢のサービスを提供してくれることだろう。そのやりとりは金銭で行われることもあるだろうが、集落の特産品を買い付けに来た商人との間では、物々交換の方が話が早いかもしれない。あるいは「居酒屋兼宿屋で数曲演奏する代わりに一晩無料で泊める」などということも考えられる。

　また、迎え入れる側としては「自分たちがどんな場所で暮らしているのか」を考慮に入れた方がいい。それ次第で、旅人が現れる頻度や種類が大きく変わってくるからだ。

　集落が大きな街道筋に存在するなら、都市から都市へ移動する途中の旅人が頻繁にやって来るだろう。むしろそうでなくては困る。そのような場所の集落は旅人の存在を前提にしているはずだ。旅人たちが宿泊し、食事をし、娯楽を楽しみ、そうして落とすお金が、集落を維持するために絶対的に必要なのである。ある日突然集落を訪れる旅人が減った、来なくなった――とあればまさに死活問題だ。

しかしそれだけに、日頃から情報には敏感であるはずだ。なにしろ中世的世界なら最大の情報源である旅人がしょっちゅうやって来る。仮に文明の発展により新聞が発明されていたとしても、都市で印刷されたそれは街道を通って各地へもたらされるはずだ。どこそこで戦争が起きた、クーデターだ、疫病だ、洪水だ。だからここの道は通れない、あちらの方面へ人が動く――そのような情報が自然と入ってくるのである。そんな彼らにとっても突然の出来事であるなら、余程の変事が起きた、ということになる。

大きな街道からの横道になると、通る人は減る。しかし、そんな人々は街道の先にある都市や宗教的聖域など、明確な目的を持っているだろう。

旅人が滅多に訪れない場所

一方、全く街道筋から離れてしまった山奥や森の中の集落となれば、訪ねて来る旅人もそうそういないに違いない。定期的に近隣の村々を訪ねて回っているような商人や職人くらいではないか。そのような顔見知りではない、全く新顔の旅人が訪ねて来たならば、どのように対応すれば良いのだろうか?

特に裏のないただの旅人であるならそれでいい。しかし、地元や旅先で犯罪を犯して来たような人物であったなら、この集落でも何かしらトラブルや犯罪(窃盗、傷害、殺人……)を犯すのではないか? いや、もしかしたら山賊や隣村、異民族、あるいは別の領主といった、外敵の手先だという可能性もある。村の様子を偵察しに来たり、あるいは深夜密かに火を放って同時に外から攻撃を仕掛けるのではないか?

繰り返しになるが、第一章で紹介したような「もてなし」は、このような正体不明な相手に対してかなり有効なアプローチになる。友好的、あるいはせめて中立的な旅人であるなら、もてなしで好感を得ればより大きなメリットを引き出すことができる。敵対的な思惑を持っている相手であっても、もてなされて悪い気持ちにはならないはずだ。いや、相手の敵意・悪意が根強いにしても、もてなしを口実にして常に誰かが身近にいて、監視することもできる。

旅人と集落の関係

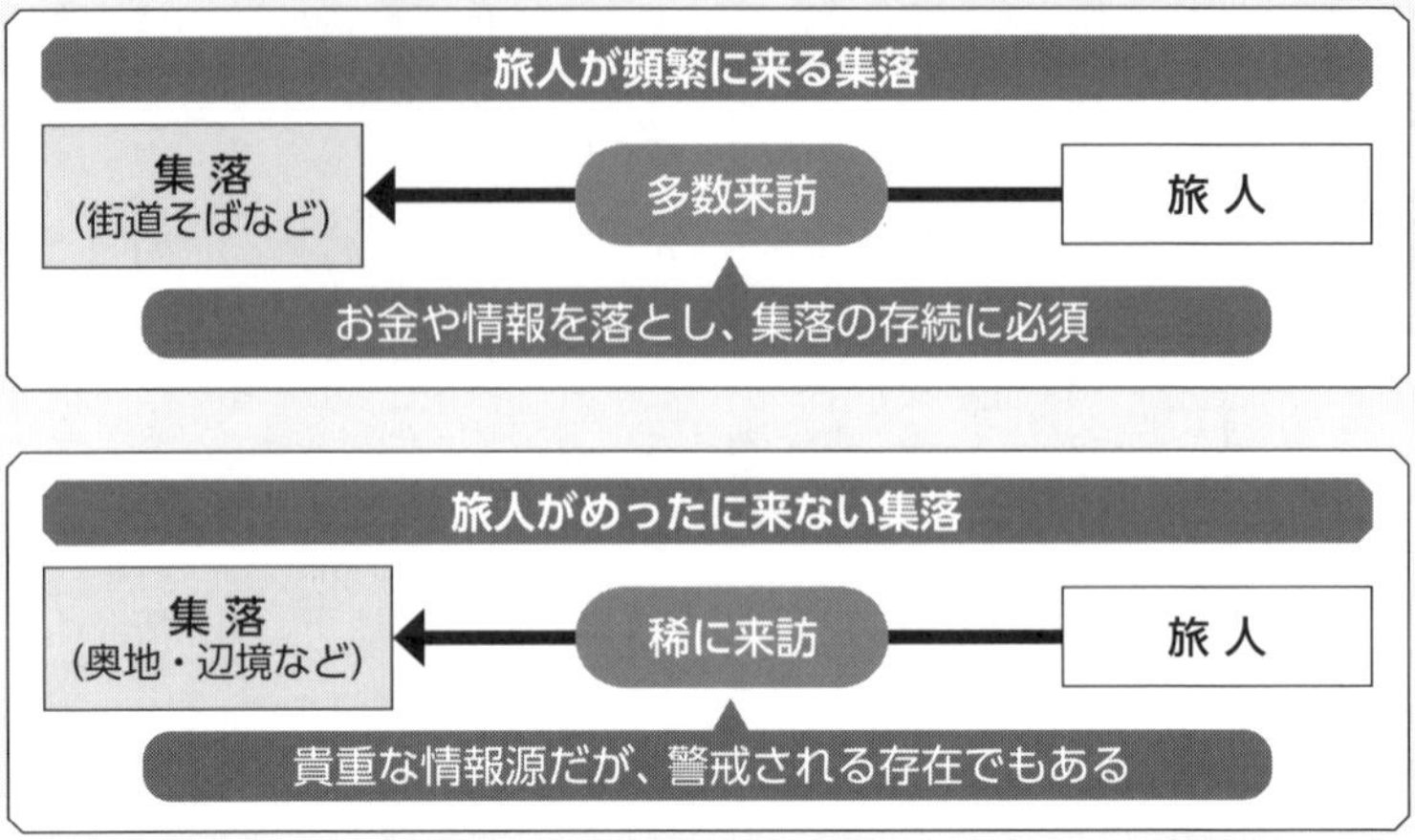
旅人が頻繁に来る集落
集落
(街道そばなど)
多数来訪
旅人
お金や情報を落とし、集落の存続に必須
旅人がめったに来ない集落
集落
(奥地・辺境など)
稀に来訪
旅人
貴重な情報源だが、警戒される存在でもある

旅人はデメリットももたらす

最後に、旅人たちがやって来ることのデメリットについても掘り下げておきたい。これは先述した「何か悪意を持っているかもしれない」ケースとは違う、旅人たちが意図しているのではないケースのことだ。

まず、情報漏洩がある。

主人公たちが暮らす集落に何かしら隠しておきたい情報や秘密、あるいは価値のある技術・知識・道具がある時、集落外からの来訪者の存在は懸念事項になるかもしれない。

旅人が一日二日集落内に滞在するくらいであれば、さほどの問題は起きないだろう。見られたくない人やものを隠すにしても、短期間ならそれほど困難ではないはずだからだ。

しかし、旅人が十日なり一ヶ月なりと長期逗留する場合、隠ぺいが難しくなる。さらに何か目的があるのか、怪しんでいるのか、集落の中を調べ始めたらなおさらだ。

ただ遠くからやってきた旅人から隠すのではなく、

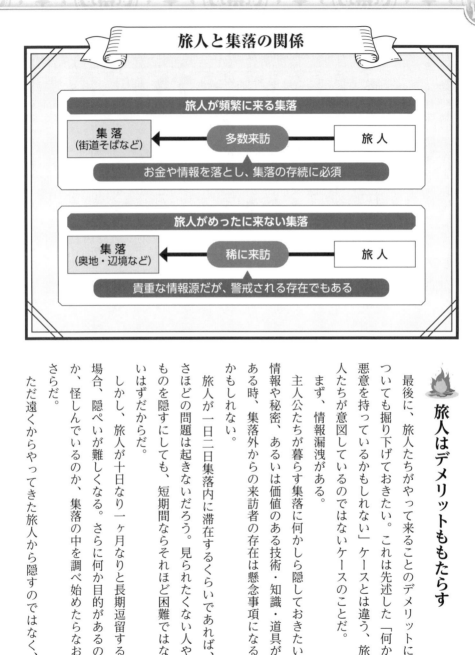

近隣の村人たちの目からも隠したいとなると、いよいよ問題は深刻になる。そもそもあまり人目のつかないような場所に住まわせる（建設する）とか、何かしらの言い訳や理由付けを用意するなど、対策を施す必要があるだろう。

一番わかりやすいのは、エレナのような外の世界にトラブルを抱えている人間、追われている人間が集落の中にいるケースだ。似た話として、犯罪者であったり、被差別民族（異種族）であったりを集落内に匿っているケースも該当しうる。

旅人や近隣の人々が彼らを目撃した結果、噂話になって、彼らを追う何者かの耳に届いてしまう、というのはそれなりに起きそうな種類のアクシデントだ。何しろ人間は噂話やゴシップが好きな生き物であるのだからだ。

潜んでいたり匿っていたりする人物が特別な特徴などを持っていない場合は、別にちょっと見られても気にしなくていいかもしれない。ただ、そもそも場違いだったり、不自然なふるまいをしてしまうと旅人や近隣の住民らの印象に残り、噂話へつながってしまう可能性は高い。

例えばエレナであれば、辺境の開拓村に似合わない凄腕の冒険者がいたら、ちょっとは噂になる。その話が彼女を追う者たちの耳に入れば「一応は確認してみよう」ということになってもおかしくはない。他の二人も、異世界人の存在が当たり前であればさほど注目は集めるまい。しかし、異世界人がごく珍しかったり、忌み嫌われていたりすれば、良い目では見られない。そこに外見的特徴（この地域に黒髪はほとんどいない！　や、服装など）も重なれば、よくない注目を集める確率は高い。

まして、明確な外見的特徴があったり、あるいは似顔絵付きの手配書が広まっていたりすれば、追手に見つかる可能性はさらに高まる。集落や都市にいる目ざとい人間が注目し、追手に情報を売る――などということもあるかもしれない。もちろん、よほど狭い地域の話でなければ、「似たような外見や特徴の人はほかにもたくさんいるよ」ということでそうそう見つからない可能性もあるが。ここはストーリー展開次第である程度偶然を発生させてもいいところだろう。

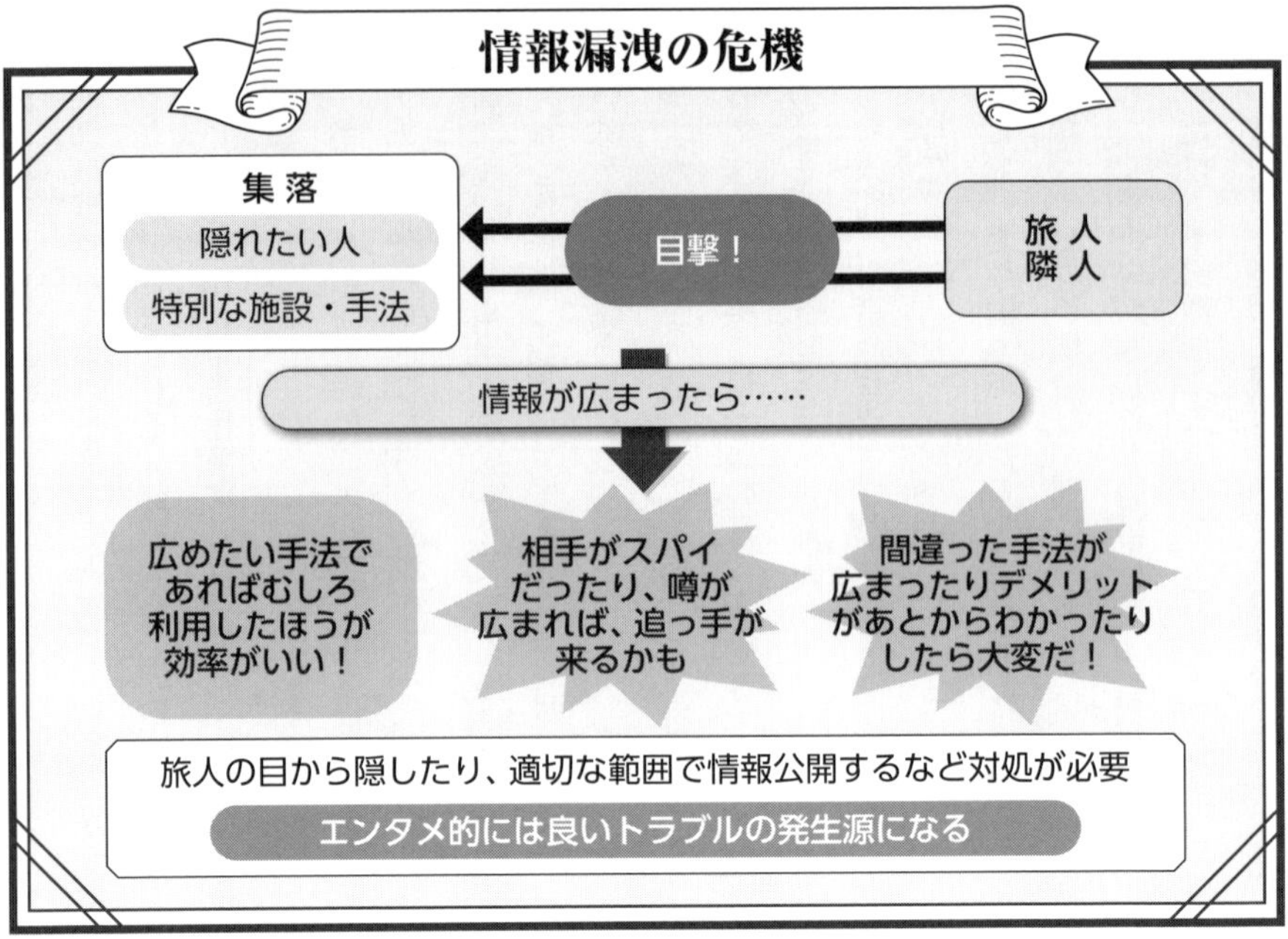
情報漏洩の危機
集落
隠れたい人
特別な施設・手法
目撃！
旅人
隣人
情報が広まったら……
広めたい手法であればむしろ利用したほうが効率がいい！
相手がスパイだったり、噂が広まれば、追っ手が来るかも
間違った手法が広まったりデメリットがあとからわかったりしたら大変だ！
旅人の目から隠したり、適切な範囲で情報公開するなど対処が必要
エンタメ的には良いトラブルの発生源になる

旅人・部外者と情報漏洩

他の集落と比べた時に明らかに違うもの、不自然な様子がある場合も問題になるかもしれない。一般的でない（現代知識に基づいたものなどの）農業手法を実施していたり、水車や風車のような動力設備に工夫があったり、そもそも何のためにあるのかその世界の常識では計り知れない設備があったり、などだ。

犯罪者・お尋ねものと違い、これらの手法や設備が良いものなら隠す必要はない、と考える人もいるかもしれない。むしろ多くの人に知らせ、広めたほうがたくさんの人を幸福にするのではないか、というわけだ。

なるほど、農業手法や設備であれば集落のほかの人々の協力なしにはそもそも実行不能なこともあるだろうし、やはり完全に秘密にするのは難しい。自分たちで独占せず、近隣の人々に教えるのも善行といえるだろう。

しかし、主人公たちが揉めごとを回避したいなら、ある程度は隠ぺいしたほうが良い。そして慎重に、段階的に広げるのが、少なくとも本書で想定する主人公

たちにとっては賢い振る舞いといえる。

なぜだろうか。

一つは、「新しい手法や設備が上手くいくとは限らない&ここでは上手くいっても別のところで同じとは限らない」ということだ。

第三章や第四章でもある程度触れたが、物事がうまくいくかどうかには環境的要因が大きい。全く同じようにやっているはずなのに、気象だったり、道具の質だったり、技術だったり、何かが違って上手くいかない。特に農業は土壌に強く影響されるので、あるところではよく育つ作物が別のところでは全く伸びないなどというのはよくある話だ。この辺の説明が不十分なまま他所へ伝えても、「上手くいかなかったぞ、嘘をついたな！」と非難されるのがオチであろう。

あるいは、短期的には上手くいっているが、次第に悪影響が大きくなって、最終的には失敗だった、などということもあり得る。例えば、主人公たちの集落で新しい農法を試してみたところ、作物はたくさん穫れたが、よくよく調べると毒素が出てしまって食べられたものではない、とする。この時、「新しいやり方で作物がたくさん穫れた」という話だけが広まれば、害をもたらしかねない。

もう一つは、「人は未知を恐れるし、富めるものを嫉妬する」ということだ。

前者については第一章に紹介した通りで、知らない、わからない、理解できない、ということは非常に恐ろしい。「隣の集落がなにかよくわからないことを始めた」ことは、恐怖したり拒絶したりする理由として十分だ。となると、対立を避けるためには隠した方が良い、ということになる。

もちろん、何でもかんでも見たことのないものは怖い、とはならない。人間には好奇心もあるし「よそのことはよそのこと」という鷹揚さもあるからだ。どのくらい異様なのか、どのくらい特別なのか、どのくらい従来の価値観に反するのか、の度合いで決まる。

わかりやすいところでは、人糞で肥料を作ろうとするケースなどは特にそうだ。この習慣を持たない人々は、聞いただけで激しく反発するに違いない。理解してもらうためには、最初に成果を主張するなど、よほど上手く話を持っていく必要がある。そしてもちろん、実験中はなるべく人目を避けた方が良い。

後者はもっとわかりやすい。よくわからないやり方をやっている人や集落がいきなり豊かになりだしたら、嫌われるに決まっている。単に妬ましいだけでなく、未知がセットになっているから、嫌っていい、憎んでいい、という大義名分が自然と心のなかに生まれるのだ。

以上二つの問題を解決するための賢いやり方こそ、「だんだん広めていく」であるわけだ。一気に公開したらどんなアクシデントが起きるかわからないし、誤解される可能性も高い。一方、完全に隠し通すのも無理がある。どんなに隠してもやがて情報は漏れていき、未知への恐怖や富への嫉妬を受けるのは間違いない。宗教的な異端・異教とみなされて激しい攻撃を受けることにもなりかねない。王や貴族のような権力者、都市の商人でもない限りは、リスクが高すぎる選択肢になってしまう。

そこで、実証し、また理解を広めながら、「みんなで豊かになろうよ」という道を探ることが、地味ではありつつも一番ハッピーなあり方といえるわけだ。

なお、権力者そのものや権力を活用できる立場にある場合、あえてその一部あるいは全部を独占するテクニックもある。これはシリーズ第三巻『悪役令嬢』で詳述する。

旅人・部外者に付いて入ってくる災い

旅人や来訪者がもたらす問題は、情報漏洩に代表される「外へ持ち出す」ことだけではない。「内へ持ち込む」こともまた、トラブルやアクシデントの種になりやすい。

一番わかりやすいのは疫病だろう。外の世界に存在する病気の原因——科学的には細菌あるいはウイルス、あるいは寄生虫の類——が、旅人の身体あるいは持ち物に付着して、集落へ持ち込まれる。結果、集落にそれまで存在しなかった（流行していなかった）病気が現れ、しばしば多くの被害を出すわけだ。

旅人が明らかに体調を悪くしていたり、あるいは集落の中で死んだりしたら、まだいい。知識を持っている人間であれば、隔離したり、あるいは亡骸を焼くなどして、病気感染のリスクを下げることができるから

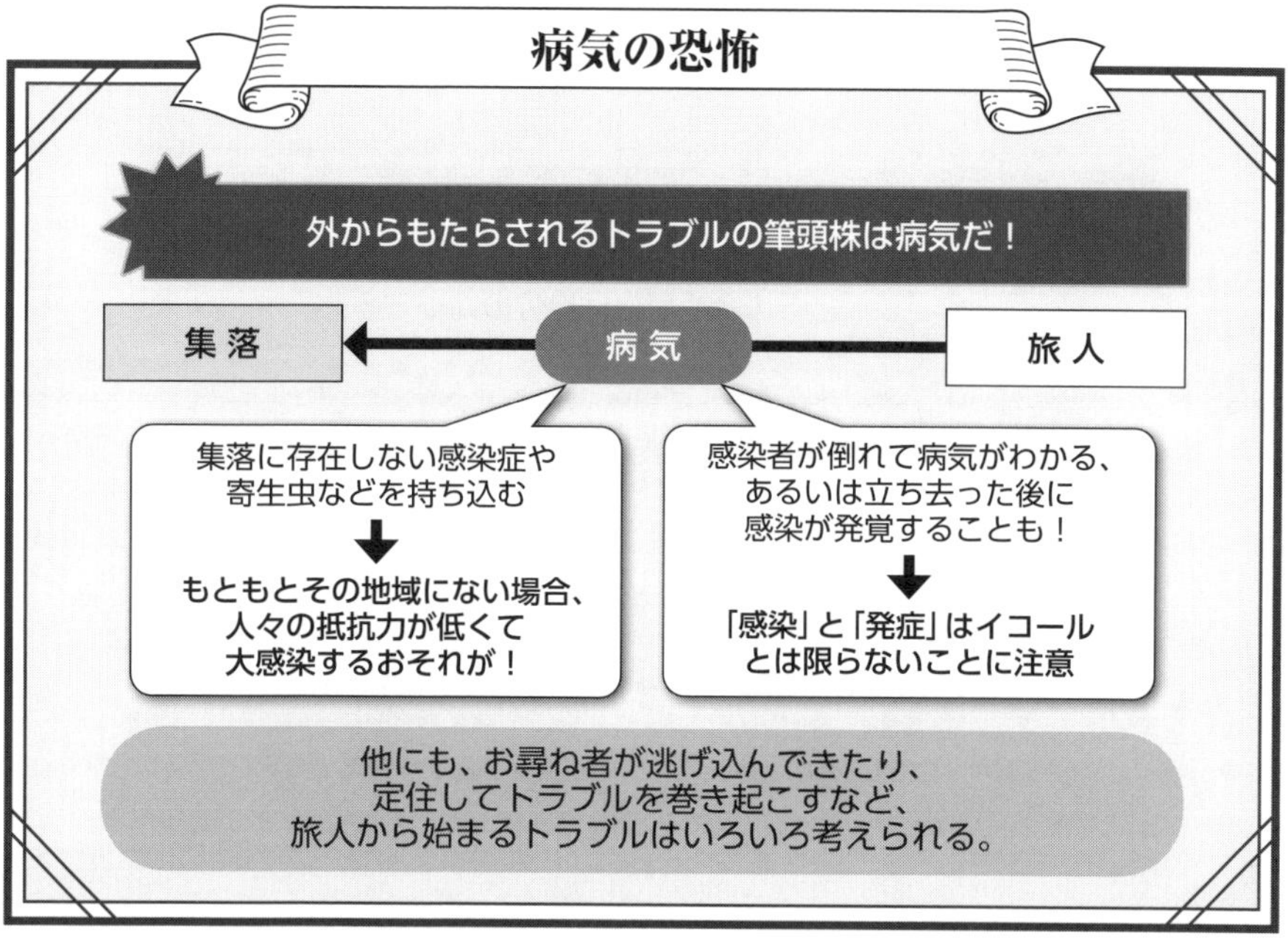
病気の恐怖
外からもたらされるトラブルの筆頭株は病気だ！
集落
病気
旅人
集落に存在しない感染症や
寄生虫などを持ち込む
もともとその地域にない場合、
人々の抵抗力が低くて
大感染するおそれが！
感染者が倒れて病気がわかる、
あるいは立ち去った後に
感染が発覚することも！
「感染」と「発症」はイコール
とは限らないことに注意
他にも、お尋ね者が逃げ込んできたり、
定住してトラブルを巻き起こすなど、
旅人から始まるトラブルはいろいろ考えられる。

だ。科学的知識がなくとも「こういう来訪者にはこういう対応をするべき」というマニュアルが神話や伝説の形で残っている集落もあるかもしれない。かつて痛い目にあったのだろう。

真に恐ろしいのは、一見して病気に感染しているとは見えない旅人だ。感染と発病は必ずしもイコールではない。耐性などの関係で、感染しているが症状は出ていない人物が集落に入り、人々とふれあい、感染したら、どれだけ大変なことになるか。言うまでもない。

疫病には中世ヨーロッパで猛威をふるった黒死病や、現代でも人々を苦しめるインフルエンザまで、さまざまな種類が存在する。具体的にはシリーズ第一巻『侵略』で詳述したので、そちらを参照いただきたい。

自力救済社会と冒険者

現代日本でお馴染みの中世ヨーロッパ風ファンタジー・エンタメで定番化した要素である「冒険者」は、自力救済社会だからこそ活躍できる職業だ。主人公たちの集落が何かしらのトラブルに巻き込まれ、独力では解決できそうになければ、彼らの出番になる。

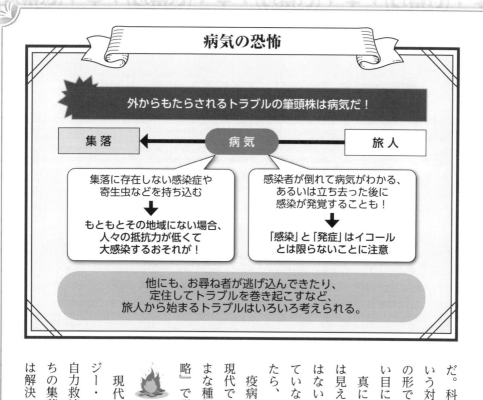

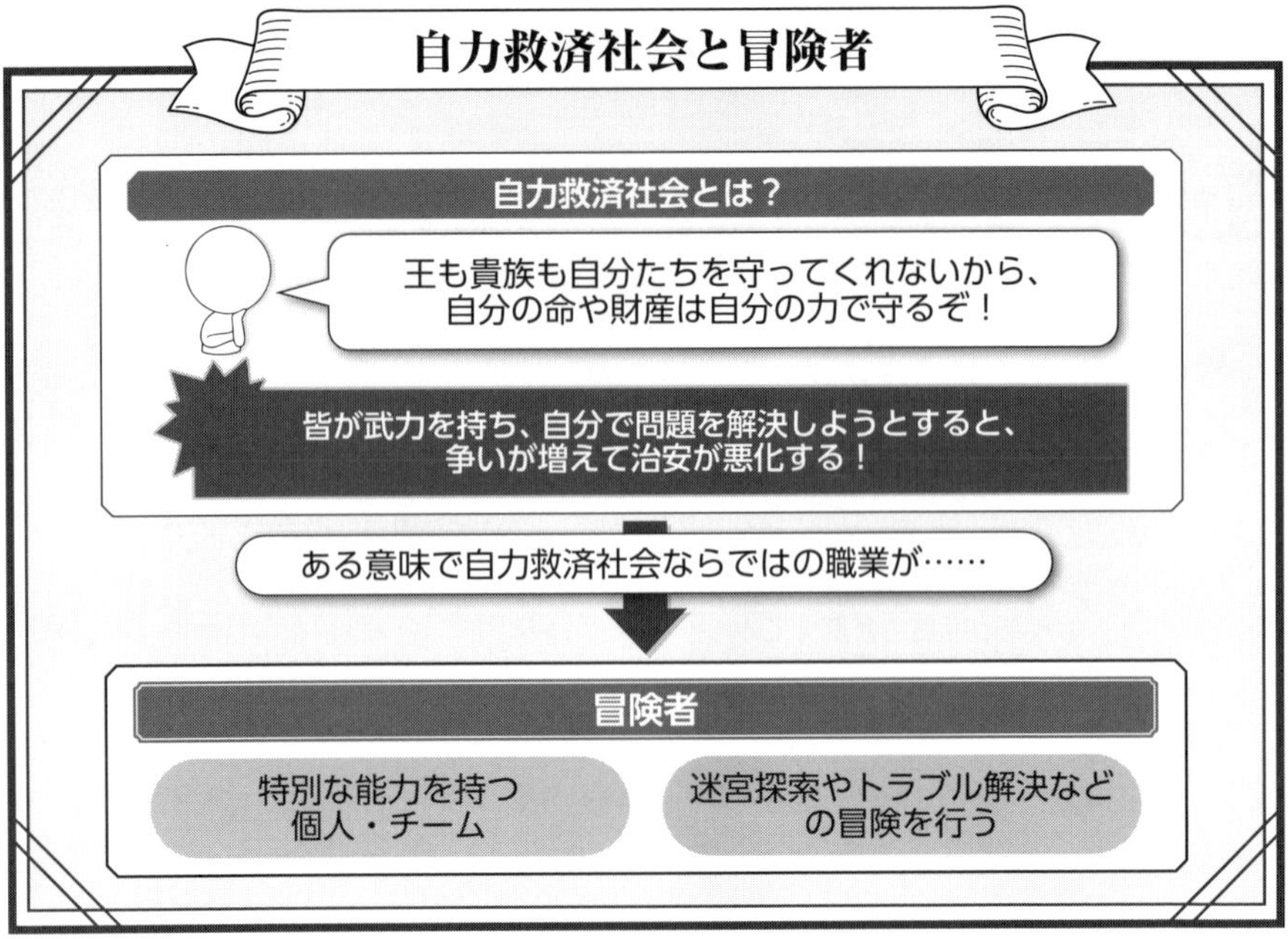
自力救済社会と冒険者
自力救済社会とは？
王も貴族も自分たちを守ってくれないから、
自分の命や財産は自分の力で守るぞ！
皆が武力を持ち、自分で問題を解決しようとすると、
争いが増えて治安が悪化する！
ある意味で自力救済社会ならではの職業が……
冒険者
特別な能力を持つ
個人・チーム
迷宮探索やトラブル解決など
の冒険を行う

冒険者の定義は作品によりさまざまだが、おおむね「剣や魔法などの戦闘能力や盗賊・賢者などの技術・知識を持つプロフェッショナルで、モンスター退治や迷宮の探索、市中のトラブル解決などを行なって対価を得て暮らしている」人々、というところだろう。

人々がモンスターに脅かされ、あるいは犯罪や揉め事などで困っているからこそ、彼ら冒険者たちの活躍する余地がある。支配者やその配下の兵士や役人、衛兵らによって問題が解決されてしまうなら、冒険者の需要はなくなってしまう。

支配者側の傲慢や怠慢が原因かもしれないし、状況が過酷すぎるせいなのかもしれないが、とにかく国家の力だけではどうしようもない部分があって、そこを強い力を持った個人である冒険者がカバーする。そのような構造にすると、私たちの歴史には存在しない冒険者という架空の職業・社会的立場にもそれなりに説得力が生まれるわけだ。

——冒険者個人の活躍やアクションを物語のメインに据えるなら、掘り下げはこのくらいでいいかもしれない。「お上が頼りにならないから俺たちが頑張って

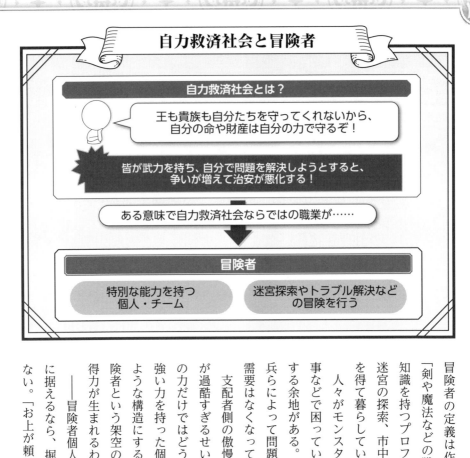

人々を助けるんだ！」というのは、シンプルだがいいモチベーションだ。

ただ、主人公たちが冒険者になるにせよ、あるいは冒険者に依頼する側に立つにせよ、世界の在り方に説得力を出したい、読者からのツッコまれどころを減らしたいのであれば、もう少し掘り下げてもいい。

そもそも、冒険者のような強力な個人は、支配者の立場からすれば非常に危険で、恐ろしい存在だ。彼らがその気になった場合、クーデターを起こして支配者の立場を脅かす可能性がある。いや、実際には支配者に対して敬意を払い、出過ぎた真似をしないにしても、国家や組織の支配力が及ばない存在がいる――それ自体が庶民の中に「王や貴族も絶対ではないのでは」と考える人間を生み出すことにつながり、国家の秩序を不安定にさせうる。まして、エンタメ作品でしばしば見られる冒険者ギルド――強力な冒険者たちを幾人も抱える職業団体――などは、支配者の目からすれば脅威以外の何者でもない。それだけではない。強力な個人が野放しになって街中を歩いているのであれば、庶民の生活も脅かされる。王や貴族も恐れるような相手が「お前の財産をよこせ」「俺のいう通りにしろ」と要求してきた時に、いったい誰が逆らえるだろうか？

国家はなぜ冒険者を許すのか

では、どうして国家は冒険者や冒険者ギルドの存在を許しているのだろうか。ここにロジックが欲しい。

例えば「国家と冒険者あるいは冒険者ギルドがしっかり結びついているから」というのは一つの答えだ。国が冒険者たちの存在を許すからこそ、冒険者も活躍することができる。その代わりに、冒険者たちは国家によって直接、あるいはギルドを間に挟む形で間接的に管理される。名前や住居、能力などが登録され、危険で強力な能力を持つ者は講習や訓練を受ける義務があると共にその能力が使える場所を制限されている。時には国家の要請で断れない任務が降ってくることもあるだろう。国外への移動、国内への侵入についても届け出と許可が必要だ。全ては冒険者たちが危険だからである。そして、冒険者たちが国の秩序を乱し、反逆するようなことがあれば、他の冒険者から命を狙われたり、国家が抱えている直属の戦力に追われたりす

冒険者を掘り下げる

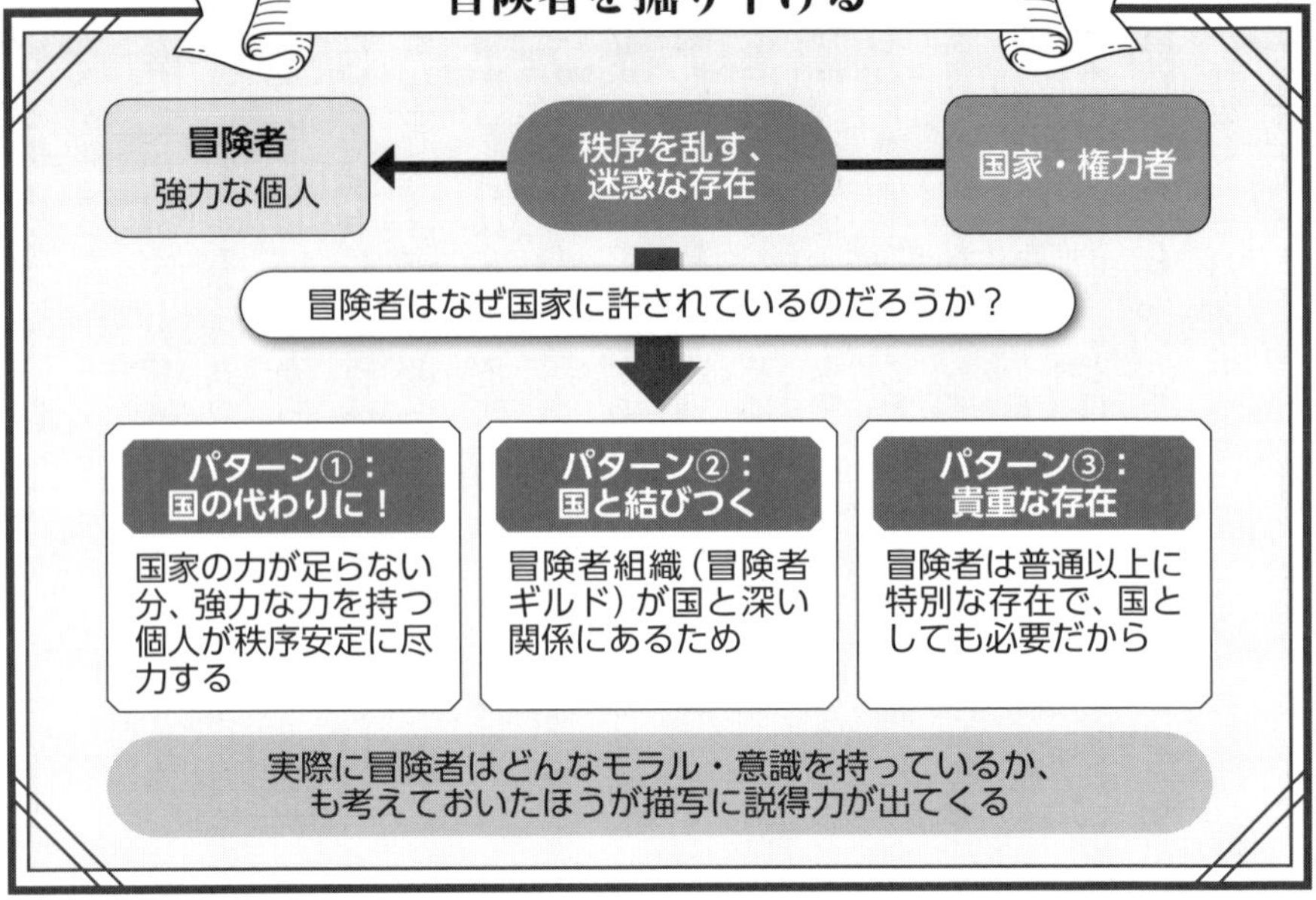

る……。かなり現代的な発想だが、それだけに多くの読者の納得をもらえるのではないか。

あるいは、「冒険者の存在は非常にかけがえのないものであるため」というのはあるかもしれない。この場合、冒険者は単に優れた能力を持っている、というだけでは説得力が不足する。都市の外をうろつくモンスターや、敵対する異種族の軍団などと戦えるのは特殊な能力や装備を携えた冒険者だけであり、彼らなしには社会が成立しない、だから許されている、くらいの設定にした方が良い。

どのような在り方にするにせよ、「実際に冒険者たちのモラルはどのくらいなのか」は考えておいた方がいいかもしれない。相当の荒くれ者揃いで人々に怯えられているのか。狼藉が過ぎるものは冒険者同士によって処罰されるのでそれなりに秩序だっているのか。冒険者たちだけの隔離区画のようなものがあって、その中で自由に振る舞っているのか。きちんとしたモラリストでなければ結局冒険者として長生きできない、というのでもいいだろう。この辺りは私たちの歴史における傭兵の暮らし・生き様が参考になるはずだ。

集落・都市の拡大

人物たちが作り上げた、あるいは住み着いた集落が、やがて人口が増え、巨大化し、都市になることもある。その時、何が起きるだろうか。

これは数年から数十年、あるいは数百年単位で時間が経過する出来事だ。長い物語を描くこともできるが、主人公たちが普通の寿命であるなら全ては「その死後」になってしまうかもしれない。しかしエピローグ的展開に説得力を与えるために使ったりもできるので、紹介しておきたい。

なお、ここからの内容は性質上、シリーズ第一巻『侵略』で語っている内容と深く関わっている。そちらも参照いただければ幸いだ。

拡大する条件①「安全」

まずはそもそも、どんな条件で集落が拡大していくかを押さえておこう。集落が大きくなるためには人が集まってくることが絶対条件だ。どんな場所になら人々は「あそこに行きたい」「あそこなら行ってもいいな」「あそこに行かねばならない」と考えるだろうか？

以下、二つの条件を紹介する。これらは集落を作った人々やそのリーダー、あるいは統治した人々が最初から意図していたり、積極的にその方向へ誘導していく場合もあるし、偶然そのようになってしまうこともある。

第一の条件は「安全な場所」だ。人々は安全を求める。安全であるからこそ、安心して食糧生産にも励めるし、商人や職人として働くために腰を落ち着けよう、設備投資をしよう、という気にもなる。戦乱の時代はもちろんのこと、ある程度平和な時代であっても、野獣や野盗・山賊、飢えや病気、あるいは支配者たちによる圧政や強奪など、多種多様な危険が存在する（少なくとも前近代的な世界では）。となれば、自分の命と財産を守ってくれる場所へ移っていくのは庶民にとって当然のことである。

危険が多様であるため、それを防ぐ安全も多様になる。「強大な軍事力を持つ君主」の城館周辺は、敵から攻撃される可能性が低いので周囲に人が集まる。「しっかりとした防壁に囲まれている」もこれに準じる特徴だ。

拡大する条件②「繁栄」

人々が嫌う危険は外なる敵ばかりではない。「支配者やその部下もある程度統制されている場所」「犯罪者やごろつきをきちんと取り締まれている場所」「衛生や食料供給もしっかりしている場所」など、内なる敵への対策ができていれば人々はそこを安全な場所とみなすだろう。

第二の条件は「繁栄している場所」だ。人が多く、経済活動が盛んな場所は、自然と人々を惹きつける。そこに行けば自分も儲けられるかもしれない、いい暮らしができるかもしれない、と思うからだ。

逆説的だが、一番繁栄していて人が集まる場所は「すでに人がたくさんいる場所」だ。人が多ければ多いほどそこで行われる経済活動は盛んであり、それ故に人を惹きつける。結果、都市はいよいよ人口を膨張させ、農村の人口は減る、というのが一つの傾向だ。

もちろん、最初から人が集まっているところだけが繁栄し、人が集まるわけではない。そのような場所だって、昔は人も家も少なく、何かの事情で拡大していったのだ。例えば、「交通の要所」は自然と繁栄する。複数の大きな道が交わる場所であったり、港として海上へ出るのに適した場所がそうだ。元は小さな集落であったのが、道が新しく切り開かれたせいで に繁栄すると言うのはよくある話である。

「人を集める何か」を中心として集落が生まれ、都市へ発展していくのもよくあるケースだ。国家の首都、王都になれば強大な支配者のもとへ人が集まるので、自然と大きくなっていく。巡礼者・参拝者を数多く集めるような神殿や教会、聖地を中心に都市ができるのも珍しい話ではない。鉱山のような、沢山の仕事と富を生み出す場所も、都市を拡大させる原動力になりうる。

以上、二つの条件は相互に深く関係していて、どち

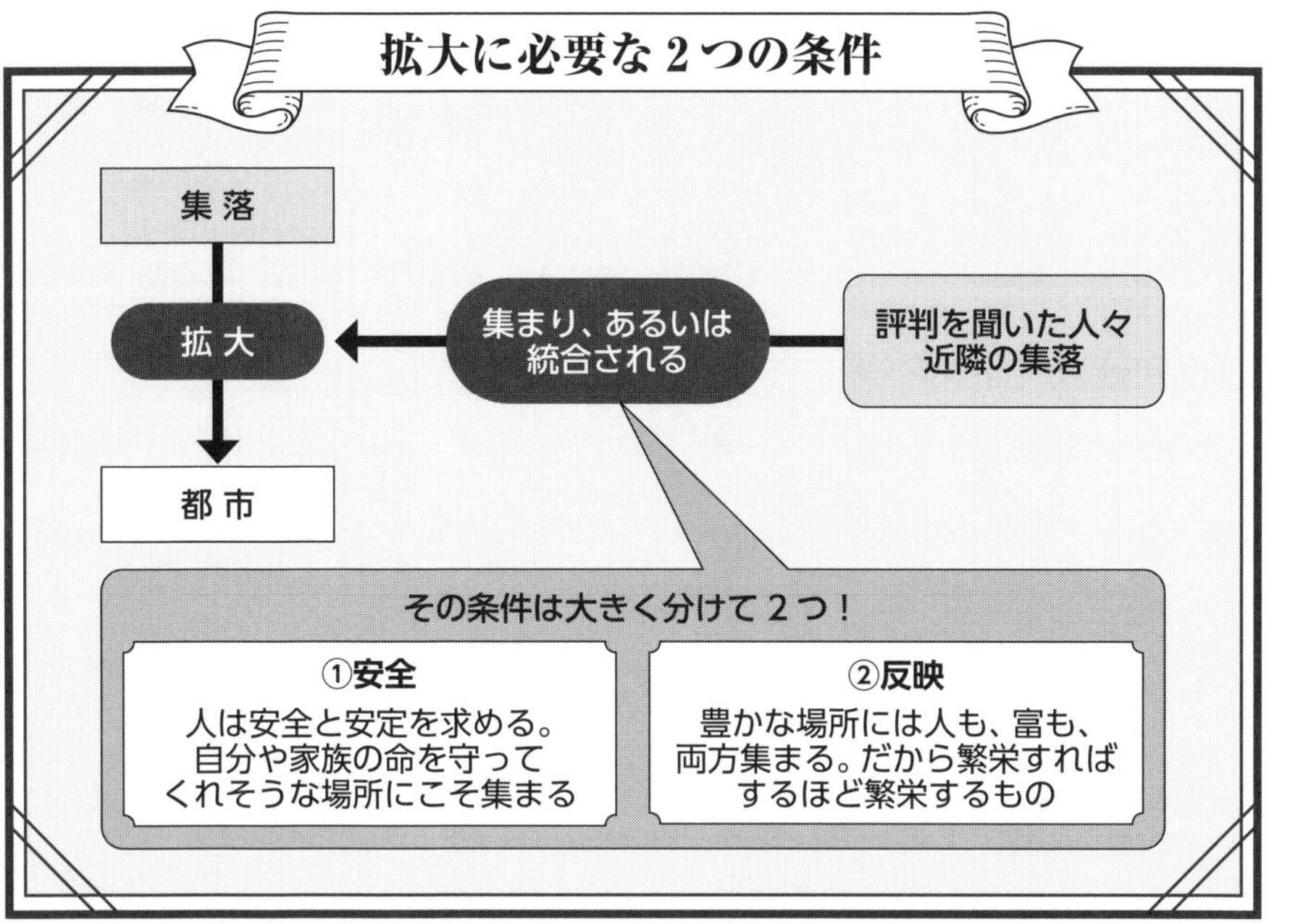
拡大に必要な２つの条件
集落
拡大
都市
集まり、あるいは統合される
評判を聞いた人々
近隣の集落
その条件は大きく分けて２つ！
①安全
人は安全と安定を求める。自分や家族の命を守ってくれそうな場所にこそ集まる
②反映
豊かな場所には人も、富も、両方集まる。だから繁栄すればするほど繁栄するもの

らが先とも言い難いところがある。安全だからこそ繁栄するし、繁栄するからこそ力が強まって安全になるという側面もあるからだ。

拡大と統治体制

主人公たちは最初から「この集落をいつか巨大都市にしてやるぞ！」と夢を抱いて開拓を始めたのか。それとも、後から加わった仲間や統治権を委ねた領主が「よし、発展させてやろう」と野心を覗かせたのか。あるいは、全くの偶然、思いもよらぬ流れで集落にどんどん人が流入し、都市化してしまったのか。

理由はともかく、集落が拡大していくとなると、気にしなければいけないポイント、対処しなければいけないトラブルは山のようにある。

まず、統治体制は早めに整えないと、間違いなくトラブルが多発する。数軒の家が寄せ集まって自然と集落化しただけなら、別にどの家の誰がリーダーだとかそんな七面倒くさい話はしなくとも、「何かあったら話し合いで決めましょう」でどうにかなる。しかし、これが十数軒、数十軒となるとそうも行かない――必

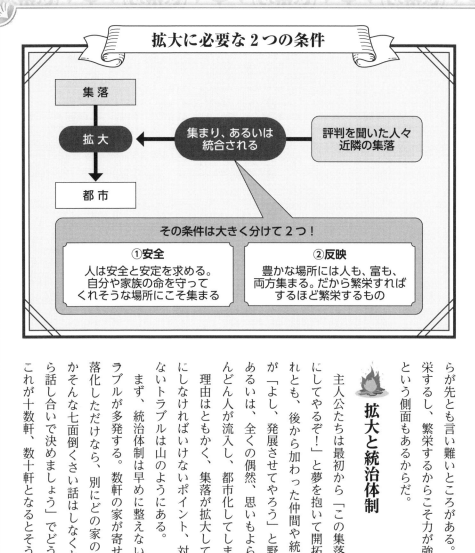

ずトラブルが起きる。これは本書ですでに見てきた通りだ。

独立した集落なら、リーダー（村長）を立てる、ということになるだろう。一人のリーダーがいて、色々な問題に対する判断を決める。他の人々は基本的にはリーダーに従う。小規模な集落であればこのようなあり方でさほどの問題は起きないはずだ。

では、何を基準にリーダーを決めるのか。狩猟民族や遊牧民族なら、狩りの腕や武勇、他集落との戦いでの活躍具合が大きな基準になるだろう。そのような個人の腕っ節ではなく、「家」や「一族」、「派閥」の力が最も強い者こそがリーダーに立つのも、社会を作る生き物としては定番のあり方である。一族は血筋で結ばれ、派閥は出身地や思想、種族、利害などで繋がっている。このような派閥のあり方についてはシリーズ第一巻『侵略』で触れている。

物理的な力以外の何かがリーダーを決めることも珍しくない。社会的動物である人間の常として、調整力や交渉力に長けた人物はいつも重宝される。植民地をどれだけ開拓し、また維持できているかという農民としての腕が評価されることもあるだろう。貨幣経済が十分に発展していれば、財産こそが力とみなされてもおかしくない。自分自身が「神がかり」であったり、あるいは宗教者の推薦を受けた人物こそがリーダーに相応しい。となることもあるだろう。

この場合大事なのは、リーダー決めには「今この時点で、何が求められているか」が大きく関わってくるということだ。明確に敵――それが人間なのか怪物なのかはともかく――がいて集落全体が危険なら、強さが求められる。その危険が個人の力ではどうしようもないなら、一番大きな派閥の長に従うのが自然だ。複数の派閥があってどれか一つの下に集うことがなさそうなら、調停者タイプが求められる。本国との関係が大事（援助してもらわないと維持できない、など）なら、伝手やコネが太い者こそリーダーの資格がある……という具合である。

もちろん、いちいちリーダーを決める必要がないことも多い。そもそも最初から領主が決まっていたり、彼らを派遣した国家や領主がリーダーを指名していたり、最初に一団を率いて植民を開始した人物がその

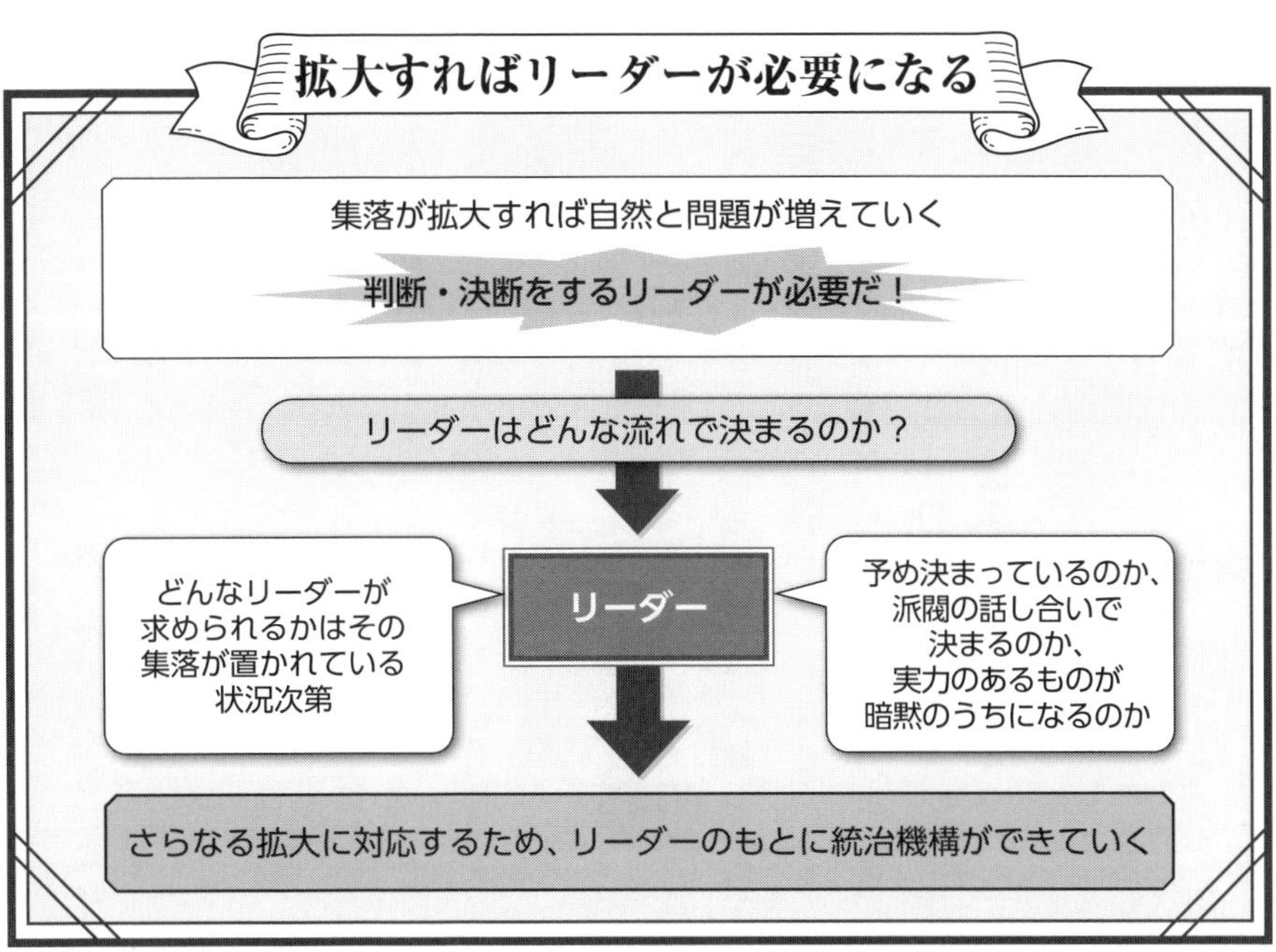
拡大すればリーダーが必要になる
集落が拡大すれば自然と問題が増えていく
判断・決断をするリーダーが必要だ！
リーダーはどんな流れで決まるのか？
どんなリーダーが
求められるかはその
集落が置かれている
状況次第
リーダー
予め決まっているのか、
派閥の話し合いで
決まるのか、
実力のあるものが
暗黙のうちになるのか
さらなる拡大に対応するため、リーダーのもとに統治機構ができていく

ままリーダーの位置を占めていたり、などのケースだ。しかしこれらの場合も、すでに決まっているリーダーが求められる資質を満たしていない場合、その地位を追われる可能性がある。

リーダーはどんな手法で決められるのか、そしてどんな手法でその地位を追われるのか。無言のうちに暗黙の了解で決まるのかもしれないし、暴力と勝者による宣言（「前村長を倒した俺がこれからこの村の長だ！　文句のある奴はかかって来い！」）で決まるのかもしれない。何かしらの儀式や決闘が行われることもあろう。選挙が行われるのかもしれないし、国家による承認や証明書が出て初めてリーダーになれるのかもしれない。

時にはやり方が変わることもあるだろう。平和な話し合いによって決められていた長の地位が、ある時突然クーデターによって簒奪されるのかもしれないし、逆に暴力の連鎖で受け継がれた長の地位に辟易していた人々が、平和的な話し合いに活路を見出すのかもしれない。

これらの異変はある人にとっては突然起きたのかも

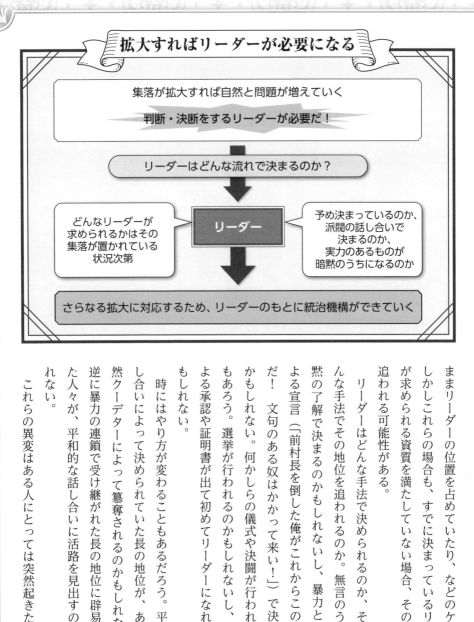

しれないし、別の人にとっては「前から不満に思っていた、ずっと我慢していたんだ」なのかもしれない。見る人により事情は変わるものだ。

拡大する集落とリーダー

小規模集落なら、リーダーが一人いればよほどのことがない限り問題なく集落を運営していくことができる。しかし、これが小規模で止まらず、さらに拡大していったらどうなるだろうか？

間違いなく、問題は次々起きる。農村であるなら、新しい村人がどこを開拓するのか、が最大の問題になるだろう。なにしろ、良い場所は先に入植した人が取っているはずだからだ。狩猟や漁労、採集なども土地（とそこにある動植物）に依存している以上、誰がどこをどれだけ使うか、その結果として資源が枯渇するようなことがないか、は間違いなく揉め事の種になる。

いや、拡大していくならそもそも農村や漁村であり続けることはできなくなる可能性が高いだろう。つまり、たくさんの人が住むようになって都市化が進行し、住人の主流が商人や職人になっていくのだ。しかしこの場合も、「良い土地」を先に所有している先住者と、「悪い土地」しか確保できない後から入ってきた人々との間の確執は当然発生する。

当初から集落で暮らす有力者（しばしば旧家・名家などと呼ばれる）や、あるいは途中から入ってきた中でも有力な人（もともと沢山の人を引き連れてきたり、財産をたくさん持っていたりする人など）たち同士の権力闘争、派閥闘争も重大な問題になるだろう。集落が都市化して拡大すれば、隣接する集落も飲み込んでいくことが考えられる。そのような人々は元々の繋がりから派閥を作り、独自の意見を主張するに違いない。

それぞれが自分たちの確保している利権で満足してくれればいいのだが、他の家や派閥が独占している利権に手を出したり、あるいは新しく生まれた利権に複数派閥が一斉に手を伸ばしたりすると、事態は大変ややこしいことになる。

商人や職人の世界で同種の問題が起きることも多いだろう。つまり、もともとこの集落（都市）に根を張っていた人々が既得権益者となり、人が集まるような通りや市などを独占してしまうのだ。彼らが幅を利かせすぎて新しい人が入って来れなくなれば、市場原理が働かず、商品が高くなったり、質が悪くなったりと問題が生まれるものだ。

このような状況下では、リーダーが一人で決断して周囲が全て従う、という形では円滑な運営は難しい。問題が大きくなり過ぎている。リーダーが部下や相談役をきちんと持ち、組織として都市の運営を行う必要がある。都市レベル、あるいは小国家レベルなら、その組織は「領主（国王）と一族、その家来の集団（家政機関）」程度だろう。さらに勢力を拡大させていくと、そのような私的な結びつきでは済まなくなって、王家とある程度距離のある公的機関としての役所になっていくことだろう。

この時、代々付き合ってきた初期からの有力家でさえも、ご先祖様の時代のようになあなあの友人関係というわけにはいかなくなる。友好関係を結べるケースもあれば、権力闘争のライバルになるケースもある。都市の発展のために是々非々の関係を作っていくのが、ある意味で一番幸福な付き合いかも知れない。

拡大がもたらす物理的問題

人が増えるということからは、もっと物理的な問題も発生する。前述した土地の奪い合いなどもその一環である――というよりも、人が増えて物理的な問題が起きると、住民同士の対立、派閥の衝突などを加速させていく。と考えた方がいいだろう。

例えば、「集落（都市）の拡大が地形によって抑制される」というのが一つだ。

なだらかな平原に存在するのであればどんどん周囲にその領域を広げられるだろうが、山や海、沼地の傍にある都市は、少なくともその方向に広がるのは難しい。川であれば川向こうにも広がっていくことが可能だが、都市が分断されてしまうことになるし、水害の危険も高まる。また、城壁で囲まれた都市が拡大しようとしたら、同じように城壁が発展を阻害する。

この場合、資金と労働力を費やすことができれば、ある程度は解決の方法がある。山（小高い丘）を削り、沼や海を埋め立てればいいのだ。特に両方を一気に行えば、前者で出た土を後者に運んでしまえばいいので、非常に効率がいい。

私たちの歴史において大規模にこれをやったのが江戸――のちの東京だ。戦国大名・徳川家康が生まれ故郷の東海地方から関東地方へ移封された時、江戸は交通の要所であり港町ではあったものの、あくまで地方の小都市に過ぎなかった。家康はこの小都市を関東一円の中心にするべく大工事を行い、世界レベルの都市・江戸（東京）の基盤を作り上げたのだ。

一方、拡大の邪魔になるのが城壁であるならどうだろう。城壁の一部を取り壊して新しく外に広げて作り直す、あるいは旧城壁の外側に新しい城壁を作り上げる、などの手段が考えられる。後者のやり方をすると、同心円上に分割された都市ができる上がることだろう。また、江戸も同種の問題が発生したのだが、こちらは「の」の字に拡大することで問題を解決している。

別の問題も考えられる。「人が増え過ぎた結果、食料をはじめとする物資が不足する」だ。一般に、都市は食料を生産するのではなく消費する場所である（もちろん、都市の一部や周縁部で食糧生産が行われることも多いだろうが）。だから都市は拡大するほどにより多くの物資を必要とする。周辺の集落から供給できる物資で足りるなら問題ないが、「周囲の状況からしてこれ以上は賄いきれない」となる可能性もある。

この場合、都市の拡大が停止する……というよりは、天災などによって飢饉が発生し、食糧が不足して餓死者が多数出て、自然と人口が減る、というケースの方が多そうだ。支配者側としてはこのようなことにならないように都市の人口を抑制したり、農村へ人を移して生産力を確保するなどの政策が求められる。

人が増えると、「食べる」だけでなく「出す」の問題も大きくなる。つまり、「排泄物やゴミなどを処理する場所が足りなくなったり、仕組みが限界を迎えたりして、街中に溢れる」ようになるのだ。こうなると衛生状態が悪化し、病気の温床になるのはすでに見てきた通り。

下水道を整備したり、ゴミを処理したりする施設を用意しなければならない。排泄物については江戸のように農村へ売り、堆肥として使えるようになると一石二鳥だが、価値観的に難しいかもしれないのも、やはりすでに見てきた通りだ。

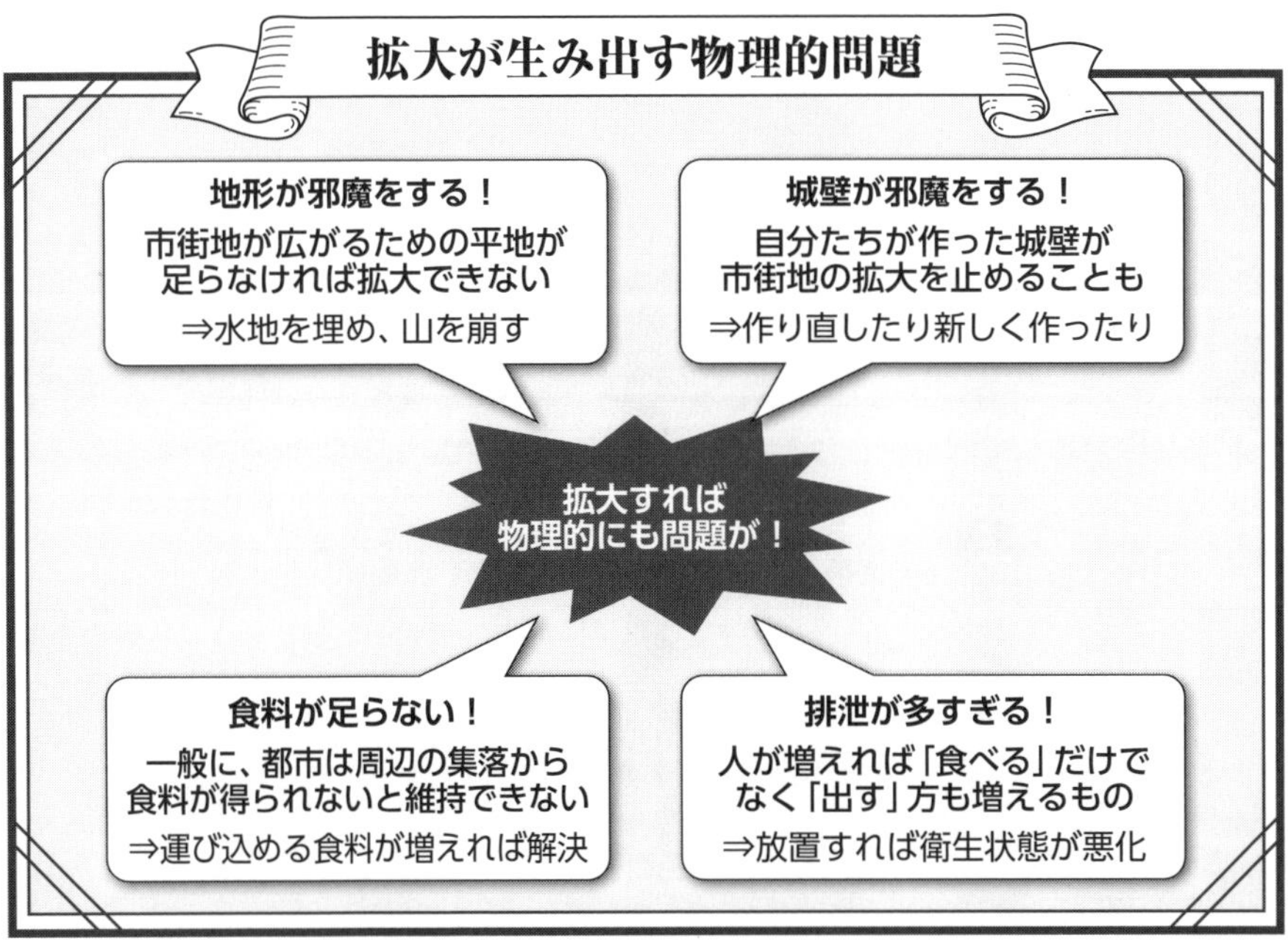
拡大が生み出す物理的問題
地形が邪魔をする！
市街地が広がるための平地が
足らなければ拡大できない
⇒水地を埋め、山を崩す
城壁が邪魔をする！
自分たちが作った城壁が
市街地の拡大を止めることも
⇒作り直したり新しく作ったり
拡大すれば
物理的にも問題が！
食料が足らない！
一般に、都市は周辺の集落から
食料が得られないと維持できない
⇒運び込める食料が増えれば解決
排泄が多すぎる！
人が増えれば「食べる」だけで
なく「出す」方も増えるもの
⇒放置すれば衛生状態が悪化

拡大は他勢力からの見方も変わる

集落が拡大して、多くの富が集まり、繁栄していけば、他勢力との関係も変わる。ここでは領主や武力集団などを扱い、近隣集落などは別項で扱う。

例えば、寛容にも集落の独立を認めてくれていた領主が、「我が家の支配下に入れ」と求めてくるかもしれない。あるいは、開拓開始当初は比較的緩めの支配・少なめの税で容認してきた一帯の領主が、「もう開拓も安定してきたようだから、締め付けを厳しくするぞ」と言ってくる可能性もある（東方開拓で実際に行われたことだ）。あるいは、周辺を荒らしまわっている遊牧民族や、山賊・野盗の集団、フェーデ（私闘）を仕掛けて富を奪い取る騎士などのタチの悪い連中に目をつけられるかも知れない。宗教教団が貢物を要求してくることだってありうる。

軍事力や武力、時には国家のバックアップや宗教的権威などをちらつかせて脅しかけてくるこの連中に対して、どう対処するのか。逆らっても仕方がないから支配を受け入れ、厳しくなっていく税を払うのか。そ

拡大すれば外の目も変わる

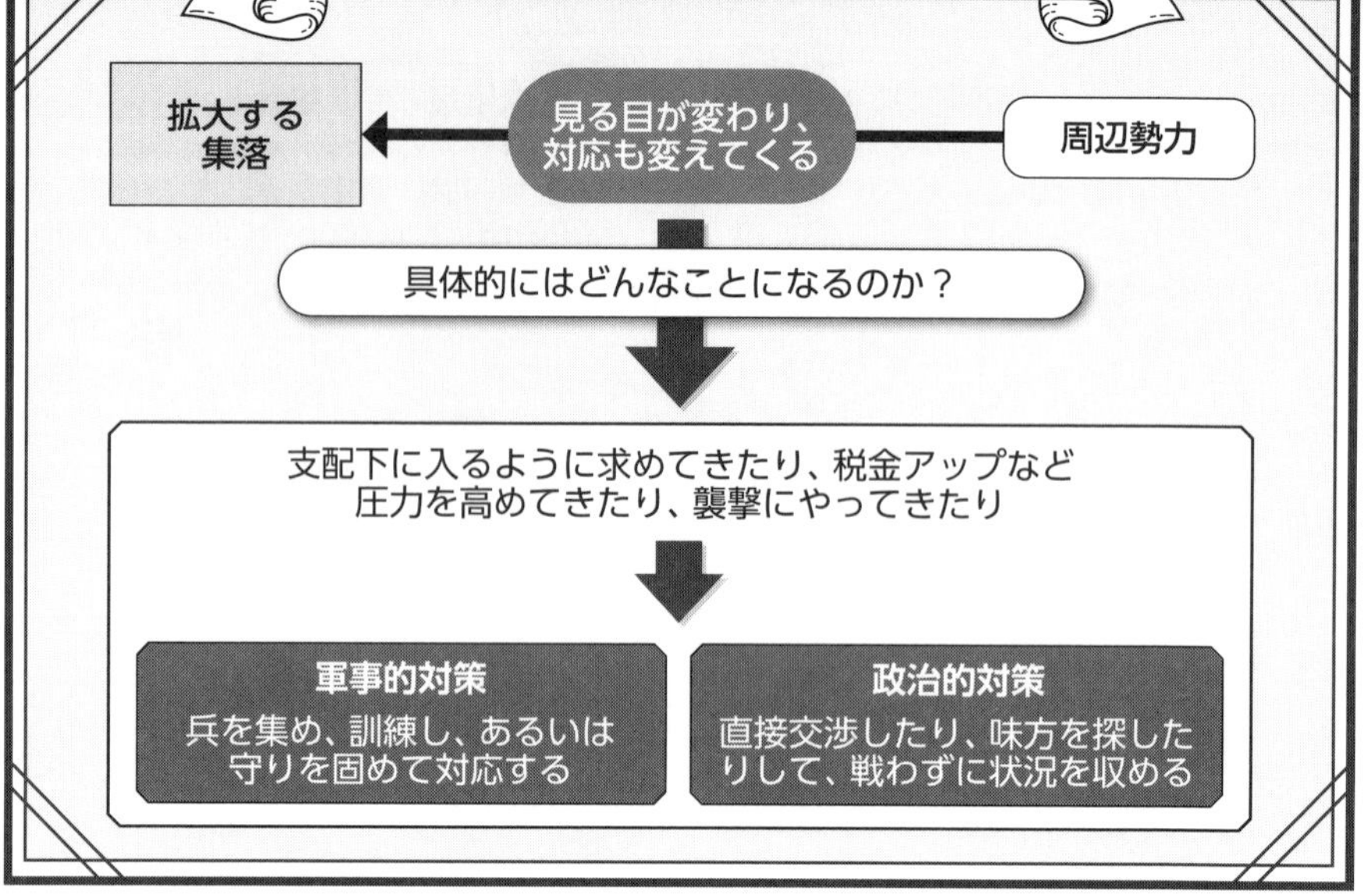

れとも、こちら側も軍事力での戦いや、政治的な交渉を挑むのか。

　軍事力で挑むなら、まずは兵力を整えることになる。都市の人々が自ら兵士になって戦場へ出るのか、騎士とその従者のような軍事階級が主力となるのか、傭兵を雇うのかは時代と地域によって違う。あるいは、防壁を張り巡らせ、敵の攻撃を防ぐことを選ぶ都市もあるだろう。

　政治的な交渉を武器にするなら、相手が攻めてきやすくなるような大義名分を潰したり、こちらが有利に交渉できるような正当性を探したりすることになる。また、同じような都市・集落と手を組んで味方を増やしたり、敵方の上位勢力と話をつけるなどして、戦わずして戦いを終わらせる展開もある。

　以上のように、集落が拡大し、人が増え、豊かになっていくことは、問題解決に使える手段が増えていく一方で、新たな問題の種を多く抱え込む、ということでもある。現実問題としては大変頭が痛いところだが、エンタメ的には物語に起伏をもたらすために役に立つだろう。

拡大に対応するために：リーダーシップ

リーダーシップを強化せよ

内的問題にせよ、外的問題にせよ。それらから発生するトラブル・アクシデントに対処し、解決するためには、強力なリーダーシップが有効だ。

しかし、強いリーダーシップはしばしば忌み嫌われ、問題の元にもなる。この項では、拡大の過程で求められるリーダーシップの功罪と、それを活かしたドラマ作りを見ていこう。

拡大に対応するための強力なリーダーシップのあり方として、最もシンプルに想像できるのは、最初の、あるいは途中で実権を掴んでその後も継続し続けたリーダーの血筋が「王（領主、貴族）」になるケースだ。王の血筋を継ぐ王家は友好的な関係を結んできた血筋や、途中から入ってきた有力者たちと結びついて自分たちの権力を拡大していく。

それは一つの見方では権力の独占・継承・固定化である。その結果として私有化や腐敗をもたらす、だから悪だ、という指摘は確かに一面では正しいだろう。私たちの歴史を紐解いても、王や貴族が支配者となり、庶民から収奪したケースは枚挙にいとまがない。というよりも、近代まで当たり前のことだった、と言っていいだろう。

しかし、別の見方をすれば「そうしないと拡大して都市、ひいては国家になっていく集団の内外で起きる問題を解決できない」とも言える。王とその仲間たちが強い力を持ち続けてこそ、問題を解決し、集団を維持し続けることができるわけだ——といっても、実際の歴史において、王や貴族も「封建主義時代」と呼ばれた時期は、言われているほど強大な権力を持っていたわけではないのだが。

さて、この二つの見方のどちらが正しいかについて、軽々しく結論をつけることはできない。権力が一つの家・血筋に継承され続けることで安定するという傾向は確かにあるからだ。私たちの現代日本においても、実権を持つ「王」的立場は継承されていない。

しかし、民主化されて国民の投票によって担い手である政治家が選ばれている日本の政界において、代々政治家として権力基盤を継承している世襲政治家が多数いるのは紛れもない事実である。

なお、強いリーダーシップはなんの裏付けもなく生まれるものではない。第一には実力があってこそ成立する。不満を持つものに対して「俺にはこれだけの実績がある」と主張し、あるいは「歯向かうのであれば軍事力によっていうことを聞かせる」と脅せるのでなければ、強いリーダーシップなどそうそう成立するものでもない。

その一方で、権威が強いリーダーシップの背景になることも珍しくない。これを平たく言えば「俺は偉いから従え」になるが、次の項で詳しく紹介しているので参照してほしい。

合議によるリーダーシップ

リーダーのあり方には別の類型もある。

主人公が現代人で、民主主義的な価値観が染み付いているなら、一人のリーダーが強力にリーダーシップを取ることに本能的に反発したり、あるいは嫌悪感を持ったりするかもしれない。

特に、「優れた人物の跡継ぎがそのままリーダーの地位になり続ける」ことについて、「跡継ぎが無能だったらどうするの?」とシンプルな疑問を持つ現代人は、少なくとも中世世界人よりはずっと多いことだろう——その一方で「現地の人たちが望んでるんだからその通りにするべきなのでは?」と素直に考えたり、「仲間の子孫たちがみんな幸せに暮らせるにいいな」と素朴に思うのも、いかにも現代人らしい感覚ではある。この中の(あるいはそれ以外の)どんな言動を取るかについては、キャラクター性に大きく左右されるところだ。

では、リーダーの地位一つを世襲していく以外のリーダーシップと社会体制のあり方に、何があるか。

小規模な都市なら、民主主義的に選挙で代表者や議員を決める方式でもやっていけるだろう。ただその場合も、選挙権を持つのは少数の有力者か、あるいは自由民や市民と呼ばれる権利を持つ人だけで、多数者は選挙に関われないことが多い。

あるいは、同じように合議的に都市全体の意見を決めるやり方ではあるが、その会議に参加する人を必ずしも選挙で選ぶわけではない（一例として、半分は選挙だがもう半分は選挙以外、など）ということもあるだろう。

例えば大商人、例えば代々の名家、例えば教会の長、例えば闘技場のチャンピオン、例えば職人組合のリーダー……都市を代表するそのような人々の席が決まっていて、時々入れ替わるわけだ。彼らは最初に集落を作った有力者たちの席を継承しているのかもしれないし、そこに途中から入った有力者の席が追加されたのかもしれない。

このような体制では明確なリーダーがいないか、あるいは「市長」「議長」「貴族」のようなリーダーはいても、その権力が名誉レベルに止まったり、他の人や勢力の機嫌を窺わなければならない程度のものであったなら、権力はどうしても不安定なものになる。

結果、危機的状況に陥ったにもかかわらず素早い対応ができなかったり、内部の事情を優先して愚かな選択をせなければいけないようなこともあるだろう。

集落のこれからを考える

主人公たちはそのような合議制の有力者の位置に立っていたり、あるいは有力者を支える立場にいると、「では、権力の一本化がされていないゆえに起きるさまざまな問題にどう立ち向かうか？」という視点でいくつもトラブル・アクシデントが作れて、物語を盛り上げることができる。

さらには、ストーリー全体を貫く要素として「今のままで集落（都市、国家、集団、組織）を守っていくことできるのか？」「誰かが強いリーダーになって権力を一本化するべきではないのか？」「しないのであれば、その理由はなんなのか？　何かしらの理想があるとして、それは人々の命よりも大事なのか？」という問いかけを主人公たちにぶつけていくこともできる。

この考え方は、強力なリーダーがいる独裁的な国家を舞台にしていても、そっくりそのまま活用できる。

結局、独裁的集団には独裁的集団の、合議的集団には

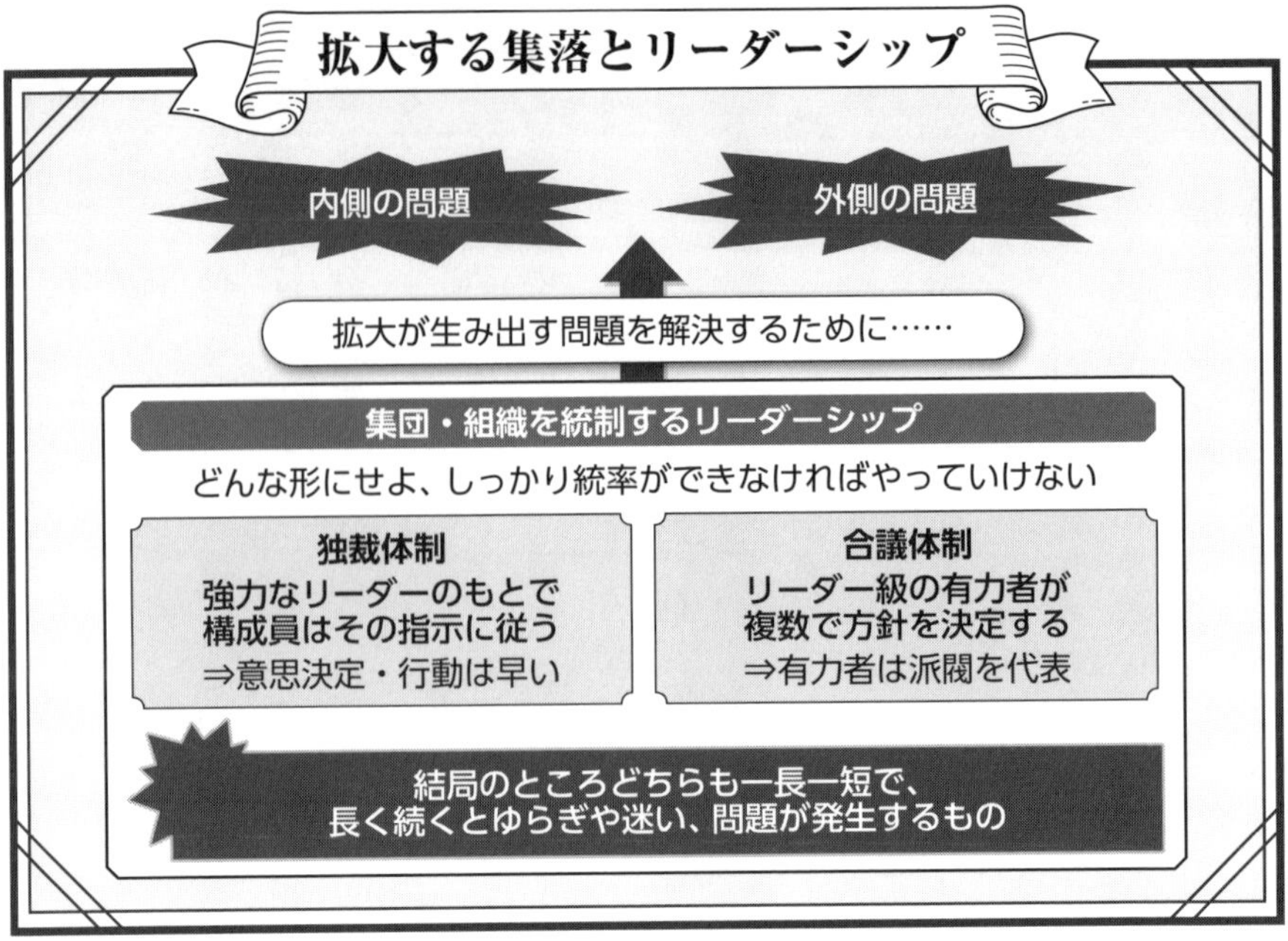

合議的集団の、それぞれの悩みがあり、問題もあって、運営しているうちに無理が吹き出してくる。そこで「違うやり方の方がいいのではないか?」と悩んでしまうのは、当たり前のことなのだ。

大事なのは、これらの問いかけへの答えそのものではない。主人公たちが「あえて王になる、責任を取る」という答えを選んでもいいし、「みんなで責任を分かち合うことができるはずだ」という結論に辿り着いてもいい。

本当に重要なのは、その答えに辿り着くまでに主人公たちが迷い、悩み、ぶつかり合い、成長し、そして自分たちなりの答えを出すことなのだ。

小説をはじめとするエンタメにおいて、イデオロギー（主義主張）は「作者の考えるすごい答え」を読者に教えようとするものであってはいけない。そのような作品はどうしても説教くさくなり、読者から敬遠されてしまうだろう。読者が求めているのはエンタメなのだ。だから、イデオロギーは物語を構成する大道具の一つとして、主人公たちの魅力を引き出すためのものなのだ、と考えてほしい。

拡大に対応するために：権威

権威とは

集落が都市へ、あるいは国家へ変わっていく時に自然と生まれ、また求められるものがある。それは「権威」だ。もちろん、人が増えていくため第一に必要なのはここまで見てきた通りに「実力」である。人々は王侯貴族から庶民に至るまで基本的にリアリストなので、自分たちの得られる情報の範囲内において「あそこは実力があるな」と思わなければ移住・協力しようとは思わない。

実際のところ、実力はそう簡単に推しはかれるものではない。人間や兵士の数、物資や金銭の蓄積、統治者の実力。そのようなものを探るために他国の王などはスパイを放ったりするわけだが、簡単ではない。

そこで、人々は過去の実績や噂話で伝わってくる情報で相手を判断しようとする。①「どこそこの集落が周辺の集落を次々取り込んで急激に成長している（らしい）」とか、②「どこそこの小国は巨大帝国が後ろ盾となっている（らしい）」、あるいは③「どこそこの国は五百年にもわたって存続し続けてきた（らしい）」という具合だ。

今上げた三つの情報は、それぞれ典型的な三つのケースを示している。

①は実績で、これはわかりやすい。実績を積むには普通、実力が必要だからだ。②は関係性。強者をある程度自分の都合で動かすことができたり、あるいは複数の勢力を呼び集めて一つの塊になることができるなら、それは十分に実力と言える。③も実績の一種だが、おそらく「伝統」という方がわかりやすい。長い時間守り続けられてきたものには何かしら実力が伴っており、また敬意を示すべきだ、というのは多くの人に共通する価値観である。

この三つのうちどれかあるいは全てがあれば、人々は「あの集落（都市、国家）には何かしら実力があるのではないか」と考える。侵略せずに放置するのか、味方につけようと接触してくるのか、自分の支配下に組み込もうと交渉してくるのか、十分に準備した上で侵略してくるのか。ともあれ、何もない状態とは違うアプローチをしてくるだろう。

このように、他者の評価を変える力を持つ要素を本項では「権威」と呼ぶ。

「実績」——実力ありき

三種の権威のうち、「実績」は実力があれば自然とついてくる。集落が拡大したり、侵略してくる敵と戦ったり、あるいは周辺勢力を糾合したりするだけでいいからだ。

ただ、急に権威が必要になった時に、あることないこと実績をでっち上げる手はあるかもしれない。調べられたら簡単にバレるだろうから一瞬のハッタリにしか使えないが、とにかく相手を騙くらかしてこの場を切り抜ければいいとか、戦場で相手を混乱させたり考え込ませればいいとか、そのようなシチュエーションには使える。

また、多くの中世的世界は新聞・雑誌もなければインターネットも当然ない。書物も限られた場所にしかない。何かを調べるというのはその分野について詳しい人間に聞くのが基本で、つまり時間がかかるし、完全とは限らない。でっち上げる実績の種類によっては誤魔化せる可能性はそれなりにある。

「関係性」——外交で作るもの

次に「関係性」は基本的には外交努力によって作り上げるものだ。周辺の中小勢力をまとめて連合を作り上げるにしても、大規模勢力（強力な国家であるのが普通だが、宗教集団や商人たち、あるいは神の如きモンスターも該当しうる）を後ろ盾にして「虎の威を借る狐」になったり軍勢や物資を送り込んでもらうにしても、ただ指を咥えているだけで上手くいくことはまずない。

もし、誰かの企みに乗っかるだけであったなら、仮に形としては中小勢力連合の一員になれたり、大勢力の後ろ盾を得たとしても、実態がついてこない可能性が高い。

つまり、連合としてまとまって活動する中で美味しいところがなかなか回ってこなったり、損害の多い貧乏くじポジションに回らされたり。あるいは、後ろ盾についてもらう代わりに重い税金を課せられたり、自発的な行動を許されなくなって実質的に支配されたり、ということになりかねないのだ。

そこで、主体的なポジションに立つ必要がある。「これこれこういう目的のもとに集まろう」と積極的に他の中小勢力へ声をかける。もしくは、大勢力に対して「私たちの後ろ盾についてくれたらこういうメリットがあなたたちにありますよ」と働きかける。簡単なことではないが、これができてこそ美味しいところも回ってくるというものだ。

エンタメとして物語を盛り上げる視点に立つと、ここで主人公たちの過去も利用したいところだ。古巣に協力や援助を求めたり、かつて有力者に作った貸しを利用したり、あるいは本来なら協力関係を作れるはずの相手と過去の因縁のせいで決裂してしまったりするわけだ。チャンスもピンチも作れる、良い目の付け所と言える。

「伝統」——長い歴史の象徴ではあるが

最後の「伝統」は、普通に考えれば時間の経過でしか獲得できない要素に思える。しかし実際には、それこそ伝統的に「伝統を作る」——つまり、個人や集団の過去を偽造・捏造・でっち上げる行為が行われてきたのである。

しばしば見られるのが「我が王家の祖先は神である」というパターンだ。『古事記』『日本書紀』に記されている日本神話は、天皇家を遡ると太陽神・アマテラス、また日本列島を作り出したイザナギ・イザナミにつながると語っている。また、王政ローマの王家は伝説上の始祖ロムルスを「軍神マルスの子で、狼に育てられた人物」であると定義した。神の血を引く人間は当然、人間より上の存在であると当時の人々は考えた。これほどの権威はそうそうない。

もちろん、「神の末裔」は現実離れし過ぎていると感じるなら、もう少しありそうな設定にしても良い。滅んだ大国の後継である、王は偉大な英雄の血を引いている、いや遠い地から流れてきた高貴な血筋の末

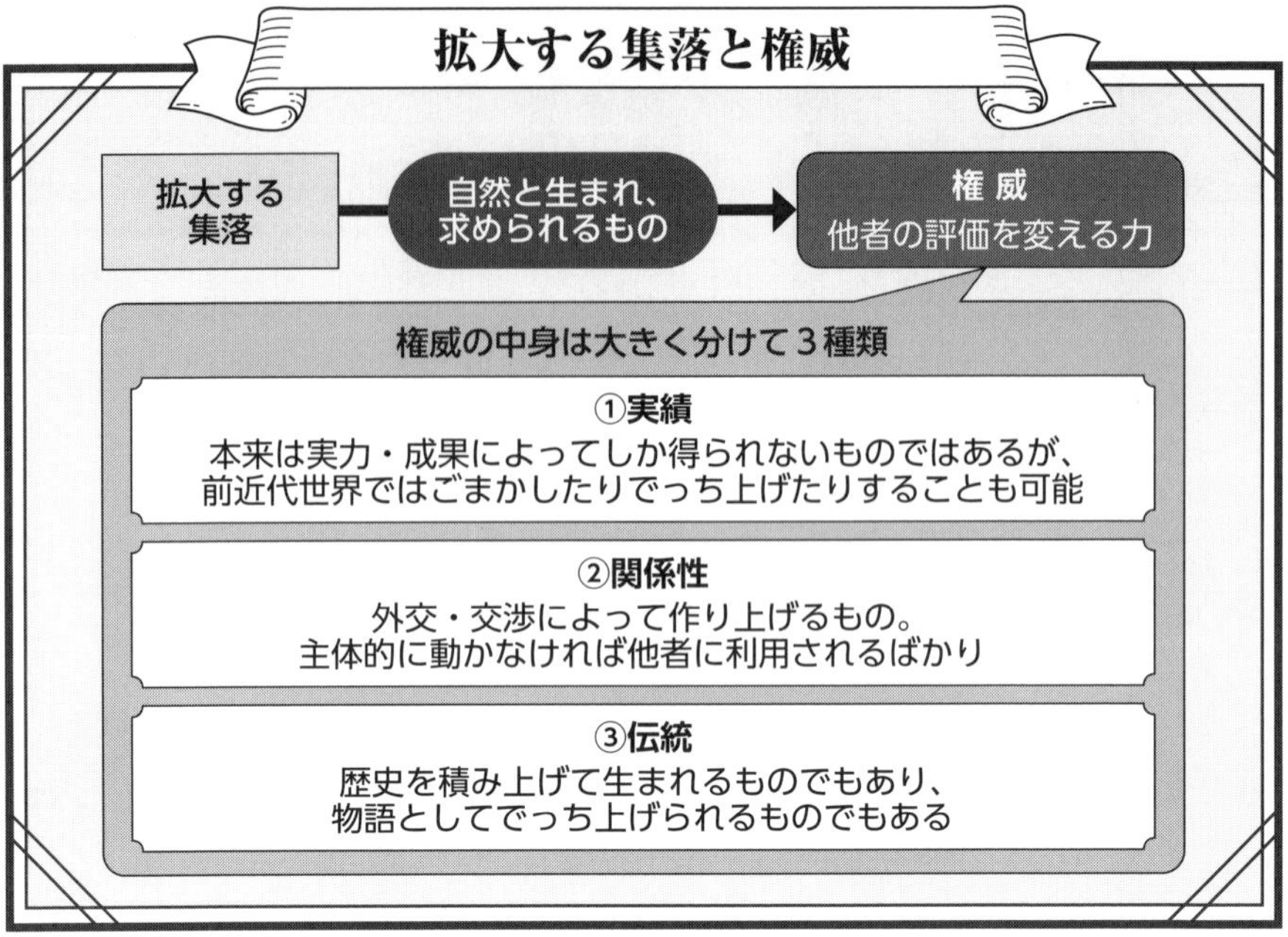
拡大する集落と権威
拡大する集落
自然と生まれ、求められるもの
権威
他者の評価を変える力
権威の中身は大きく分けて3種類
①実績
本来は実力・成果によってしか得られないものではあるが、前近代世界ではごまかしたりでっち上げたりすることも可能
②関係性
外交・交渉によって作り上げるもの。主体的に動かなければ他者に利用されるばかり
③伝統
歴史を積み上げて生まれるものでもあり、物語としてでっち上げられるものでもある

裔である……という具合だ。もしかしたら本当に後継・末裔なのかもしれないし、全く本当でないにしてもちょっとくらいは関係があったのかもしれない（古代王国の時代から続いているのはどうも本当らしいが、王家とは全然関係がなく、後継を主張するのは厳しい）。そもそもでっち上げという可能性もある。

本当なら、遺産の類があるのかもしれないし、代々仕えてきた家臣団がいるのかもしれない。あるいは、過去の因縁で敵や味方が現れる可能性もある。ハッタリであれば、信じてもらうために証の品や家系図などをでっち上げる必要も出てくることであろう。

証拠が粗雑・適当であっても庶民は気にしない（気付けない）だろうが、歴史的知識や観察眼のある人物なら見抜いてくるかもしれない。その時、「これは偽物だ！」と追求されたらどうにかして誤魔化さなければいけないし、相手が明らかに偽物だと気づいているのに何も言ってこなかったら、いよいよ注意しなければならない。なぜなら、「分かった上でこちらを脅してくる」「こちらに利用価値を見出し、何かを企んでいる」可能性が高いからだ。

計画してみるチートシート（集落の問題篇）

解決するべき集落内問題は？

それぞれの抱える事情が原因か、内部で対立が起きているのか

解決するべき集落外問題は？

侵略してくる外敵がいるのか、協力するべき相手がいるのか

具体的に何を用いるか？

*軍事力で解決できるのか
交渉や策略を用いるべきか*

問題を生むことも

*主人公たちの知識や名声が
狙われたり嫉妬されたりも*

発想シート（開拓計画書）

開拓者の設定

協力者・黒幕

開拓の様相

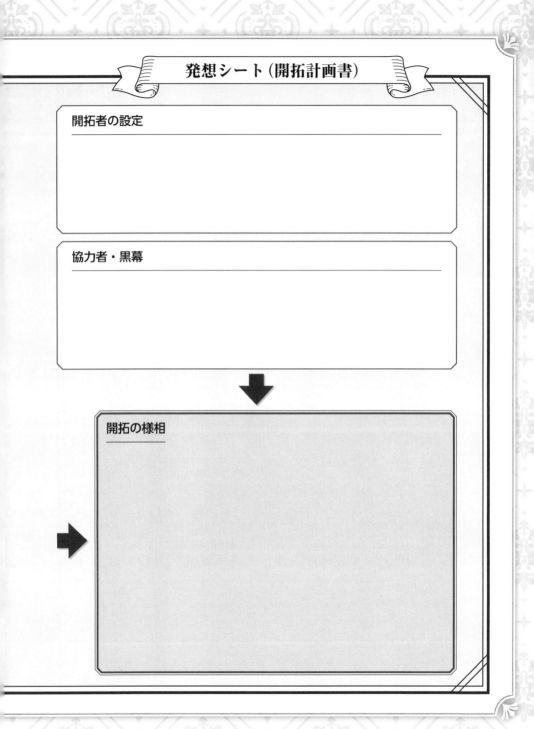

作品タイトル

開拓ターゲット地域設定 「　　」

環境・地形・自然

プラス面

マイナス面

敵対者・中立勢力

到達までの問題

発想シートサンプル（開拓計画書）

開拓者の設定

西大陸東南部の小国、シリウス共和国議長の息子（主人公）と、その仲間たち。急激に勢力を拡大するアレハンドロ帝国に自国を滅ぼされた際、伝説に語られる東大陸を新天地と夢見て船出した。先進的な技術と知識を備えているが、多数の難民を抱えているため食料の確保や人々の士気など問題も多い。

協力者・黒幕

東大陸現住の異種族の中には、主人公たちに協力的な種族もいる。単に親切なだけの人々もいるが、東大陸において格の低い種族が自分たちの立場を上昇させるため主人公を利用しようと企むものもいる、また、主人公を支援する西大陸の大商人は、実は帝国と結びついて東大陸侵略の可能性を探っている。

開拓の様相

帝国の侵略によって自国を滅ぼされた主人公たちは、難民を引き連れて東大陸への移住を図った。本来はすでに築かれていた人類の都市を経由して開拓を始める予定だったが、暴風雨によって船団がバラバラになり、主人公たちは予定外の場所に漂着してしまった。

しかしその海岸には協力的な異種族もいて、開拓には適していた。そこで主人公たちは開拓と、ばらばらになっていた難民船を探して合流するという両面作戦に出ることになる。

一方、東大陸の異種族たちの中にも対立の機運が高まっていて……

作品タイトル

「神々の大陸」

開拓ターゲット地域設定 「東大陸」

人類が繁栄している西大陸から見て、海を隔てた東方に存在する大陸。神話によれば人類発祥の地であるとされるが、その実在さえ最近まで疑われていた。難破した船が偶然漂着したことをきっかけに発見され、西大陸各国や大商人による進出が始まったばかり。

環境・地形・自然

プラス面

人類にとって手つかずの土地であり、原住民も魔法を活用した独自の文明を築いているので、西大陸の人類にとって有用な地形や資源がまだまだ豊富に存在している。

マイナス面

神話的な怪物が各地をうろついているとともに、異常気象（突然吹き荒れる暴風雨や、雷の雨など）も頻発して、安定した拠点を作るのが簡単ではない。

敵対者・中立勢力

東大陸には多様な特徴を持つ異種族が居住しているが、その中には西大陸の人類を「罪人」と呼んで、積極的に滅ぼそうと攻撃してくる種族もいる。

到達までの問題

西大陸と東大陸の間の大海は、最新の大型船で１ヶ月くらいかかり、非常に危険な船旅になる。主人公たちは暴風雨で目的地から逸れた場所に漂着することになる。

おわりに

一巻『侵略』がスケールの大きなエンタメを作るための素材・発想を提供することを目的としていたのに対して、二巻『開拓』はよりスケールの小さな、主人公たちの周囲にフォーカスを合わせたエンタメのための素材・発想を提供させていただいた。

より具体的に「各時代や各地域がどんな暮らしや文化を持っていたのか？」が知りたい方、あるいはもっと派手な冒険を想定している方は、ＥＳブックス様から刊行した『物語づくりのための黄金パターン　世界観設定編シリーズ』を読んでいただければ役に立つかと思う。特に『異世界ファンタジーのポイント７５』と『中世ヨーロッパのポイント２４』が皆さんの用途に大いにハマるはずだ。

改めて、世界設定で大事なことをここでもう一度。それは「エンタメに求められるのはリアリティ（それっぽさ、説得力）であってリアル（本物そのもの）ではない」ということなのだ。

キャラクターの活躍やストーリーの展開に違和感を与えさせ、物語への没入を邪魔するのは良くない。だからリアリティは欲しい。しかし、リアルそのものである必要はない。むしろ、現代人の読者にわかりやすくなるようにあえてリアルさを削ったり、現代的な価値観を入れ込むことで、リアリティが増すことさえある。この点を意識して設定を作っていっていただければと思う。

最後に。一巻『侵略』、二巻『開拓』に続いてシリーズ最後となる三巻『悪役令嬢』をほぼ同時進行で制作している。こちらは政治や経済、上流階級世界でのやりとりなどを中心に紹介する予定だ。

榎本秋

主要参考文献

『日本国語大辞典』小学館
『日本大百科全書』小学館
『世界大百科事典 改定新版』平凡社
木村靖二、岸本美緒、小松久男（編）『詳説世界史研究』山川出版社
宮崎正勝（著）『「モノ」で読み解く世界史』大和書房
宮崎正勝（著）『「モノ」の世界史—刻み込まれた人類の歩み』原書房
ベア・グリルス（著）、伏見威蕃、田辺千幸（訳）『究極のサバイバルテクニック』朝日新聞出版
クリント・エマーソン（著）、竹花秀春（訳）『アメリカ海軍SEALSのサバイバル・マニュアル　災害・アウトドア編』三笠書房
いするぎりょうこ（著）『ファンタジーサバイバルブック』新紀元社
ノルベルト・オーラー（著）、藤代幸一（訳）『中世の旅』法政大学出版局
ケイト・スティーヴンソン（著）、大槻敦子（訳）『中世ヨーロッパ「勇者」の日常生活 日々の冒険からドラゴンとの「戦い」まで』原書房
菊池雄太（編著）小澤実、小野寺 利行、柏倉 知秀（著）『図説 中世ヨーロッパの商人』河出書房新社
阿部謹也（著）『中世を旅する人びと　ヨーロッパ庶民生活点描』筑摩書房
関哲行（著）『ヨーロッパの中世4 旅する人びと』岩波書店
ライアン・ノース（著）、吉田三知世（訳）『ゼロからつくる科学文明 タイムトラベラーのためのサバイバルガイド』早川書房
ジョゼフ・ギース、フランシス・ギース（著）、青島淑子（訳）『中世ヨーロッパの農村の生活』講談社
池上正太（著）『図解 中世の生活』(F-Files No.054) 新紀元社
新星出版社編集部（編）『ビジュアル図鑑 中世ヨーロッパ』新星出版社
三瓶明雄、太田 空真（著）『三瓶明雄の知恵 Dash 村からワシが伝えたかったこと』日本テレビ放送網
塩野七生（著）『ローマ人の物語10 すべての道はローマに通ず』新潮社
デイビッド・モントゴメリー（著）、片岡夏実（訳）『土の文明史　ローマ帝国、マヤ文明を滅ぼし、米国、中国を衰退させる土の話』築地書館
池上俊一（著）『森と山と川でたどるドイツ史』岩波書店
阿部謹也（著）『物語 ドイツの歴史　ドイツ的とは何か』中央公論社
シャルル・イグネ（著）、宮島直機（訳）『ドイツ植民と東欧世界の形成』彩流社
池上俊一、河原温（編）『ヨーロッパの中世3 辺境のダイナミズム』岩波書店
河原温、堀越宏一（著）『図説 中世ヨーロッパの暮らし』河出書房新社

著者略歴

榎本海月（えのもとくらげ）

ライター、作家。榎本事務所に所属して多数の創作指南本の制作に参加する他、専門学校日本マンガ芸術学院小説クリエイトコースで担任講師を務める。著作に『物語を作る人必見! 登場人物の性格を書き分ける方法』（玄光社）などがある。

榎本事務所

作家事務所。多数の作家が参加し、小説制作・ライティング・講師派遣など幅広く活動する。

榎本秋（えのもとあき）

作家、文芸評論家。1977年、東京生まれ。書店員、編集者を経て作家事務所・榎本事務所設立。小説創作指南本などの多数の書籍を制作する傍ら、大学や専門学校で講師を務める。本名（福原俊彦）名義の時代小説も合わせると関わった本は200冊を数える。著作に『マンガ・イラスト・ゲームを面白くする異世界設定のつくり方』（技術評論社）などがある。

編集協力：鳥居彩音（榎本事務所）
本文デザイン：菅沼由香里（榎本事務所）

物語《ものがたり》やストーリーを作《つく》るための
異世界《いせかい》“開拓《かいたく》サバイバル”計画書《けいかくしょ》

発行日　2024年 10月 25日　　第1版第1刷

著　者　榎本《えのもと》　海月《くらげ》／榎本事務所《えのもとじむしょ》
編　著　榎本《えのもと》　秋《あき》

発行者　斉藤　和邦
発行所　株式会社　秀和システム
〒135-0016
東京都江東区東陽2-4-2　新宮ビル2F
Tel 03-6264-3105（販売）Fax 03-6264-3094
印刷所　日経印刷株式会社　Printed in Japan

ISBN978-4-7980-7102-2 C2093

定価はカバーに表示してあります。
乱丁本・落丁本はお取りかえいたします。
本書に関するご質問については、ご質問の内容と住所、氏名、電話番号を明記のうえ、当社編集部宛FAXまたは書面にてお送りください。お電話によるご質問は受け付けておりませんのであらかじめご了承ください。